De hand van Sofonisba

D1669307

Abonneer u nu op de Karakter Nieuwsbrief.
Ga naar www.karakteruitgevers.nl en:
* ontvang maandelijks informatie over de nieuwste titels;
* blijf op de hoogte van speciale aanbiedingen en kortingsacties;
* én maak kans op fantastische prijzen!
www.karakteruitgevers.nl biedt informatie over al onze boeken,
Nova Zembla-luisterboeken en softwareproducten.

Lorenzo de' Medici

De hand van
Sofonisba

Karakter Uitgevers B.V.

Oorspronkelijke titel: El secreto de Sofonisba
© 2007 by Lorenzo de' Medici
First published in 2007 by Ediciones B, S.A. – Barcelona/Spain
Vertaling: Anneloes Spruyt
© 2007 Karakter Uitgevers B.V., Uithoorn
Omslag en artwork: Hesseling Design, Ede
Opmaak binnenwerk: ZetSpiegel, Best

ISBN 978 90 6112 027 8
NUR 302

This book was negotiated through Marianne Schönbach Literary
Agency and Ute Körner Literary Agent, S.L., Barcelona –
www.uklitag.com

Niets uit deze uitgave mag worden openbaar gemaakt en/of verveelvoudigd
door middel van druk, fotokopie, microfilm of op welke andere wijze dan
ook zonder voorafgaande schriftelijke toestemming van de uitgever.

Opgedragen aan Sofonisba Anguissola,
om haar herinnering levend te houden

Een roman met een schilderes als hoofdpersoon
kan alleen aan een andere schilder worden opgedragen.

Voor mijn vriend Humberto Tran, met mijn oneindige genegenheid

I

Palermo, 1624

Ze hadden nog niet eens een woord met elkaar gewisseld sinds ze aan elkaar voorgesteld waren, toen de oplettende en nieuwsgierige blik van Anton van Dyck toevallig op de handen van Sofonisba viel. Hij keek er heimelijk naar om zijn natuurlijke neiging om mensen en voorwerpen te fixeren te verdoezelen. Dat was een van zijn kleine eigenaardigheden, die hij toeschreef aan beroepsdeformatie. Sinds hij had besloten schilder te worden, had hij de gewoonte mensen en voorwerpen die zijn aandacht trokken tot in de kleinste details te bestuderen.

De handen van Sofonisba waren heel klein, ze pasten bijna niet bij de rest van haar lichaam. Ze waren misvormd door de reumatiek en zo mager dat haar dunne huid doorschijnend leek en de blauwe aderen nog duidelijker uitkwamen.

Anton liet even zijn fantasie de vrije loop, terwijl hij zich voorstelde dat die aderen blauwe riviertjes waren die stroomden tussen eilanden, gevormd door een onmetelijk aantal donkere vlekken die de huid van de oude dame bedekten.

Al eerder was hem opgevallen dat oudere mensen overal op hun handen en op hun gelaat deze kleine vlekjes hadden, maar hij had ze nooit beschouwd als eilandjes. Ze wekten een soort bekoring op, alsof ze eigenlijk iets moois hadden. Sofonisba Anguissola bewoog haar handen sierlijk, met kleine, langzame en bestudeerde bewegingen, alsof ze zich bewust was van hun belangrijkheid. De macht der gewoonte deed die bewegingen er volkomen natuurlijk uitzien. Die bijzondere manier van bewegen, die een tegelijk elegante en breekbare indruk maakte, verraadde de verfijnde opvoeding die zij als meisje gekregen moest hebben. De jonge schilder, gefascineerd door die handen, kon zijn ogen er niet van afhouden. Zonder twijfel maakten zij deel uit van de betovering van de bejaarde vrouw.

Het waren handen die een eigen taal spraken, alsof je door hen het vastberaden karakter van de oude dame kon leren kennen. Anton bedacht dat in die gebaren de wens school gevoelens tot uitdrukking te brengen: haar handen brachten de boodschap veel krachtiger over dan woorden zouden kunnen.

Die boodschap ontging de oplettende Vlaming niet. Het was niet de gewone gebarenrijkdom van de Italianen, nee, het was iets heel anders. Dat zette hem aan het denken en terwijl hij de bewegingen van Sofonisba bestudeerde, realiseerde hij zich hoe haar eenvoudige gebaren, de langzame bewegingen, op het eerste gezicht bepaalde kanten van haar persoonlijkheid lieten zien. Als hij weer ging schilderen moest hij dat in gedachten houden: het was essentieel om meer aandacht te schenken aan de handen in zijn portretten. Deze overpeinzing deed hem denken aan de leeftijd van zijn gesprekspartner en aan hoe onzeker het leven was. Sofonisba stond op het punt de leeftijd van honderd jaar te bereiken, misschien over drie of vier jaar. Een leeftijd die in die tijd als onbereikbaar werd beschouwd.

Een volkomen uitzonderlijk geval. Hoe hij zich ook inspande, hij kon zich niet herinneren ooit eerder iemand te hebben ontmoet die ook maar in de buurt van de honderd jaar was gekomen. Sofonisba leren kennen mocht je werkelijk als een privilege beschouwen. Met een zweem van triestheid zei hij bij zichzelf dat naar alle waarschijnlijkheid over niet al te lange tijd deze handen niet meer zouden bewegen.

2

Anton van Dyck was de vorige dag uit zijn geboorteplaats Antwerpen aangekomen. Het was een lange en vermoeiende reis geweest, maar zoals het er nu uitzag, was het de moeite waard geweest. Hij was precies op tijd gekomen om Sofonisba Anguissola, de beroemdste schilderes van de eeuw, te leren kennen. In de voorafgaande maanden, toen hij geprobeerd had in contact met haar te komen en vooral toen hij de laatste voorbereidingen voor de reis trof, had hij gevreesd niet op tijd te arriveren om haar nog in leven te treffen.

Hij wist, hoewel niet met zekerheid, dat de schilderes een ware icoon was. Hij had al wel bedacht dat haar conditie niet zo goed zou zijn. Vandaar zijn haast. Het lag voor de hand dat een simpele verkoudheid al voldoende zou zijn om het laatste beetje leven dat nog in haar zat in gevaar te brengen.

Hij was zich bewust van het risico, maar had besloten dat het de moeite waard was om dat te nemen. Bovendien was het mogelijk dat Sofonisba nog wel in leven zou zijn wanneer hij in Palermo aankwam, maar niet meer over haar geestelijke vermogens zou beschikken, zoals zo vaak bij mensen gebeurde als ze heel oud waren. Maar hij had geluk gehad en dat was geen toeval geweest. Sofonisba was bij haar volle verstand, voor zover hij dat zelf had kunnen beoordelen, en in staat een zeer levendige conversatie te voeren. Alles was uiteindelijk goed gegaan. Anton prees zich gelukkig dat hij een van zijn dromen had kunnen vervullen: een persoonlijke ontmoeting met de laatste overlevende van het gouden tijdperk van de renaissanceschilderkunst, Sofonisba Anguissola, een tijdgenote nog van de grote Michelangelo.

Deze ontmoeting voor elkaar krijgen was voor hem een ware obsessie geworden, iets wat hij niet kon opgeven, een wedloop met de tijd die hij móést winnen. De broze gezondheid van zijn gastvrouw kon hem nog wel eens parten gaan spelen. Gedurende die eindeloze reis, die hem van

Antwerpen, in Vlaanderen, naar het afgelegen Sicilië voerde, was hij verschillende malen bang geweest te laat te komen. Dat zou niet zomaar een tegenvaller zijn, het zou een ware ramp zijn. Na zo'n lange tijd dit doel te hebben nagestreefd, was zijn verwachting tot ongekende hoogte gestegen: als dat hem op het laatste moment zou ontglippen door een domme speling van het lot, dan zou dat een zeer grote klap zijn.

Het was zijn leermeester, de beroemde schilder Peter Paul Rubens, geweest die hij in zijn werkplaats in Antwerpen voor de eerste maal die vreemde naam had horen uitspreken: Sofonisba Anguissola.

Toen ze de namen van de grote kunstenaars uit het verleden de revue lieten passeren, moest de meester aan haar denken. Terwijl ze de laatste hand legden aan het portret van een notabele uit de stad, had Rubens die naam genoemd, en hij noemde haar een van de grootste portretschilders aller tijden. Anton had nog nooit eerder over haar horen spreken.

De meester zei dat hij haar persoonlijk had leren kennen toen een van zijn reizen hem naar Genua had gevoerd, de stad waar de kunstenares gedurende langere tijd had gewoond. Die eenmalige ontmoeting moest wel een diepe indruk op hem gemaakt hebben, omdat hij nu, jaren later, nog steeds met hetzelfde respect over haar sprak.

In zijn woorden klonk de bewondering door die hij voelde voor haar — de eerste, de grootste en waarschijnlijk de beroemdste schilderes van de renaissance. Het leek bijna alsof het de meester, toen hij deze paar woorden van lof uitsprak, moeite kostte om het grote talent van die vrouw te erkennen, aangezien het de eerste keer in de geschiedenis van de schilderkunst was dat dit talent toegeschreven werd aan een persoon van het vrouwelijke geslacht, een ongebruikelijk en ongehoord feit. Dat was nog nooit eerder voorgevallen. Het was vrouwen weliswaar niet verboden om te schilderen, maar geen van hen was erin geslaagd om het met zo veel gratie te doen, met zo veel originaliteit, professionaliteit en scherpzinnigheid als Sofonisba. In haar schilderijen had ze de gewone, simpele gelaatsuitdrukkingen op het doek weten over te brengen, het lachen en huilen, waar geen enkele mannelijke kunstenaar voor haar aan begonnen was.

Haar naam hoorde je al snel buiten de grenzen van Italië, tot aan het strenge hof van Filips II van Spanje. Men wist met zekerheid dat ze daar verschillende jaren gewoond had, voordat ze naar haar geboorteland terugkeerde.

Hoe meer de meester over haar sprak, des te meer voelde Anton zich aangetrokken door haar persoonlijkheid, totdat hij zich volkomen liet meeslepen. De obsessie om haar te leren kennen was steeds heviger geworden, het was bijna een fysieke behoefte geworden. Hij veronderstelde dat hij zich moest haasten als hij zijn doel wilde bereiken, want men sprak over haar als over een monument uit het verleden. Hij kon de gedachte niet verdragen dat ze, ook al was het maar gedurende een paar jaar, zijn tijdgenote was geweest, maar hij haar niet gekend had. Zijn nieuwsgierigheid had hem ertoe gebracht naspeuringen naar haar te doen om meer aan de weet te komen. Met dat doel was hij begonnen aan vrienden en bekenden te schrijven om te vragen of ze over haar hadden horen spreken en waar hij haar kon vinden. In zijn brieven vroeg hij ook informatie over plaatsen waar haar werk te zien was. Hij wilde met eigen ogen vaststellen of ze inderdaad dat grote talent bezat dat meester Rubens haar toeschreef.

Na verloop van een aantal maanden was de schaarse informatie die hij had gekregen nogal teleurstellend. Velen van hen die op zijn vragen geantwoord hadden, wisten niets. Sommigen hadden zelfs nog nooit van haar gehoord. Anderen echter, misschien de meest erudiete, beweerden iets heel anders. Zij hadden over haar horen praten, maar ze was een legende uit een ver verleden. Waarschijnlijk was ze al jaren geleden overleden. Ze schreven dat, als Sofonisba nog in leven was, ze nu bijna honderd jaar zou moeten zijn. Het was dus wel heel onwaarschijnlijk dat ze nog op deze wereld was, vooral als je in aanmerking nam dat de gemiddelde mens maar nauwelijks de helft van dat aantal jaren haalde.

Teleurgesteld, hoewel nog niet verslagen, stond de jonge Anton op het punt van het plan af te zien, toen hij op een goede dag een brief kreeg van een collega die naar Rome gegaan was om daar te studeren. Deze verzekerde hem dat hij met zekerheid had vernomen dat Sofonisba Anguissola nog leefde. Geen van zijn informanten wist precies waar ze op dat moment was, daar sommigen zeiden dat Genua de plaats was waar ze het laatst woonde, terwijl anderen ervan overtuigd waren dat ze zich teruggetrokken had in Palermo. Aangemoedigd door dit goede nieuws schreef Anton naar beide plaatsen, maar hij kreeg geen enkel antwoord. Toen herinnerde hij zich dat Sofonisba uit Cremona afkomstig was. Met een beetje geluk zou hij misschien een familielid vinden. Als de schilderes inderdaad nog leefde, moest iemand van haar familie het weten. Hij had geluk.

Uit Cremona kreeg hij een bevestigend antwoord. Een nichtje van de kunstenares, een zekere Bianca, dochter van de zuster van Sofonisba, bevestigde hem dat zij nog schriftelijk contact met haar tante had, en dat ze dus nog springlevend was. Tenminste, volgens de laatste berichten uit Palermo, de stad waarnaar ze enkele jaren geleden met haar tweede echtgenoot verhuisd was. In haar lange, gedetailleerde brief legde de nicht uit dat de tweede man van Sofonisba, Orazio Lomellini geheten, tot een belangrijk Genuees geslacht behoorde, dat in het verleden nauwe handelsbetrekkingen over zee had met Sicilië, en dat in 1615 hij en zijn vrouw Genua hadden verlaten om in Palermo te gaan wonen, waar Orazio een aantal functies en verplichtingen had gekregen. Ze hadden een huis in de oude Arabische wijk van de stad gekocht, Seralcadi. Vervolgens legde de nicht uit dat haar tante in haar jeugd al op Sicilië had gewoond, samen met haar eerste echtgenoot, een Siciliaan, tweede zoon van een adellijke familie op het eiland, die jammer genoeg verdronken was in de wateren bij Capri.

Nu had Anton meer dan genoeg informatie. Enthousiaster dan ooit pakte hij opnieuw pen en papier om een lange brief te schrijven naar het adres dat het familielid hem had gegeven. Hij legde daarin uit wie hij was, wat hij deed, en hij vertelde in detail over het werk van zijn meester, Rubens, en vergat niet te vermelden hoe de meester haar naam genoemd had en daar voegde hij, om haar een plezier te doen, zijn lovende woorden aan toe. Hij sloot af met zijn oprechte wens haar te leren kennen.

Alvorens de brief weg te sturen, las en herlas hij hem verschillende malen, veranderde hier en daar een woord, terwijl hij de juiste toon zocht. Omdat hij de geadresseerde niet kende, wilde hij dat de brief zo duidelijk mogelijk was en dat de schilderes erdoor gemotiveerd zou worden hem te beantwoorden.

Een aantal weken ging voorbij.

Er kwam geen antwoord op zijn brief. Was ze misschien intussen overleden? Hij stond op het punt de hoop weer te verliezen, toen eindelijk het langverwachte antwoord arriveerde. De brief was niet eigenhandig door haar geschreven, en zelfs door een ander ondertekend, maar de schilderes liet hem in heel formele bewoordingen weten dat zij hem zou ontvangen. Misschien om te laten zien dat ze hem een gunst verleende, voegde ze eraan toe dat ze zich meester Rubens heel goed herinnerde en ze verzocht hem, als het niet te veel moeite was, hem haar groeten over te brengen. Het waren maar een paar woorden, waarschijnlijk door een secretaris geschreven, maar voldoende om Anton ademloos van opwinding te maken. Hij vroeg zich af hoe een simpele kaart, geschreven door een onbekende, die hem liet weten dat hij een dame mocht bezoeken die hij ook niet kende, hem zo kon emotioneren. Hij wist het antwoord niet. Hij was gewoon gelukkig. Hij had zijn doel bereikt. Hij zou Sofonisba Anguissola leren kennen, de schilderes die erin geslaagd was als vrouw en als kunstenares indruk te maken in een maatschappij die gedomineerd werd door mannen.

Nu hij tegenover haar zat in de kleine salon waar de dame haar gasten ontving, dacht Anton aan dit alles terug. Bij zijn aankomst had een dienstmeisje hem door een grote salon geleid, die vol hing met schilderijen. Maar hij had niet eens de tijd om ze te bewonderen, omdat de vrouw hem verzocht haar te volgen. Aan het einde van een lange gang waren ze naar de eerste etage gegaan, naar een kleine privésalon. Tijdens die korte wandeling kreeg hij de tijd om te zien dat hij zich in een voornaam, met smaak gemeubileerd huis bevond, wat betekende dat Sofonisba tamelijk royaal kon leven.

Daar was ze. Ze verwachtte hem. Ze was heel klein, kleiner dan hij verwacht had. Ze leek een grote pop die daar als decoratief object in de stoel zat. Bang dat ze zijn gedachten kon lezen verwierp hij dat onmiddellijk want het getuigde niet van respect.

Het was hun eerste ontmoeting.

Toen hij zich voorstelde, deed Anton door de emoties en zijn verlegen karakter een beetje stijfjes, maar zij had hem op volkomen ongedwongen wijze ontvangen, waarbij ze al vanaf het eerste moment blijk gaf van grote mensenkennis. Haar verwelkoming was veel hartelijker geweest dan de etiquette gebood, waarmee ze begrip toonde en zelfs een onverwachte genegenheid liet zien voor die onbekende die zich zo veel inspanningen had getroost om haar te ontmoeten.

Ze was in het zwart gekleed, en een soort voile, ook zwart, bedekte haar hoofd en deed haar op een non lijken. De voile verborg het haar, daarom dacht hij dat ze misschien kaal was, of dat ze in ieder geval weinig haar had, want geen enkele lok kwam eronderuit.

Op het eerste gezicht kreeg Anton de indruk dat Sofonisba een heel teer schepsel was: ze was zo verschrikkelijk mager.

Bij die fragiele verschijning vielen het lange, ovale gelaat, benig en gerimpeld door de leeftijd, de vooruitstekende adelaarsneus en de ogen die alleen nog maar twee smalle spleetjes waren onder het gewicht van de oogleden des te meer op. Anton kon haar pupillen niet zien, maar hij stelde zich voor dat ze nog glansden en dat ze hem aandachtig en nieuwsgierig opnamen. Hij vroeg zich af welke kleur haar ogen zouden hebben. Waarschijnlijk waren ze donker, zoals die van het merendeel van de Italianen die hij gekend had. Jammer genoeg kon hij ze niet zien. Als hij tijd had gehad om de schilderijen in de salon te bekijken, dan zou hij een flink aantal zelfportretten van de kunstenares ontdekt hebben en hij zou hebben gezien dat ze niet een typische Italiaanse was, want ze was blond en had blauwe ogen. Hij wist zelfs nog niet eens dat Sofonisba praktisch blind was; dat zou hij later merken. Ze zag wel iets, maar om gelaatstrekken van personen of het silhouet van voorwerpen te kunnen onderscheiden, moesten ze heel dichtbij zijn. De oude dame had er plezier in haar gasten voor de gek te houden, doordat ze zich met klaarblijkelijk gemak in haar vertrouwde omgeving bewoog, maar de schijn duurde maar kort.

Hij kende haar nog maar een paar minuten, maar nu al voelde Anton een impulsieve genegenheid voor deze vrouw.

Eindelijk stond hij voor haar.

Ze had hem ontvangen, zittend in een fauteuil met ogenschijnlijk heel gewone afmetingen, maar die enorm leek, buiten proporties, door haar zo kleine gestalte. Het versterkte het gevoel dat de kunstenares een broze gezondheid had.

Hij vermoedde dat ze met enige spanning op hem wachtte, net zoals grootouders die op het bezoek van een kleinkind wachten. Hij had niet begrepen dat het feit dat hij een volslagen onbekende was, een jongeman die half Europa door getrokken was om haar te leren kennen, haar nieuwsgierigheid had gewekt. Ze was niet meer gewend onbekenden te ontvangen, omdat er de laatste jaren niet veel bezoekers meer waren geweest. Toen hij het vertrek binnenkwam en zij zijn aanwezigheid nog niet had bemerkt, had hij haar verrast terwijl ze de plooien schikte van de sluier die haar gelaat bedekte. Een vrouwelijk, koket gebaar, dat voortkwam uit het verlangen er tot in de puntjes verzorgd uit te zien om haar jonge gast te ontvangen.

De conversatie ging in het Frans, daar Anton slechts enkele woorden Italiaans kende, te weinig voor een echt gesprek. Sofonisba echter sprak tamelijk goed Frans, goed genoeg om te merken dat haar gast de zinswendingen gebruikte die typisch waren voor de Franstaligen uit de Nederlanden. Anton was dan wel niet Franstalig, maar Vlamingen waren vaak tweetalig.

Omdat ze hem niet goed kon onderscheiden, werd Sofonisba verrast door zijn stem. Het was een welluidende en jonge stem. Veel jonger dan ze gedacht had. Uit de brief die haar secretaris haar had voorgelezen, had ze opgemaakt, zonder dat daar een aanleiding voor was, dat degene die haar om een ontmoeting verzocht een volwassen man was. Niet precies van middelbare leeftijd, maar toch wel bijna. Als ze eerlijk was, had die brief haar verrast. De woorden, de toon en de bewondering die er uit sprak, deden haar weer denken aan het verleden. Zij had er geen idee van, en dat was geen valse bescheidenheid, dat haar naam nog in kunstenaarskringen en zelfs bij de generatie jonge schilders circuleerde. Er was zo veel tijd voorbijgegaan... Bovendien had het feit dat ze nog in staat was enthousiasme op te wekken haar verbaasd doen staan.

Door zijn stem leek die Van Dyck wel een jongeman. Ze kon de verleiding niet weerstaan om al na enkele minuten te vragen hoe oud hij was. Ze wist dat het niet echt beleefd was, maar op haar eerbiedwaardige leeftijd kon ze zich dat permitteren. Anton was niet verbaasd door de vraag, en toen hij antwoordde: 'Ik ben vijfentwintig', glimlachte ze vertederd. Anton begreep uit die reactie dat zijn leeftijd zijn bezoek niet negatief zou beïnvloeden, zoals hij eerst had gedacht. Hij had het gevoel dat ze gewend was alleen mensen van zeker aanzien te ontvangen. Hij had dat nog niet bereikt, hij was nog niet zover, maar doordat hij in zichzelf geloofde, twijfelde hij er niet aan dat hij dat ook op een dag zou bereiken.

Toen ze zijn antwoord hoorde, ontsnapten de oude dame de woorden: 'Mijn God, wat bent u nog jong.'

Vanaf dat moment praatten ze makkelijker, vertrouwelijker, alsof de leeftijdskwestie, niet van echt veel belang, de bejaarde dame op haar gemak had gesteld. Sofonisba ontspande en toonde zich volkomen bereid om naar de jongeman te luisteren. Ze had nooit kinderen gehad. Misschien vond ze het daarom prettig door jongeren omringd te zijn. Door hun aanwezigheid voelde ze zich weer jong.

Eerst zwegen ze en na een korte uitwisseling van beleefdheden wist geen van de twee hoe verder te gaan. Ze schenen elkaar wederzijds op te nemen. Anton voelde zich een beetje dwaas. Gedurende de hele reis, van Antwerpen naar Palermo, had hij steeds weer geprobeerd in gedachten zijn vragen zo goed mogelijk te formuleren. Hij wilde een goede indruk maken, niet zomaar nieuwsgierig lijken. Jammer genoeg herinnerde hij zich nu hij in haar bijzijn was geen enkele van die vragen meer. Hij kon de woorden gewoon niet meer vinden.

Zij was het die het ijs brak. Ze had de verlegenheid van de jongeman aangevoeld en probeerde hem op zijn gemak te stellen. Ze sprak met een nauwelijks hoorbare stem, op vlakke toon, zonder ook maar enig accent. Ze vroeg hem naar zijn reis, naar zijn land, zijn familie. Naar het leek keerden de rollen om, alsof zij het was die hem beter wilde leren kennen. Hij antwoordde eerst nog wat terughoudend, daarna met meer zelfvertrouwen. De gedachte haar naar haar leeftijd te vragen kwam bij hem op, maar hij durfde het niet. Hij onderdrukte zijn opwelling en bedwong voorlopig zijn nieuwsgierigheid. Hij wilde niet dat mevrouw Anguissola zou denken dat hij slecht opgevoed was. Dat zou alle harmonie die tussen hen ontstond verstoord hebben. Het was heel waarschijnlijk dat zij er zelf in de loop van het gesprek over zou beginnen. Oude mensen laten graag aan jongeren merken dat ze al veel ervaring hebben. Van haar kant wilde zij uitgebreide informatie over het werk van meester Rubens, die ze zich nog goed herinnerde. Ook hij was een van de jonge mensen geweest die haar waren komen bezoeken. Toen was ze al oud, sindsdien waren er nog zo'n dertig jaar bij gekomen. De precieze datum herinnerde ze zich niet. Ze wist dat het in Genua was geweest, waar ze verscheidene jaren met Orazio had gewoond, voordat ze naar Sicilië vertrokken was.

Terwijl ze sprak, wierp Anton een blik om zich heen, nieuwsgierig naar de omgeving waarin de kunstenares leefde. Hij was een beetje teleurgesteld toen hij merkte dat de kamer precies hetzelfde was als een kamer in elk willekeurig ander huis, met zijn fauteuils, tafeltjes, tapijten en siervoorwerpen. Een paar planten probeerden het wat op te vrolijken, zonder dat ze daar echt in slaagden. Aan de muren hingen schilderijen met landschappen. Een daarvan kwam hem bekend voor, maar hij kon er niet opkomen welke plaats het was. Vooral de muur achter Sofonisba trok zijn aandacht. Daar hing het portret van een jonge vrouw, heel bijzonder uitgevoerd. Ze was geschilderd tegen een donkere achtergrond, terwijl ze zelf ook weer aan het schilderen was. Vooral het gelaat en een hand vielen op, ze waren zo natuurgetrouw afgebeeld dat de jonge vrouw leek te leven, alsof ze bij hen was en stil luisterde naar hun wederzijdse confidenties. Een vreemde aanwezigheid, bijna bovennatuurlijk.

Van de landschappen betwijfelde hij of ze haar werk waren omdat dat niet haar genre was, maar van dit schilderij dacht hij dat het wel het geval was. Gedeeltelijk kwam dat door haar faam als portretschilderes, en voor een deel omdat kunstschilders hun huis vaak vol hingen met hun eigen werk, maar hij durfde niet te vragen of dat echt zo was. Hij stond nog niet op zo vertrouwelijke voet met haar dat hij ongepaste vragen durfde te stellen. Want wat als het niet van haar was? Dan zou het een stomme zet zijn! Het zou heel pijnlijk zijn. Ongetwijfeld zou er later nog wel een gelegenheid komen om erachter te komen.

In ieder geval vond hij het moeilijk zijn ogen van de jonge vrouw op het portret af te houden. Ze was buitengewoon mooi, met grote blauwe ogen en daarin de zachte blik die waarschijnlijk kenmerkend was voor haar. Het blonde haar was opgestoken in de nek, zo was toen de mode. Als het inderdaad een werk van haar was, dan was het het eerste dat hij zag. En het was werkelijk heel mooi. Hij was er verrukt van. Tot nu toe had hij nog geen schilderij van haar uitgebreid kunnen bestuderen. Hij had ook sterk de neiging haar te vragen wie de vrouw op het schilderij was, maar dat stelde hij uit tot later. Hij wilde de betovering van het moment niet verbreken.

In de loop van het onderhoud verraste Sofonisba hem op aangename wijze. Ze was niet alleen volkomen helder van geest en in staat om een geanimeerd gesprek te voeren, haar conditie leek ook tamelijk goed te zijn. Haar handen noch haar hoofd trilden, zoals Anton dat bij andere oude mensen gezien had. Wanneer het zijn beurt was om te spreken hoorde zij alles, zonder dat hij zijn stem hoefde te verheffen. In het begin had hij met wat luidere stem dan gewoonlijk gesproken, om er zeker van te zijn dat zij hem goed kon horen. Hij was bang dat ze hardhorend was, wat heel waarschijnlijk was, maar zij had onmiddellijk de overdreven luide, geforceerde toon in de gaten gehad. Door heel zacht te spreken, alsof ze wilde vaststellen of het niet juist andersom was, dat haar gesprekspartner niet goed hoorde, had ze te kennen gegeven dat haar gehoor uitstekend was.

De eerste dag van hun ontmoeting brachten ze door met elkaar te leren kennen. Niets wat Anton zich voorgenomen had om te zeggen of te doen, deed hij. Alles ging gewoon zoals het ging, zonder zich aan een scenario te houden. Sofonisba was verrukt over haar jonge gast, die ze heel interessant vond. De jongen had een positieve kijk op het leven, en hij sprak zo leuk. Bovendien toonde hij karakter te hebben en een gave om de ironische kant van iets te zien. Hij bracht haar in een goed humeur. Het was lang geleden dat dat haar overkomen was. Het fascineerde de oude dame hoe hij ironie als instrument toepaste om situaties en gebeurtenissen zo spontaan en zo gedetailleerd te beschrijven. Eigenlijk groeide er tussen hen in de weinige uren die ze met elkaar doorbrachten niet alleen een nieuwe vriendschap, maar vooral een mengeling van saamhorigheid, schroom en wederzijds respect door het grote leeftijdsverschil, en bovendien bleek dat ze op dezelfde golflengte zaten in hun gemeenschappelijke liefde voor de kunst.

De uren verstreken zonder dat ze dat opmerkten. Bij het vallen van de avond, toen het moment van afscheid nemen kwam, spraken ze af elkaar de volgende dag weer te ontmoeten. Ze zeiden elkaar als oude vrienden gedag, niet heel erg uitbundig, maar ze waren zich bewust van hun wederzijdse en oprechte genegenheid. Toen Anton met tegenzin het huis verliet, had hij een vreemd gevoel. Diep binnen in hem groeide een mengeling van melancholie en sprankelende euforie, alsof hij enerzijds vreesde dat hij haar de volgende dag niet zou kunnen zien door haar verontrustende breekbaarheid, en hij anderzijds de voldoening smaakte dat hij een van zijn dromen in vervulling had doen gaan. Hij had haar zelfs voor zich ingenomen. Hij besloot zich niet door het onaangename deel van zijn gedachten te laten meeslepen. Tot nu toe was alles goed gegaan. Hij voelde zich geïnspireerd. Meer dan ooit wilde hij zich laten gaan op de vleugels van verrukking.

3

De jonge Van Dyck bracht de nacht onrustig door. In zijn eenzame bed haalde zijn onderbewuste een vreemde grap met hem uit. Zijn geest, vol met beelden die hij gedurende de reis had verzameld, en geprikkeld door de emoties van de recente ontmoeting met Sofonisba, dwaalde soepel door de meest afgelegen kronkels van zijn brein. Hij volgde de glibberige weg tussen droom en nachtmerrie, waarbij hij makkelijk van het een in het ander overging, zonder dat hij in staat was ook maar een van zijn fantasiebeelden goed onder controle te houden. Hij kon niet onderscheiden wanneer hij droomde of wanneer zijn gedachten alleen maar een bekende weg volgden.

Op die vreemde reis buitelden de visioenen over elkaar heen, waarbij alle grote kunstenaars uit de vorige eeuw om beurten hun opwachting maakten, van Michelangelo tot Vasari, alsof ze op een feest waren; maar er was ook een heel oude vrouw die hij alleen van achteren zag, en een meisje met enorme blauwe ogen. Hij kon haar niet scherp in beeld krijgen, en als hij zijn best daarvoor deed, verdween het meisje als bij toverslag.

Het morgenlicht trof hem afgemat en verward aan, zijn geest nog verstrikt in de nachtelijke fantasieën.

Zijn eerste gedachte was dat hij iets belangrijks moest doen, maar hij wist maar niet wat, hoe vanzelfsprekend en voor de hand liggend het ook was. Er zat niets anders op dan gewoon wachten tot hij uit zijn verwarde toestand was, dan zou hij het zich wel weer herinneren. Zijn gedachten concentreerden zich onmiddellijk op Sofonisba en de gebeurtenissen van de vorige dag. Hij glimlachte en probeerde zijn verwachtingen voor de komende ontmoeting weer helder te krijgen. Hij verbeeldde zich, zonder dat daar een aanleiding voor was, dat de oude dame een belangrijk geheim te onthullen had, en dat zij het alleen met hem zou delen. Hij voelde zich op een eigenaardige manier met haar verbonden door een nauwe, onlosmakelijke band. Toch besefte hij wel, naarmate hij wakkerder werd, dat zijn fantasie geen enkele relatie met de werkelijkheid had, en dat het enige gemeenschappelijke dat Sofonisba had met de figuren in zijn dromen was dat ze tijdgenoten geweest waren. Ook al bleek ze een fascinerende vrouw te zijn, dat maakte haar nog niet tot de hoedster van belangrijke, onuitsprekelijke geheimen. Bovendien, als Sofonisba een zorgvuldig bewaard geheim zou hebben, waarom zou ze het dan uitgerekend met hem willen delen?

Nu hij aan haar dacht, merkte hij dat hij zich haar gezicht niet herinnerde. Hoe hij ook zijn best deed, het lukte hem niet haar voor de geest te halen. Toch had hij de vorige dag met bijzonder veel aandacht naar haar gelaatstrekken gekeken. En nu ontglipten ze hem alsof de nacht zelfs de helderste herinnering aan haar had weggevaagd. Hij probeerde zich te concentreren. Zijn verstand kon toch niet zo'n lelijke streek met hem uithalen? Uiteindelijk, nadat hij alle overige gedachten verbannen had, verscheen ze. Ze glimlachte. Ze zat op hem te wachten, genesteld in die stoel die te groot was voor haar. Het was een geruststellend beeld. Hij kleedde zich snel aan en liep met vlugge tred naar de oude Arabische wijk, naar het huis van zijn nieuwe vriendin, zonder te luisteren naar het geknor van zijn maag, die een stevig ontbijt eiste.

Terwijl hij verderging, had hij het gevoel dat hij tegen de tijd in rende, alsof zijn uurwerk twee keer zo hard liep.

De warme zon van de Siciliaanse herfst deed hem, ondanks het relatief vroege uur, denken aan die veel blekere zon van zijn eigen land, wanneer die, op ongeveer dezelfde tijd, tevoorschijn kwam uit de nevels die in dat jaargetijde over de stad lagen. Het was het uur waarop Antwerpen uit een lange nacht ontwaakte.

Hij miste zijn dagelijkse ochtendwandelingen niet, als hij zich door het toeval en door de gewoonte liet leiden langs de grachten. Hij was eraan gewend om zonder doel te lopen, op zoek naar zichzelf, verzonken in eenzaamheid. Ver van de penselen en de doeken, zonder de alom aanwezige geur van verse verf en terpentine die de hele dag om hem heen hing. Als hij liep, kon hij alles beter overzien en analyseren. Daarna, als hij eenmaal bij zijn werk was aangekomen, maakten die eenzame overpeinzingen het hem mogelijk de dag rustiger tegemoet te treden.

Gedurende die ochtendwandelingen, met alleen zijn fantasie en zijn gedachten als metgezellen, droomde hij van de toekomst en van de dingen die hij graag zou willen doen. Gewoonlijk waren de burgers van zijn stad nog niet zo vroeg op straat, zelden ontmoette hij iemand.

Hoogstens stuitte hij op een hoek op een voerman die zijn waren naar de markt bracht, of op een jongen op weg naar zijn werk. Maar omdat hij ze niet kende, hoefde hij niet de moeite te nemen om ze te groeten. Toen hij eindelijk in de buurt van Sofonisba's huis kwam, was hij wat rustiger geworden. Nu de nachtmerries verdreven waren, dacht hij er alleen nog maar aan hoe hij de nieuwe ontmoeting zou aanpakken. De aanblik van het huis kalmeerde hem. Het was een kast van een huis, op een hoek gelegen, het oogde massief, wit geschilderd met natuurstenen kroonlijsten boven de ramen. Het voorportaal was uiterst eenvoudig, zonder enige versiering, behalve de twee grote ijzeren ringen die op gelijke hoogte aan beide deuren hingen. Anton constateerde dat het gebouw in zijn geheel iets voornaams had, waardoor het verschilde van de aangrenzende huizen. De donkergroen geschilderde jaloezieën van het type waar je ongezien doorheen kon kijken, waren ondanks het vroege uur allemaal gesloten. Ongetwijfeld om de zon en de hitte buiten te houden. Eenmaal binnen was een aanzienlijk verschil met de temperatuur buiten merkbaar. De dikte van de buitenmuren zorgde voor een aangename koelte. De vloer van de hoofdgang was van zwart marmer, terwijl de kamers een parketvloer hadden, die gedeeltelijk schuilging onder zachte tapijten. Toen hij al dezelfde weg als de vorige dag had afgelegd, met dezelfde gebaren en begroetingen, ontdekte Anton pas dat zijn angst ongegrond was. Ze zat daar op hem te wachten, alsof hun ontmoetingen een vertrouwde gewoonte waren. Ze verdween bijna in die fauteuil, die nog groter leek dan de vorige dag – of was zij het misschien die kleiner geworden was? Ze begroette hem met mediterrane hartelijkheid, alsof hij een oude vriend was, en omdat het nog heel vroeg was, was ze zo fijngevoelig hem te vragen of hij tijd had gehad iets te eten. Op zijn ontkennende antwoord riep Sofonisba een dienstmeisje, aan wie ze instructies gaf om meteen een overvloedig ontbijt voor hem te maken.

De vorige dag was het Anton opgevallen dat Sofonisba in tamelijk goeden doen was. Hij had dat niet verwacht of hij had er misschien niet zo bij stilgestaan; daarom had het hem verbaasd.

Het huis was groot en ruim, goed gemeubileerd, en er was veel personeel. Waarschijnlijk was al die luxe de vrucht van vele jaren van succes. Ongetwijfeld had ook de rijkdom van haar echtgenoot ertoe bijgedragen. Hij herinnerde het zich heel goed: de nicht had over de echtgenoot van Sofonisba geschreven dat hij tot een belangrijk Genuees geslacht behoorde en dat hij steeds meer functies en verplichtingen in Sicilië had gekregen. Een bewering die wel waar moest zijn, want hij kon het met eigen ogen zien.

Hij had alleen nog niet met hem kennisgemaakt. Sofonisba had zich voor zijn afwezigheid verontschuldigd, omdat hij naar het binnenland van Sicilië moest om zijn landerijen te inspecteren. Anton wist maar heel weinig van hem, behalve dat hij, voor zover hij dacht te hebben begrepen, tien jaar jonger was dan zijn vrouw.

Het dienstmeisje, een jong, niet erg aantrekkelijk meisje met wenkbrauwen die een borstelige lijn vormden boven haar ogen, van top tot teen in donkergrijs gekleed en met een groot zwart schort voor dat tot haar knieën reikte, keerde terug met een blad vol heerlijkheden. Het aroma van goede Italiaanse koffie, zo anders dan Vlaamse koffie, maakte hem plotseling hongerig. Het geroosterde brood, de boter en de jam, en daarbij nog een paar gebakken eieren met worstjes – een heel noordelijk detail – waren zijn goede opvoeding te machtig. Hij wierp een korte blik op Sofonisba en daar zij door een knikje met haar hoofd scheen aan te geven dat hij kon beginnen, aarzelde hij niet langer.

Zij sloeg hem in stilte gade, alsof ze een belangrijk en plechtig moment deelden, vergelijkbaar met de terugkeer van een zoon uit de oorlog. Op haar gelaat lag de voor haar zo karakteristieke liefdevolle glimlach.

Anton liet het zich duidelijk goed smaken, om de zo veel tijd wierp hij zijdelings een blik op haar. Hij vond haar brozer dan de vorige dag, alsof de nacht dat lichaam, waarin nog maar een sprankje leven zat, verder had aangetast. Beïnvloed door dat visioen bekroop hem weer de twijfel over hoe lang ze nog te leven had. Wat kon hij in die toestand verwachten? Het zou zeker niet lang meer duren.

Na het ontbijt begonnen ze wat over ditjes en datjes te praten, alsof ze elkaar al heel lang kenden, terwijl Anton inwendig zijn ongeduld probeerde te bedwingen, want nu waren uiteindelijk alle vragen hem weer te binnen geschoten, een voor een, al die vragen die hij tijdens de reis had voorbereid.

Op vlakke toon haalde zij enkele gedetailleerde herinneringen aan haar kindertijd op met een verbazingwekkende tegenwoordigheid van geest. Voordat haar gast de gelegenheid had om haar iets te vragen, begon ze hem te vertellen hoe ze schilderes was geworden. Dat was precies een van Antons vragen. Hij had niet gedacht dat zij hem, ondanks haar scherpzinnigheid en ervaring met vraaggesprekken, voor had kunnen zijn.

Volgens Sofonisba was het eerder toeval geweest dan een echte roeping. Ze was geboren in een kinderrijke familie van lage adel uit de provincie, uit Cremona, in het noorden van Italië; na haar waren nog zes zussen en als laatste een broer gekomen. Hun vader, Amilcare Anguissola, had gemeend hun tenminste een degelijke opvoeding en een redelijke artistieke bagage mee te geven, omdat hij door gebrek aan middelen geen goede bruidsschat kon garanderen aan al zijn dochters. En zo had ieder van hen, met graagte of met tegenzin, les gehad in literatuur, kunst, muziek, poëzie en tekenen.

'Wil dat zeggen dat ieder van de zusters dezelfde tekenlessen kreeg?' vroeg Anton, terwijl hij zijn lippen met een servet afveegde. 'Was het toentertijd niet ongebruikelijk dat meisjes tekenles kregen?'

Voordat ze antwoordde, schoof Sofonisba een beetje heen en weer. Ze zocht een gemakkelijke houding en gaf daarmee te kennen dat ze een lang antwoord ging geven. Zij wist dat enkele aspecten daarvan haar jonge gesprekspartner zouden verbazen.

'In werkelijkheid was het geen spontane beslissing,' begon ze met vaste stem, 'en ook niet onze keus. Het was noodzakelijk, voorgeschreven door de bijzondere familieomstandigheden. Natuurlijk was het in die tijd niet gebruikelijk, net zomin als op dit moment, geloof ik, om een aantal jongedames uit onze kringen voor te bereiden op een kunstenaarsloopbaan. In mijn jeugd, ik heb het nu over de jaren 1540-1550, hielden meisjes van gegoede familie, en mijn familie was een van de bekendste uit de stad, zich niet bezig met kunst. Het grootste deel van hen was voorbestemd tot een goed huwelijk dat gunstig zou zijn voor de familie, of ze werden naar het klooster gestuurd, altijd een eervolle uitweg. Het was ook mogelijk, als een van hen heel veel geluk had, dat ze als gezelschapsdame gevraagd werd door een dame uit de hoge adel, een prinses of een hertogin. In onze streek, in de provincie en in de nabijgelegen hertogdommen, waren er verscheidenen. Daar Italië verdeeld was in kleine, onafhankelijke prinsdommen, had elk zijn eigen hof. Als een meisje aan een van deze hoven werd geroepen, beschouwde men dat als een geluk. Ze profiteerde van het leven in een aristocratische omgeving die ze anders niet had kunnen frequenteren, als haar eigen familie niet voldoende middelen had om daarvoor te zorgen. Nu had ze bovendien een betrekking die haar een goede positie verzekerde. Maar die waren wel schaars en de kandidaten waren talrijk. Je hoeft maar te bedenken dat alleen al bij mij thuis zes meisjes geplaatst moesten worden, onze broer Asdrubale niet meegeteld.'

'Asdrubale?' herhaalde Anton, die opmerkzaam luisterde. 'Een heel originele naam.'

'Kent u de geschiedenis van Carthago niet?' vroeg Sofonisba vorsend, alsof ze de algemene ontwikkeling van de jongeman wilde testen.

'Niet zo,' gaf Anton toe, en hij bloosde licht.

'Het is een eigenaardigheid van mijn familie om niet erg conventionele namen te hebben. Mijn grootvader heette Annibale, mijn vader Amilcare en mijn broer Asdrubale. Het zijn allemaal namen die te maken hebben met de geschiedenis van Carthago en de Punische oorlogen. De mijne ook. Heb je ooit een andere vrouw gekend die Sofonisba heette?'

'Nee, ik moet toegeven dat ik die naam nooit eerder heb gehoord.'

'Kijk, mijn beste jongen... U vindt het toch niet erg dat ik u "mijn jongen" noem?' zei ze ertussendoor met een vriendelijke glimlach. Ze nam het antwoord als vanzelfsprekend aan en vervolgde: 'Bij ons thuis gaven ze de pasgeborenen meestal ongebruikelijke namen, maar niet altijd. Drie van mijn zusters kregen gewone namen: Lucia, Anna Maria en Elena. Ik was de eerstgeborene en ze noemden me Sofonisba, terwijl ze voor een andere zus van me Europa uitkozen en voor weer een andere Minerva. Ik weet dat het vreemd kan overkomen en dat mensen daardoor mijn familie een beetje excentriek vonden, maar ik verzeker u dat alle namen verwijzen naar historische figuren. Mijn grootvader Annibale heette naar de zoon van Hamilcar Barca, de grote vijand van het oude Rome, terwijl Hasdubral de naam van zijn broer was. Maar het was een andere Hasdrubal, de zwager van de vorige, maar wel met dezelfde naam, die een van zijn dochters de naam Sofonisba gaf. Daarom koos mijn vader die naam voor mij uit.'

'Uw vader was uiteraard een originele man.'

'Hij was vooral een ontwikkelde man,' merkte Sofonisba op.

'Daar twijfel ik geen moment aan,' haastte Anton zich te verklaren.

'Zoals ik al zei,' ging ze op haar gewone toon verder, 'was mijn familie niet bijzonder bemiddeld en onze vader moest het zien klaar te spelen voor ieder van zijn dochters een behoorlijke toekomst te verzorgen. Hij dacht dat bij gebrek aan beter een bruidsschat in de vorm van culturele bagage en kennis van onderwerpen waarover meisjes van onze stand gewoonlijk niets wisten op de een of andere manier het gebrek aan financiële middelen zou compenseren. Verder dacht hij, en daarin vergiste hij zich niet, dat een gedistingeerde opvoeding een goed tegenwicht zou zijn en een goed huwelijk voor ons makkelijker zou maken. Een meisje van gegoede familie maar met weinig geld kon tenminste streven naar een fatsoenlijk huwelijk, als ze dan maar wel goed cultureel onderlegd was. Dat was de echte reden waarom wij allemaal schilderessen werden.

'Allemaal?' vroeg Anton verbaasd. 'U bedoelt de zes zusters?'

'Ja, natuurlijk, allemaal. Wist u dat niet?' antwoordde Sofonisba met een geamuseerde glimlach, alsof ze zich verbaasde dat Anton iets wat zo voor de hand lag niet wist.

Inderdaad wist de jongeman dat detail niet. Toen hij ijverig informatie over haar aan het verzamelen was, had niemand het ooit over haar zusters gehad. Hij leek wel onthutst in plaats van alleen maar verbaasd.

'Nee, dat wist ik niet,' gaf hij uiteindelijk toe. 'U komt uit een waarlijk bijzondere familie, mevrouw. Zes schilderende zusters. Ik kan het nauwelijks geloven.'

Sofonisba haalde haar schouders op. Zij scheen het helemaal niet zo ongelooflijk te vinden.

'Het leven zit vol vreemde zaken,' zei ze, 'ook al lijkt het mij niet buitengewoon toe.'

'En uw broer Asdrubale? Was die ook schilder?'

'Nee, Asdrubale niet. Hij wijdde zich aan andere zaken.'

'Excuseer me als ik u brutaal toeschijn, mevrouw, maar ik heb uw zusters nooit horen noemen als schilderessen.'

'Maakt u geen zorgen,' antwoordde ze, het gewicht aan zijn opmerking ontnemend.

'Hebben uw zusters ook carrière gemaakt, net als u?' vroeg hij ter verduidelijking.

'Natuurlijk. Hoewel ik in alle bescheidenheid moet erkennen dat ik misschien meer geluk had dan zij. Allemaal waren ze op hun manier werkelijk met talent begiftigd.'

Anton dacht hierover na. 'Zes schilderende zusters, midden in de renaissance, waarvan er slechts één beroemd werd... Heel interessant!'

Geen van zijn kennissen had ooit haar zusters genoemd. Toch was het iets bijzonders. Misschien kwam het omdat maar één van hen internationale roem had behaald. Waarschijnlijk had zij, Sofonisba, met haar aureool van groot portretschilderes onwillekeurig het talent van de anderen overschaduwd.

'En waarom precies kozen ze de schilderkunst uit?' vroeg hij ten slotte. 'Voelden ze zich daartoe aangetrokken?'

'Niet speciaal. Het was geen weloverwogen keus. Het toeval greep in. Wij kregen een brede opleiding: behalve tekenen ook literatuur, muziek en poëzie. In die tijd leefde er in de stad Cremona een schilder van zekere faam, Bernardino Campi. Mijn vader kende hem goed en vroeg hem of wij, mijn zuster Elena en ik, tekenlessen in zijn atelier konden volgen. De meester stemde toe. Natuurlijk gingen we niet naar de hoofdwerkplaats, omdat die bezocht werd door allerlei soorten leerlingen; dat zou ongepast zijn geweest in de ogen van de maatschappij. Wij kregen een kleine, aparte werkplaats aangewezen. Daarna koos Elena een andere weg, ook al is ze altijd blijven schilderen.'

'Een andere weg?'

'De weg van de Heer.'

'U bedoelt dat ze non werd?'

'Ja, hoewel ze bleef schilderen, ook toen ze het klooster in gegaan was. Gewijde kunst, natuurlijk. Misschien dat ze daarom niet dezelfde – laten we zeggen – bekendheid kreeg als ik. Wij waren de oudsten. Daarom studeerden we samen.'

'Het is wel heel bijzonder,' zei Anton, alsof hij hardop dacht, 'dat zes zusters schilderessen zijn geworden. Ik kan het me nauwelijks voorstellen.'

'Ja, het kan vreemd lijken, maar wij vonden het heel gewoon. Wij zijn zo opgevoed. Onze vader wilde geen onderscheid maken tussen de een en de ander; voor hem waren wij allemaal gelijk. Het was normaal dat ieder dezelfde mogelijkheden kreeg.'

'Maar u hebt zich onderscheiden. U bent beroemd geworden. Dat zal een oorzaak hebben, veronderstel ik.'

Sofonisba glimlachte vaag. Ze scheen een beetje verlegen.

'Laten we zeggen dat ik meer geluk heb gehad dan mijn zusters,' gaf ze uiteindelijk toe. 'Ik had van nature wat aanleg voor het tekenen, maar dat wilde nog niet zeggen dat ik meer talent had dan zij. Ik hield heel veel van tekenen, en ik had veel aan de lessen die ik kreeg.'

'Maar er zit nog heel wat tussen een beetje tekentalent en een indrukwekkende loopbaan in de schilderkunst hebben,' hield Anton aan.

Weer kwam er zo'n vage glimlach op Sofonisba's lippen.

'Ik weet niet of ik kan zeggen dat ik een indrukwekkende loopbaan heb gehad. Ik zie het niet op die manier. Ik zou liever zeggen dat ik het geluk aan mijn zijde had.'

Anton van Dyck begreep uit de manier waarop ze die woorden uitsprak dat ze noch uit drang om haar familie te beschermen noch uit gehoorzaamheid haar zusters verdedigde. Het was gewoon uit echte, onvervalste bescheidenheid. Zo was ze nu eenmaal.

'U bent te bescheiden, mevrouw. Uw roem is opmerkelijk. Dat bereik je niet als je geen groot talent bezit.'

'Zeg geen onzin,' ontkrachtte Sofonisba zijn woorden.

Anton begreep dat deze conversatie haar niet beviel. Daarna ging ze op iets mildere toon verder, alsof ze er spijt van had dat ze een beetje bruusk was geweest.

'Ik heb geluk gehad. Mijn manier van schilderen viel in de smaak, dat is alles. De mogelijkheid om de groten van deze aarde te leren kennen en bij hen in de gratie te vallen was natuurlijk wel een belangrijke factor in mijn loopbaan. Het geluk lachte me toe en bood me een geweldige kans; ik denk niet dat het alleen door mijn "talent" is gekomen.' Haar toon was ironisch. Plotseling veranderde ze van onderwerp, alsof het haar hinderde dat er zoveel over haar talent werd gesproken. Ze vroeg: 'U weet toch zeker dat u zich niet verveelt?'

'Beslist niet,' antwoordde Anton meteen, pijnlijk getroffen. 'Dat kan ik u verzekeren. Het is mij een grote eer dit ogenblik met u te kunnen delen.'

'U bent nog heel jong, meneer Van Dyck, maar ik zie dat u de manieren en de hoffelijkheden van de oudere heren al hebt geleerd,' gaf de oude dame als commentaar.

Anton lachte hartelijk. Hij had een sympathieke lach.

Sofonisba vond hem een aardige jongen, met zijn serieuze, leergierige uiterlijk, dat mooie haar dat tot op zijn schouders viel en die zweem van een glimlach die steeds om zijn mondhoeken speelde. Hij was vriendelijk en bescheiden, en zijn beminnelijke manier van spreken maakte hem meteen sympathiek.

Vanaf het allereerste begin had hij laten zien dat hij wist hoe hij met oudere personen moest omgaan en dat stelde haar op haar gemak. Voor de ontmoeting was ze bang geweest dat ze met een onbekende jongeman te maken zou krijgen die haar aan een koud en afstandelijk verhoor zou onderwerpen, zoals haar in het verleden al eens was overkomen. Ze zou het niet hebben verdragen.

Tijdens hun gesprek maakte de jongen aantekeningen in een wit schrift, waarin hij bijzonderheden van hun gesprek optekende om ze zich later weer te kunnen herinneren. 'Zes zusters, allemaal schilderessen, Amilcare, Asdrubale, Annibale.'

Bijna zonder dat hij het merkte was hij, opnieuw uit beroepsdeformatie, begonnen een portret van zijn gastvrouw te schetsen zoals zij daar op dat moment in haar fauteuil zat. Dat deed hij altijd als hij een interessante persoon ontmoette of een aantrekkelijk landschap zag. Het was meer bij wijze van herinnering dan om er achteraf een schilderij van te maken. In zijn tekening besteedde hij bijzondere aandacht aan het gelaat en de handen, die hem zo fascineerden.

'Gaat u verder, mevrouw,' zei hij na een korte pauze, zonder te stoppen met tekenen. 'Tenzij u te moe bent. Wilt u dat we pauzeren?'

'Nee, nee, nog niet. Wanneer ik moe ben, zal ik het u zeggen. Waar waren we gebleven?'

'U zei dat u en uw zuster Elena toegelaten werden tot de werkplaats van meester Campi.'

'O ja.'

'Pardon, weet u in welke tijd dat ongeveer was?'

'Laat eens kijken... Het is lang geleden.' Ze scheen geheel op te gaan in haar herinneringen, toen ze plotseling vroeg: 'Weet u hoe oud ik ben?'

Als Anton stilletjes had kunnen lachen, zonder ook maar enige emotie te laten merken en zonder dat zijn mondhoeken ook maar een beetje trilden, dan zou hij dat gedaan hebben. Nu echter glimlachte hij tevreden.

Hij had het geweten.

Hij had geweten dat het zou gebeuren. Hij kende oudere mensen goed genoeg om te weten dat vroeg of laat het gesprek altijd op de leeftijd kwam. Hij probeerde zijn bescheiden voldaanheid te verbergen en nam een serieuze houding aan. Hij veinsde dat hij het gelaat van Sofonisba bestudeerde alsof hij het voor de eerste keer zag. Hoe zou ze reageren als hij het durfde haar leeftijd bij benadering te zeggen?

Hij besloot zich niet te wagen in de ingewikkelde meanders van de vrouwelijke psyche en hij koos voor een diplomatiek antwoord, hetgeen zijn goede opvoeding benadrukte: 'Ik zou het niet kunnen zeggen, mevrouw.'

'O, wat galant,' riep Sofonisba glimlachend uit. 'Goed dan, ik ben net zesennegentig geworden.'

Was dat waar, of had ze er een paar jaar afgetrokken om niet al te dicht bij de eeuw te zitten? Hij had horen zeggen dat ze een of twee jaar ouder was. Nu ja, het deed er niet toe.

Zij keek naar hem alsof ze een verbaasde reactie verwachtte. Weer wist Anton met tact te reageren.

'Een heel eerbiedwaardige leeftijd, mevrouw,' verklaarde hij respectvol. 'Slechts weinigen kunnen bogen op een zo vruchtbaar leven.'

'Helaas, helaas. Denk niet dat het een verdienste is. Kijk naar mijn kwalen. En dan heb ik het nog niet eens over alle mensen die ik gekend heb en die er nu niet meer zijn. Het is niet aangenaam om zo lang te leven en alle familieleden en vrienden te zien sterven. Het is heel moeilijk om alleen achter te blijven, hoewel ik gelukkig gezegend ben met een echtgenoot die me aanbidt.'

'Daar twijfel ik niet aan,' zei Anton, en hij wist niet wat er verder nog aan toe te voegen.

'Kijk, mijn jongen,' ging ze verder, over de onfortuinlijkheden van de oude dag heen stappend, 'ik ben altijd een positief ingesteld persoon geweest. Wanneer ik 's ochtends opsta, ben ik God dankbaar voor al de delen van mijn lichaam die het nog doen in plaats van te kijken naar de delen die niet functioneren. Elke dag is een geschenk voor me en daar ben ik me heel goed van bewust.'

'Als het niet zo was, zou ik nooit de eer gehad hebben u te leren kennen, mevrouw,' zei Anton galant. En hij probeerde het gesprek weer terug te leiden naar zijn eigen terrein: 'U zei me dus dat u al heel jong als assistente begon bij meester Campi.'

'Ja, ja, al heel jong,' antwoordde Sofonisba, na een ogenblik te hebben nagedacht. 'Toen ik acht of tien was.'

'Jullie waren toen nog kinderen,' flapte Anton eruit.

'Ja, dat waren wij, maar de schone kunsten zoals de muziek en het tekenen moet men heel jong leren. Later, als men ouder is, kost het meer moeite om nieuwe dingen op te nemen.'

'Zo is het. Ook ik begon heel jong,' gaf Anton toe. 'U zei dus...'

'Mijn vader, die een man van aanzien was in Cremona, de stad waar wij woonden en waar iedereen elkaar kende, omdat het in feite maar een heel klein stadje was, had met meester Campi contact gehad. Hij vroeg hem of mijn zuster en ik tekenles bij hem mochten nemen en hij stemde daarin toe. Maar in werkelijkheid waren we maar heel kort bij meester Campi, omdat hij een opdracht kreeg in Milaan en hij onze stad voor altijd verliet. Hij werd opgevolgd door Bernardino Gatti, een schilder uit Pavia. Zijn werkterrein lag tussen Cremona en Placenza. Bij hem heb ik veel geleerd. Intussen begon mijn vader, toen hij merkte dat mijn zuster en ik enige aanleg om te tekenen hadden, waar hij heel trots op was, naar alle invloedrijke personen in Italië te schrijven om de verdiensten van zijn dochters te prijzen. Soms deed hij een paar tekeningen bij zijn brieven. Hij wilde dat onze kwaliteiten bekend zouden worden, hoewel we, eerlijk gezegd, alleen nog maar de eerste stappen aan het zetten waren. Maar het was dankzij zijn schrijftalent dat de familie Gonzaga uit Mantua ons uitnodigde om naar hun stad te komen. Na zoveel over ons te hebben horen praten, waren ze nieuwsgierig geworden en ze wilden ons leren kennen; met hun eigen ogen zien of deze roem die zich verspreidde overeenkwam met de werkelijkheid. Ze vroegen of ze onze eerste werken mochten zien. Voor ons was dat echt een geluk, want ze waren er zeker door geroerd, of tenminste, zo leek me dat, voor zover ik me kan herinneren. Hoe het ook zij, dankzij hun interesse mochten we helpen in de werkplaats van de grote meester Giulio Romano, de opvolger van Rafael, die uitgerekend in Mantua woonde. Het was een van de belangrijkste gebeurtenissen in mijn leven, omdat ik vooral daar mijn kunst heb geperfectioneerd. Bij Giulio Romano heb ik veel geleerd. Aan hem dank ik een groot deel van mijn carrière.'

De oude dame gunde zichzelf een kleine pauze.

'Later vroeg ook de familie Farnese uit Parma of ze kennis met me konden maken,' ging ze uiteindelijk weer verder, 'en altijd kwam dat door de voortdurende propaganda van mijn vader. Ik werkte daar samen met Giulio Clovio, die in die prachtige stad woonde. Hij wijdde me in de kunst van het miniatuurschilderen in. Een nieuwe techniek die ik niet kende. Het was een ongelooflijke ervaring.'

'In die tijd moet u wel goed zijn gaan verdienen,' merkte Anton op, 'want ik veronderstel dat die vorsten uw eerste werken kochten.'

Sofonisba liet een zenuwachtig lachje horen.

'Nee, nee, meneer Van Dyck. U vergist zich volkomen. U moet weten dat mijn zusters en ik nooit ook maar één werk verkocht hebben. Voor ons was het een eer om door die voorname mensen uitgekozen te worden. We verkochten onze schilderijen niet, we schonken ze!'

Anton kon niet verhinderen dat hij verbleekte.

'Hebt u nooit ook maar één schilderij verkocht? Nooit? Was dat alleen in het begin of ook daarna?'

'Nooit,' bevestigde ze.

'Maar, neemt u het mij niet kwalijk als ik brutaal ben, hoe konden u en uw zussen leven als alle schilderijen weggegeven werden?'

Er kwam een vreemde uitdrukking op Sofonisba's gezicht, iets tussen voldaan en minzaam in. Ze wist dat ze haar jonge gast verbaasd had.

'Kijk, mijn jongen, het waren toen andere tijden, en wij waren dames. Het zou niet gepast geweest zijn onze schilderijen te verkopen. Een dame kan haar kunstwerken niet verkopen. Dat doen marktkooplieden. Het was vereist je stand en het decorum te respecteren. Wel werden we ruimschoots beloond met de prachtigste geschenken waarmee prinsen en vorsten ons vereerden.'

'Ongelooflijk,' zei Anton, perplex. 'Dus uw grote roem is gebaseerd op het schenken van schilderijen.'

'Ik begrijp dat het u misschien verbaast, maar het was de enige manier voor een vrouw in mijn positie om de schilderkunst te beoefenen. Anders zou het niet... Hoe zal ik het zeggen...' ze scheen het woord in haar geheugen te zoeken, 'fatsoenlijk geweest zijn, beneden mijn stand. Ik zal u nog wat zeggen: ik ben blij dat het zo gegaan is. Ik voelde me vrijer en de mensen spraken over me. Mijn faam snelde van hof naar hof. Vasari in hoogsteigen persoon wilde me leren kennen en hij nam zelfs de moeite om naar Cremona te reizen om me te zien schilderen. Hij was niet de enige. Ook onze zeer grote, wereldberoemde meester, Michelangelo Buonarotti, schreef me vleiende, bemoedigende brieven na een paar van mijn tekeningen gezien te hebben.'

'Zij waren het dus door wie de roep van uw talent van hof tot hof ging, het gevolg was zelfs dat u aan het Spaanse hof werd ontboden om tot hofschilderes benoemd te worden!' merkte Anton op, terwijl hij een ander vel pakte om een detail van haar hand te tekenen.

'Dat niet precies,' verbeterde ze. 'Zo lagen de zaken niet, ook al is het waar dat het feit dat die beroemde meesters over mij spraken me aanzienlijk hielp, want ik begon van verschillende kanten opdrachten te krijgen voor schilderijen. Maar we gaan nu wel erg hard. Of hebt u haast om weg te gaan?'

'Dat moet u zelfs niet bij wijze van grapje zeggen, mevrouw. Ik beschik over alle tijd van de wereld.'

Sofonisba gunde het zich een ogenblikje na te denken.

'Allereerst moet ik duidelijk stellen dat ik nooit tot hofschilderes aan het Spaanse hof ben benoemd, ook al heb ik daar vijftien jaar gewoond. Het zat anders in elkaar. In werkelijkheid werd ik door Zijne Majesteit Filips II, op voorspraak van de hertog van Alva, als hofdame uitgekozen. Ik moest deze taak op me nemen voor de nieuwe koningin van Spanje, Isabel de Valois, de jonge echtgenote van de koning, die op het punt stond uit Parijs te komen. Ik sta mij toe u eraan te herinneren dat de positie van hofdame hoger in aanzien staat dan die van hofschilderes. Bovendien, er bestond helemaal geen titel "hofschilderes", omdat het een post was die uitsluitend gereserveerd was voor mannen.'

'En hoe kwam het dan dat de koning van Spanje zich zo voor u interesseerde dat hij u als hofdame wenste?'

'Toen ik op doorreis was in Milaan, stelde de gouverneur van de stad, de hertog van Sessa, me op een dag voor aan de hertog van Alva, commandant van de Spaanse troepen in Italië en een zeer invloedrijk man aan het Spaanse hof. Het was de hertog die me vroeg zijn portret te schilderen, en omdat hij heel tevreden was met mijn werk, deed hij aan Filips II de suggestie mij naar het hof te roepen als hofdame voor de nieuwe koningin; en op de een of andere manier overtuigde hij hem.'

'Zonder twijfel een enorm geluk. Maar als u niet over zo'n groot schildertalent beschikt zou hebben, zou dat waarschijnlijk niet gebeurd zijn. Bijgevolg is het geheel uw eigen verdienste. Kunt u mij alstublieft vertellen over uw verblijf in Spanje?'

'O, dat is een heel ander verhaal. Maar omdat het een beetje lang is en ik me nu vermoeid voel, zal ik het later vertellen, als u dat niet erg vindt. Nu zou ik me graag willen terugtrekken om uit te rusten. Zou u zo vriendelijk willen zijn om vanmiddag terug te keren?'

'Natuurlijk, mevrouw. Ik kom terug wanneer u mij kunt ontvangen en zo vaak als nodig is. Dus, met uw toestemming, trek ik me terug. Vanmiddag vertelt u mij over uw Spaanse jaren. Die geschiedenis interesseert mij. De sfeer aan het hof van Filips II moet werkelijk opwindend geweest zijn.'

'Opwindend?' herhaalde Sofonisba verbaasd. 'Ik zou dat woord niet willen gebruiken om het Spaanse hof te beschrijven. Weet u, het was een verstard milieu waar een buitengewoon streng protocol heerste.'

De oude dame maakte aanstalten om op te staan en reikte Anton haar arm zodat hij haar kon helpen. Ze bewoog zich vrij moeizaam. Het was een geluk dat zij, ondanks haar leeftijd, nog een zo heldere geest bezat en erin slaagde zich het verleden te herinneren. Anton had gemerkt dat ze snel moe werd en dan geneigd was haar concentratie te verliezen. Het moest heel vermoeiend voor haar zijn om zo veel herinneringen op te halen. Hij verweet zichzelf dat hij niet degene was geweest die had voorgesteld het gesprek te onderbreken.

Hij liep met haar mee tot aan de drempel van een kamer waar hetzelfde dienstmeisje dat hem eerder het ontbijt gebracht had op haar wachtte om haar naar haar slaapkamer te begeleiden. Sofonisba, leunend op de stokken die ze gebruikte om te lopen, draaide zich om en groette hem met een hoofdknik.

'Tot straks, mijn jongen,' zei ze. 'En denk eraan dat u uw tekeningen intussen goed uitwerkt. En nogmaals mijn dank voor uw geduld om de verhalen van een oude dame aan te horen.'

'Het is me een eer en een genoegen, mevrouw, dat verzeker ik u,' antwoordde Anton bij het afscheid.

4

Rome, anno domini 1564

Kardinaal Mezzoferro ijsbeerde door de kamer, ongeduldig wachtend tot zijne heiligheid hem zou ontvangen.

De paus had hem dringend ontboden op het Vaticaan, zonder de reden te onthullen. De ongebruikelijke oproep had zijne eminentie overvallen toen hij zich klaarmaakte om met vrienden en verwanten te gaan eten in zijn mooie villa in de omgeving van Rome.

De ongelegen komst van de pauselijke bode, een hoffelijke, gedecideerde man van weinig woorden, had de kardinaal onaangenaam getroffen, maar zijn protesten hadden niets opgeleverd; als de Heilige Vader zeer dringend zijn aanwezigheid eiste, dan kon hij zich niet excuseren. Bovendien, om er zeker van te zijn dat hij zonder uitstel zou komen, had de paus nauwkeurige instructies gegeven om de hooggeplaatste prelaat te begeleiden. De paus kende de spreekwoordelijke tegenzin van de doorluchtige geestelijke om zijn geliefde residentie te verlaten, en daarom had hij zijn best gedaan hem de korte reis te veraangenamen, door hem een koets en een klein ruiterescorte ter beschikking te stellen. Slechts zelden hield de kanselarij van het Vaticaan zich bezig met het regelen van vervoer voor hoge prelaten, daar zij zelf over meer dan genoeg middelen daarvoor beschikten. Ten slotte liet Mezzoferro zich na een kort onderhoud overhalen door de bondige uitleg van de pauselijke afgezant. Het was een uiterst dringende zaak. Dus zwichtte hij voor de wensen van de paus-koning en moest hij zijn vrienden verlaten. Hij verzocht hun wel alvast zonder hem aan het banket te beginnen dat hij voor hen had laten klaarmaken. Zodra hij aan zijn verplichtingen had voldaan, zou hij zich weer bij hen voegen.

Kardinaal Mezzoferro was een hartstochtelijk liefhebber van goed eten en drinken; zijn faam als gulzigaard en kenner van de geheimen van de geraffineerdste sauzen was het onderwerp van grappen in heel Rome. Een maaltijd te moeten overslaan door een plotselinge oproep van het

Vaticaan was voor hem werkelijk een grote opoffering. En dat maakte hem wrokkig en slecht gehumeurd. Hij probeerde de ergernis die dat alles hem bezorgde te verbergen voor de bode; hij beperkte zich tot wat giftige glimlachjes in zijn richting. In werkelijkheid was hij razend.

Hij kende de reden van zo veel haast niet en hij hoopte dat die gerechtvaardigd was.

Een ogenblik was hij door de onbuigzaamheid van de boodschapper bang geweest dat hij ipso facto naar het Castel Sant'Angelo gevoerd zou worden en opgesloten in een kerker, beschuldigd van een onbekende onrechtmatigheid. Hij zou niet de eerste geweest zijn in die tijd. Niemand, zelfs een kardinaal niet, was veilig voor een aanklacht of de wraak van een prelaat die jaloers was op zijn positie. Mezzoferro had veel vijanden. De jaloezie, de eerzucht en de begeerte naar macht van zijn collega's kenden geen grenzen. Maar hoe hij ook zijn best deed, deze keer zag hij niet goed wat de aanleiding kon zijn.

Natuurlijk, om hem op te sluiten in Sant'Angelo was de instemming van de paus nodig en hij geloofde niet dat Pius IV dat risico wilde nemen. Lang geleden waren ze vrienden, voordat hij gekozen was voor de troon van Petrus. Maar alles was mogelijk, en het zou ook niet zo vreemd geweest zijn overgeleverd te worden aan de genade van de een of andere stommeling die de sterke pontifex kon overhalen tot zo'n laffe daad. De Heilige Vader had één zwakheid: hij zag overal samenzweringen. Je kon nooit ergens zeker van zijn, ook al had je een nog zo gerust geweten. Hij verliet het huis dus met een humeur om op te schieten. Toen hij langs een tafel met een fruitschaal liep, pakte hij een paar appels. Die zouden hem helpen zijn maag voor de gek te houden.

Buiten stond de koets op hem te wachten, met de Vaticaanse wapenschilden goed zichtbaar op de portieren, en een half dozijn gendarmes te paard. Hij wist uit ervaring dat niemand, binnen of buiten de Pauselijke Staten, het gedurfd zou hebben om een dergelijke koets tegen te houden.

Met moeite stapte hij in, gehinderd door zijn buitensporige gewicht, terwijl hij met een gebaar van afkeer de hulp van een dienaar afwees, en hij maakte het zich zo aangenaam mogelijk op de achterbank. De gezant van de paus ging tegenover hem zitten.

Omdat zijn begeleider niet van plan leek zijn mond open te doen – hij wist niet of dat kwam uit respect voor zijn opdracht of omdat hij daarvoor instructies had gekregen – dacht hij onderweg na over wat de reden was dat de paus zijn aanwezigheid eiste. Was misschien een nieuwe ontwikkeling in de betrekkingen met Frankrijk de reden voor zo veel haast? Hij kwam daar net vandaan; hij had er een bericht naar-toe gebracht van de Hoogste Pontifex voor de regente Catharina de Mé-dicis. Het hinderde de paus dat de koningin zo tolerant was jegens de protestantse ketters, en dat zij met zo weinig enthousiasme het katho-lieke geloof verdedigde. Hij had erop aangedrongen dat de koningin goed nadacht voordat ze een beslissing zou nemen die een negatieve in-vloed kon hebben op de hele christelijke wereld. Het voorbeeld van Frankrijk om twee religies toe te laten, kon andere landen verleiden dat te imiteren. En dat zou een catastrofe inhouden. De paus kon niet toe-staan dat de helft van de gelovigen de Heilige Romeinse Kerk in de steek zou laten.

De reis duurde minder dan een uur. In de buurt van de Vaticaanse pa-leizen bemerkte de kardinaal dat de koets in plaats van naar een van de hoofdingangen te gaan links afsloeg en een stoffige en weinig gebruik-te weg nam.

Het verbaasde hem niet. Het was niet de eerste maal dat hij langs deze weg ging. Hij kwam uit bij een zijingang die alleen gebruikt werd wanneer men iemand volstrekt ongemerkt het Vaticaan binnen wilde laten gaan. Bij de andere ingangen was zo veel geheimhouding niet mogelijk.

Het Vaticaan, het machtscentrum bij uitstek, was van nature een slan-genkuil, het toneel van zeer uiteenlopende machtsspelletjes en van vriendjespolitiek. Alle stoten onder de gordel waren toegestaan, mits men de vormen en manieren maar in acht nam. Er waren heel strikte regels die gevolgd moesten worden, maar niemand bekommerde zich daarom.

Zo was de sfeer in normale tijden, maar als er een conclaaf op komst was om een nieuwe opvolger te kiezen voor de troon van de heilige Petrus, die onbezet was door de dood van de pontifex, dan waren de geheime bijeenkomsten, het gespioneer en het geroddel aan de orde van de dag, om een kandidaat in spe te steunen, te beïnvloeden of te belasteren.

Niet altijd won de invloedrijkste. Er waren er die een fortuin spendeer-den om stemmen te kopen, maar toch niet gekozen werden.

In het geval dat geen van de partijen in staat was een overtuigende meerderheid te behalen, overwoog men de kandidatuur van een zwak-ker staande kardinaal, een die nooit het noodzakelijke quorum om ge-kozen te worden behaald zou hebben, zonder een compromis tussen de beide favorieten.

De koets hield stil voor een onbeduidend paleis, naast de tuinen van het Vaticaan. Officieel was het een residentie voor bejaarde prelaten, mannen die hun leven in dienst van de Kerk hadden gesteld en die men een welverdiende rust gunde op kosten van diezelfde Kerk, maar kardinaal Mezzoferro kon zich niet herinneren ooit een oude man door de gangen te hebben zien lopen of uit een raam zien leunen. Hoe het ook zij, bij andere gelegenheden had men hem ook al verzocht de geheime toegang te nemen.

Inderdaad kenden maar heel weinigen het bestaan van die doorgang die het souterrain van het kleine paleis verbond met het hart van de belangrijkste paleizen, zetel van de aardse regering van de Pauselijke Staten en van dat wat nog belangrijker was: het geestelijke bestuur van de hele christenheid.

Zijn zwijgzame begeleider stapte haastig uit en klapte de trede bij het portier naar beneden, zodat de kardinaal kon uitstappen zonder een sprong te hoeven maken. Hij vergezelde hem tot aan de ingang van het paleis, waar weer een andere bediende hem half verborgen in de schaduw opwachtte en zich na een vluchtige handkus terugtrok. Hij had zijn deel van de opdracht volbracht: de doorluchtige kardinaal ophalen uit zijn buitenhuis en hem zonder oponthoud hierheen brengen. Nu was het de taak van een ander om hem te escorteren door het labyrint van ondergrondse gangen naar de privévertrekken van het hoofd van de Kerk.

De nieuwe begeleider begroette hem met 'Hoogeerwaarde eminentie', maar Mezzoferro antwoordde hem niet. Hij dacht aan de lange weg die hem wachtte, en aan hoeveel begeleiders hij in de gangen nog zou tegenkomen, voordat hij bij zijn bestemming was.

De man vermoedde dat de kardinaal niet in een goed humeur was en na het protocollaire kussen van de ring verzocht hij hem te volgen. Hij kende de reputatie van de kardinaal, hoewel hij nooit persoonlijk omgang met hem had gehad. Het gerucht ging dat hij een van de invloedrijkste leden van de curie was, goed bevriend met de laatste pausen. Hij was dus iemand die je met het grootst mogelijke respect moest behandelen.

De kardinaal liet zich leiden zonder een woord te zeggen. Hij dacht aan zijn eigen zaken. Hij was nog geërgerd omdat hij zijn maaltijd had moeten overslaan. Hoe dichter het moment van de ontmoeting met de paus naderde, des te meer raakte hij geïntrigeerd door het dringende karakter ervan.

Om zichzelf af te leiden dacht hij aan zijn mooie villa op de heuvels buiten Rome. Hij had deze enkele jaren terug gekocht van een kardinaal die in ongenade was gevallen en die uit de Eeuwige Stad had moeten vluchten. Het was een mooi gebouw, met ruime, hoge kamers en plafonds al fresco beschilderd met religieuze motieven. De vroegere eigenaar had een beroemde kunstschilder uit Noord-Italië laten komen om die aan te brengen. Hij vond ze niet bijzonder mooi, maar hij vond ze ook niet lelijk. Hij wilde ze vervangen door iets wat meer zijn smaak was, maar dat zou hij later wel doen, als de pas begonnen werkzaamheden om het enorme park dat terrasvormig afliep van de villa naar het bos opnieuw in te richten voltooid waren.

Een collega van hem had fonteinen en waterorgels in de tuin van zijn villa. Mezzoferro vond ze prachtig, hij verwonderde zich over de techniek. Zijn residentie kon daar natuurlijk niet voor onderdoen, dus hij had opdracht gegeven om meteen een waterloop aan te leggen met watervallen, fonteinen, lagunes, grotten en waterspuitende engelen om bij al zijn gasten bewondering te wekken. Hij was heel benieuwd naar het eindresultaat, ook al hadden zijn waterbouwkundigen hem gezegd dat de werkzaamheden wel enige maanden zouden duren.

Ze liepen door een lange gang die door honderden kleine toortsen aan de muur verlicht werd. Die tunnel leek nergens naartoe te gaan. Van tijd tot tijd waren er dwarsgangen die waarschijnlijk naar andere onopvallende ingangen leidden. Het was een waar labyrint, aangelegd onder de Vaticaanse tuinen ten tijde van de plundering van Rome, in 1527, zodat in ieder geval de kerkvoogden konden ontkomen die uit plaatsgebrek niet toegelaten werden tot de kleine kring van nauwe aanhangers van de paus, die zijn toevlucht had genomen in het Castel Sant'Angelo.

Sommigen hadden er de voorkeur aan gegeven te vluchten in de hoop op betere tijden. Onder hen waren de critici en de tegenstanders van de rampzalige politiek van Clemens VII, wiens halfslachtige bewind de staatszaken steeds weer in gevaar hadden gebracht. Hij dook van de ene alliantie in de andere en om beurten steunde hij de grote partijen die streden om de heerschappij over Europa, wat de invasie van de Pauselijke Staten tot gevolg had gehad en de plundering van Rome door Karel V.

Mezzoferro kende de Vaticaanse tuinen op zijn duimpje. Hij had daar verschillende malen gewandeld met diverse pausen in wier dienst hij had gestaan, wanneer dezen de noodzaak voelden een luchtje te scheppen in die uitgestrekte tuinen, als zij zich even wilden ontdoen van het leger hovelingen, functionarissen en bedienden dat hen voortdurend omringde. Bovendien verschaften die korte wandelingen de paus de mogelijkheid om privégesprekken te voeren met de favoriet van dat moment, ver van indiscrete oren.

Nu hij langzaam door de lange gang liep – zijn indrukwekkende gewicht stond hem niet toe sneller te gaan – bedacht de kardinaal, terwijl hij in gedachten de afgelegde afstand berekende, dat hij niet met zekerheid zou kunnen zeggen op welk punt hij nu bovengronds zou zitten. Liepen zij soms onder de fontein van Neptunus? Misschien, gezien de kleine vochtvlekken die je kon zien op het gewelf.

Hij bezat een goed oriënteringsvermogen, maar in dit geval hielp hem dat totaal niet. Hij zou niet in staat geweest zijn de weg terug te vinden, als de omstandigheden dat hadden vereist.

Hij kreeg het benauwd. Dat moest wel komen van de groeiende onzekerheid over wat hem te wachten stond, of door zijn allesoverheersende honger, maar wat het ook was, hij besloot er geen acht op te slaan. Om te eten moest hij terug naar huis en zijn gasten, daar zat niets anders op, en wat de onzekerheid betrof, die zou over slechts enkele minuten verdwijnen.

Wat kon hem gebeuren? Op zijn hoogst een reprimande. Hij kon zich niet herinneren dat hij iets had gedaan wat de pontifex had kunnen ergeren. Al met al was hij een van de invloedrijkste kerkvorsten, door Pius IV zelf zeer gewaardeerd.

In de afgelopen twintig jaar had hij verschillende pausen leren kennen. De beste herinneringen bewaarde hij aan Paulus III, die niet bepaald een heilige was geweest, maar die hem het kardinaalspurper had verleend. Precies op tijd, want weinige maanden later was hij gestorven, en met zijn opvolger, Julius III, had Mezzoferro niet op vertrouwelijke voet gestaan; ze kenden elkaar amper. Daarna was de eendagsvlieg Marcellus II gekomen, die twintig dagen na zijn verkiezing stierf, en ten slotte zijn vriend Caraffa, die de troon van Sint Petrus besteeg als Paulus IV. Een omstreden, koppige en uiterst conservatieve paus, maar uiteindelijk hadden ze het toch tamelijk goed met elkaar kunnen vinden. Juist hij was het geweest die hem had geïntroduceerd in de geraffineerde en gevaarlijke wereld van de diplomatieke betrekkingen. Hij herinnerde zich hem als een harde man, onbuigzaam, gericht op zijn eigen belangen, maar enige rechtschapenheid bezat hij toch wel. Weinigen hadden zich veilig kunnen voelen onder zijn pontificaat, aangezien de kardinalen die hem niet aanstonden onder elk voorwendsel opgesloten konden worden. Toch had Paulus IV, die de tijd dat zij nog vrienden waren niet vergeten was, steeds een lichte voorkeur voor hem aan de dag gelegd wanneer hij een vertrouweling moest kiezen. Helaas duurde zijn pontificaat ook maar kort: nauwelijks vier jaar. Hij dacht dat zijn geluk hem in de steek had gelaten, daar zijn opvolger, de eerzuchtige Pius IV, een fel tegenstander van zijn voorganger was, zo erg dat hij zijn toevlucht had moeten zoeken in de ver weg gelegen stad Melegnano, dicht bij Milaan, om te ontsnappen aan de wraak van Paulus IV. Hij had echter opnieuw geluk. Tegen alle verwachtingen in had Pius IV hem bij zich gehouden en hem ook zijn vertrouwen geschonken. Zo was kardinaal Mezzoferro wederom boodschapper van de pontifex geworden. Hij moest steeds belangrijker en veeleisender missies uitvoeren.

Paulus IV was net als Pius IV zijn vriend geweest voor hij gekozen was, maar hun relatie was anders geweest. Toen hij kardinaal was, zag de toekomstige Pius IV elke collega als een mogelijke rivaal op de weg naar de pauselijke troon. Hij deed vriendelijk, maar hij bleef op een afstand. Hij veranderde radicaal van houding toen het tijdstip kwam om zich op te sluiten voor een conclaaf. Beiden hadden aan verschillende deelgenomen in de afgelopen twintig jaar. Toen liet de toekomstige Pius IV zich van zijn hartelijke kant zien; hij maakte grapjes, haalde met plezier anekdotes op uit hun gemeenschappelijke verleden, maar met slechts één doel: stemmen voor zich winnen. Zijn tactiek was geslaagd, want hij was uiteindelijk de Hoogste Pontifex geworden.

Ze kwamen ten slotte bij een kleine salon met een hoog, versierd plafond. Mezzoferro vermoedde dat hij zich in de buurt van de pauselijke vertrekken bevond, hoewel hij zich niet kon herinneren ooit eerder in deze salon geweest te zijn. Een hooggeplaatste prelaat ontving hem. Met een plechtig en tactvol gebaar werd hem duidelijk gemaakt dat hij enkele minuten moest wachten, de tijd die nodig was om zijne heiligheid van zijn komst op de hoogte te stellen.

Inderdaad, het wachten was kort. Gelukkig maar, want de kardinaal voelde dat hij maagkrampen kreeg van de honger die hem kwelde. Het water liep hem in de mond als hij alleen maar dacht aan die heerlijke gerechten die door zijn koks bereid waren. Hij had nauwelijks de tijd gehad om te zien dat ze op tafel werden gezet, toen die vervloekte boodschapper was gekomen. Zijn gulzigheid was spreekwoordelijk. Elk eethuis in Rome was er trots op als ze hem als gast aan tafel hadden gehad. Als de keuken het zeer verfijnde gehemelte van zijne eminentie kon bekoren, dan betekende dat dat het een gerenommeerd eethuis was. Anders zou het lokaal een groot deel van zijn klanten verliezen. Als kardinaal Mezzoferro een bepaald eethuis vaak bezocht, dan was dat een garantie voor uitstekend tafelen.

Hij hoopte dat het een korte ontmoeting zou zijn, omdat hij vreesde flauw te vallen door het gedwongen vasten. Bovendien had hij altijd moeite om zich te concentreren met een lege maag. Misschien kon hij vragen of ze brood met worst voor hem konden klaarmaken, terwijl hij in gesprek was met de paus, zodat hij wat te eten had op de terugweg? Maar er was geen tijd voor, omdat ze hem op dat moment zeiden naar de werkkamer van zijne heiligheid te gaan, die hem in een privéaudiëntie zou ontvangen. Bij wijze van bezwering sloeg hij een kruis voor hij naar binnen ging.

Pius IV zat aan zijn schrijftafel. Hij was een lange man, mager ondanks zijn leeftijd, met een lange, bijna helemaal witte baard die hem een goedmoedig uiterlijk gegeven zou hebben, als hij niet zo'n staalharde, onderzoekende blik had gehad. Hij droeg het gebruikelijke pauselijke hoofddeksel en daarbij een rood-fluwelen mantel met randen van hermelijn over de schouder. Voor hem op tafel lag half onder de chaos van papier, postzegels, pennen, inktpot en brevieren een groot crucifix van massief goud bezet met edelstenen; het was werkelijk schitterend. Aan de muren hingen prachtige schilderijen van de grote meesters, alle met een strikt religieus thema. Hij herkende een bronzen beeld van buitengewone schoonheid. Pius IV gaf met een plechtig gebaar aan dat hij kon gaan zitten. Voor de schrijftafel stonden twee identieke fauteuils. Mezzoferro koos de linker uit; zo kon hij de Heilige Vader goed zien. Het licht dat door het raam achter hem naar binnen viel deed hem eruitzien als een heilige. Als hij de andere fauteuil had gekozen, had hij recht in de zon gekeken en de gelaatsuitdrukkingen van de paus niet nauwlettend kunnen bestuderen, daar zijn gezicht in de schaduw zou zijn gebleven. Hij scheen zich zorgen te maken.

Vreemd, hij was alleen. Dat verbaasde de kardinaal, want hij herinnerde zich geen enkele ontmoeting zonder dat er ten minste een paar adjudanten, secretarissen of andere kardinalen aanwezig waren geweest, zelfs niet als een bijzonder delicate missie de reden van een bijeenkomst was. Mezzoferro was nieuwsgierig. Wat had de paus hem te vertellen dat zó geheim was?

Hij stapte naar voren, maakte een stramme buiging en boog zich om

zijn ring te kussen. Zonder een woord te zeggen stak Pius IV zijn hand
uit, alsof zo veel protocol hem ergerde.

Hij had haast om ter zake te komen en hij wilde geen tijd verliezen aan
de protocollaire rompslomp.

'Eminentie, we moeten een nieuw probleem oplossen,' zei hij, met de
deur in huis vallend.

Het mollige, bezwete gezicht van de kardinaal vertoonde geen reactie.
Hij was gewend om niets te laten merken. Bij diplomatieke ontmoetingen placht hij zijn antwoorden goed te overwegen. Nooit zou hij
overhaast een oordeel uitspreken en nooit gaf hij een antwoord dat als
zodanig geïnterpreteerd zou kunnen worden, omdat hij het onvoor-
zichtig vond om dat te doen. Bovendien had hij genoeg mensenkennis
om te weten dat iemand die om raad vraagt daar eigenlijk niet naar wil
luisteren, maar alleen maar bijval wil krijgen voor een beslissing die al
van tevoren genomen is.

Hij had de gave te kunnen luisteren en geduldig de confidenties aan te
horen van degene die hem uitkoos als vertrouweling. Zijn gespreks-
partners voelden zich op hun gemak bij hem, ze wisten dat bij kardinaal Mezzoferro hun vertrouwelijke mededelingen veilig waren en dat
ze nooit de verkeerde personen ter ore zouden komen.

Mezzoferro luisterde eerst, dan dacht hij erover na, en pas daarna kwam
hij met een weloverwogen antwoord. Daarom werd hij zo gewaardeerd
door de pontifexen. Hij wist kwesties op te lossen waarvoor vertrouwen, diplomatie en koelbloedigheid vereist waren. Dat laatste bezat hij
in overvloed. Hij wist hoe en wanneer te reageren. Een glimlach, een
half opgetrokken wenkbrauw, een te geïnteresseerde blik konden geïnterpreteerd worden als een waarschuwing, welwillendheid of als belangstelling die de gesprekspartner maar beter niet kon opmerken.

Hij meende dat het niet nodig was antwoord te geven, daar Pius IV
heus wel met datgene wat hij te zeggen had zou komen zonder een antwoord uit beleefdheid te verwachten. En zo was het inderdaad.

'Wij maken ons zorgen over de hachelijke situatie die in Spanje is ontstaan.'

Mezzoferro besloot te blijven zwijgen, hij toonde alleen wat nieuwsgierigheid. Het was nog te vroeg om zijn mond open te doen. Over welke
situatie had de Heilige Vader het?

'Een schrijven dat deze ochtend aangekomen is, heeft ons melding gemaakt van een zeer gewichtige, onfortuinlijke gebeurtenis die in Spanje heeft plaatsgevonden,' vervolgde Pius IV.

De kardinaal volhardde in zijn zwijgen. Het was beter te wachten op de ontboezeming van de paus, die nu wel gauw de reden van zijn dringende oproep zou ophelderen.

Inderdaad, Pius IV had haast om zich van zijn last te bevrijden door hem te delen met zijn betrouwbare aidedecamp.

'We hebben zojuist vernomen dat de kapitein-generaal van de Heilige Inquisitie, Fernando de Valdés, de aartsbisschop van Toledo heeft laten arresteren.'

Mezzoferro kon een uitdrukking van verbazing niet onderdrukken. Dat was zeer ernstig, niet zomaar 'een gewichtige, onfortuinlijke gebeurtenis'. Het was een regelrechte ramp. Na de eerste verbazing hernam hij zich en vroeg op rustige en bedachtzame toon: 'Uwe heiligheid vertrouwt de bron?'

'We hebben geen enkele twijfel. Bovendien heeft de kanselarij het ons bevestigd.'

De kardinaal liet een paar seconden voorbijgaan, voordat hij antwoordde: 'Ik veronderstel dat de kapitein-generaal zeer goede motieven had om bevel te durven geven de eerste prelaat van Spanje te laten arresteren...'

'De beschuldiging lijkt me eerder van politieke aard dan dat zij mij gegrond lijkt,' zei Pius IV. 'Wij weten dat er een diepgaande vijandigheid tussen hen is. Valdés is eerzuchtig en hij is altijd jaloers geweest op Carranza. De post van aartsbisschop van Toledo levert behoorlijk wat inkomsten op, zoals u wel weet. Zij hebben nooit wat met elkaar op gehad. Maar Valdés doet zijn werk goed, en ik herinner u eraan dat de Inquisitie de steunpilaar van ons geloof is.'

'Maar wat is de beschuldiging?' vroeg Mezzoferro ongeduldig.

'Ketterij...' liet de paus zich verbijsterd ontvallen. 'De inquisiteur-generaal beschuldigt de aartsbisschop van Toledo van ketterij. Vindt u dat niet verbazingwekkend?'

'En waarop is die veronderstelde ketterij gebaseerd?' vroeg Mezzoferro ongerust.

'Volgens Fernando de Valdés zou de eminente aartsbisschop Bartolomé Carranza in Antwerpen een catechismus met ketterse uitspraken gepubliceerd hebben.'

Nu was het Mezzoferro die perplex was. De beschuldiging leek hem op zijn minst dwaas. De primaat van Spanje beschuldigd van ketterij? Hij kende de starheid van Valdés. Elk motief voldeed om een wit voetje te halen bij Filips II, in half Spanje trof hij haarden van ketterij aan, met het doel zijn macht en invloed te consolideren. Maar tussen dat en het laten arresteren van de aartsbisschop van Spanje zat nog wel een enorme kloof.

'Mag ik vragen aan uwe heiligheid wat u wilt dat ik doe?'

Mezzoferro werd ongeduldig. Hij had honger en zijn maag hield niet op hem dat duidelijk te maken.

'Wij willen dat u onmiddellijk naar Spanje vertrekt en ons op de hoogte houdt van de ontwikkelingen van deze gebeurtenissen. Het optreden van Valdés brengt ons in een hachelijke situatie. Enerzijds moeten we achter de Heilige Inquisitie staan, maar anderzijds kunnen wij niet toestaan dat die zich bemoeit met de zaken van de Heilige Stoel door de aartsbisschop van Toledo te laten arresteren.' Hij kwam even op adem, voordat hij eraan toevoegde: 'In werkelijkheid zal dat alleen maar het officiële voorwendsel voor uw reis zijn.'

Mezzoferro bleef onbewogen. Pius IV bestudeerde zijn nagels alsof de manicure daarvan zijn belangrijkste zorg was.

'Ah,' zei de hongerige kardinaal tegen de vaag blijvende Pius IV. 'Er is dus een ander motief.'

Zijn gezicht drukte alleen maar onverschilligheid uit. Misschien was het passender geweest om het gezicht van een samenzweerder te trekken aan wie ze op het punt staan een groot geheim te onthullen, maar hij deed het niet. Hij kende de paus goed genoeg om zijn spel mee te spelen. Pius IV hield ervan mysterieuze situaties te scheppen, waarin hij de rol van ondoorgrondelijke speelde, terwijl hij zich vermaakte door zijn gesprekspartner te kwellen met raadselachtige toespelingen.

'U zult een tweeledige opdracht hebben,' vervolgde de pontifex geheimzinnig. 'Allereerst zult u moeten proberen Valdés met zachte hand over te halen de beschuldiging in te trekken. We willen niet dat hij zich door ons onder druk gezet voelt; dat zou hij gebruiken om er zijn voordeel mee te doen. De paus kan niet iets in ruil geven elke keer als hij iets vraagt.' Hij haalde diep adem voordat hij verderging: 'Het is tamelijk onfatsoenlijk. Bovendien is het ongepast en zal het een averechtse uitwerking op de gelovigen hebben, als ze zien dat de primaat van Spanje in de gevangenis zit. Overtuig Filips II om zijn invloed te gebruiken en Valdés te laten inbinden. Vanuit Rome kunnen we niets doen, we kunnen niet openlijk tussenbeide komen. We willen niet dat een van beide partijen zich door ons gesteund voelt. Op dit moment mag niemand weten dat de paus persoonlijk tussenbeide gekomen is om de kwestie op te lossen. Uw missie, kardinaal Mezzoferro, vereist uiterste discretie. Het is beter dat u in het begin incognito gaat. Het verdient de voorkeur dat Valdés niet officieel op de hoogte wordt gebracht van uw reis naar Spanje. Op deze manier kunt u zich vrijelijk bewegen en afspraken maken met wie u maar nodig acht zonder gecontroleerd te worden door de Inquisitie. Wij willen de kapitein-generaal niet de gelegenheid geven zich te mengen in uw opdracht, hij zou immers kunnen proberen uw contacten te beïnvloeden, als hij weet wie dat zijn. Als het moment daar is, zullen we hem officieel van uw aanwezigheid verwittigen. Hoogstwaarschijnlijk is Valdés dan al op de hoogte van uw doen en laten. U moet dus zeer voorzichtig te werk gaan. Reis onder een valse naam. We zullen u een brief voor de koning geven, waarin wij bevestigen dat u volgens onze instructies handelt; bovendien krijgt u een vrijgeleide voor het geval u wordt opgepakt en ondervraagd. Die moet u alleen in uiterste noodzaak gebruiken.'

Mezzoferro knikte instemmend. Een rilling liep over zijn rug als hij dacht aan een ondervraging door de Inquisitie. Hij kende de gevreesde inquisiteur Valdés goed, hoewel hij hem nooit persoonlijk had ontmoet. Hij had horen zeggen dat iedereen zich in zijn aanwezigheid schuldig voelde – of ze het nu waren of niet. Hij betwijfelde of in dat veronderstelde 'geval van uiterste noodzaak' een vrijgeleide, ook al was die getekend door Pius IV zelf, voldoende zou zijn om de toorn van de inquisiteur-generaal in toom te houden. En verder leek de opdracht, hoe gewichtig ook, hem gevaarlijk en bovendien bijzonder ondankbaar. Incognito reizen? Terwijl de pracht en praal van zijn ambt hem zo veel plezier verschafte? De paus vroeg wel een groot offer van hem.

'Uwe heiligheid heeft gesproken over een missie met een tweeledig doel,' liet hij zich bijna onverschillig ontvallen.

Pius IV antwoordde niet meteen. Hij sloeg de ogen neer en speelde verstrooid met zijn ring. Hij leek wat met de vraag in zijn maag te zitten. Het begint interessant te worden, dacht Mezzoferro. De kern van de zaak was dus het tweede punt.

'Kijk, eminentie,' zei de pontifex, 'dit deel is nog delicater dan het eerste. Het vereist een groot vertrouwen van onze kant in de persoon aan wie we het toevertrouwen.'

Wat wilde hij daarmee zeggen? Probeerde hij misschien zijn loyaliteit te winnen met een compliment dat geen van beiden geloofde, of ging hij hem een persoonlijke gunst vragen? Nu werd hij wel nieuwsgierig. Wat wilde hij van hem?

'Goed,' vervolgde Pius IV, 'de zaak zit zo: kardinaal Carranza...' hij onderbrak zichzelf, alsof het hem moeite kostte het te zeggen, 'kardinaal Carranza had opdracht gekregen een voorwerp in bewaring te houden dat van buitengewoon belang is voor de Heilige Kerk, toen hij, helaas, gearresteerd werd door de Inquisitie. We moeten dus weten of genoemd object in veiligheid is en, zo ja, of Carranza erin toestemt het aan u te overhandigen om het naar Rome te brengen. Het is belangrijk dat het niet in handen van de Inquisitie valt.' Hij onderbrak zichzelf opnieuw, alsof hij peilde hoe zijn vertrouwelijke mededeling overkwam.

'En...?' vroeg Mezzoferro ongeduldig.

'Het voorwerp in kwestie mag in niemands handen vallen,' zei Pius IV op scherpe toon, gepikeerd door de minimale belangstelling die de kardinaal liet blijken. 'En beslist niet in handen van de inquisiteur-generaal.'

Omdat hij zo aandrong, moest het wel om iets heel belangrijks gaan. Nu begreep hij waarom de paus zo'n haast had om hem te ontmoeten en waarom hij niet wilde dat Valdés van zijn reis op de hoogte werd gebracht. Eerst moest hij dat mysterieuze object zien te vinden. Wat kon dat zijn, als hij het zo vreselijk vond dat het in handen van de inquisiteur zou vallen? Hij had gezegd 'buitengewoon belangrijk voor de Heilige Kerk'. Bedoelde hij misschien zichzelf wanneer hij het over de Kerk had?

'Mag ik aan uwe heiligheid vragen wat voor object het is dat zo dringend teruggevonden moet worden?'

'Nee, dat mag u niet. Jammer genoeg zijn wij niet gemachtigd u te onthullen waarom het gaat. Wij geloven niet dat Carranza het aan vreemde handen durft toe te vertrouwen, daarom is het niet noodzakelijk dat u weet waarom het gaat. Het gaat er vooral om dat we weten of hij het op een veilige plaats heeft opgeborgen. Vanzelfsprekend,' voegde hij er na een kleine pauze aan toe, 'zult u het hem niet openlijk kunnen vragen als u hem in zijn cel bezoekt. Er zullen duizend oren meeluisteren, ook al ziet u ze niet. Daarom zult u een gecodeerde zin woordelijk moeten uitspreken. Hij zal die begrijpen en een zodanig antwoord geven dat u de boodschap begrijpt en aan mij kunt overbrengen.'

Hij keek hem met een ongewoon doordringende blik recht in de ogen. Mezzoferro begreep de boodschap: Pius IV voelde zich bedreigd en was tot alles bereid als hij het compromitterende voorwerp maar kon terugkrijgen.

Was het 'gemachtigd zijn' een verspreking geweest? Gemachtigd door wie? Wie zou de hoogste autoriteit van de Kerk kunnen machtigen, behalve hij zelf? Nu twijfelde hij niet meer: als de paus er zoveel aan gelegen was om dat mysterieuze object terug te krijgen, dan kon dat alleen maar betekenen dat het gevaarlijk voor hem was.

'Ik stel voor,' ging de pontifex verder, 'dat u zo snel mogelijk een manier vindt om Carranza te ontmoeten, zonder dat de mensen van de Inquisitie dat weten. Als dat wel zo is, zullen ze u niet met rust laten. Ik zal u een persoonlijke brief ter hand stellen die Carranza duidelijk zal maken dat u gemachtigd bent het voorwerp in ontvangst te nemen, in het onwaarschijnlijke geval dat hij ermee instemt het aan u te overhandigen. Of dat u mij ten minste het antwoord kunt brengen dat het in veilige handen is.'

Pius IV schreef een paar woorden op een vel papier, dat hij vervolgens aan de kardinaal gaf.

'Dit is de zin. Leer hem uit uw hoofd en vernietig het papier. Nu weten wij drieën het en dat mogen er geen vier worden. Hebt u me goed begrepen?'

'Vanzelfsprekend, Heilige Vader. U weet dat u op mij kunt vertrouwen.'

Hij nam aan dat het onderhoud ten einde was en hij wachtte op een teken dat hij zich kon terugtrekken. Hij zou snel naar zijn geliefde villa terugkeren en zijn maag tevredenstellen met een welkome maaltijd.

Maar de paus voegde er nog aan toe: 'We moeten het antwoord van Carranza zo snel mogelijk hebben. Om de goede afloop van uw missie te garanderen, is het beter dat u ons niet schrijft. U kent de doeltreffendheid van de Inquisitie als het erom gaat andermans correspondentie te onderscheppen. Bovendien zijn ze er heel goed in om mensen zonden te laten bekennen die ze nooit begaan hebben. Dat is wat ze het liefste doen.'

De kardinaal glimlachte beleefd om deze opmerking. In werkelijkheid vond hij niets grappigs aan de methodes van de Inquisitie. Het gaf geen pas ermee te spotten, alvorens hem voor de leeuwen te werpen.

'Uwe heiligheid kan gerust zijn,' antwoordde hij met geveinsde inschikkelijkheid. 'Ik zal u bij terugkomst persoonlijk op de hoogte brengen van het resultaat van mijn opdracht.'

'Nee!' riep Pius IV tot zijn verrassing uit. 'We kunnen niet zo lang wachten. De reis naar Spanje is te lang.'

Kardinaal Mezzoferro was in de war gebracht. Hij dacht: en wat dan, maar hij zei het niet. Hij wachtte op de nieuwe instructies. Wat voor handigs had Pius IV bedacht om met hem in contact te komen, als hij niet wilde dat hij schreef en ook niet kon wachten op zijn terugkomst om de informatie te krijgen?

'Hoe kan ik uwe heiligheid het resultaat van de missie meedelen, als ik niet mag schrijven noch in eigen persoon mag komen om de boodschap over te brengen?' vroeg hij. 'Wilt u dat ik een vertrouweling van mij met een gesproken gecodeerde boodschap stuur?'

'Wij kunnen niemand vertrouwen,' sneed Pius IV hem de pas af, 'maar we hebben een bijzondere manier gevonden die volkomen discreet is en die alleen wij en u zullen kennen.'

Mezzoferro was een en al oor. Die man – ook al leek het hem oneerbiedig om aan de Heilige Vader te denken als aan een gewoon, sterfelijk wezen, maar van tijd tot tijd stond hij zichzelf dat toe, omdat hij hem al zo lang kende – was sluwer dan een vos. Wat had hij nu weer uitgedacht?

'U herinnert zich ongetwijfeld meester Giorgio Vasari...'

Wat voor de duivel had dit te maken met Vasari?

Mezzoferro bloosde licht omdat hij vloekte en hij zei gauw in zichzelf een mea culpa op omdat hij aan de duivel had gedacht.

'Natuurlijk, maar...'

'Wel,' onderbrak Pius IV hem, 'een tijd geleden maakte de meester ons attent op een hooggeboren dame uit Cremona die nu aan het hof van Spanje hofdame van de koningin is. Hij zei dat zij veel aanleg heeft voor de schilderkunst.'

Schilderkunst? Had hij 'schilderkunst' gezegd? Nu begreep hij er helemaal niets meer van. Waar wilde hij naartoe?

Alsof hij zijn gedachten kon lezen, vervolgde Pius IV: 'Ja, u hebt het goed begrepen. Vreemd, nietwaar? Een vrouw die schildert. Wel, we hebben het Spaanse hof officieel verzocht om een portret van de nieuwe koningin, Isabel de Valois. Daarbij hebben we uitdrukkelijk gevraagd of de edele dame dat kon schilderen. Helaas is het portret al onderweg en kan het dus niet meer gebruikt worden voor ons doel.'

Mezzoferro begreep er nog steeds niets van. Wat was de link met zijn opdracht?

'Niettemin hebben we door middel van een privébrief aan deze dame, Sofonisba Anguissola genaamd, gevraagd of zij tegemoet zou willen komen aan ons verlangen om voor onze privécollectie een zelfportret van haar te mogen ontvangen.'

Pius IV glimlachte, duidelijk ingenomen met zijn eigen slimheid, maar nog begreep de kardinaal het niet. Waar wilde hij toch heen met dat gesprek?

'Ik vrees dat ik het verband niet goed begrijp, Heilige Vader,' gaf hij uiteindelijk toe.

'Het is heel eenvoudig, eminentie. Luister goed: meester Vasari legde ons uit toen hij het werk van zijn beschermelinge beschreef dat de dame in kwestie haar schilderijen niet kan signeren. Dat zou ongepast zijn voor een hofdame. Daarom gebruikt zij soms een kleine list, typisch vrouwelijk denken wij, om haar werken toch een soort waarmerk te geven en zo te zorgen dat men kan zien dat ze van haar zijn. Een kleine eigenaardigheid, niet duidelijk voor een ongeoefend oog, maar kenmerkend voor iemand die op de hoogte is. Hebt u het nu begrepen? Het is heel eenvoudig!'

Mezzoferro tastte nog steeds in het duister. Heel eenvoudig? Was het soms een raadseltje? Hij had honger. Hij had helemaal geen zin in raadsels.

'Ik ben bang dat...'

'U verbaast me, eminentie. Ik dacht dat u slimmer was.'

De kardinaal wilde een scherp antwoord geven, maar dat genoegen kon hij zich niet permitteren.

'Wij zullen dat onbeduidende detail gebruiken om berichten over te brengen,' verklaarde hij uiteindelijk. 'Een boodschap die niet te begrijpen is voor iemand die niet op de hoogte is van de betekenis. En alleen u en wij zullen dat weten. U zult een manier moeten bedenken om met zekerheid te weten of de schilderes wel of niet haar bijzondere handtekening gebruikt, al naargelang het antwoord dat zij moet overbrengen. Als de handtekening er is, betekent dat dat uw missie succes heeft gehad en dat u óf het voorwerp in uw bezit hebt, óf weet dat het in veiligheid is. Als het er niet is, betekent dat het tegenovergestelde. Mee eens?'

Het is net alsof hij helemaal niets gezegd heeft, dacht Mezzoferro, die doorkreeg dat zijn opdracht steeds ingewikkelder werd. Wat bedoelde hij met een kunstenares overhalen om een detail zus of zo te schilderen?

'Houdt dat in dat de dame bevoegd is om in ons geheim te delen?' vroeg hij quasi onschuldig. 'Iemand zou het haar eerst van tevoren moeten uitleggen, anders begrijp ik niet hoe zij een dergelijk detail erop zou kunnen zetten.'

'Beslist niet,' antwoordde Pius IV kortaf. 'U moet er iets op zien te vinden om haar argeloos de boodschap over te laten brengen, zonder te weten dat het portret een geheim draagt. Als het antwoord positief is, zeg haar dan bijvoorbeeld dat de paus het op prijs zou stellen dat ze het schilderij tekent, op de manier zoals zij altijd aangeeft dat het een werk van haar is, of beweer het tegenovergestelde, als het antwoord negatief is. Dat alles moet gebeuren zonder dat zij er ook maar iets vanaf weet. Alleen zo kunnen wij haar veiligheid garanderen. Die kunnen wij niet in gevaar brengen. Als Valdés haar zou verdenken, zou hij niet aarzelen om haar aan marteling te onderwerpen om informatie te krijgen. Als ze niets weet, kan ze niets zeggen. Handel met gezond verstand. God zal u bijstaan en wij helpen u met onze gebeden.'

'Ik veronderstel dat het zelfportret al klaar is...'

'Dat zou het wel moeten zijn,' antwoordde Pius IV alsof het om een onbeduidend detail ging. 'Onze nuntius in Madrid heeft de opdracht gekregen het ons te sturen zodra de schilderes het hem overhandigt. Zorgt u er alleen voor dat de boodschap die wij nodig hebben erop staat. De nuntius zal het ons dadelijk per diplomatieke post toesturen, voordat u Spanje verlaat.'

Hij stond op en gaf daarmee te kennen dat het onderhoud beëindigd was.

De kardinaal dacht erover na. Hij zag niet waarom er zo veel geheimzinnigheid nodig was. Hij had vertrouwelingen in dienst die hun leven voor hem gegeven zouden hebben. Ze zouden nooit spreken, zelfs niet als ze gemarteld werden. Bovendien waren er veel manieren om boodschappen over te brengen. Hij begreep niet waarom de Heilige Vader de zaak nodeloos ingewikkeld maakte door er derden bij te betrekken. Maar in wezen verbaasde hem de ingewikkelde samenzwering die door Pius IV beraamd was niet al te zeer. Hij kende zijn grillige geest, altijd op zijn hoede voor denkbeeldige complotten, hoewel hij natuurlijk wel zijn redenen had om alles en iedereen te verdenken. Zijn hervormingen waren in Rome niet in goede aarde gevallen en men had een samenzwering om hem te vermoorden ontdekt. Hij bracht het er levend af, maar sindsdien was hij nog wantrouwender geworden. Het zou energieverspilling zijn geweest om hem van het tegendeel te overtuigen. Wanneer hij zich iets in zijn hoofd had gehaald, was Pius IV onverzettelijk. Hij was snel beledigd en het was niet aan te raden hem tegen te spreken. Hij zou niet geaarzeld hebben zijn briljante carrière af te breken en hem van al zijn goederen en privileges te beroven, alleen maar omdat hij zijn project niet had gesteund. Er was iets machiavellistisch in zijn manier van optreden en Mezzoferro, die zich de jaren herinnerde waarin ze alleen maar twee anonieme bisschoppen waren, dacht dat het misschien juist deze slinkse geest was geweest die hem de top had doen bereiken.

Hij gaf er de voorkeur aan zijn nutteloze overpeinzingen over de duistere kanten van het Vaticaan aan de kant te zetten. Hij wist maar al te goed hoe het in elkaar zat; ook hij maakte deel uit van het raderwerk. Zo waren de regels van het spel en als iemand zich niet conformeerde, dan was zijn toekomst gegarandeerd in gevaar.

'Het zal gebeuren zoals zijne heiligheid wenst,' antwoordde hij uiteindelijk, na een korte pauze, ongeduldig om zich weer bij zijn vrienden aan tafel te voegen. Pius IV keek hem recht aan. Sinds zijn oude vriend zijn werkkamer was binnengekomen, had hij dat nauwelijks gedaan. Hij had hem met weloverwogen koelheid ontvangen om indruk te maken. Nu kon hij hem met andere ogen bekijken. Hij moest wel twee keer zoveel wegen als toen ze elkaar, vele jaren geleden, hadden leren kennen. Hij had gemerkt dat hij moeilijk ademhaalde. Het was duidelijk dat de leeftijd en het overgewicht zijn gezondheid begonnen te verwoesten. Misschien was hij niet de meest geschikte persoon voor een dergelijke missie, maar hij had verder niemand die hij blindelings kon vertrouwen. Hij wist dat Mezzoferro zijn instructies letterlijk zou uitvoeren. Hij voelde zich enigszins schuldig omdat hij hem niet in zijn prachtige villa buiten de stad liet uitrusten, maar hij drukte dat gevoel liever weg. Het welzijn van de Kerk en vooral dat van hem waren veel belangrijker dan persoonlijke gevoelens.

Hij had hem willen omarmen, zoals in oude tijden, maar dat was onmogelijk: zijn zeer hoge functie verhinderde hem dat. De verplichtingen van zijn ambt hadden een onoverbrugbare kloof tussen hen geschapen. Nu was hij de hoogste leider van de christenheid, vertegenwoordiger en verdediger van het Ware Geloof. Hij kon zich niet als een gewone sterveling gedragen. Een ogenblik had hij heimwee naar zijn jeugd, toen de macht hem nog niet geïsoleerd had van de rest van de mensen.

'Alsjeblieft, Giovanni, wees voorzichtig en zorg goed voor jezelf,' zei hij ten slotte.

De kardinaal keek plotseling verbaasd op en ontmoette de blik van de paus. Hij voelde zich diep geroerd en moest zijn best doen om zijn tranen die spontaan opwelden te onderdrukken. Het was de eerste keer, sinds Angelo Pius IV was geworden, dat hij zich zo persoonlijk tot hem richtte. De paus had hem onwillekeurig getutoyeerd.

'Ik dank u, heiligheid, dat u zich zorgen maakt over mijn nederig persoon. Ik zal uw raad opvolgen.'

Beiden begrepen dat het onderhoud beëindigd was. De kardinaal boog naar voren om de ring te kussen en Pius IV zegende hem. Het was de enige manier om zijn gevoelens over te brengen aan zijn oude vriend.

5

Er was behoorlijk wat tijd verstreken sinds haar aankomst in Spanje. Sommige weken waren tumultueus geweest, andere wat rustiger; langzamerhand paste Sofonisba zich aan haar nieuwe rol als hofdame aan en wende ze aan een nieuwe levensstijl. Ze was tevreden over haar huidige situatie, hoewel ze af en toe heimwee had naar die periode waarin ze meer tijd had om zich toe te leggen op haar favoriete tijdverdrijf: schilderen. Toen ze uiteindelijk een paar uren kreeg waar ze helemaal zelf over kon beschikken, besloot ze deze eerste echt vrije uren te wijden aan meditatie en gebed. Ze wilde een klein kerkje bezoeken dat ze toevallig had gezien op haar dagelijkse tocht tussen het paleis van de hertog van Alva, waar ze verbleef, en dat van de hertog van Infantado, waar de residentie van het koninklijk paar van Spanje tijdelijk gevestigd was.

Niet alleen het geloof bewoog haar. Ze voelde een allesoverheersende behoefte om een tijdje alleen te zijn, om tot zichzelf te komen. Ze had het nodig om te mediteren en na te denken. De laatste tijd was er zo veel gebeurd wat haar tot nu toe zo rustige en alledaagse leventje in de war had gebracht.

Ze zocht een rustige plek. En wat was een betere plaats om te mediteren en te bidden dan in het serene halfduister van een onbekende kerk, ver weg van het rumoer en het heen-en-weergeloop in het paleis? Het kleine gebouw leek uitermate geschikt voor wat ze wenste. Daar zou ze zonder twijfel de rust en innerlijke vrede vinden die ze zo nodig had.

De reis naar Spanje was erg lang en moeilijk geweest. Sofonisba had de reis van Cremona naar Milaan samen met haar vader, Amilcare Anguissola, gemaakt. Nadat haar vader de uitnodiging van de vorst, die ook hem betrof, had ontvangen, had hij ermee ingestemd zijn dochter te vergezellen naar Spanje, maar toen hij zich rekenschap gaf van alle vermoeienissen die een dergelijke reis nu eenmaal opleverde en omdat hij dacht aan het welzijn van zijn andere kinderen die thuisgebleven waren, schreef hij een brief aan Filips II om zich te verontschuldigen voor het feit dat hij zijn dochter niet begeleidde, waarbij hij zijn gevorderde leeftijd als reden aanvoerde.

Het was de eerste keer in haar leven dat ze wegging van haar beminde vader en het scheiden was hartverscheurend. Door haar vrouwelijke intuïtie of door haar zesde zintuig, dat altijd al karakteristiek voor haar was geweest, besefte het meisje dat ze haar vader waarschijnlijk niet meer levend zou zien, wat ook zo was. Daarom verdubbelde ze de uitingen van genegenheid en tederheid voor hem die niet alleen haar vader, maar ook haar grootste steun geweest was, de werkelijke en onbetwistbare beschermer van haar carrière.

Omdat zij de oudste was, hadden vader en dochter altijd een heel nauwe band gehad. Niet alleen waren ze erg op elkaar gesteld, maar er was tussen hen ook een sterke intellectuele verbondenheid. Voor haar, misschien nog meer dan voor zijn andere dochters, had Amilcare onvermoeibaar zijn uiterste best gedaan, om haar schildertalent overal onder de aandacht te brengen. Daartoe schreef hij aan iedereen die ook maar in staat was haar te steunen of verder te helpen. Hij was heel trots op haar en het was een grote vreugde voor hem dat ze uiteindelijk als vooraanstaand kunstschilder erkend werd. Elke brief die hij kreeg waarin iets stond over het talent van zijn dochter ontroerde hem.

Sofonisba had tot nu toe onder zijn liefdevolle bescherming geleefd, zonder ooit gescheiden van hem geweest te zijn, of misschien op zijn hoogst voor enkele dagen. De onzekerheid over haar nabije toekomst en de zware opgave om alleen deze zo belangrijke uitdaging in haar leven aan te gaan maakte het haar soms moeilijk tot een besluit te komen. Ze was er al niet zo zeker meer van of ze wilde vertrekken. Ze moest de kans die men haar bood accepteren of afslaan. Nu kon ze dat nog doen, hoewel ze vermoedde wat de consequenties van zo'n plotselinge omslag zouden zijn. Uiteindelijk overtuigde haar vader haar. De uitnodiging van het Spaanse hof was een te grote eer om af te kunnen slaan.

Na het afscheid, waar geen einde aan kwam, verliet het kleine gevolg dat Sofonisba vergezelde ten slotte Milaan richting Genua. Het bestond uit twee dames, haar dienstmeisje Maria Sciacca, twee edelen en zes palfreniers die haar naar haar bestemming begeleidden. De koning van Spanje had instructie gegeven aan zijn gouverneur in Milaan om te zorgen dat de vrouwe Anguissola de lange reis comfortabel en waardig kon aanvaarden. Daarvoor had hij niet alleen een aanzienlijk gevolg ter beschikking gesteld, maar ook een som van 1500 escudos om de uitgaven te dekken.

De vermoeienissen van de reis werden ruimschoots gecompenseerd door het welkom dat ze bij haar aankomst kreeg. De ontvangst overtrof haar stoutste verwachtingen. Allen waren even hoffelijk en aardig voor haar, ze werd overladen met kleine welkomstgeschenkjes en iedereen deed zijn best het onderdak plezierig en comfortabel voor haar te maken.

In de dagen dat ze wachtte totdat ze officieel voorgesteld zou worden aan de vorst, werd Sofonisba geïnstalleerd in het paleis dat de hertog en hertogin van Alva bezaten in de stad. Daar behandelden ze haar met de grootst mogelijke achting. Haar roem als fijnschilderes was haar vooruit gesneld en had rond haar een sfeer van nieuwsgierigheid en ontzag gecreëerd die groeide met de bewondering en vriendschap die de vorsten later ook voor haar toonden.

Maar nu de eerste onrust achter de rug was, alleen maar draaglijk door de opwinding die het nieuwe teweegbracht, voelde ze zich moe. Sinds die reis die haar ver van haar geliefde Cremona had gebracht, had ze bijna geen tijd meer gehad om even na te kunnen denken en ze had nauwelijks gelegenheid gehad om alleen te zijn. Dat was voor haar een allesoverheersende behoefte geworden, zowel fysiek als geestelijk. Ze had altijd van de eenzaamheid gehouden. In eenzaamheid schilderde ze en ontspande ze zich. Zo deed ze geestelijke kracht op om nieuwe verplichtingen het hoofd te kunnen bieden. Zonder twijfel was schilderen wat ze het liefste deed. Buiten de tijd die ze doorbracht in haar atelier, las ze met veel plezier de klassieken, een gewoonte die ze van haar vader had geërfd. De belezen Amilcare Anguissola bracht vele uren door met het bestuderen van de grote dichters uit het verleden. Hij probeerde er alles uit te halen wat hij aan zijn kinderen kon doorgeven.

Het voortdurend in beweging zijn, constant omgeven door onbekende mensen die zich inspanden om aan alle wensen van hun jonge mevrouw tegemoet te komen, was voor Sofonisba een nieuwe situatie waarvan ze het soms benauwd kreeg. Het bijna geheel ontbreken van een privéleven, het voortdurend omringd zijn door andere mensen, putte haar geestelijk en lichamelijk uit. Ze had het nodig om alleen te zijn om tot zichzelf te komen. Al die gebeurtenissen die haar bestaan op zijn kop hadden gezet en die een einde hadden gemaakt aan haar rustige leventje moest ze nog verwerken, en dat kon ze alleen in absolute rust.

Ze moest nog aan heel wat zaken wennen. De andere woonplaats bijvoorbeeld. Het was wonderlijk voor haar om in een vreemd land te leven en elke dag om te gaan met mensen die een andere taal spraken. Een reeks gebeurtenissen had haar gewone stabiliteit verstoord.

De lange reis vanuit Italië had haar van slag gebracht. Het was voor het eerst dat ze zo'n tocht maakte. Daar kwam nog bij dat haar leven vanaf het moment dat ze in Guadalajara aangekomen was, een aaneenschakeling van feesten, recepties en protocollaire ceremonies was, waarop ze aan honderden mensen was voorgesteld. Bij iedereen had ze vriendelijk moeten zijn en zich van haar beste kant laten zien. Ze begreep wel dat haar verblijf veel aangenamer zou zijn als de mensen haar graag mochten en dat het haar nieuwe leven makkelijker zou maken. Het was noodzakelijk om met iedereen op goede voet te staan, hoewel ze niet iedereen op voorhand sympathiek vond, maar eerder had ze al ondervonden dat het goed voor haar toekomst was als ze zich inschikkelijk opstelde.

Een van de moeilijkheden waarmee ze te maken kreeg, was het onthouden van al die vreemde namen; dat kostte haar grote moeite. Namen onthouden was nooit haar sterke kant geweest. Om dit gemis te compenseren, concentreerde ze zich hoofdzakelijk op de gelaatstrekken van de personen. Dat maakte het mogelijk voor haar om ze, als ze hen weer ontmoette, alleen maar met een hoofdknikje als teken van herkenning te begroeten. Het was een eenvoudig trucje, maar het werkte.

Ieders naam herinneren was echter heel wat lastiger. In tegenstelling tot wat gebruikelijk was in Italië, pronkten de Spanjaarden met een reeks van voornamen en achternamen, de ene nog hoogdravender dan de andere. En daar haar kennis van de taal slechts zeer elementair was, was het moeilijk voor haar om goed te begrijpen wat men zei, vooral ook door de snelheid waarmee de Spanjaarden praatten. Al die achternamen waren onbegrijpelijk voor oren die daar niet zo aan gewend waren, zoals die van haar. Het feit dat ze ook nog vreemd werden uitgesproken, maakte de zaken er niet gemakkelijker op.

Meer dan eens had ze zich in de onaangename situatie bevonden dat ze de voornaam niet kon onderscheiden van de achternaam van degene aan wie ze werd voorgesteld. En wanneer het een bijzonder lange achternaam was, was het moeilijk te weten of het alleen om de achternaam ging of ook om de titels. Dit alles maakte haar verwarring nog groter. Het was natuurlijk ongepast geweest om uitleg te vragen en dat wilde ze dan ook niet snel doen. Daarom probeerde ze zich, bij gebrek aan beter, tenminste de gezichten te herinneren.

De situatie grensde soms aan het belachelijke en werd zelfs tragikomisch. Ze troostte zich met de gedachte dat ze niet de enige was. Het gebeurde de jonge koningin, Isabel de Valois, ook. De vorstin bevond zich in een vergelijkbare situatie, omdat zij het Spaans ook niet verstond of sprak. Sofonisba had gemerkt dat bij meer dan een gelegenheid de vorstin met een beminnelijke glimlach had geantwoord op het voorstellen van een hoveling. Er werd dan heel snel in de landstaal gesproken. Helaas begreep zij er niet veel van, maar de ander dacht van wel. In tegenstelling tot haar zou de koningin de tijd hebben om eraan te wennen en de taal van haar onderdanen te leren, daar zij voorbestemd was om lang te regeren. Sofonisba voelde veel genegenheid voor de kind-koningin, die gebukt ging onder de plichten van een te veelomvattende en uitputtende functie voor een meisje van haar leeftijd. Zonder twijfel moest het een zware last zijn voor haar jonge schouders en haar veel spanning bezorgen, ondanks het feit dat ze van jongs af aan hiervoor was opgevoed. Sofonisba had het op zich genomen om haar altijd te helpen, voor zover mogelijk. Ze bezorgde haar afleiding met muziek, tekenlessen en andere activiteiten die Isabel waardeerde.

Over het algemeen was Sofonisba tevreden met haar nieuwe positie. De relatie met de jonge vorstin had niet beter kunnen zijn. Isabel hield van muziek en ze was bijzonder geïnteresseerd in kunst en begiftigd met een bescheiden talent voor tekenen. Haar komst naar het hof was als een frisse bries geweest. Niet alleen door haar jeugd, maar ook door haar stralende persoonlijkheid. In slechts weinige weken was Isabel de Valois erin geslaagd zelfs de grootste sceptici voor zich te winnen. Ze had aangename en bekoorlijke manieren en het duurde niet lang of ze was geliefd bij haar ondergeschikten en bij het hof in het algemeen.

Met Sofonisba had ze meteen een kameraadschappelijke band. Ze waren allebei jonge vrouwen aan het hof en dat had hun verstandhouding bevorderd. De Cremonese wist niet dat het vooral haar grote artistieke kwaliteiten waren geweest die Isabel zo fascineerden. Juist deze hadden gemaakt dat de koningin haar promoveerde van eenvoudige hofdame tot vriendin. Ze vertrouwde haar volledig. De twee vrouwen schilderden samen, speelden muziek, lazen de klassieken. De uitgebreide ontwikkeling van de jonge Italiaanse was voor de even oude vorstin de stimulans om ook in haar omgeving net zo'n elegante en literaire sfeer te scheppen als waarin ze was opgevoed door haar moeder aan het hof van Frankrijk. Zij probeerde de verfijning daarvan te overtreffen als tegenwicht voor de stugheid van haar nieuwe land.

Er waren momenten dat Sofonisba het berouwde dat ze het vleiende aanbod om hofdame te worden had aangenomen. Behalve dat ze zich af en toe misplaatst voelde, had ze nog veel verdriet over de scheiding van haar familie, dat drukte zwaar op haar. Het was de eerste keer dat ze zo lang van hen weg was. Ze kon er niet goed tegen zo ver van hen verwijderd te zijn, helemaal alleen. Maar ze was ervan overtuigd dat ze zich allengs geheel zou aanpassen aan haar nieuwe positie.

Voordat ze uit Italië vertrok, had ze zich, als ze fantaseerde over hoe haar nieuwe leven zou zijn, niet kunnen indenken dat het zo moeilijk voor haar zou zijn de rol van hofdame aan een buitenlands hof op zich te nemen. Steeds maar weer blootgesteld zijn aan de nieuwsgierigheid van anderen, je constant representatief gedragen, eiste een zelfbeheersing en discipline waar ze geen rekening mee had gehouden. De hoven die ze tot nu toe had gekend waren oneindig veel kleiner geweest. Aan die van de hertogdommen en van de Italiaanse prinsdommen was het vanzelfsprekend dat iedereen elkaar kende. Hoewel men een zekere afstand probeerde te bewaren, meer om de waardigheid van de soeverein te beschermen dan om protocollaire redenen, waren de betrekkingen wat losser en provincialer. Zo anders dan het aan het Spaanse hof toeging. Omdat Filips II vorst was van verschillende staten, liepen er in de stad heel wat onderdanen rond die ternauwernood dezelfde taal spraken en die elkaar niet altijd verstonden. Wat hun overkwam, doordat ze nog maar zo kort in het land waren, overkwam ook Sofonisba: ook zij begreep niet altijd wat er gezegd werd, hoewel Italiaans tamelijk veel op Spaans leek, maar ze was ervan overtuigd dat ze dat later ruimschoots zou inhalen.

Eerst liep ze een paar keer verkeerd, want ze dacht dat ze hem ergens anders had gezien, maar toen ze in de buurt kwam van het plein waar de kerk was, zag ze ten slotte de kleine klokkentoren op zo'n honderd meter afstand en versnelde haar pas. Voor de kerk gekomen, merkte ze dat het eigenlijk eerder een stoffige brede laan was dan een plein.

Aan één kant van het plein stond de kerk, een paar stappen achter een beekje, waardoor het leek alsof er een soort esplanade was. Ze keek omhoog naar de voorgevel. Het verbaasde haar dat niets verraadde aan wie de kerk opgedragen was. Gewoonlijk staat bij kerken boven het portaal de naam van de heilige aan wie de kerk gewijd is. Het deed er weinig toe. Daar zou ze later wel achter komen. Ze herinnerde zich de dag dat ze hem ontdekt had, ze was er toevallig langsgekomen en ze had zichzelf beloofd er eens naartoe te gaan.

Hij fascineerde, misschien omdat hij zo klein was. Ze zou zich er ongetwijfeld op haar gemak voelen. Ze hoopte daar de rust te vinden die ze niet had aangetroffen in de andere kerken die ze tot nu toe had leren kennen en die dagelijks bezocht werden door de talrijke hovelingen die ze elke dag tegenkwam bij de verplichtingen die haar functie met zich meebracht. Deze kerk leek helemaal achteraf te liggen in een vergeten hoekje. Dat was precies wat ze zocht.

Ze ging de omsloten ruimte binnen.

Een heerlijke koelte contrasteerde met de temperatuur buiten. Ze moest zich even inspannen om te wennen aan het halfduister, want buiten was het licht oogverblindend.

Na zich bekruist te hebben met het gewijde water, liep ze naar het hoofdaltaar. Er waren weinig mensen. Op zijn hoogst een dozijn. Allen waren in gebed, of leken dat te zijn.

Wie weet wat ze allemaal te vragen hebben aan Onze Lieve Heer, dacht Sofonisba, in de veronderstelling dat de aanwezigen, net zoals zij, daar waren op zoek naar innerlijke vrede.

Op een van de banken vooraan onderscheidde ze twee vrouwen die zachtjes zaten te fluisteren. Toen ze haar aanwezigheid bemerkten, stopten ze met praten en richtten hun aandacht op de vrouw die zojuist binnengekomen was. Toen ze zagen dat het geen bekende was, verloren ze alle belangstelling en hervatten hun gefluister.

Sofonisba koos een lege bank op de derde rij en ging zitten. Ze keek om zich heen om langzaam aan de omgeving te wennen. Achter het altaar bevond zich een triptiek van ongekende schoonheid, prachtig gemaakt. Goede vakvrouw als ze was, besefte ze dat het van de hand van een expert was. Het verbaasde haar dat een zo opmerkelijk en verfijnd werk terechtgekomen was in een zo bescheiden kerk. Waarschijnlijk was het een geschenk van een belangrijk iemand.

Verder had het interieur niets interessants. Een buurtkerk zoals zo vele andere. Maar alles bij elkaar had hij iets bekoorlijks, en hij ademde een prettige, rustgevende sfeer uit.

Daarna liet ze haar blik in het rond gaan, ze zocht een detail, een hoek, een lichtval die ze zich later zou kunnen herinneren. Niets ontsnapte aan haar onderzoekende blik, ook al was het alleen maar om te constateren dat er niets opmerkelijks was. Naast het middenschip waren aan beide kanten twee kleine kapelletjes, maar ze schenen niet bijzonder mooi. Later zou ze gaan kijken aan wie ze gewijd waren en of er iets interessants te zien was.

Uit haar ooghoeken observeerde ze de overige gelovigen. Niemand van hen leek op haar aanwezigheid acht te slaan.

Maar dat betwijfelde ze.

Met zo weinig mensen was het onmogelijk dat ze haar niet gezien hadden, net zoals de vrouwen achterin. Ongetwijfeld zaten ze naar haar te kijken en te gissen wie ze was. Een onbekende die een kerk bezoekt waar alleen vaste bezoekers komen trekt de aandacht. Nieuwsgierigheid is een wijdverbreide menselijke zwakheid, vooral in provinciestadjes. Bovendien ging die onbekende goed gekleed. Het was vanzelfsprekend een dame van enig gewicht. Hoorde ze misschien bij het hof? Er waren veel vreemdelingen in die tijd in Guadalajara. Het was onmogelijk ze allemaal te kennen.

Sofonisba knielde, boog haar hoofd en sloot haar ogen alsof ze ging bidden, waarbij ze een vrome houding aannam. Maar haar gedachten waren elders.

Ze probeerde ze te ordenen.

Ze schaamde zich een beetje dat ze zich niet concentreerde op het gebed, daar ze op een gewijde plaats was, maar ze moest nu eenmaal haar geest helder maken. Het huis van de Heer diende per slot van rekening toch ook daarvoor? Welke plek was er geschikter voor dit soort spirituele oefening?

Ze was nog verdiept in haar gedachten, toen ze plotseling een sterke wierookgeur bemerkte. Ze deed haar ogen open om te zien waar hij vandaan kwam, maar dat lukte haar niet. Geen van de aanwezigen had zich van zijn plaats bewogen en op het altaar was geen enkele beweging zichtbaar. Onmiddellijk dacht ze aan haar zuster Elena en ze kon een glimlach niet onderdrukken.

Op een keer had Elena haar een anekdote verteld over iets wat haar met wierook overkomen was. Sindsdien moest ze altijd daaraan denken als ze de geur ervan bemerkte. Het geval was dat Elena, toen ze een keer alleen in haar kamer zat en helemaal opging in haar gebed, een sterke wierookgeur rook. Omdat ze niet begreep waar die vandaan kwam, keek ze in alle hoeken van de kamer, zonder dat ze een logische verklaring vond. Er was niets waaruit die vreemde lucht vandaan kon komen. Omdat het raam gesloten was, opende ze de deur om te kijken of hij uit de gang kwam, maar dat was ook niet het geval. Weer terug in haar kamer was de sterke geur er nog steeds. Hij was zelfs nog duidelijker geworden. Op het laatst kwam ze bij het kruisbeeldje dat aan de muur hing en ze merkte dat de geur daarvandaan kwam. Ze was onthutst. Was het haar verbeelding die haar parten speelde of was er werkelijk iets aan de hand? Ze bracht haar neus weer bij het kruisbeeld.

Geen twijfel mogelijk.

Daar kwam de geur rechtstreeks vandaan. Stomverbaasd als ze was, probeerde ze een nuchtere verklaring te vinden, maar ten slotte moest ze zich wel bij het bewijs neerleggen. Ze vond geen enkele rationele oorzaak voor dat vreemde verschijnsel. Maar het kon geen toeval zijn. Er was maar één verklaring: het was de Heilige Geest die haar was komen bezoeken. De roep van de Heer. Zijn manier om haar mee te delen dat zij gekozen was om Hem te dienen.

Hevig geëmotioneerd brak ze in tranen uit. Was het een openbaring? Was zij, Elena Anguissola, uitgekozen om de Heer te dienen? Hoe ze ook haar best deed een andere reden te verzinnen, ze kon geen enkele logische en waarschijnlijke interpretatie vinden. Dus nam ze een besluit, het enige mogelijke: ze zou non worden. Als de Heer haar geroepen had, dan kon ze alleen maar gehoorzamen.

Ze herinnerde zich nog de uitdrukking op het gezicht van haar zuster toen ze haar haar beslissing had meegedeeld alsof zij overtuigd was van de absolute waarheid, maar Sofonisba kon een glimlach niet onderdrukken. Altijd als ze aan haar zuster dacht, voelde ze een diepe genegenheid voor haar. Elena toonde zich zo sereen en gelukkig nadat ze die keus had gemaakt. Haar geliefde zuster had eindelijk haar weg gevonden.

Ondanks de ernst van de gebeurtenis vermaakte het voorval met de Heilige Geest haar iedere keer weer als ze eraan dacht.

Elena schilderde, zoals al haar zusters. Het was een eigenaardigheid van de meisjes uit dat gezin. Ze had een bescheiden talent om religieuze voorstellingen te schilderen, allen hadden ze dezelfde verfijning die haar ook in haar dagelijks leven karakteriseerde en zij had een buitengewoon grote fantasie. Sofonisba herinnerde zich hoe de andere zusters de draak staken met haar neiging om te fantaseren. Daarom was ze er nooit zeker van geweest of de 'openbaring' van Elena echt was geweest of alleen maar een van haar fantasieën.

In ieder geval, wat de omstandigheden ook waren geweest die geleid hadden tot haar keuze, het stelde haar gerust dat de natuurlijke aanleg van Elena niet verloren was gegaan door die plotselinge 'roeping'. Daarvoor had Elena te veel talent. Sinds dat moment had ze zich, zoals te verwachten was, toegelegd op de religieuze schilderkunst. Zo droeg ze, met haar kunst, bij aan de verfraaiing van het interieur van de kerk van haar klooster.

Sofonisba vroeg zich af of zij nu ook een religieuze crisis doormaakte, nu ze geurhallucinaties had. Dat maakte haar een beetje van streek. Was het een teken waar ze aandacht aan moest besteden? Had de Heilige Geest ook haar bezocht om haar te zeggen dat zij gekozen was? Ze reageerde meteen. Onzin, zei ze tot zichzelf. Ik ben in een kerk, het is normaal dat het hier naar wierook ruikt.

Bovendien was ze niet zo religieus dat dat een geheime kloosterroeping zou rechtvaardigen. Trouwens, zij had toch ook haar weg gevonden? De Heilige Geest, als Hij het werkelijk was, kon zich niet vergissen en iemand uitzoeken die zo weinig geschikt was voor het kloosterleven. Zij was een kunstenares. Haar roeping was een kracht die ze heel diep in haar binnenste voelde en haar ziel was daar helemaal vol van. Ze kon zich zelfs niet voorstellen hoe haar leven geweest zou zijn als dat een andere loop had genomen. Geen personen van vlees en bloed meer schilderen en in plaats daarvan zich toeleggen op het schilderen van religieuze onderwerpen? Ondenkbaar. Zij was niet geboren voor zo'n leven van ontzegging en toewijding, opoffering en zelfverzaking. Totaal niet. Laat die zogenaamde Heilige Geest maar weer teruggaan vanwaar Hij gekomen was. Bij haar zou Hij alleen maar tijd verliezen.

Die gedachten hinderden haar wel. Vooral op die gewijde plek. Ze moest zich niet laten meeslepen door haar verbeelding en onzinnige veronderstellingen uitkramen.

Ze glimlachte in zichzelf. Haar geest speelde haar parten. Was het waar dat een te rijke fantasie een familietrekje was, zoals haar zusters beweerden?

Ze zat daar nog aan te denken toen ze plotseling stappen hoorde over het middenpad. Het was een ferme pas, ondanks het feit dat merkbaar geprobeerd werd hem in te houden, ofwel omdat de plaats zo vredig was, of uit respect voor de overige gelovigen. Maar het waren wel de hakken van laarzen en ze weergalmden.

De passen kwamen in haar richting. Ze werd nieuwsgierig. Waren het de voetstappen van een man of een vrouw? Zonder zich om te draaien, want dat zou vreselijk onbeleefd zijn geweest, probeerde ze het te raden.

Misschien werd ze zoals de oude vrouwtjes die regelmatig de kerk bezochten? Ook die letten op elke ongewone beweging, op alles wat hun dagelijkse routine doorbrak. Het konden niet de voetstappen van een vrouw zijn, besloot ze, omdat de hakken te veel weergalmden voor een vrouwenschoen.

Een silhouet ging langs de rij banken waar zij in zat. Ze bewoog zich niet, ze bleef helemaal voorovergeknield zitten, alsof ze bad, en ze tilde haar hoofd niet op om te kijken of het klopte wat ze dacht. De man, als het inderdaad een man was, liep verder naar het altaar. Hij koos de voorste, lege bank uit, knielde en begon stil te bidden.

Sofonisba had instinctief, haast tegen haar zin, haar hoofd een beetje omhoog gedaan om haar nieuwsgierigheid te bevredigen. Ze kon hem goed zien ondanks het feit dat hij met de rug naar haar toe zat, want hij zat maar een paar stappen voor haar.

Het was een al wat oudere heer, zoals zijn grijze haren verraadden. Sofonisba zou het liefst weer teruggekeerd zijn naar haar gedachten, maar haar vrouwelijke nieuwsgierigheid liet haar niet met rust. Ze bestudeerde hem nog een paar seconden langer. Hij droeg een goedgesneden zwarte wambuis. Waarschijnlijk was het een aristocraat van het hof die voor een ogenblik ontsnapt was aan zijn verplichtingen. Net zoals zij had hij besloten zijn schaarse momenten van eenzaamheid te benutten voor het gebed. Iets anders kon ze niet bedenken.

De man scheen volkomen verzonken te zijn in gebed, tot hij plotseling opstond, een snelle kniebuiging maakte in de richting van het altaar en wegging. Zo te zien had hij haast. Hij was nauwelijks lang genoeg gebleven om een Ave Maria te bidden.

Toen hij weer langs de bank van Sofonisba kwam, wierp hij een blik in haar richting en hun ogen kruisten elkaar een fractie van een seconde, lang genoeg voor haar om hem te herkennen. Ze was stomverbaasd. Het was niemand minder dan de zeer katholieke koning van Spanje.

Filips II vertrok geen spier toen hij haar herkende. Zijn gezicht bleef onbewogen. Was dat uit respect voor de plaats waar ze zich bevonden of om iemand die zat te bidden niet te storen, ook al was het maar met een korte hoofdknik? Sofonisba was onthutst. Ze kon niet laten hem na te kijken toen hij zich verwijderde. Pas toen merkte ze dat bij het portaal twee edelen stonden. Zijn escorte.

Toen de vorst met zijn gevolg naar buiten ging, hernam Sofonisba haar gebedshouding, met de handen gevouwen en het hoofd gebogen. Maar ze slaagde er niet in zich te concentreren. Ze kon niet geloven wat ze zojuist gezien had. Hoe was het mogelijk dat de koning van Spanje, een man op wie alle ogen gericht waren, drukbezet en op elk moment om raad gevraagd, tijd had gevonden om te gaan bidden in dat nederige kerkje, terwijl hij in dezelfde stad vele andere en zeker veel mooiere tot zijn beschikking had? Was het een gewoonte of was het toeval geweest? Had hij haar herkend? Daar twijfelde ze niet aan. Vanzelfsprekend kon ze hem dagelijks zien, wanneer hij tussen zijn werk door even zijn jonge echtgenote opzocht.

Het was werkelijk een buitengewoon toeval geweest.

Waarschijnlijk was Filips op de terugweg van een wandeling toen hij besloot een ogenblik stil te houden bij dat bescheiden kerkje. Misschien had hij zich ook aangetrokken gevoeld door de bijzondere bekoring van dat kleine gebouw. Aan het hof kenden allen de diepe vroomheid van de koning. Het was dus niet zo vreemd dat hij enkele minuten van zijn kostbare tijd aan gebed besteedde.

En als dat kleine kerkje Sofonisba gefascineerd had, waarom zou het dan niet datzelfde effect op de koning gehad kunnen hebben? Per slot van rekening was het niet haar exclusieve privilege om van mooie dingen te genieten.

Nog in de war door die onverwachte ontmoeting besloot ze weg te gaan; ze kon zich nu toch niet concentreren. Alleen moest ze een paar minuten wachten, om hem niet opnieuw tegen het lijf te lopen. Ze zou zich heel ongemakkelijk gevoeld hebben als ze de vorst in het portaal was tegengekomen. Ze wilde niet de indruk wekken dat ze hem volgde.

Uiteindelijk stond ze op en vertrok.

Eenmaal buiten moest ze wennen aan het licht van de zon. De esplanade was verlaten. Geen spoor van de paarden van het gevolg van de koning.

Ze ging op weg naar het paleis van de hertog van Infantado. De koningin wachtte op haar.

6

Eenmaal terug van de kerk ging Sofonisba naar haar atelier. Ze was nog opgewonden door de toevallige ontmoeting met de koning. Er was geen enkele bijzondere reden voor, maar ze dacht, misschien door de koele blik van de koning toen hij wegging zonder haar te groeten, dat Filips geërgerd was, omdat ze hem niet het portret van zijn vrouw had willen laten zien. Had hij iets tegen haar of was hij alleen maar boos geworden omdat hij betrapt was op een plaats waarvan hij dacht dat hij er veilig was voor nieuwsgierige blikken? Er stak toch niets kwaads in dat zij hetzelfde gebedshuis bezocht?

Vanzelfsprekend had zij ook geen moment gedacht dat ze hem daar zou zien. Waarschijnlijk was de verrassing wederzijds geweest.

Ze had de indruk dat zij vanaf dat moment een soort geheim deelden, hoewel er eigenlijk niets geheims aan die toevallige ontmoeting was. Misschien voelde ze zich slecht op haar gemak omdat hij haar niet had gegroet...

Hadden de overige parochianen hem herkend? Het leek van niet. Toen ze zich had omgedraaid om hem weg te zien gaan, had het geleken alsof niemand zijn aanwezigheid had opgemerkt. Ook al waren zijn bezoeken aan die kerk gewoon, iets wat zij niet kon weten, het bleef toch de koning. Het was moeilijk zijn aanwezigheid niet op te merken.

Niettemin bestond de mogelijkheid dat zij er helemaal naast zat. Misschien was dat geen tweederangsplaats, maar een belangrijke plaats voor de gelovigen. Hoe kon ze dat weten? Ze was nieuw in de stad en ze kende de plaatselijke gebruiken nog niet. Het was mogelijk dat de vorst de gewoonte had even te pauzeren op die plek elke keer als hij erlangs kwam. Dan was zij de indringster.

Dat kleine kerkje had haar zo'n leuke vondst geleken. Ze had zich erop verheugd dat ze een plaats had gevonden waar ze zich kon terugtrekken als ze dat nodig had. Maar als de koning geregeld die magische plek bezocht, dan moest zij een andere zoeken. Jammer. Wat een desillusie. Het kan soms raar lopen.

Was ze aan het ijlen? Was het mogelijk een heel verhaal te verzinnen alleen maar omdat ze toevallig de vorst tegen het lijf gelopen was in een klein, afgelegen kerkje? Stak de beroemde fantasie van de Anguissola's de kop weer op? Misschien was het beter het te vergeten en naar haar bezigheden terug te keren.

Ze had belangrijker zaken om aan te denken. Waarschijnlijk werd de koningin ongeduldig, en voordat ze weer aan haar werk begon, wilde ze snel Isabels levensgrote portret, waaraan ze pasgeleden begonnen was, nog even controleren. Voordat de aanwezigheid van de koning haar gedachten kwam verstoren, had ze, toen ze de triptiek van het altaar bewonderde, een interessant detail op de achtergrond bemerkt. Ze wilde nagaan of dat ook in haar schilderij paste.

In haar werk was ze heel precies. Ze vond het prettig perfectionistisch te zijn en heel zorgvuldig op alle details te letten. Daarin lag de sleutel tot de waardering die zo velen hadden voor haar schilderijen, daarvan was ze overtuigd. Het waren de heel kleine dingetjes die een persoonlijk stempel op haar werken drukten.

Ze ging de kamer binnen die dienstdeed als haar atelier. Het was eerder een soort rommelhok van geringe afmetingen dan een kamer. Er was nauwelijks ruimte voor een persoon. In een hoek stond een ezel, vlak bij het venster, en een schraag. Maar die smalle plek had één groot voordeel: het grote venster dat het licht op gulle wijze doorliet. Dat was wat ze het meest op prijs stelde. De plek was klein; jammer, maar zo was het nu eenmaal. Wanneer de vorsten naar een ander paleis zouden verhuizen, kon ze waarschijnlijk een ruimere plek vragen. Maar voor het ogenblik moest ze hiermee tevreden zijn.

Ze wist wel dat ze niet de enige was die in dat paleis woonde. Behalve zij waren er nog vele tientallen mensen die ondergebracht moesten worden. Waar het hof zich ook bevond, de staf moest zich altijd weer het hoofd breken over hoe ze een heleboel mensen in de weinige beschikbare ruimte konden krijgen, daar de paleizen over het algemeen niet groot waren. De steden die ze aandeden hadden niet altijd voor allen onderdak. Velen moesten naar naburige dorpen om daar een onderkomen te vinden. Al met al mocht zij zich gelukkig prijzen. Haar positie vereiste dat ze makkelijk en snel bij de koningin kon komen, daarom kreeg ze meestal een kamer direct bij haar in de buurt. Ze hadden haar zelfs een plek gegeven om te schilderen. Wat verlangde ze nog meer?

Het rook heerlijk naar verf en terpentijn in haar atelier en ze hield van de geordende chaos, de penselen die op grootte gesorteerd stonden op de werktafel, de schilderskisten die her en der stonden, de lege, maagdelijke doeken bij elkaar in een hoek. De belangrijkste plaats werd ingenomen door de ezel, voor het raam, zodat daar al het licht op viel. Ja, dat hok, hoe klein het ook was, beviel haar. Ze voelde zich er prettig. Voor haar was het belangrijk geweest meteen bij aankomst te beschikken over een ruimte waar ze zich op haar gemak voelde. De enige bezigheid waardoor ze zich kon ontspannen was het schilderen. Daarom had ze een plek gevraagd waar ze dat kon doen.

Ze had nog maar net haar spullen uitgepakt of ze was meteen aan een nieuw schilderij begonnen. Haar onderwerp was de nieuwe koningin, met wie ze net kennis had gemaakt. Een verplichte keuze voor haar eerste werk, maar een die ze ook leuk vond. Het was niet alleen een prachtgelegenheid om te laten zien wat ze kon, maar het schilderen van het portret, met de uren die het kostte om te poseren, gaven haar ook de gelegenheid om met de koningin alleen te zijn. Zonder de aanwezigheid van de andere dames van haar gevolg was het makkelijker een persoonlijke band op te bouwen. Zo konden ze elkaar beter leren kennen. Isabel vroeg haar gezelschapsdames zich terug te trekken als er aan haar portret gewerkt werd. Ze slaagde er niet in goed te poseren als al die dames om haar heen fladderden.

Sofonisba maakte zich er wel zorgen over dat het schilderij voortdurend verplaatst moest worden. De zittingen vonden plaats in het privévertrek van de koningin. Dat was natuurlijk veel ruimer en gerieflijker dan het rommelhok van Sofonisba. Het mocht dan niet bijzonder groot zijn, maar het maakte wel mogelijk dat er op gepaste afstand geposeerd kon worden. Het was ondenkbaar geweest om de koning en de koningin naar haar vertrek te laten komen, maar dat hield in dat na elke sessie het schilderij naar haar atelier teruggebracht moest worden.

Omdat ze niet wilde dat het gezien werd, liet ze het met de afbeelding naar beneden dragen. Het was onmogelijk er een doek overheen te doen, want de verf had nog niet de tijd gehad om te drogen. Als ze ging schilderen, zette Sofonisba de ezel voor het raam; niet alleen om het licht te benutten, zoals ze zei, maar ook om te vermijden dat er iemand achter haar kwam staan om een blik op haar werk te werpen.

Dat was een van haar obsessies: niemand mocht haar schilderijen zien voordat ze helemaal af waren. Ze zei met klem dat het haar negatief beïnvloedde en het 'verrassingseffect' tenietdeed. Een voltooid schilderij bekijken was niet hetzelfde als het in wording te zien. Sofonisba was hierin onvermurwbaar. Zelfs de koningin kon deze regel niet overtreden. Haar smeekbeden om haar een blik te gunnen hadden geen nut. Sofonisba had haar overtuigd door haar te zeggen dat ze veel tevredener zou zijn als ze haar portret pas zou zien als het helemaal af was. Isabel maakte wel eens grapjes over deze rare gewoonte van haar. Soms deed ze net alsof ze boos werd, eigenlijk vooral om zich te amuseren.

'Het zal toch niet zo zijn dat u me mooier schildert dan ik in werkelijkheid ben?' vroeg ze, met een glimlach op haar lippen.

'Ik ben bang dat het net andersom is,' antwoordde de schilderes, op dezelfde toon. 'Ik zou u niet graag teleurstellen, maar misschien lukt het me wel niet om de schoonheid van Uwe Majesteit helemaal getrouw weer te geven.'

Alle twee wisten ze dat het een spel was. Een onschuldig privépleziertje. Isabel was intelligent en scherpzinnig, ze leerde snel. Ze kende het karakter van haar nieuwe vriendin al en daarom drong ze niet aan. Ze was bereid haar de voldoening te schenken het schilderij pas te hoeven tonen als het af was. Ze twijfelde niet aan het talent van haar beschermelinge.

In de rust van haar kleine werkkamer bestudeerde Sofonisba het schilderij, met het penseel in haar hand. In het gelaat van de koningin was iets wat haar niet helemaal beviel. Misschien had ze haar volwassener geportretteerd dan ze in werkelijkheid was? De achtergrond van de triptiek had haar geïntrigeerd, maar ze besefte dat zo'n idee niet opging voor dit type portret.

Ze reikte met haar arm naar achter om een ander penseel te pakken en merkte dat het aardewerken potje waar ze in zaten meer naar rechts stond. Het stond niet waar ze het normaal neerzette. Ze fronste haar wenkbrauwen. Had ze het verplaatst zonder er erg in te hebben? Onmogelijk. Ze was heel nauwgezet in de plaats waar ze haar gereedschap neerzette. Ze wist precies waar alles stond, elke kleur verf, elk penseel. Ze had niet erg veel tijd nodig om te begrijpen dat iemand in haar atelier was geweest. Maar wie? Het personeel mocht niet binnenkomen tijdens haar afwezigheid. En haar dienstmeisje, Maria Sciacca, ging alleen maar schoonmaken als zij er zelf was. Dus...

Zij liet haar blik door de kamer gaan op zoek naar andere details die haar vermoedens bevestigden. Niets te zien. Alles leek op zijn plaats te staan. Maar toch...

Ze was er zeker van dat er iemand binnen geweest was. Ze voelde het gewoon. Dat beviel haar helemaal niet. Wie kon dat geweest zijn? Het was al laat. Ze had geen tijd om het uit te zoeken. Ze zou er later nog over nadenken. Nu moest ze zich haasten naar de afspraak met de koningin. Ze was in de eerste plaats gezelschapsdame, niet schilderes. Ze kon haar verplichtingen niet verwaarlozen uit liefde voor de kunst. Schilderen was alleen maar een tijdverdrijf, ook al zag zij dat anders. Maar verplichtingen waren verplichtingen en ze berustte erin die na te moeten komen.

Na enkele dagen zou het hof zich verplaatsen naar een andere stad, en misschien zou ze daar meer tijd kunnen wijden aan haar favoriete bezigheid. Toen ze haar kamer uit ging, stopte ze even om het slot te inspecteren, voordat ze de sleutel twee keer omdraaide. Er waren heel kleine sporen die een onervaren oog op het eerste gezicht niet opgemerkt zou hebben, maar het bevestigde haar veronderstelling: ongetwijfeld had iemand van haar afwezigheid gebruikgemaakt om heimelijk haar atelier in te sluipen.

Ze ging snel op weg naar de koninklijke vertrekken. Inderdaad, Isabel zat op haar te wachten. Ze merkte meteen de boosheid van haar gezelschapsdame op.

'Ik zie dat u iets dwarszit,' zei ze onverwachts. 'Is er iets gebeurd?'

Sofonisba besloot het incident te verzwijgen. Je moet geen slapende honden wakker maken, als je alleen maar vermoedens hebt. Ze was ontstemd en dat was te merken, immers de koningin had het meteen gezien toen ze alleen maar naar haar keek, maar het was beter haar slechte humeur te verbergen. Ze trok een ander gezicht en glimlachte vriendelijk.

'Niets, Majesteit. Er is niets gebeurd. Ik was alleen een beetje verstrooid.'

Voor Isabel was Sofonisba als een open boek. Ze merkte het meteen als er iets niet goed ging, en de koningin liet zich niet voor de gek houden. Maar zij had op dat moment ook niet zo'n zin om uit te zoeken wat Sofonisba overkomen was. Ze had andere zaken om aan te denken. Ze was overweldigd door de voorbereidingen voor de reis die ze ging maken om haar nieuwe land te leren kennen. Ze besloot niet aan te dringen en ze droeg haar wat taken op die te maken hadden met de organisatie van de reis.

De rest van de dag verliep zonder incidenten. Toch slaagde Sofonisba er niet in, hoe druk ze het ook had, om die mysterieuze insluiping in haar werkkamer uit haar hoofd te zetten. Ze begreep niet wie er belangstelling voor kon hebben om in haar spullen te snuffelen. Verwachtte de indringer of -ster schandelijke geheimen te ontdekken? Maar zij had geen geheimen.

Het bericht over het aanstaande vertrek had haar overvallen. Aan de ene kant verheugde ze zich, daar ze nu een andere streek van Spanje zou leren kennen, hoewel Madrid niet veel scheen voor te stellen. Ook al was Madrid kort geleden tot hoofdstad uitgeroepen, het stond nog maar aan het begin van wat een grote stad zou worden. Aan de andere kant doorkruiste het plotselinge vertrek haar plannen: de rompslomp van de verplaatsing zou haar geen tijd overlaten voor het schilderij. Ze had het prettig gevonden als ze had kunnen opschieten, zeker omdat het bijna af was.

Ze verafschuwde het om haar werk te moeten onderbreken. Als ze eenmaal begonnen was aan een schilderij, had ze altijd haast om het voltooid te zien. Een onderbreking die lang beloofde te duren, ergerde haar enorm. Schilderen is niet zoiets als verstellen. Het is werk dat volharding en concentratie vergt, en als ze het een lange tijd niet deed, dan kostte het haar behoorlijk wat moeite om de draad weer op te pakken. Maar ze had geen keuze. Ze moest erin berusten af te wachten tot het hof zich weer installeerde, waar dat ook zou zijn, om de sessies met de koningin te hervatten en haar werk uiteindelijk te voltooien.

7

Filips II was in zijn plannen gedwarsboomd. Hij had op het laatste moment het zorgvuldige, al lang geleden voorbereide plan moeten annuleren. De geheime ontmoeting met een bode van de paus in een kleine kerk buiten het centrum was door een onverwachte gebeurtenis op niets uitgelopen. Dat alles door de schuld van die Italiaanse, Sofonisba Anguissola. De ontmoeting was nu uitgesteld. Ze moesten wachten tot het hof zich in Madrid geïnstalleerd had, om het opnieuw te organiseren.

Hij had haar meteen herkend. Zij zat met de rug naar hem toe, op de derde rij. Haar japon had haar verraden. Er waren niet veel mensen aan het hof die op zijn Italiaans gekleed waren. Gelukkig had hij haar juist die ochtend toevallig ontmoet toen zij naar de vertrekken van zijn vrouw ging. Sofonisba had toen dezelfde mauvekleurige japon aan. Daarom had hij haar meteen herkend.

Toen hij dichter bij de bank op de eerste rij kwam, waar de geheime ontmoeting zou plaatsvinden, had hij door de dunne sluier die haar hoofd bedekte heen het blonde haar van de dame in kwestie opgemerkt. Hij had geen enkele twijfel. Zij was het. Wat deed zij in dat onbeduidende, afgelegen kerkje? Een gemene streek van het lot? Er was geen aanleiding om te denken dat er een andere reden was.

Enkele dagen daarvoor had Filips aan zijn secretaris, Pedro de Hoyo, opdracht gegeven om in het geheim de ontmoeting voor te bereiden waarom de apostolische nuntius had verzocht, zo mogelijk buiten het gezichtsveld en het gehoor van indiscrete lieden. De ambassadeur van de paus had hem benaderd na de middagmis en hem gevraagd, nadat hij zich ervan verzekerd had dat niemand hem hoorde, om een speciale afgezant van de Hoogste Pontifex te ontvangen, wiens identiteit hij zelf niet kende. De ontmoeting vereiste de allergrootste discretie, op een plaats ver van het hof, waar de bode van de paus zich in geen geval kon laten zien. Filips II had een beetje verbaasd gevraagd waar het om ging, maar de nuntius had hem verzekerd dat hij dat zelf ook niet wist. Het was zelfs zo dat de paus in zijn schrijven hem verzocht had niets te vragen en er alleen maar voor te zorgen dat de ontmoeting tot stand zou komen. Als het verzoek niet persoonlijk door de apostolische nuntius was overhandigd, zou Filips II er geen aandacht aan geschonken hebben, maar als de paus in eigen persoon hem verzocht een afgezant discreet te ontvangen, dan moest hij daarvoor een belangrijke reden hebben. Hij had er dus mee ingestemd om het mysterieuze personage te ontmoeten en hij had de nodige instructies gegeven aan zijn secretaris om het te organiseren.

Het intrigeerde hem.

Wat wilde de paus dat niet in een officiële brief kon worden meegedeeld? De nuntius had hem verzocht geen commentaar te geven – waarschijnlijk volgde hij precies de instructies van Rome op – en te voorkomen dat ze samen gezien werden, de vorst en de nuntius, want in dat geval zou het argwaan wekken.

Om dat te vermijden, was het aan te bevelen dat de koning de mysterieuze boodschapper niet zou ontvangen in het paleis van de hertog van Infantado, waar hij logeerde, omdat het daar niet discreet genoeg was. De secretaris had dus een geschikte plaats gezocht.

Na zijn speurtocht naar een plek die garanties en eventuele alternatieve vluchtwegen bood, had hij dat kleine kerkje uitgezocht, dat in een weinig bezochte buurt lag en, heel opportuun, ook nog achteraf.

Toen zij ter plekke waren, had de secretaris de koning de details van de ontmoeting uitgelegd. Hij moest op de eerste rij gaan zitten en wanneer de gezant van de paus hem gezien zou hebben, zou hij uit de sacristie tevoorschijn komen en naast hem gaan zitten. Pedro de Hoyo, die bij de ingang wachtte met een paar edelen als escorte, was verbaasd toen hij zag dat de koning opstond en op zijn schreden terugkeerde. Hij had vermoed dat er iets niet goed ging, maar hij begreep niet wat. Eenmaal buiten, toen zij te paard terugkeerden naar het paleis van de Infantado, had Filips het hem uitgelegd.

De secretaris wist niet wat hij hoorde. Hij voelde zich meteen al schuldig aan de mislukking, maar Filips II stelde hem gerust. Hij kon het niet helpen. Als het lot zich ermee bemoeide, kon je er niet veel aan doen. Ze moesten alleen geduld hebben en het opnieuw proberen.

Een hofdame van de koningin tegenkomen hield een risico in voor de afgezant van de paus. Omdat ze maar twee rijen achter hen zat, zou de Italiaanse hebben kunnen horen wat zij zeiden. Daarom had de koning,

meteen toen hij haar herkende, kort geknield, zonder zich om te draai-
en, om de achterdocht van de parochianen niet te wekken, hij had snel
een onzevader opgezegd en was weer weggegaan.

Het zorgvuldig voorbereide plan had erin voorzien dat de boodschapper, die in de sacristie verborgen zat, zodra hij de koning op de eerste
rij zag, naderbij zou komen en naast hem zou gaan zitten. Uit de verte
op de rug gezien, zouden het twee gewone parochianen lijken. Maar de
aanwezigheid van die Italiaanse had de ontmoeting doen mislukken.

Terug in het paleis had Filips II, die van nature achterdochtig was, instructies gegeven om haar papieren discreet te onderzoeken, om elke
twijfel aan de integriteit van de hofdame terzijde te kunnen schuiven.
Een simpele aanwijzing dat Sofonisba Anguissola niet door puur toeval
naar dat kerkje was gekomen zou voldoende geweest zijn om haar te veroordelen. Maar het resultaat van het doorzoeken van haar kamer en haar
kleine atelier was negatief. Men had niets belastends kunnen vinden.
Het was toeval geweest. Sofonisba Anguissola had niets te verbergen.

8

Anton van Dyck gebruikte zijn middagmaal in dezelfde herberg als waar hij sliep. Het was een goedkope taveerne waar ze kamers verhuurden aan de schaarse reizigers.

Hij had geen zin om tijd te verliezen met het zoeken naar een plek om te eten. Hij had haast en heel veel te doen. Hij gaf de voorkeur aan het gemak zijn kamer dichtbij te hebben, zodat hij naar boven kon wanneer hij maar wilde, en zijn schriften laten liggen en misschien een dutje doen na het middagmaal. Het was een bescheiden logement, maar daarom niet minder gezellig; het had zelfs een zekere bekoring. Het was klein – Anton had zo'n vier of vijf kamers geteld voor reizigers op doorreis – en verder had het het voordeel dat de eigenaars zelf kookten. Men at er goed. Heel andere gerechten dan hij gewend was, maar over het algemeen best smakelijk. Bovendien was het wel zo gemakkelijk dat het op maar een paar honderd meter afstand was van het huis van de Lomellini's. Langs die stoffige weg kon hij er in enkele minuten zijn, en als het nodig was, kon hij het traject een paar keer per dag afleggen zonder dat het ook maar enige moeite kostte. Terwijl hij terugliep van het huis van Sofonisba langs die landweg waarover hij dagelijks ging, kon hij de schilderes niet uit zijn gedachten krijgen. Hoe beter hij haar leerde kennen, hoe meer hij zich door haar persoonlijkheid aangetrokken voelde. In haar jeugd moest ze een buitengewone vrouw zijn geweest.

Hij at snel het karige maal op dat hij had besteld en ging naar boven naar zijn kamer, een Spartaanse kamer maar schoon; ze was gemeubileerd met een bed, een nachtkastje, een tafel voor het enige raam en een lampetkom om zich te wassen. Het was primitief, maar het was het enige wat hij zich kon permitteren met zijn magere inkomen.

Hij herinnerde zich dat tijdens het gesprek Sofonisba hem wat trucjes had uitgelegd die ze gebruikte bij het schilderen. Hij schreef in zijn dagboek: *Ik heb van deze oude vrouw, die over de negentig is en bijna blind, meer geleerd dan van alle hedendaagse schilders, want zij heeft me erop gewezen dat ik het licht van boven moet laten komen. Als je het van beneden laat komen, accentueert dat de rimpels.*

Heel eenvoudig, bijna elementair, maar hij had er nooit rekening mee gehouden. Van de grote meesters leer je soms kleine dingen die in werkelijkheid het verschil uitmaken tussen een meesterwerk en iets triviaals.

Na zijn spullen op orde gebracht te hebben, lokte het hem Palermo te gaan verkennen om zijn verblijf op Sicilië te benutten, maar hij had besloten dat nog even uit te stellen. Als zijn gesprekken met Sofonisba afgelopen waren, dan zou hij Palermo bezichtigen. Hij was nieuwsgierig om de stad te leren kennen.

Zijn vrienden hadden Palermo beschreven als een buitengewoon mooie stad. Volgens hen waren er vele juweeltjes op kunstgebied.

Het idee om zich te mengen tussen die levendige bevolking met de donkere huid, zo verschillend van zijn eigen landgenoten, fascineerde hem. Uit het weinige dat hij gezien had nadat hij voet aan wal had gezet, leek het hem toe dat de Sicilianen niet in staat waren te praten zonder te schreeuwen en overdreven gebaren te maken. Ze waren heel schilderachtig. Voor een vreemdeling was het tamelijk komisch om te zien hoe ze bewogen en met elkaar praatten. De Sicilianen schenen het tegenovergestelde van de schuchtere Vlamingen, die karig waren met woorden en gebaren.

Zonder twijfel trokken ze hem aan, ook fysiek. De bevolking was over het algemeen tamelijk knap, zowel de mannen als de vrouwen, maar vooral de kinderen met hun donkere haar en hun grote donkere ogen. Er waren er echter ook een paar met blauwe ogen, misschien het resultaat van een vermenging met vroegere overheersers. Door zijn onverzadigbare nieuwsgierigheid voelde hij zich aangetrokken tot deze mensen. Anton wilde altijd alles precies weten. Aan de ene kant wilde hij zich graag onderdompelen in die menigte, maar hij wist ook dat het hem onherroepelijk afgeleid zou hebben. Eerst moest hij zich concentreren op het doel van zijn reis. Later mocht hij een beetje verstrooiing zoeken.

Intussen ordende hij de diverse schetsen die hij in de loop van het onderhoud van Sofonisba gemaakt had. Hij bedacht dat hij ze, als hij tijd zou hebben, meteen zou gebruiken om aan een portret te beginnen. Hij had er veel; sommige waren alleen een aanzet, andere waren praktisch compleet. Een paar beeldden haar af zittend in haar stoel in de salon – het waren alleen maar lijnen, maar ze gaven heel goed haar houding weer – terwijl andere veel gedetailleerder waren, zoals de schetsen van haar handen en haar gelaat. Hij bestudeerde ze met een kritisch oog. Waren ze nauwkeurig genoeg? Gaven ze de indruk weer die hij van haar gekregen had toen hij haar observeerde?

Toen hij ze een voor een door zijn handen liet gaan, moest hij weer denken aan de ontmoeting van de afgelopen ochtend. Die vrouw had iets speciaals dat hij niet precies kon definiëren. Ze had een intellectuele aantrekkingskracht op hem, bijna raadselachtig. Dat wekte zijn nieuwsgierigheid en de behoefte haar beter te leren kennen. Wat was haar geheim? Waarom liet ze niemand onverschillig die bij haar in de buurt kwam? Was hij misschien ook een van de velen die geen weerstand hadden kunnen bieden aan haar betovering?

Ze had zonder twijfel een buitengewoon leven gehad. In het bijzonder, zoals ze zelf verschillende keren duidelijk had gezegd, omdat ze een vrouw in een mannenwereld geweest was. De wereld van de kunstenaars was bovendien een aparte wereld met ongeschreven wetten, de vlag was het talent. De tijd waarin zich deze gebeurtenissen afspeelden in aanmerking genomen, was zij de uitzondering geweest die de regel bevestigde. Daar kwam nog bij dat ze al ongewoon lang leefde, wat haar de gelegenheid had gegeven allerlei mensen te ontmoeten – koningen en koninginnen, pausen en kardinalen, schilders, dichters, beeldhouwers, van wie sommigen voor Anton van Dyck, een jongeman die nog maar aan het begin van zijn carrière stond, als het ware legendarische figuren waren. Bijvoorbeeld Michelangelo Buonarroti, die zestig jaar geleden gestorven was.

Michelangelo, de grootste kunstenaar aller tijden, was een legende voor de nieuwe generaties. Bij het horen van die naam had hij over zijn hele lijf gebeefd van opwinding. Het was een geweldige stimulans om in de nabijheid te zijn van en te kunnen praten met iemand die persoonlijk de meester van alle meesters gekend had. Er waren nog maar weinig mensen in leven die zich erop konden laten voorstaan dat zij dat voorrecht gehad hadden.

Zijn enthousiasme om naar Sofonisba's verslag te luisteren werd groter naarmate de dagen verstreken. Onderweg naar Palermo had hij zich meer dan eens voorgesteld hoe de ontmoeting zou verlopen. Het overtrof zijn stoutste verwachtingen dat de geest van Sofonisba nog zo helder was. Ze kon beslist nog heel wat vertellen en hij was vol verlangen om dat te horen.

Haar helderheid van geest had hem aangenaam verrast. Hij had het niet verwacht. Natuurlijk, Sofonisba zag er niet oogverblindend uit, ze was vel over been, maar ze leefde en was gezond. Ze zag er zo slecht uit dat je dacht dat het een wonder was dat ze nog ademhaalde. Haar zeer onzekere tred, wanneer ze opstond om zich terug te trekken, suggereerde dat ze al met een voet in het graf stond. Toch ging er van dat kleine lijf een verbazingwekkende kracht en wil uit, die elke bezoeker verraste. Zolang haar geest maar werkte, kon ze zich alles wat lang geleden in haar leven plaatsgevonden had voor de geest halen.

Het kostte hem moeite te accepteren dat de oude dame niet lang meer te leven had. Dat maakte hem zeer verdrietig want, hoe raar dat ook leek, hij was op haar gesteld geraakt.

Met dit trieste vooruitzicht wilde hij zoveel mogelijk tijd met haar doorbrengen, zolang zij een gesprek kon volhouden. Hij moest voor elkaar krijgen dat zij hem vertelde wat hem het meest interesseerde: hij wilde alle mogelijke informatie verzamelen over de kunst van de renaissance en haar hoofdpersonen. Hij besefte dat dit een unieke gelegenheid voor hem was.

Hij bracht een aantal uren in zijn kamer door en daarna, toen hij dacht dat het nu wel een geschikt moment was om naar het huis van zijn nieuwe vriendin te gaan, zette hij er flink de pas in. Hij voelde zich opgewekt, weer net zo enthousiast als bij het eerste bezoek. Welk geheim zou de bejaarde schilderes hem 's middags onthullen?

Bij zijn aankomst verbaasde het hem niet dat zij al op hem zat te wachten in de gebruikelijke, te grote stoel. Hij had de indruk dat zij nog ongeduldiger was dan hij om weer bij elkaar te komen en dat deed hem genoegen. Het betekende op zijn minst dat hun gesprekken geen last voor haar waren.

Zoals gewoonlijk ontving ze hem met een brede glimlach.

Hij bedacht dat haar leven tamelijk saai moest zijn, als ze zich er zo op verheugde hem te zien. Of was dat gewoon een deel van haar karakter? In ieder geval moesten zijn bezoeken haar afleiding bezorgen in de monotonie van haar dagen.

'Dag, Anton, mijn jongen,' begroette zij hem, zichtbaar gelukkig, zodra hij de kleine salon in kwam. 'Hebt u tijd gehad om te rusten en uw schetsen te ordenen?' En zonder adem te halen of op een antwoord te wachten, voegde ze eraan toe: 'Wilt u wat eten?'

'Nee, dank u, mevrouw.' Anton glimlachte om haar grootmoederlijke bezorgdheid. 'Ik heb al in de herberg gegeten. Wees gerust, ik eet voldoende.'

Meteen had hij spijt van zijn laatste woorden. Hij behandelde haar als een oma, terwijl zij zich er misschien alleen maar van wilde overtuigen dat hij voldoende geld had om elke dag een goede maaltijd te betalen. Het was bekend dat jonge kunstenaars niet in het geld zwommen, zeer zeker niet.

De vraag van Sofonisba deed hem denken aan zijn moeder, wanneer ze zich er zorgen over maakte of hij wel goed gegeten had.

'Ik heb ook voldoende tijd gehad om mijn tekeningen te ordenen, zoals u mij aanraadde,' voegde hij er snel aan toe, om van thema te veranderen.

Gerustgesteld glimlachte Sofonisba tevreden. Die jongen beviel haar. Hij wist goed met oude mensen om te gaan.

'Goed,' zei ze, 'waar waren we gebleven?'

'U was me aan het vertellen hoe u aan het Spaanse hof gekomen was.' En, aangemoedigd door de hartelijke ontvangst, waagde hij zijn brandende vraag te formuleren: 'Maar voordat we verdergaan, zou ik u iets willen vragen. Iets wat me heeft geïntrigeerd vanaf het moment dat ik deze salon binnenkwam.'

'Vooruit maar.'

'Het portret van die jonge vrouw,' en hij wees tegelijkertijd op het portret, 'is dat van u?'

'Natuurlijk,' antwoordde ze vriendelijk. 'Het is een zelfportret. Ik was twintig of iets ouder. Ik vermoed dat u me niet had herkend. Zo gaat het vaak. Dat is de tol die de jaren eisen. Dit portret heeft een heel bijzondere geschiedenis. Op een dag zal ik het u vertellen. Wat u daar ziet hangen, was het tweede portret dat ik schilderde. Eigenlijk was het eerste alleen nog maar een schets toen het verdween.'

'Verdween?' herhaalde Anton verbaasd.

'Ja, het is een lang verhaal.' Haar stem klonk ironisch, alsof ze om zichzelf lachte. 'Er is veel tijd verstreken sindsdien, dat is te zien, toch?'

Anton bloosde licht.

'Neemt u mij niet kwalijk, dat is niet wat ik wilde zeggen.'

Sofonisba lachte ondeugend.

'Ik weet het heel goed. Maak u geen zorgen. Ik zit u maar wat te plagen. Waar waren we ook alweer gebleven?'

'U was me over Spanje aan het vertellen.'

'O ja. Dat was een ongelooflijke ervaring. Dagelijks in de nabijheid verkeren van de machtigste koning ter wereld was...' Ze scheen het juiste woord te zoeken.

'... indrukwekkend?' suggereerde Anton.

'Nee. Indrukwekkend is niet precies de uitdrukking, hoewel het in zekere zin wel zo was. Ik zou eerder zeggen... vreemd.'

'Vreemd?' verbaasde Anton zich. 'Nu verrast u me inderdaad, mevrouw. Waarom vreemd?'

'Omdat het Spaanse hof voor mij een nieuwe omgeving was. Het ademde een vreemde sfeer uit. Ik weet niet hoe ik het moet zeggen... Alles was mysterieus, pompeus, heel hiërarchisch. Een mengsel van strengheid, grote pracht en praal, maar ook soms van een heel bescheiden luxe. Niettemin waren het de mensen die de meeste indruk op me maakten. Ze waren niet zo spontaan als hier in Italië. Iedereen gedroeg zich vreselijk stijf, alsof natuurlijkheid en eenvoud helemaal uitgesloten waren in de omgang. Begrijpt u?'

'Ik denk van wel. Misschien kwam dat door het protocol?'

'Dat had natuurlijk een grote invloed, omdat er, zoals u waarschijnlijk wel weet, aan het Spaanse koninklijke hof een zeer rigide protocol heerste, speciaal in alles wat met de omgang met de vorsten te maken had. Ik geloof dat het nog zo is, maar niet alleen dat maakte de sfeer verstikkend. De Spanjaarden zelf waren altijd zo gespannen. Ik weet niet hoe ik dit gevoel goed kan uitleggen.'

'Ik denk dat ik het begrijp. Ook wij, in Vlaanderen, zijn niet vrijmoedig en spontaan als de Italianen, hoewel ik altijd gedacht heb dat de Spanjaarden meer op de Italianen lijken dan op ons. Ik dacht dat dat een eigenschap was van zuiderlingen.'

'Je moet de dorpelingen niet verwarren met de mensen aan het hof,' preciseerde Sofonisba wijs. 'Zij gedragen zich heel anders. Aan het hof kun je niet je joviale karakter laten zien, je moet het opgelegde ritme volgen. Het is niet mogelijk je te gedragen zoals je zou willen.'

Anton was niet erg op de hoogte van hoe het aan het hof toeging. Eerlijk gezegd had hij er geen enkel idee van. Hij knikte, om te laten zien dat hij het begreep, en zei: 'Hoe waren uw betrekkingen met Filips II? Behandelde hij u goed?'

'Die koning boezemde veel respect in. Hij was weliswaar klein van stuk, maar wanneer hij een kamer binnenkwam, had hij altijd een soort aureool van mystiek en majesteit. Hij was een koning in alle opzichten. Hier, in Italië, heb ik vreselijke dingen gehoord over zijn persoon, misschien omdat hij de binnenvallende vijand symboliseerde, maar in werkelijkheid was hij niet zo. Tegenover mij gedroeg hij zich altijd zeer voorkomend en vriendelijk en natuurlijk heel voornaam. Dat toonde hij bij de dood van koningin Isabel, want die gebeurtenis betekende het officiële einde van de reden waarom ik naar Spanje geroepen was. De nieuwe koningin had al haar eigen gezelschapsdames. Maar in plaats van me terug te sturen naar mijn land, zoals het meestal ging, wilde de koning dat ik bleef om voor de dochters te zorgen, de prinsessen Isabel Clara Eugenia en Catharina Michaela. Hij hielp me wanneer ik dat nodig had en hij deed zijn best om een echtgenoot van mijn stand voor me te vinden. Een moeilijke opgave, gezien de leeftijd die ik toen had.'

Ze sprak de laatste woorden lachend uit, ervan overtuigd dat Anton de ironie van de situatie zou begrijpen.

'Was het Filips II die een echtgenoot voor u vond?' vroeg hij verbaasd.

'Natuurlijk. Maar dat zal ik u bij een andere gelegenheid uitleggen.'

Anton begreep dat ze geen zin had om juist dat voorval aan te snijden en liet het verder rusten.

'Het moet moeilijk geweest zijn voor een vrouw alleen in een vreemd land...'

Sofonisba ging weer verzitten. Ze bleef een paar minuten stil voor ze antwoord gaf. Ze zocht in haar herinnering de gebeurtenissen waarvan ze dacht dat ze ze voor altijd vergeten was.

'Ja, waarom zou ik het ontkennen? Maar denk niet dat het hier in Italië gemakkelijker zou zijn geweest. De wereld is op mannelijke maat gemaakt.'

'Maar...' probeerde Anton te protesteren.

'Maar u bent een man, mijn lieve Anton, u kunt bepaalde dingen niet begrijpen.'

9

De koets kwam bij het kruispunt en hield stil. Als hij rechtdoor was gegaan, zou hij de weg van Madrid naar Segovia gekruist hebben, terwijl als hij de weg naar rechts nam, hij na enkele mijlen aan de voet van die beboste heuvel zou komen bij een plek die nog maar weinig bekend was en die de grappige naam 'El Escorial', de Sintelberg, had. Filips II had die plek uitgezocht om daar een nieuw paleis te laten bouwen ter ere van Sint Laurentius, naar het model van het rooster waarop de heilige Laurentius geroosterd werd.

De werkzaamheden waren net begonnen en men schatte dat als alles goed ging, het minstens twintig jaar zou duren voor het af zou zijn.

De koets was gestopt in een flauwe bocht in de schaduw. Vanuit de verte kon hij niet gezien worden. Alleen door iemand die dezelfde, over het algemeen weinig gebruikte weg volgde. Een vergeten weg, die nergens vandaan kwam en nergens naartoe ging, alleen de een of andere lokale houthakker gebruikte hem misschien wel eens. Het was een normale reiskoets, zonder iets speciaals waar je hem aan kon herkennen. Sinds hij stilgehouden was, was geen enkele passagier uitgestapt en de koetsier was op zijn plaats blijven zitten, alsof hij op instructies wachtte.

Een goed uur bleef hij in deze positie, totdat hij in de verte een paard hoorde galopperen. Hij spitste zijn oren om het beter te horen en hij begreep dat het een groepje ruiters was.

Plotseling hield het op. Waarschijnlijk waren ze vlakbij gestopt, maar omdat het bos zo dicht was, bleven ze onzichtbaar. Na een ogenblik hoorde je opnieuw de tred van een paard, nu dichterbij. Even daarna dook hij op uit een bocht op zo'n honderd meter afstand.

De edelman, die gekleed ging in een bruine wambuis, kwam zonder haast dichterbij, zijn paard in stap. Terwijl hij net deed alsof hij zich voor het bos interesseerde, keek hij onderzoekend maar discreet naar de koets. Toen hij zo dichtbij was dat je hem kon herkennen, draaide de koetsier zich om, om hem aan te kijken. Tot nu toe leek hij verzonken in zijn gedachten, zonder te letten op wat er om hem heen gebeurde. Was het de edelman die hij verwachtte?

De man reed langs hem zonder zijn paard in te houden, terwijl hij hem met een korte hoofdknik groette. Zijn lippen bewogen niet en hij reed nog zo'n honderd meter verder.

De koetsier volgde hem met zijn blik, terwijl hij naar zijn manoeuvres keek.

Plotseling stopte de edelman, liet het paard keren en kwam in draf terug. Toen hij langsreed, groette hij de koetsier opnieuw beleefd. Hij hield zijn ogen strak gericht op de roodfluwelen gordijnen voor de raampjes. Ze waren zorgvuldig dichtgetrokken om nieuwsgierige blikken buiten te houden. Hij probeerde een vluchtige blik naar binnen te werpen, maar hij slaagde er niet in ook maar iets te zien. Geen enkele beweging gaf aan dat er iemand in zat. Hij ging verder zonder stil te houden en verdween in de richting van waaruit hij gekomen was.

De koetsier hernam zijn wachtende houding. Hij hoefde niet al te lang te wachten. Na nauwelijks enkele minuten hoorde men opnieuw paardenhoeven, die ketsten op de keien op de weg. Hij draaide zich een beetje en constateerde dat het niet dezelfde ruiter was. Deze was in het zwart gekleed.

De koetsier gaf het afgesproken signaal: drie slagen op het dak van de koets.

Het portier ging open en een corpulente man stapte moeizaam uit. Hij was gehuld in een grote zwarte mantel en hij droeg een vreemde hoed zonder pluim die een zo te zien mooie kale schedel bedekte.

Uit de laarzen kon je opmaken dat hij onder de cape een reizigerstenue aanhad. Hij deed een paar passen en stond weer stil, terwijl hij naar de ruiter keek, die langzaam naderbij kwam. Toen ze op slechts enkele meters afstand van elkaar waren, deed de man uit het rijtuig zijn mantel een beetje open en liet een blinkend voorwerp zien dat hij om zijn hals had. De ruiter herkende het onmiddellijk als een kruis. Hij kwam dichterbij, onderzocht het kruis en wist dat hij tegenover een kardinaal stond.

Filips II steeg af en hij wachtte tot de ander als eerste het woord zou nemen. Hij wierp een nieuwsgierige blik op de man die naderde. Hij scheen vermoeid te zijn en zijn corpulentie bemoeilijkte zijn passen.

Was dit dus de man die hij in het geheim moest ontmoeten in dat kleine kerkje in Madrid, toen hij zich genoodzaakt had gezien van de afspraak af te zien door de ongelegen aanwezigheid van Sofonisba Anguissola?

De reiziger groette hem met de verschuldigde eerbied en terwijl hij iets dichterbij kwam, zodat alleen hij het kon horen, zei hij zachtjes: 'Ik ben kardinaal Mezzoferro, Majesteit, speciaal gezonden door zijne heiligheid.'

Hij overhandigde de monarch een brief met het zegel van de paus. Filips II pakte hem aan en zonder een woord te zeggen verbrak hij, na het uitgebreid bestudeerd te hebben, het zegel om de brief te lezen. Pius IV beschreef na een korte introductie, waarin hij zijn genegenheid voor de koning van Spanje opnieuw verklaarde, de grote kwaliteiten van kardinaal Mezzoferro. Hij verzekerde hem dat hij zijn volledige vertrouwen had en hij bracht Filips II ervan op de hoogte dat hij Mezzoferro een zeer delicate opdracht had gegeven die de medewerking van de koning vereiste. Bovendien benadrukte Pius IV dat de hooggeëerde kardinaal gemachtigd was om elk besluit te nemen dat hij passend achtte voor de goede afloop van de opdracht. De pontifex zelf stond achter al zijn beslissingen.

Nadat hij opnieuw het lakzegel met het pauselijk wapen had gecontroleerd, keek Filips II de kardinaal recht aan.

'Eminentie, ik heet u welkom in Spanje,' zei hij bijna fluisterend. Zijn toon was beminnelijk, maar zo zachtjes dat de kardinaal de woorden nauwelijks kon verstaan.

'Het is een grote eer voor mij, Majesteit, dat u erin toegestemd hebt mij te ontmoeten. Ik betreur het dat het in deze omstandigheden is, maar u zult begrijpen dat ik nauwkeurige instructies heb.' Filips II begreep het volkomen. Dat alles zo in scene was gezet om elkaar in het geheim te ontmoeten kon niet alleen het initiatief van de kardinaal zijn. Men zag de hand van de paus.

'Natuurlijk, eminentie. De Heilige Vader geeft me voldoende uitleg over het extreem delicate karakter van uw missie. Waarmee kan ik u van dienst zijn?'

De oprechtheid van de vorst en de snelheid waarmee hij ter zake kwam bevielen de kardinaal.

Filips II was een pragmatisch man. Als de ontmoeting geheim was, moesten ze zich, als ze dat zo wilden laten, haasten, voordat iemand hen samen kon zien.

Niettemin was Mezzoferro een te listig politicus om zich te laten mee-slepen door het kordate optreden van de monarch. Hij gaf er de voor-keur aan het gesprek op zijn manier te voeren.

Ze spraken lang over onbetekenende zaken zonder het echte motief van de ontmoeting aan te roeren.

Filips II, die eerst geïrriteerd was door de omhaal van woorden, begreep al snel dat hij te maken had met een bekwame, slimme man en hij ging graag mee in het spel. Hij informeerde naar de gezondheid van de pontifex en naar andere Vaticaanse zaken. Mezzoferro antwoordde met de-tails en anekdotes, terwijl hij probeerde tijd te laten verstrijken alvo-rens tot de kern van de zaak te komen, omdat hij erachter wilde komen tot hoe ver de welwillendheid van de monarch ten opzichte van de pontifex ging. Hij wilde met mathematische precisie berekenen in hoever-re hij op zijn medewerking kon rekenen, om in te schatten wat hij kon vragen zonder het risico te lopen afgewezen te worden. Een eventuele afwijzing van Filips II om hem te steunen kon zijn missie in gevaar brengen en het bovendien onmogelijk maken om in de toekomst om andere gunsten te vragen.

Hij vertelde hoe hij de schoonzuster van de koning, koningin Catharina de Médicis, had leren kennen toen hij op missie in Frankrijk was.

'Een opmerkelijke vrouw,' verzekerde hij.

'Dat moet ze ongetwijfeld zijn,' antwoordde Filips II beleefd, 'hoewel ik moet toegeven dat ik nooit het genoegen gehad heb haar persoonlijk te leren kennen.'

Dat verbaasde de kardinaal niet. Hij wist dat als een huwelijk gearrangeerd was om staatsredenen, de wederzijdse families elkaar vaak niet persoonlijk kenden.

Filips II dacht eerst dat de kardinaal indruk probeerde te maken met zijn betoog om hem te laten weten dat hij niet zomaar iemand was, maar meteen schoof hij die gedachte terzijde. Hij besefte dat de hoge prelaat een waarlijk erudiete, intelligente man was, slim, en begiftigd met een niet te evenaren savoir-faire. Natuurlijk was hij een man van de wereld en bovendien een geslepen diplomaat. Door de verplichtin-gen die zijn ambt meebracht, was de koning eraan gewend mensen op het eerste gezicht te beoordelen en hij bedacht dat zijn mening over kardinaal Mezzoferro niet ver bezijden de waarheid kon zijn.

Uiteindelijk, nadat hij geconcludeerd had dat hij alle wegen van de hoffelijkheid had bewandeld, vroeg hij op zoetsappige toon, alsof hij de ontmoeting wilde bagatelliseren: 'Waarmee kan ik dan de Heilige Vader van nut zijn? Hij moet bezorgd zijn als hij besloten heeft me een ervaren diplomaat zoals u te sturen.'

De kardinaal glimlachte voldaan.

'Mag ik u verzekeren, Majesteit, dat alle zaken die te maken hebben met de Heilige Kerk een constante reden zijn voor grote aandacht van de kant van zijne heiligheid.'

Ah, dacht hij opgelucht, dan heeft het probleem niets met Frankrijk te maken. De inleiding van de kardinaal in aanmerking genomen, had hij een moment gedacht dat hij een geheime boodschap bracht van de koningin van Frankrijk, die de paus gebruikte om ter harer gunste te bemiddelen. Maar nu begreep hij dat het onderwerp alleen kerkelijke kwesties betrof.

Had het misschien te maken met het optreden van de grootinquisiteur Valdés?

Dat had het.

Ze spraken meer dan een uur. Filips II luisterde aandachtig naar de uitleg van de hoge prelaat. Hij antwoordde zoals zijn gewoonte was, met andere vragen, zonder ook maar iets toe te zeggen.

'Misschien heeft zijne eminentie Valdés... overhaast gehandeld?' vroeg de kardinaal diplomatiek. 'Heeft hij er misschien niet aan gedacht dat hij door de arrestatie van de hoogste vertegenwoordiger van onze Heilige Kerk in Spanje te gelasten, de Heilige Vader in een heel pijnlijke situatie brengt? Voor zijne heiligheid zijn beide hoofdrolspelers in deze trieste kwestie personen die zijn hoogachting verdienen. Wij kunnen niet toestaan dat een schandaal de autoriteit van de pontifex zelf besmeurt. Voor de Heilige Vader is het heel onaangenaam te zien hoe zulke ernstige beschuldigingen geuit worden aan het adres van een van de belangrijkste katholieke kerkvorsten. Het geloof kan een gevoelige klap oplopen als de personen in wie ze geloven en die ze gehoorzamen, zoals de aartsbisschop van Toledo, primaat van Spanje, beschuldigd kunnen worden van ketterij.'

'Ik veronderstel dat de Heilige Vader zijn bezorgdheid kenbaar heeft gemaakt aan kapitein-generaal Valdés...'

'Om het onderzoek dat door de Inquisitie opgezet is niet te schaden, verdient het de voorkeur dat de Hoogste Pontifex niet openlijk tussenbeide komt. De een steunen ten koste van de ander zou niet gepast zijn. Bovendien heeft de aartsbisschop van Toledo het heilige recht zichzelf te verdedigen.'

Filips II bedacht dat Mezzoferro inderdaad een slim diplomaat was. Hij vermeed iemand te beschuldigen en hij wekte de indruk dat hij de paus geadviseerd had niet in grijpen. Op deze manier bereikte hij dat de paus zich niet compromitteerde, waarbij hij de mogelijkheid openliet om later persoonlijk te bemiddelen, zodat zijn autoriteit niet nutteloos ter discussie werd gesteld. Als de missie van de kardinaal succes had en het op een vriendschappelijke manier geregeld kon worden door zijn interventie, dan zou het oppergezag van de Heilige Stoel over lokale kwesties intact blijven. Filips II had geen moeite te begrijpen dat Pius IV probeerde hem de 'hete aardappel' door te geven. Om dezelfde redenen als de paus had ook hij geen zin om betrokken te worden bij een probleem dat per slot van rekening alleen maar het probleem van de Kerk was. Ze moesten het onderling maar regelen. Hij kende de twee tegenstanders persoonlijk. Hij zelf had Bartolomé Carranza benoemd tot hofkapelaan en later, bij de dood van de toenmalige aartsbisschop, kardinaal Juan de Tavera, had hij hem op die post laten benoemen, omdat hij onder de indruk van zijn preken was. Wat Fernando de Valdés betrof, hij was behalve grootinquisiteur ook president van de Koninklijke Raad.

Hij stelde de kardinaal vriendelijk gerust en hij verzekerde hem dat hij de zaak zou bestuderen. Hij vermeed zijn steun toe te zeggen. Hij vreesde dat hij op een dag het verwijt zou krijgen dat hij niets had gedaan om de kluwen te ontwarren, want dat was hij helemaal niet van plan. Toen zij uit elkaar gingen, was hij zo beleefd de kardinaal te begeleiden tot het portier van zijn rijtuig. Ze groetten elkaar en ieder keerde terug naar vanwaar hij gekomen was.

Natuurlijk had de kardinaal ervoor gezorgd om geen enkele melding te doen over het ware motief van zijn opdracht. Als Filips II op de hoogte zou zijn van het bestaan van een geheim voorwerp dat Pius IV weer ongeschonden, alsof zijn leven ervan afhing, in zijn bezit wilde krijgen, dan had hij zich daar ongetwijfeld meester van gemaakt. Hij had zelf geprobeerd te ontdekken wat de aard van het object was – tevergeefs, omdat hij geen enkele aanwijzing had – en hij kon zich heel goed voorstellen dat degene die dat mysterieuze voorwerp in handen kreeg zich in de positie bevond om het hele Vaticaan te chanteren.

Terwijl hij het gehobbel over de steenachtige weg stoïcijns probeerde te verdragen, overdacht Mezzoferro in het rijtuig het gesprek dat hij zojuist met de koning had gevoerd.

Filips II had een goede indruk op hem gemaakt en hij was gefascineerd door zijn uitstekende manieren en zijn hoffelijkheid, maar hij had meteen begrepen dat hij geen vinger zou uitsteken. Hij moest dit contact als onvruchtbaar beschouwen en gauw een andere manier vinden om Valdés' beslissing te beïnvloeden. Maar het belangrijkst was om direct contact op te nemen met kardinaal Carranza, en dat was niet bepaald makkelijk, gezien het feit dat hij gevangenzat. Dan moest hij nog voor elkaar zien te krijgen dat hij vertelde waar hij dat mysterieuze voorwerp, waar Pius IV het zo benauwd van kreeg, verborgen had.

10

In de verzengende hitte van de vroege middaguren, wanneer de mensen zich opsluiten in hun huizen op zoek naar denkbeeldige koelte, liep een man met snelle passen door de straten van de hoofdstad. Zoekend naar schaduw stak hij het steegje over. Zijn kledij gaf aan dat hij geen heer was en helemaal geen edelman, wat het mogelijk maakte ongezien verder te gaan, als hij toevallig op een verdwaalde voorbijganger stuitte.

De man richtte zijn schreden naar een paleis vlak bij het hoofdplein, van verre herkenbaar door zijn strenge voorgevel. Niemand in de hoofdstad waagde zich in de nabijheid van dat naargeestige gebouw als het niet strikt noodzakelijk was. Ze gaven er de voorkeur aan om elk contact met de bewoners te vermijden, aangezien dat het hoofdkwartier van de Inquisitie was.

In de buurt van de hoofdingang aarzelde de man om verder te gaan, maar het schuldgevoel als hij zijn plicht niet zou vervullen en vooral de angst om de consequenties daarvan te ondervinden, overtuigden hem om de laatste passen te zetten.

Hij ging naar binnen.

Ze hadden net de grote poort achter hem dichtgedaan, toen hij voelde hoe de moed hem in de schoenen zonk. Pedro Gómez was ten prooi aan hevige opwinding, hij stond te trillen op zijn benen. Het speet hem al dat hij gegaan was.

Hij had zich gehaast om de informatie die hij had aan zijn gebruikelijke contactpersoon te geven, want hij wist dat als hij dat niet zou doen, de zaken wel eens veel slechter voor hem zouden kunnen aflopen. Ze zouden het zonder twijfel dan wel uit een andere bron vernemen. Tenslotte hield dat wat hij te melden had niet zoveel in. Het was een deel van zijn werk als informant om elke actie door te geven aan zijn contactpersoon. Die zou dan wel beslissen of het belangrijk was of niet. Hij werd daarvoor niet beloond, maar het verzekerde hem een zekere immuniteit en de goedgunstigheid van zijn superieuren. In het hoofdportaal knikte een priester die de functie van conciërge had met zijn hoofd naar een deur. Hij kende hem en wist voor wie hij kwam. Het was altijd dezelfde deur, de deur van de werkkamer van zijn contactpersoon, pater Marsens.

Hij had nooit kunnen vermoeden dat het bericht dat hij bracht, in tegenstelling tot de vorige keren, van zo'n groot belang werd geacht door pater Marsens. Deze stond bruusk op van zijn bureau, vroeg hem te wachten en stormde de kamer uit. Hij had niet lang de tijd om erover na te denken, want na enkele minuten was de priester alweer terug, in gezelschap van een streng uitziende man, ook een priester, te zien aan zijn soutane, maar wie was dat niet in dit pand?

De twee gingen tegenover hem zitten en pater Marsens vroeg hem te herhalen wat hij net had gezegd.

Pedro Gómez, enigszins geïntimideerd door de aanwezigheid van de ander, deed dat, terwijl hij probeerde niets tegenstrijdigs te zeggen. De twee geestelijken bleven zwijgen. De wat streng uitziende man, wiens naam en functie hij niet kende, luisterde aandachtig naar elk detail, terwijl hij hem met een doordringende en angstaanjagende blik aankeek. Hij kreeg de rillingen over zijn rug van die man. De twee gaven elkaar een onopvallend teken dat Pedro Gómez ontging, en pater Marsens zei tegen hem: 'Wacht hier op ons, we zijn zo terug.'

Beiden gingen naar buiten en lieten hem ongerust achter. Had hij er goed aan gedaan om alles wat hij wist te vertellen? Was het dus zo belangrijk? Binnen enkele minuten waren ze terug en ze gebaarden dat hij hen moest volgen.

Ze liepen eerst helemaal door een vleugel van het paleis, voordat ze een imposante marmeren trap op gingen die naar de hoofdverdieping leidde. Ze gingen verder door een eindeloos lijkende gang. De muren waren versierd met een rij reusachtige portretten, waarschijnlijk van vroegere kerkelijke hoogwaardigheidsbekleders die belangrijke functies vervuld hadden. Elk portret was in wezen gelijk aan het volgende, in dezelfde strenge pose, een en al waardigheid.

Wat het meest verbaasde was de diepe, drukkende stilte in het hele paleis. Geen stem, geen voetstap, zelfs geen dichtslaande deur was er te horen. Het leek alsof de ruimte bedoeld was om de bezoeker, die ondergedompeld werd in complete stilte, te imponeren. Hij kon nauwelijks het geruis van de soutanes van de priesters horen die voor hem uit liepen. Aan het eind van de lange gang gekomen, gingen ze een kamer binnen.

Pedro Gómez dacht dat het een soort antichambre was, omdat er achter een bureau weer een andere priester zat, zo te zien een secretaris.

De man stond meteen op toen hij zag dat ze iemand bij zich hadden, maar hij maakte volstrekt geen aanstalten om hen te begroeten. Alleen knikte hij nauwelijks merkbaar ten teken van goedkeuring, en de andere twee, gevolgd door Pedro Gómez, gingen de aangrenzende kamer binnen. Het was een zaal van enorme afmetingen, verlicht door grote vensters die, gezien het binnenvallende zonlicht, veronderstelde Pedro Gómez, wel aan de voorkant zouden zitten.

In het midden van de werkkamer zat een man op leeftijd met een grijs puntbaardje en kortgeknipt sneeuwwit haar. Hij hief niet eens zijn hoofd op toen de drie binnenkwamen. Hij was precies hetzelfde gekleed als de begeleiders van Gómez, maar hij verschilde van hen door het grote, massief gouden kruis dat op zijn borst hing. Door het witte baardje leek hij net een vriendelijk opaatje, maar toen hij zijn ogen opsloeg en Pedro Gómez strak aankeek, schrok deze. Die oude man was de grootinquisiteur, Fernando de Valdés.

Als de blik van de metgezel van pater Marsens al van alles suggereerde, dan was de blik van de kapitein-generaal van de Inquisitie eenvoudigweg angstaanjagend. Pedro Gómez moest zijn uiterste best doen om niet opnieuw te gaan trillen.

'Dus dat is de man die ons het bericht gebracht heeft,' zei Fernando de Valdés met zijn holle stem, zonder van zijn stoel op te staan.

'Ja, eminentie,' antwoordde de man die hen vergezeld had laconiek, terwijl Marsens bleef zwijgen.

De kapitein-generaal liet een soort grimas zien, die Pedro Gómez interpreteerde als een poging tot glimlachen.

'Vertel me eens duidelijk, mijn goede man,' richtte hij zich direct tegen Pedro Gómez, waarbij hij de anderen negeerde, 'ik wil uit jouw eigen mond, in je eigen bewoordingen, alle details van de geschiedenis die je zojuist aan mijn broeders verteld hebt, vernemen.'

'Ik...' stotterde Pedro Gómez, bevend. Hij wist niet waar aan te vangen. De aanwezigheid van de grootinquisiteur maakte zo'n diepe indruk op hem dat hij geen woorden meer kon vinden.

'Je hebt niets te vrezen,' zei Valdés, 'je bent hier onder vrienden.'

Onder vrienden? Als dat zijn vrienden waren, dan was hij, moge God getuige zijn, liever onder vijanden.

Toen hij zag dat die arme man doodsbang was, nam Valdés, die dat wel begreep, het initiatief: 'Laten we bij het begin beginnen, dat maakt

het wat makkelijker voor je. Vertel me wat je doet en waar je werkt.'
'Ik ben koetsier, eminentie, en ik werk voor de apostolische nuntiatuur.'
Hij noemde hem eminentie omdat hij zich meende te herinneren dat de tweede priester dat ook gezegd had toen ze binnenkwamen, maar hij was er niet zeker van. Hoe moest je een kapitein-generaal van de Inquisitie aanspreken? Hoe moest hij dat weten? Hij had zo veel eminenties in de nuntiatuur zien rondlopen en ze waren voor hem allemaal gelijk.
'Ben je de enige koetsier bij de nuntius?' vroeg Valdés minzaam.
'Nee, eminentie. We werken met meer mensen voor de nuntiatuur. Met zijn achten. Ik ben slechts een van hen.'
Valdés knikte om hem te kennen te geven dat hij hem begreep. Hij bleef hem onafgebroken aankijken. Hij keek hem zo indringend aan dat Pedro Gómez al sidderde alleen maar bij de gedachte hoe het zou zijn om door hem te worden ondervraagd.
'Heb je de nuntius al eens vervoerd?'
'Nee, eminentie. De weleerwaarde kardinaal heeft een andere koetsier, iemand voor hem persoonlijk, alleen voor hem.'
'Goed,' zei Valdés kortaf, zonder zijn blik af te wenden. 'Zeg me nu wat je gezien hebt en wat je gedaan hebt.'
'Gisteren, toen ik in de nuntiatuur wachtte op een opdracht, riep de persoonlijke secretaris van zijne eminentie me en nam me apart. Dat verbaasde me, want het was nooit eerder voorgekomen dat hij me persoonlijk riep om me instructies te geven. Gewoonlijk doet iemand dat die daar speciaal mee belast is.'
'Waren er meer personen aanwezig?' vroeg de kapitein-generaal.
'Nee. Neemt u me niet kwalijk: nee, eminentie, dat verbaasde me ook, omdat het erop leek dat hij gewacht had met naar me toe te komen tot we alleen waren.'
'Goed, ga verder.'
'De secretaris zei me dat binnen korte tijd een heel belangrijk iemand de nuntiatuur zou verlaten, die ik moest begeleiden naar de plaats die hij precies aanwees op een getekende kaart die hij me aanreikte. Hij zei me dat hij mij expres had uitgezocht, omdat hij wist dat ik uit die streek kwam en hem goed kende. En zo is het, ik ken het daar.'
'Welk gebied?
'Een weinig bereden weg langs het bos, die naar het Escorial leidt.'
'Goed, ga door.'
'Hij waarschuwde dat ik niets moest vragen en zelfs mijn mond niet moest opendoen. Als we precies bij de plek waren die op de kaart met

een kruis aangegeven was, moesten we wachten. Een ruiter zou naar de koets rijden, maar wij mochten ons niet bewegen. Pas als er een tweede ruiter zou komen, moest ik de voorname passagier met drie klappen op het dak van het rijtuig waarschuwen dat hij naar buiten kon komen.'

'Weet jij wie die voorname passagier was?'

'Nee, monseigneur, ik had hem nog nooit gezien.'

'Hoe zag hij eruit?'

'Een hele dikke man, en hij liep moeilijk.'

'Een geestelijke?'

'Ik zou het niet met zekerheid kunnen zeggen. Hij droeg reiskleren en hij ging helemaal gehuld in een grote mantel. Ik kon niet zien wat hij daaronder aanhad.'

'Denk je dat het een vreemdeling was?'

'Ik zou het niet kunnen zeggen. Hij deed geen mond open, en toen de secretaris hem vergezelde naar mijn koets, wisselden ze geen woord. Ik kan u alleen maar zeggen dat de secretaris hem met veel respect behandelde, want toen hij het portier dichtdeed, boog hij bijna tot aan de grond.'

Valdés dacht na. Dat was een belangrijk detail. Een man gekleed als reiziger. Wie kon dat zijn? Niet noodzakelijkerwijs een geestelijke, omdat hij reiskleren aanhad, en dat kon twee dingen betekenen: of hij kwam van ver, of hij wilde niet herkend worden, of allebei.

'Goed, wat gebeurde er daarna?'

'Ik bracht hem naar de aangegeven plaats en we wachtten. Hij bleef in het rijtuig zonder te bewegen.'

'En de ruiters op wie jullie wachtten?'

'Zij kwamen precies op tijd. Ze deden zoals voorspeld was. De eerste reed langs de koets, ging een eindje verder en keerde weer om, zonder te stoppen. Na enkele minuten verscheen de tweede. Hij ging niet naar de koets toe, maar wachtte op zo'n twintig passen afstand. Vervolgens stapte mijn passagier uit en liep op hem af.'

'Weet je wie die ruiter was?'

'Nee, eminentie. Ik herkende hem niet. Hij stond half achter me en ik kon me niet omdraaien om hem aan te kijken.'

'Hoe begroetten ze elkaar?'

'Dat heb ik niet gezien.'

'Hoe lang waren ze in gesprek?'

'Ik zou het niet precies kunnen zeggen, maar een behoorlijke poos. De zon stond al op een andere plaats. Ik stond in de schaduw toen ze elkaar ontmoetten en hij scheen me in het gezicht toen ze klaar waren.'

'Kon je iets opvangen van wat ze zeiden?'

'Nee, eminentie, ze stonden te ver weg en ze spraken zachtjes.'

'En daarna, wat gebeurde er toen?'

'Ik reed mijn passagier terug naar de stad en ik zette hem af voor het portaal van een huis.'

'Welk huis? Weet je van wie het is?'

'Ik had het nooit gezien, maar ik zou het wel kunnen herkennen en de weg herinner ik me uitstekend. Het was in de Calle Espíritu Santo, op de hoek van de Calle Salamanca. Het is een groot paleis met twee verdiepingen en een tamelijk smalle portiek maar met een ruime binnenplaats.'

De drie mannen keken elkaar onbewogen aan. Ze kenden dat huis maar al te goed. Het was van de nuntiatuur en het werd over het algemeen gebruikt voor gasten die niet moesten opvallen.

Valdés stond perplex. Wie kon die mysterieuze persoon zijn die door de nuntiatuur met zo veel egards werd behandeld? En wie was de onbekende ruiter met wie hij een ontmoeting had gehad in het bos bij het Escorial? Het was een heel afgelegen plek. Het was niet nodig om zover te gaan om iemand in het geheim te ontmoeten. Hij kon ook niet op iemand komen die uit dat gebied kwam. Ze waren zojuist begonnen met de werkzaamheden aan het nieuwe koninklijke paleis dat Filips II liet bouwen, maar ze waren nog lang niet klaar. Als het iemand was geweest die iets te maken had met de bouw, dan was het, aangezien het een zeer belangrijke reiziger leek, logischer geweest dat het de ruiter was geweest die hém tegemoet gereisd was en niet omgekeerd. Valdés begreep niet wat iemand die klaarblijkelijk onder de bescherming stond van het pauselijke gezantschap, ertoe kon brengen om een dergelijke reis te ondernemen om een onbekende midden in het bos te ontmoeten. Voor het moment viel er weinig meer uit die arme drommel los krijgen. Valdés kende zijn eigen macht over gewone stervelingen en hij vermaakte zich ermee hun schrik aan te jagen met zijn blik, maar met deze ongelukkige was dat alleen maar tijdverspilling.

'Jullie kunnen gaan,' richtte hij zich tot alle drie. 'En jij, koetsier, hou je ogen wijd open. Zodra je iets vreemds ziet, moet je ons meteen waarschuwen. Als je in de gelegenheid bent om deze geheimzinnige passagier opnieuw te vervoeren, probeer er dan discreet achter te komen wie het is, of tenminste waar hij vandaan komt. Voor ons zou dat een interessante aanwijzing kunnen zijn.'

'Het is voor mij een eer u te dienen, eminentie.'

Hij wist nog steeds niet of hij hem zo moest noemen, maar omdat niemand hem verbeterd had, veronderstelde hij dat het correct was.

Ze waren al bijna de kamer uit, toen hij zich plotseling omdraaide en eraan toevoegde: 'Ik weet niet of het misschien belangrijk is, maar in het struikgewas, verscholen achter de bomen, stonden veel ruiters te wachten. Toen degene die met mijn passagier gesproken had weer naar hen was teruggekeerd, galoppeerden ze allemaal tegelijk weg.'

'Nou, nou,' verbaasde Valdés zich, 'en waarom heb je me dat niet eerder verteld?'

Het was een essentieel gegeven. De ruiter was dus een hooggeplaatst persoon, daar hij een omvangrijk escorte had. Wie zou daarheen kunnen gaan met zo'n escorte en dan ook nog een man vooruitzenden om er zeker van te zijn dat er geen enkel gevaar bij de koets was? Want daar ging het om, waarom zou dat anders allemaal zo in scene gezet zijn?

Een vooraanstaande ruiter met een omvangrijk escorte in de buurt van het Escorial? Valdés kon maar één naam verzinnen: Filips II.

Als dat zo was, werd de zaak heel interessant.

De mysterieuze reiziger was niet alleen een invloedrijk persoon, maar er werd ook een zaak van groot gewicht beraamd, als de koning zich hiervoor leende. Waarom had Filips II toegestemd in een geheime ontmoeting in een bos ver buiten de stad als het niet om iets buitengewoon belangrijks ging? Wat hem ongerust maakte, was niet alleen dat alarmerende bericht, maar het feit dat geen van zijn efficiënte inlichtingendiensten ook maar iets van deze samenspanning ontdekt had. Hij had alleen maar de armzalige getuigenis van een arme koetsier, aan wie hij niet twijfelde. Niemand zou het wagen een dergelijk verhaal te verzinnen en te vertellen aan de kapitein-generaal van de Inquisitie, dan zou hij zijn hoofd riskeren. Zo waren er dus twee zaken die hem nu direct kwelden. Ten eerste de ondoelmatigheid van de geheime dienst, waar hij terstond paal en perk aan moest stellen. Degenen die hier verantwoordelijk voor waren, konden zijn bliksemende toorn verwachten. Stelletje sukkels, maar zo makkelijk zouden ze er niet van afkomen. Ten tweede dat de koning erin had toegestemd iemand achter zijn rug om in het geheim te ontmoeten. Wat had Filips II te verbergen wat hij niet mocht weten? Hij zou het meteen uitzoeken. Zodra deze drie weg waren, zou hij instructies geven om in die richting te zoeken. Hij wilde alles precies weten.

II

'Hoe was het leven aan het hof in die tijd?' vroeg Anton, om wat leven in het gesprek te brengen.

'Het was een gouden kooi,' antwoordde Sofonisba spontaan, zonder erbij stil te staan. 'In totaal waren we met zestien hofdames in dienst van de koningin. We moesten altijd samen eten op dezelfde tijd, op de plaats die ons was toegewezen, en de porties waren nauwkeurig afgemeten. Tamelijk karig, om u de waarheid te zeggen. Je kon niet om een tweede portie vragen als je nog honger had. Gelukkig had ik dat nooit. Bovendien, niemand kon in het paleis meer dan één dienstmeisje hebben, ook al wilde je dat uit eigen zak betalen.'

'Hoezo? Uw personeel werd door het hof betaald?'

'Natuurlijk. Net zoals het eten, en de uitgaven voor de was en de aanschaf van kleding.'

'En wie gaf hun instructies? De koningin zelf?'

'O nee, de koningin was de koningin. Met dat soort zaken hield ze zich niet bezig. Er was een verantwoordelijke voor: de *guardamenor*, de oudste hofdame. Het behoorde tot haar taken op de hoogte te zijn van alles wat ons kon gebeuren of van wat men haar vertelde over ons. Zij was verantwoordelijk voor de discipline, voor onze deugd, en zij nam haar verplichtingen heel serieus.'

'Maar als hofdame werd u wel betaald, toch?'

'Natuurlijk. Bovendien beloonde de koningin me ook ruimschoots met andere geschenken: lappen zijde, brokaat met zilverdraad en juwelen. Ze betaalde ook mijn dienstmeisje, haar eten en onderdak, mijn paarden en mijn muildieren.'

'En hoe was uw relatie met de koningin?'

'Heel vriendschappelijk. Zij was altijd bijzonder goed voor me. We deden erg veel samen, maar wat ze het prettigst vond, was tekenen, daarom stelde ze mijn gezelschap vooral op prijs. Ik gaf haar les, en ik moet zeggen dat ze een uitstekende leerlinge was.'

94

'Leerde u haar ook schilderen?'

'Vanzelfsprekend, hoewel ze toen we elkaar leerden kennen al wat ge-oefend had, en je zag dat ze aanleg had, maar onze vriendschap ging verder dan het tekenen. Ze hield veel van muziek en we speelden samen op het spinet. Ze had er speciaal een uit Parijs laten komen. Dat was heel leuk.'

'Reisden jullie veel?'

'Ja, en dat was de minst aangename kant van het hofleven. Het hof was altijd op reis. We bleven nooit meer dan drie of vier maanden op de-zelfde plaats. Dat veronderstelde een grote inspanning van ieders kant, omdat het altijd een complete verhuizing was: meubels, serviesgoed, kleren en toebehoren. Alles. Het Spaanse hof kenmerkte zich door al-tijd op reis te zijn, het was niet zoals de Italiaanse hoven, die een vaste residentie hadden. Op het laatst werd dat continue op reis zijn ver-moeiend, ook al bleven we lange perioden in de verschillende konink-lijke residenties in de buurt van Madrid. Behalve het paleis van El Al-cázar in het centrum van de stad bevond zich op slechts een paar mijl afstand het paleis van El Pardo en, meer naar het zuiden, het kasteel van Aranjuez, waar we meestal verbleven als de seizoenen wisselden. De halfseizoenen, noemden we dat toen. Ik herinner me in het bijzon-der een reis naar de grens met Frankrijk, naar Bayonne. De koningin was heel blij met die reis, omdat ze haar moeder weer zou zien, ko-ningin Catharina de Médicis, en haar broer, koning Karel IX van Frankrijk, die ze al zes jaar niet meer gezien had. Het was een unieke gelegenheid, daar het moeilijk was voor een koningin haar familie weer te zien als ze eenmaal na haar huwelijk naar een ander land was gegaan. In de dagen die aan de reis voorafgingen, was koningin Isabel erg opgewonden. Het leek wel een kind. Het idee haar dierbaren weer te ontmoeten maakte haar heel gelukkig. Ze wist dat het waarschijnlijk niet nog eens zou gebeuren. En het bleek inderdaad hun laatste ont-moeting, ze zouden elkaar niet weerzien. Om de gebeurtenis te vieren werden in Bayonne grote feesten, toernooien en geweldige bals gehou-den. Isabel straalde. In alle bescheidenheid moet ik erkennen dat ik bij die gelegenheid ook veel succes had. Velen maakten me het hof in die dagen.'

'Was u toen nog niet getrouwd?'

'Nee. Ik trouwde veel later, na de dood van de arme koningin.'

Er was een pauze. Anton wist niet of het passend was deze kwestie aan te roeren. Hij wilde zich niet op al te persoonlijk terrein begeven. Als

Sofonisba het niet vervelend vond, dan zou ze dat wel op eigen initiatief doen.

'Ik voel me heel prettig bij u,' zei Anton, waarmee hij abrupt van onderwerp veranderde.

Zij hief het hoofd op, een beetje verlegen door de plotselinge bekentenis. Wat betekende haar gebaar? Was Anton iets te ver gegaan?

'Ik vind het fijn dat u dat zegt,' hernam Sofonisba het woord, tot opluchting van de jongeman. 'U bent een gevoelig mens. Ik kan u verzekeren dat ik datzelfde gevoel met u deel. Met u voel ik me ook prettig.'

Anton bloosde van voldoening.

'U bent, geloof ik, tenminste niet een van hen die denken dat wij oude mensen nergens meer voor dienen en dat wij alleen maar een last zijn.' Hij voelde zich geraakt.

'Heb ik u die indruk gegeven? Heb ik misschien iets onbetamelijks gezegd?' vroeg hij bezorgd. 'Gelooft u echt dat ik iets dergelijks zou kunnen denken?'

'Nee, dat denk ik niet. Dat heb ik u al gezegd, u bent anders, en ik kan u verzekeren dat ik dat heel erg op prijs stel. Maar dat verandert niets aan het feit dat veel jongelui denken dat oude mensen nergens meer goed voor zijn. Oud worden is moeilijk, weet u? Het zijn niet alleen onze kwalen die ons laten lijden. Alles in onze omgeving verandert. Vrienden, verwanten, bekenden, ze gaan van ons heen. Onze omgeving verandert, omdat de wereld die wij gekend hebben verdwijnt. En daarmee verdwijnt beetje bij beetje een deel van onszelf, omdat we beseffen dat het nooit meer zal zijn zoals het was. De beelden die ons in onze jeugd en in onze volwassen jaren hebben vergezeld, die deel uitmaakten van onze kleine privéwereld, smelten als sneeuw voor de zon. Ze verdwijnen om plaats te maken voor een nieuwe wereld die soms moeilijk te verwerken en te begrijpen is voor ons. Het is niet altijd nostalgie wat maakt dat wij terugverlangen naar het verleden. Het is een geheel van dingen die jullie jongeren niet kunnen begrijpen, gewoon omdat jullie dat nog niet meegemaakt hebben. Ik ben heel oud. Ik heb heel veel gezien, heel veel veranderingen. Ik heb veel beroemde mensen leren kennen, die er nu al niet meer zijn en die uw generatie zich zelfs niet eens herinnert. Toch kan ik mezelf als gelukkig beschouwen, want mijn hoofd doet het nog. Niet altijd is dat zo. Zoals u weet, heb ik nooit kinderen gehad. Dat is een van de weinige dingen die ik mis. Ik denk dat ik een goede moeder geweest zou zijn, maar ik klaag niet. Het was zo, en God zij dank heb ik een echtgenoot gevonden die mij aanbidt.' Ze pauzeerde weer even, alsof ze zich iets probeerde te herinneren. 'Maar waarom vertel ik u dit?'

'Omdat ik u zei dat ik me op mijn gemak voel bij u. Ik stel uw gezelschap zeer op prijs. Ik zou nooit gedacht hebben dat we zo goed bij elkaar zouden passen. Als ik met u spreek, heb ik het gevoel dat ik u al jaren ken, niet pas sinds een paar dagen. Ik zou niet kunnen zeggen waarom. Ik weet niet of dit gevoel van zielsverwantschap u ook al eens eerder overkomen is?'

'Het komt maar zelden voor. Het is als in de liefde. Twee mensen ontmoeten elkaar en begrijpen elkaar. Tussen hen ontstaat een goede alchemie. Het gebeurt ook bij vriendschap. Het is vreemd dat u me dat vertelt, omdat ik dat ook dacht. U lijkt me een goed iemand toe. Niet alleen intelligent, maar ook gevoelig en attent. Daarom zult u op een dag een groot schilder zijn. Daar ben ik zeker van.'

12

Toen ze na het vertrek van Anton van Dyck weer alleen was, zat ze vermoeid weg te dromen terwijl ze wachtte tot ze het eten geserveerd kreeg. Ze overpeinsde het bezoek dat ze zojuist ontvangen had; het zette haar aan tot overdenkingen en gevolgtrekkingen. Ze voelde zich uitgeput, maar voldaan. Het vele praten en proberen het verleden op te halen was voor haar een grote inspanning geweest. Op haar leeftijd kon een mens niet meer zulke lange gesprekken voeren, hoewel ze zich tegelijkertijd tevreden voelde, omdat de bezoeken van die jongeman haar dagen opvrolijkten. Sinds ze gestopt was met schilderen, waren die alle gelijk en eentonig. Natuurlijk was ze geïntrigeerd door de belangstelling die ze nog steeds kon opwekken en ze vond het een beetje moeilijk om te begrijpen hoe zij zo lang nadat ze gestopt was met schilderen een jongeman, aan het begin van zijn loopbaan, nieuwsgierig kon maken. Zelfs zozeer dat het aanleiding was een lange reis te maken om haar te ontmoeten. Was het alleen maar nieuwsgierigheid of verborg hij een geheime reden die zij nog niet ontdekt had? Ze wist niet wat ze ervan moest denken.

Sofonisba was geen vrouw die snel en gemakkelijk een oordeel over iemand velde. Voordat ze dat deed, nam ze alle aspecten, de positieve en de negatieve, in ogenschouw. Iets in die jongeman deed haar twijfelen, maar ze begreep nog niet wat. Hij was sympathiek, goedgemanierd en zorgzaam. Wat klopte er niet? Toch was de eerste indruk absoluut positief geweest, meteen. Wat deed haar dan twijfelen? Normaal ging ze op haar eerste indrukken af. Voor haar gaven die altijd de doorslag en inderdaad, ze vergiste zich maar zelden. Zij geloofde vast in dit soort zaken. Ze was dan wel oud, maar ze had haar beoordelingsvermogen nog niet verloren. Ze vertrouwde blindelings op haar intuïtie. Het was meer een soort fysiek aanvoelen.

De jonge Vlaming was begiftigd met een grote gevoeligheid, dat had ze onmiddellijk gemerkt. En hij wist met mensen om te gaan, een niet zo gewone eigenschap. Voor haar was het een gave die je bezat of niet. De jongeman had bovendien onmiskenbaar iets sympathieks, dat hij op natuurlijke wijze overbracht.

Had ze maar betere ogen, dan kon ze hem goed zien en zijn trekken bestuderen. Er is heel wat af te leiden uit het gezicht van mensen. Helaas zag zij alleen maar een bewegend silhouet. Als ze haar ogen inspande, zag ze wel iets, maar dat was te belastend voor haar zwakke gezichtsvermogen.

Ze hadden vanaf het eerste moment gemerkt dat ze op dezelfde golflengte zaten. Dat had ze ook prettig gevonden, want zo vaak gebeurde dat niet. Het grote leeftijdsverschil zou een hindernis hebben kunnen zijn, maar die had hij behendig overwonnen, waarbij hij liet zien dat hij aanpassingsvermogen had en gemakkelijk contacten legde. Hij had zich gedragen alsof er helemaal geen leeftijdsverschil was.

Sofonisba had niet echt een vooroordeel over jonge mensen, maar ze had al wel wat onaangename ervaringen gehad. Nieuwsgierigen die haar wilden zien, zonder dat ze iets te zeggen hadden, studenten die haar schildertrucjes wilden ontfutselen, en anderen die ze zich niet eens meer herinnerde en van wie ze niet begrepen had waarom ze haar waren komen opzoeken.

Met de jonge mensen en de niet zo jonge had ze over het algemeen weinig verwantschap gevoeld. Ze vertrouwde heel erg op haar eerste indrukken, alsof dat een instinct was, een zesde zintuig waardoor ze in staat was vanaf het eerste moment vast te stellen of degene die ze tegenover zich had iemand was met wie ze meer kon delen dan een oppervlakkig gesprek.

Ze was blij dat ze Anton van Dyck had leren kennen. Hij hing aan haar lippen, lette op al haar woorden en gebaren. Ondanks haar slechte ogen had ze gezien hoe hij haar handen observeerde. Ze had zich bijna geschaamd, maar toen had ze begrepen dat het geen ongezonde nieuwsgierigheid was, maar een manier om haar te leren kennen, haar te bestuderen, visuele herinneringen te vergaren om een zo getrouw en precies mogelijk beeld van hun ontmoeting mee naar huis te nemen. Hij deed niet alsof. Hij was echt zo. Het was zijn manier om zijn belangstelling voor iemand te tonen, haar te bestuderen zoals dat hoort. Hij zou zeker een groot schilder worden, daar twijfelde ze niet aan. Een mens moest over een bijzondere gevoeligheid beschikken om dat te worden en die had hij beslist.

Zijn opvallendste eigenschap was misschien wel dat hij kon luisteren. Gewoonlijk spreken jonge mensen meer dan dat ze luisteren, alsof ze door te praten de grote leegte van hun onervarenheid zouden kunnen vullen.

Hij niet. Hij was anders. Hij luisterde.

En niet alleen met zijn oren, ook met zijn hart, de voelsprieten uitgestoken om elke gemoedsaandoening, hoe klein ook, op te vangen, om onmiddellijk te bespeuren wat woorden niet konden zeggen. Daarom mocht ze deze jongeman. Hij was bijzonder.

Van al die jonge mensen die ze voor haar vermoeide ogen voorbij had zien trekken, waren er maar een paar die ze zich met enige vertedering herinnerde.

Haar dienstmeisje bracht haar een consommé en gekookte groenten. Hoewel de gerechten verschillende namen hadden, smaakten ze haar allemaal hetzelfde. Al jaren at ze als een vogeltje. Haar maag verdroeg geen stevig voedsel meer. Ze had moeite het te verteren en ze at weinig, nauwelijks voldoende om in leven te blijven.

Ze wist dat haar levenseinde onverbiddelijk dichterbij kwam. Ze wachtte daarop zonder vijandigheid of vrees. Het was niet alleen het geloof dat haar hielp, maar ook de acceptatie. Het moest gebeuren, onvermijdelijk. Het verbaasde haar al dat het niet eerder gebeurd was.

Sommige dagen, als ze zich wat neerslachtig voelde, had ze wel gewild dat die dag, het slotwoord van haar leven, nu maar kwam, omdat ze zich leeg voelde en er niets meer was om naar uit te kijken. Ze wilde alleen maar haar dagen waardig besluiten, zonder dat er nieuwe lichamelijke of geestelijke ongemakken bij kwamen. De liefde en de onvoorwaardelijke toewijding van haar echtgenoot, de trouw van de weinige vrienden die overgebleven waren en de genegenheid van haar personeel hielpen haar om deze eindeloze ouderdom te dragen. Maar er waren leegtes die de liefde niet kon vullen. Van anderen afhankelijk zijn voor de gewone dagelijkse dingen, zoals zich bewegen, zich wassen of eten, krenkte haar tot in haar ziel. Op die zwaarmoedige dagen voelde ze zich een last voor de anderen, die niet begrepen hoe vernederend die afhankelijkheid voor haar was. Ze was altijd trots geweest op haar onafhankelijkheid. Zij dachten oprecht dat ze met hun toewijding en het altijd maar beschikbaar zijn haar hielpen. Dat ze op deze wijze haar leven gelukkig maakten en dat ze zonder bekommernis het einde van haar dagen op aarde zou bereiken. Hoe kon ze uitleggen, zonder iemand te beledigen, dat dat niet zo was, dat de werkelijkheid anders was. Soms kon een woord dat op de verkeerde toon was uitgesproken of een onschuldige klacht hen die haar alleen maar wilden helpen terneerslaan en in verwarring brengen. Daarom had ze besloten nooit een klacht te uiten.

Zij had andere dingen nodig. Zij verlangde ernaar zich onafhankelijk te voelen zoals vroeger, zoals ze altijd geweest was. Zich kunnen bewegen, kunnen zien, schilderen. Ze wist dat het onmogelijk was, dat dat de tol was die ze moest betalen voor haar leeftijd, maar het was moeilijk om zich daarbij neer te leggen.

Deze voortdurende, afmattende frustratie maakte haar verdrietig. Maar de laatste paar dagen was haar stemming veranderd. Ze was blij dat ze deze jongeman had leren kennen. Hij had haar laten zien dat ze nog leefde, dat ze belangrijk was, in staat om te voelen, te reageren en te denken. Er begon zich weer iets in haar geest te roeren wat lang had liggen slapen, bijna vergeten: verwachtingen hebben. Eindelijk kon ze ideeën en meningen uitwisselen over de enige ware passie in haar leven: schilderen. In het begin was hun conversatie dan wel wat oppervlakkig en formeel geweest, maar daarna hadden beiden aangevoeld dat er vooral van haar kant achter de woorden gevoelens zaten die lang onderdrukt en verzwegen waren. Nu konden die weer onder woorden gebracht worden. Het was alsof haar hart uiteenbarstte. Anton, van zijn kant, had laten zien dat hij intelligent en intuïtief genoeg was om haar te begrijpen. Door hem kon zij haar hart luchten en die zo lang stilgehouden gevoelens uitspreken. En aan wie kon ze dat beter vertellen dan aan een vreemdeling? De familie om haar heen kende haar leven tot in het kleinste detail, omdat ze het tientallen keren gehoord hadden. Bij Anton liet Sofonisba zich gaan en kon ze in de kleinste hoekjes van haar geheugen komen, en naarmate hun gesprekken vorderden, had ze zich zover opengesteld dat ze de beladen woorden weer kon uitspreken, waarbij de gevoelens die behoorden bij de hervonden herinneringen een belangrijke rol speelden.

Er was geen twijfel aan: Anton van Dyck was op het juiste moment gekomen, een moment waarop het voor Sofonisba dringend nodig was weer een zin voor haar leven te vinden, anders kon ze niet verder leven. Het toeval had op haar deur geklopt. Zij was de voorzienigheid dankbaar dat ze deze laatste gelegenheid had gekregen.

Die jongen kon niet weten dat juist zij, de beroemde Sofonisba Anguissola, al jaren leed onder een kwellend geheim dat ze niet kon vertellen. Een geheim dat haar en haar echtgenoot gedwongen had haar geliefde Genua te verlaten om hun toevlucht te zoeken in Sicilië, onder bescherming van de Spaanse Kroon. Als men erachter was gekomen, had ze gevreesd voor het leven van Orazio – om haar eigen leven gaf ze niet zo veel – want het zou een schandaal met zich meegebracht hebben dat de hele christelijke wereld bezoedeld zou hebben. Maar dat kon ze hem natuurlijk niet vertellen.

13

Maria Sciacca was eeuwig ontevreden. Ze was het al voordat ze die idiote reis naar het verre Spanje was begonnen, samen met haar werkgeefster. Eigenlijk was ze het altijd al geweest, zelfs toen ze nog op Sicilië woonde, waar ze geboren was, maar haar karakter was erop achteruitgegaan sinds ze had moeten emigreren om aan een bepaalde situatie te ontsnappen en werk te vinden. Haar toch al hachelijke omstandigheden waren nog erger geworden door de armoede die het eiland al jaren teisterde ten gevolge van de epidemieën en oorlogen die het land herhaaldelijk hadden verwoest. Ze had geen keuze gehad. Ze moest emigreren.

Zij was niet de enige in die situatie. Elk jaar zagen tientallen meisjes zich genoodzaakt om de een of andere reden, die bijna altijd te maken had met hun eer of met economische noodzaak, het Nauw van Messina over te steken op weg naar de rijke prinsdommen in het noorden, op zoek naar een zekerheid die het onderkoninkrijk Sicilië niet kon bieden. Over het algemeen werden de meisjes, anders dan zij, vergezeld door een verwant die hun eer moest bewaken. De goede reputatie van een meisje was vereist om de eer van de familie te garanderen en om te kunnen trouwen, als ze naar Sicilië konden terugkeren. Het was overduidelijk dat zij beslist kuis en zuiver moesten blijven. Het was de enige manier om zich van een man te verzekeren.

Dat was niet het geval bij Maria Sciacca.

Een nicht van haar, die zich al jaren eerder in het verre Cremona had gevestigd, had haar laten weten via een bekende die naar het dorp terugkeerde dat een mevrouw uit de hogere kringen van die stad een dienstmeisje zocht. Gezien het gebrek aan kennis bij de lagere klasse, ging iemand die een bericht naar familie wilde sturen naar de pastoor, en die schreef dan naar de pastoor van het dorp waar die familie woonde, om zo de boodschap over te brengen.

Toen ze bericht van haar nicht kreeg, had Maria Sciacca zich geen twee keer bedacht. Ze verafschuwde haar leven op Sicilië; eindelijk kon ze ontsnappen. Ze duimde dat de mevrouw in kwestie het geduld had om op haar te wachten en geen ander dienstmeisje zou nemen voordat zij er was. Ze had in een mum van tijd haar eigendommen bij elkaar gezocht en was op weg gegaan.

Het leven in zo'n gehucht als het hare was moeilijk voor haar geweest. Zij liet haar twee kinderen van verschillende vaders die ze nooit meer gezien had bij haar tante achter. Zonder wroeging: ze had geen moederinstinct en beschouwde de kinderen als de oorzaak van al haar tegenslagen. Alleen op de weinige momenten dat er wat gevoel bij haar bovenkwam, gaf ze toe dat het misschien niet helemaal de schuld van de arme schepsels was.

Ze rechtvaardigde haar gedrag, als iemand haar dat verweet, door zich voor te doen als het slachtoffer van mannelijk bedrog en misbruik, hoewel de mensen met wie ze sprak het alleen als een grove smoes zagen. De eeuwenoude mannelijke overheersing was niet alleen op het eiland gebruikelijk. Zo ging het nu eenmaal in het leven en niemand had dat ooit ter discussie gesteld.

Maria herinnerde zich met enige weemoed de dag dat ze een knappe vreemdeling met donkere ogen, brandend van verlangen, had ontmoet. Met hem had ze de ongeremde wellust ontdekt die haar zinnen de rest van haar leven zou beheersen. Het was een korte ontmoeting geweest en ze had hem nooit meer gezien, zelfs niet nadat ze geschrokken bemerkt had dat ze zwanger was.

Het was in de heetste maand van het jaar, augustus, en de dagloners waren allemaal op de akkers het graan aan het maaien. Zij moest de mannen te eten brengen; sommigen kwamen uit het dorp, anderen waren losse arbeiders.

Ze deed het omdat ze hoopte tussen die vreemdelingen een mogelijke huwelijkskandidaat te vinden. Die uit het dorp kende ze al en afgezien van het feit dat ze ook zo half en half familie waren, zat er geen een tussen die de moeite waard was. Als ze haar doel wilde bereiken, moest ze de weinige gelegenheden die zich voordeden om nieuwe mensen te leren kennen benutten. Ze twijfelde er niet aan of vroeg of laat zou er voor haar een man uit die kluwen tevoorschijn komen.

Ze had niet veel te bieden – ze was niet zo knap – maar ze had één troef: haar jeugd. Als ze die goed uitspeelde, zou ze kunnen trouwen; als ze de tijd voorbij liet gaan, dan zou het heel moeilijk worden. Daarom had ze haast.

Nadat ze haar taak om het eten aan de mannen te brengen had volbracht, ondernam ze bezweet de weg van het veld naar huis, ze had geen zin meer om te werken en ze was uit haar humeur. Geen enkele man had haar aandacht verdiend, maar ze gaf de hoop niet op.

Toen ze het kristalheldere water zag van de rivier die langs een deel van de weg liep, besloot ze even stil te houden om zich op te frissen. De korte pauze hielp haar de drukkende middaghitte te verdragen. Het waren de ergste uren, als de zon op haar felst scheen. Het stof dat opgewaaid was door het oogsten van het graan maakte haar keel droog. Ze had het gevoel dat ze stikte. Het water zou verlichting brengen. Toen ze haar handen en voeten natgemaakt had en daarna haar nek en hals, kon ze de verleiding niet weerstaan om zich helemaal in het riviertje onder te dompelen. Ze overtuigde zich er eerst van dat niemand naar haar keek, toen trok ze haar rok en bloes uit en stapte het water in. Ze voelde zich meteen zo opknappen dat ze nergens meer aan dacht. O, wat heerlijk. Ze zou er meteen weer uit gaan, voordat een wandelaar haar verraste. Bovendien, nu het zo heet was, zou ze snel droog zijn. Maar dat verfrissende bad was de moeite waard. Naar de duivel met het geroddel van de mensen. Er was heel wat meer nodig om haar van haar voornemens af te houden. Ze was altijd tegendraads geweest.

Zo verstrooid spelend in het water had ze niet in de gaten dat iemand haar bespiedde. De man, een vreemdeling die in de schaduw van de bomen een uiltje knapte, was wakker geworden door het gespetter. Hij keek een poosje naar haar en in zijn geest vermengden zich gedachten en verlangens. Die vrouw was nog eens vrijmoedig, veel meer dan de anderen. Naakt te durven baden in die rivier, elke voorbijganger kon haar zien. Langzaam begon hij zich te ontkleden en zonder dat de baadster hem opmerkte, liet hij zich in het water glijden. Slechts enkele armslagen scheidden hem van het meisje. Om haar niet aan het schrikken te maken, liet hij zien dat hij de andere richting op zwom. Maria draaide zich plotseling om, hevig verschrikt. Er was een naakte man in het water, op enkele meters afstand van haar. Hoe was het mogelijk dat ze hem niet gezien had?

Paniek beving haar. Ze voelde zich betrapt. Ze kon niet zomaar zoals ze was de kant op gaan. Ze was naakt. Ze werd boos op zichzelf. Hoe had ze zo stom en onnozel kunnen zijn? Door haar eigenzinnigheid had ze haar reputatie in gevaar gebracht.

Het vrouwelijk instinct kreeg snel de overhand. Wie was die man? Ze had hem nooit eerder gezien. Nu zwom hij in haar richting en op enkele armslagen van haar af hield hij in. Hij begroette haar met een brede glimlach. Het was een knappe man, goedgebouwd.

Wat moest ze nu doen? Een smoes verzinnen om haar schaamteloosheid te rechtvaardigen? De man groette haar. Maria glimlachte verlegen terug. Ze wist niet hoe ze zich hieruit moest redden. Hij begon tegen haar te praten, maar ze stond zo beteuterd dat ze geen aandacht sloeg op zijn woorden. Hij sprak over het weer, de warmte en de koelheid van het water. Over alledaagse dingen, om haar op haar gemak te stellen. Maria raakte nog meer van de wijs. Hoe moest ze zich met succes uit die lastige situatie redden?

Plotseling hoorde ze stemmen op de weg.

Er kwam iemand aan. Ze voelde paniek opkomen. Ze was verloren.

De man, die haar wanhoop gemerkt had, legde een vinger op zijn lippen ten teken dat ze zich stil moest houden en met zijn hoofd duidde hij een stil plekje aan waar de struiken tot in het water hingen. Maria begreep het. Hij stelde haar voor onder die struiken haar toevlucht te nemen, daar was ze redelijk veilig voor de blikken van de voorbijgangers. Ze deed het, daar het de enige redding was. Als ze niet wilde dat de wandelaars haar ontdekten, moest ze opschieten.

Ze bewoog zich heel stilletjes.

Even later stonden ze bij elkaar, hun lichamen raakten elkaar bijna, hij achter haar met zijn blik in de richting van de stemmen op de weg, steeds dichterbij. Maria voelde zijn adem in haar nek. Ze durfde zich niet te bewegen. Zo bleven ze een eindeloos lijkende tijd staan. Ze hoorde hoe de stemmen voorbijgingen en zich langzamerhand verwijderden. Het gevaar was geweken.

Ze bewoog zich en wilde weer terug naar het midden van de rivier, waar het water dieper was, maar de man zei: 'Beweeg je niet. Nog niet. Ze kunnen terugkomen en je ontdekken. Wacht tot ze wat verder weg zijn.'

Hij had een mooie stem, diep en gedecideerd. Vreemd genoeg voelde ze zich getroost door de nabijheid van die man. Het was een belachelijke situatie. Daar stond ze dan naakt in het water, zich verbergend onder de takken van een struik naast een volkomen vreemde, ook spiernaakt.

Een zenuwachtig lachje ontsnapte haar. De opgehoopte spanning ebde weg. Hij keek naar haar, eerst verrast, en daarna, toen zij zich ontspande en hartelijk lachte, lachte hij ook luid en bevrijdend. Het ijs was gebroken.

Wat volgde, gebeurde zo snel dat zij het niet meer in de hand had. Ze spraken weinig. Van dichtbij gezien, met het natte haar op zijn voorhoofd, was hij heel aantrekkelijk. Toen hij zijn lippen naderbij bracht om haar te kussen, verzette Maria zich niet. Al haar voorzichtigheid verdween als sneeuw voor de zon. Ze vergat alles. Haar angsten, haar vooroordelen, alles was in een seconde weg. Ze was alleen nog maar een vrouw ten prooi aan haar verlangens.

Toen hij langzaam zijn tong over haar hals liet glijden, beginnend bij haar schouders en daarna naar haar borsten, om ten slotte bij haar tepels uit te komen, voelde Maria een siddering van genot door haar hele lijf gaan.

Ze smolt helemaal weg. Voor ze het in de gaten had, hadden zijn handen al haar venusheuvel te pakken en streelden die met prettige, maar stevige bewegingen. Het gevoel van genot werd groter. Hij drukte haar tegen zich aan. Ze voelde een lichte pijn, daar waar hij haar enige seconden eerder streelde, daarna voelde ze een hard lid dat langzaam bij haar naar binnen ging, totdat hun lichamen aan elkaar vast zaten. Eerst voelde het niet echt prettig, maar wel toen hij met langzame, regelmatige bewegingen in haar stootte. Hij pakte haar billen stevig vast en hij drukte haar steeds dichter tegen zich aan, terwijl zijn tong begerig haar mond zocht. Maria voelde zich in het paradijs. Als dit de liefde bedrijven was, waar ze zoveel over had horen praten, dan was ze wel heel dom geweest dat ze het niet eerder geprobeerd had.

De man liet een gesmoorde kreet ontsnappen, terwijl hij zijn ogen sloot van genot. Hij bleef nog een paar seconden in haar voordat hij zich van haar losmaakte. Maria voelde hem naar buiten glijden. Was dat alles? Was het al voorbij? Zij zou nog wel langer dat vreemde trillen hebben willen voelen, dat haar zinnen volledig in beslag genomen had. De man glimlachte tegen haar en gaf haar een laatste kus. Een ogenblik bleven ze roerloos staan, zonder goed te weten wat ze moesten zeggen. Uiteindelijk was hij het die zei: 'We moeten ons aankleden, voor er iemand komt.'

Ze kleedden zich aan zonder haast en zonder gevoelens van valse schaamte en ze gingen op de oever liggen om weer op adem te komen. Er verstreek enige tijd. De twee waren zo blijven liggen, zonder iets te zeggen. Waaraan dacht die man? Zocht hij woorden om haar ten huwelijk te vragen?

'Goed, ik denk dat het tijd is om te gaan,' zei hij ten slotte.

Ze stonden op. Zij verwachtte nog een vriendelijk woord, een compliment, iets wat zijn bedoelingen duidelijk zou maken, maar zoiets zei hij niet. Toen hij zijn mond opendeed, was het alleen maar om haar te zeggen dat hij haar niet naar het dorp zou vergezellen om haar niet in opspraak te brengen.

Hij zei dat hij sliep in een gehuchtje dat de andere kant op lag. Hij beloofde haar de volgende dag op hetzelfde tijdstip terug te komen. De zon begon onder te gaan en verlichtte nog net de boomtoppen, toen ze uiteengingen.

Zij sloeg de weg naar huis in, even teleurgesteld als tevreden. De volgende dag was ze er precies op de afgesproken tijd. Ze wachtte een hele tijd. Toen ze begreep dat hij niet zou komen, liep ze langzaam terug naar huis, woedend. Nooit zag ze hem meer, noch hoorde ze iets van hem. Iedere keer dat ze het eten naar de mannen bracht, zocht ze hem vol verlangen tussen de dagloners, maar tevergeefs. Hij was verdwenen zoals hij verschenen was.

Zij had haar maagdelijkheid verloren in een dwaze opwelling.

De ontmoeting met haar tweede man was dramatischer. Een niet gewild, maar verplicht avontuur.

Het was een schaapherder uit het dorp. Maria kende hem goed. Na de geboorte van haar eerste kind was haar reputatie diep gezonken. Niemand respecteerde haar nog, en als ze op straat liep waren de opmerkingen niet erg fijngevoelig, ondanks het feit dat ze met geheven hoofd liep. Ze beschouwden haar als een vrouw van lichte zeden en dat was het ergste wat haar had kunnen overkomen.

De herder zei altijd onaangename dingen tegen haar als ze elkaar tegenkwamen, en zij liep stug rechtdoor, zonder antwoord te geven en met gebogen hoofd om hem niet aan te moedigen. Dat ging goed totdat ze hem op een kwade dag tegenkwam bij de ingang van het huis buiten het dorp waar ze onderdak had gevonden voor haarzelf en haar kind. De man greep haar met beide armen stevig vast en dwong haar naar binnen te gaan. De deur deed hij achter haar dicht.

Maria wist wat hij van plan was, ze twijfelde niet aan de bedoelingen van de herder. Haar protesten hielpen totaal niet. De man zag er vreselijk uit, slordig, vuil en zijn kleren waren doordrenkt met de geur van schapen. Als een beest wierp hij zich op haar, zonder haar de tijd te geven iets te doen. Maria was niet opgewassen tegen het geweld van die bruut. Toen hij haar tegen de muur drukte, terwijl hij zijn riem losmaakte, deed zijn naar wijn stinkende adem haar bijna kotsen. Nadat hij zijn lust bevredigd had, deed de herder zijn broek weer omhoog en bij het weggaan keerde hij zich om en snauwde haar dreigend toe: 'Ik raad je aan je mond dicht te houden. Ik vermoord je als je iets zegt.' Alsof dat niet voldoende was, voegde hij er nog aan toe: 'Wat kan mij het ook schelen. Weet je wat ze van jou in het dorp zeggen? Dat je een hoer bent. Als je je mond opendoet, zal niemand je geloven. Het zal jouw woord tegen het mijne zijn.'

Maria wist dat hij gelijk had. Ze was op de hoogte van het geklets over haar. Ze had geen uitweg. De roddelpraatjes hadden haar al tijden terug veroordeeld. Op Sicilië kon een vrouw niet met dezelfde wapens strijden als een man. De enige redding was zwijgen.

'Moge God je vervloeken!' schreeuwde ze hem toe, verblind van woede. 'Je zult er niet zonder kleerscheuren van afkomen. Ik zal wel een manier vinden om het je betaald te zetten.'

Zodra ze alleen was, barstte ze los in een niet te stelpen huilbui. Woede en onmacht waren sterker dan zij. Ze voelde zich zwak en alleen. Toen ze merkte dat ze opnieuw zwanger was, raakte ze in paniek. Wat moest ze beginnen met twee kinderen als ze maar nauwelijks genoeg verdiende om zelf niet te verhongeren? En bovendien zou het commentaar van de mensen, als ze haar met haar dikke buik zagen, meedogenloos zijn. Ze durfde er niet aan te denken. Van abortus kon geen sprake zijn. Ze had wel eens horen praten over een paar meisjes die het geprobeerd hadden. Die waren naar een oude kwakzalfster gegaan, maar geen van hen was daar erg gezond van teruggekomen. De een na de ander was gestorven. Sommigen waren leeggebloed, anderen hadden infecties gekregen. Het risico was te groot. Zo had ze dus weinig andere keus dan weg te gaan. Ze moest zo snel mogelijk een schuilplaats vinden en wachten totdat dat kind van de haat geboren was en dan beslissen wat ze zou doen. Op het ogenblik was ze niet in staat om zo veel problemen tegelijk het hoofd te bieden. Maar voordat ze verdween uit het dorp, moest ze iets verzinnen om het dat varken betaald te zetten. Het troostte haar bijna om wraak te beramen. Ze zou een manier moeten vinden om hem te straffen zonder dat de verdenking op haar viel. Alleen dat beest zou weten vanwaar zijn ongeluk kwam, maar dan zou het al te laat zijn.

Ze begon op de perfecte wraak te broeden. Als alles volgens plan ging, zou zij al ver weg zijn wanneer de herder zijn onheil zou ontdekken. Zelfs zijn vervloeking zou haar niet bereiken.

Ze had de tijd om erover na te denken. In de eerste weken, toen je nog niet kon zien dat ze in verwachting was, perfectioneerde ze haar plan.

Nu ze de manier om zich te wreken gevonden had, ging het er alleen nog maar om dat tot een goed einde te brengen zonder dat iemand het bemerkte en zonder belastende sporen achter te laten.

Pas na de geboorte bracht ze haar wraak ten uitvoer, in een donkere nacht waarin de wolken van tijd tot tijd de wassende maan verduisterden.

Heimelijk ging ze naar het huis van de herder. Ze wist dat hij op de eerste verdieping van die afschuwelijke herdershut sliep, samen met zijn vrouw en vijf kinderen. Beneden was de stal met een paar koeien en daarnaast de ruimte waar de schapen bij elkaar stonden.

Ze had geluk. De herdershond herkende haar en blafte niet. Zodra hij haar zag, kwam hij kwispelend op haar af met de kop schuin en de oren slap. Hij wilde geaaid worden en dat gebeurde.

'Goed zo, Pupi, brave jongen. Stil. Kijk eens wat ik voor je meegebracht heb.' Uit haar schortzak haalde ze een stukje zoet brood. Het was alles wat ze had. Voordat ze van huis ging, had ze met de gedachte gespeeld een stukje worst dat ze aan een haakje zag hangen voor hem mee te brengen. Maar dat was te veel voor een dier. Zij zou het zelf opeten als ze terugkwam, om haar wraak te vieren.

De hond pakte het brood met zijn tanden en liep er een eindje mee weg om het rustig te verorberen.

Maria ging naar de plek waar de schapen stonden. Het waren er meer dan ze dacht. Het kostte haar moeite om haar plan ten uitvoer te brengen.

Ze wierp een steelse blik om zich heen, om zich ervan te vergewissen dat niemand haar zag, en ze sprong het hok in. Uit haar zak haalde ze een mes, het grootste dat ze in huis had kunnen vinden, en ze startte haar vreselijke wraakactie. Een voor een greep ze de schapen en sneed ze de keel door.

In het begin telde ze hen nog, met haar tanden op elkaar geklemd, maar later raakte ze de tel kwijt. Haar armen en schort kwamen onder het bloed te zitten. Ze had zelfs bloedspatten in haar gezicht.

Het duurde behoorlijk lang. Bij het aanbreken van de dag was ze nog niet klaar, maar ze hield liever eerder op dan dat ze op heterdaad werd betrapt. Een flink aantal schapen leefde nog. Ze stonden allemaal op een kluitje in een hoek van de stal om zo hun lot te ontlopen, alsof ze begrepen wat hun te wachten stond, maar er waren veel meer gekeelden dan overlevenden.

Maria voelde zich volkomen uitgeput. Haar dorst naar wraak was niet helemaal gelest, maar voldoende om zich tevreden te voelen. Verdoofd ging ze naar huis; voor een deel kwam dat door de vermoeidheid en voor een deel door al het bloed dat ze had vergoten. Ze had het plan dan wel niet helemaal ten uitvoer gebracht, maar het zou te gevaarlijk zijn geweest om verder te gaan. Ze kwam bij haar huis toen de zon net achter het silhouet van de Etna tevoorschijn kwam. Ze rende naar de bron om zich te wassen. De bebloede kleren trok ze uit en ze trok schone aan, ze pakte haar tas waar haar weinige bezittingen in zaten en ze ging op weg. Dag dorp, dag krengen van vrouwen, dag beestachtige mannen. Zij ging een nieuw leven tegemoet, in het vertrouwen dat het niet slechter kon zijn dan dat wat ze gehad had.

Haar kinderen had ze bij haar tante achtergelaten. Ze zou ze wel komen ophalen als ze haar zaakjes op orde had. Op het moment was dat het beste wat ze voor hen kon doen. Ze was niet bang dat haar kinderen iets aangedaan zou worden. Wat men ook van haar in het dorp zou zeggen, zij waren nog te klein om iets te begrijpen en nooit zou iemand hun de schuld geven van de fouten van hun moeder. Tenminste, dat hoopte ze.

Ze had met haar tante afgesproken dat als iemand naar haar nicht vroeg, ze zou zeggen dat die in Palermo bij een rijke familie was gaan werken, waar ze niet voor haar kinderen kon zorgen. Vermoedelijk zou niemand haar geloven, de mensen waren niet zo goedgelovig, maar dat kon haar niet veel schelen. Ze wist dat ze met twee kleine kinderen tot last nooit werk zou vinden en dat ze helemaal nooit de oude obsessie zou kwijtraken die haar voortdurend kwelde: een echtgenoot vinden. Wie zou een vrouw als echtgenote willen die geen maagd meer was en bovendien moeder van twee kinderen? De reputatie van slet had ze al en dat zou niet zo gauw veranderd zijn, als ze gebleven was.

De kans op een nieuwe start was gekomen toen ze bericht kreeg van haar nicht in Cremona. Het idee om half Italië te voet door te trekken beviel haar niet erg, maar ze had geen keuze als ze tenminste geen prostitué wilde worden. Dat was dan de enige mogelijkheid die haar nog restte om in leven te blijven, als dit haar niet aangeboden was.

Ze was er eerder dan ze gedacht had. Veel mensen hielpen haar onderweg door haar een plaats aan te bieden in hun karren die enkele mijlen dezelfde richting uit reden. Ze sliep in hooischuren die ze onderweg tegenkwam en altijd was er wel een boer die bereid was haar een stuk brood en kaas te geven en een glas wijn om haar maag tevreden te stellen. De steden vermeed ze zorgvuldig: daar zou ze alleen maar ellende hebben aangetroffen.

Uiteindelijk kwam ze in Cremona.

De dame over wie haar nicht had gesproken was een enigszins vreemde jonge vrouw. Ze schilderde. Haar onwetendheid was zo groot dat ze nu pas voor het eerst hoorde dat een vrouw kon schilderen. Het leek haar geen passende bezigheid voor een dame van goede komaf. Vrouwen behoorden zich aan het huishouden te wijden, aan man en kinderen. Vanzelfsprekend had die vrouw noch het een noch het ander, maar waarom schilderde ze? Ze begreep het niet. Alsof dat niet voldoende was, had ze ook nog een rare naam: Sofonisba. Ze had nog nooit gehoord van iemand die zo heette.

Vlak nadat ze haar intrek had genomen, toen ze nog maar nauwelijks doorhad wat er allemaal van haar verwacht werd, deelde haar nieuwe bazin haar mee dat ze een aanbod om naar Spanje te verhuizen had geaccepteerd. Maria had geen idee waar Spanje lag.

Mevrouw Sofonisba vertelde haar dat het niet om een eenvoudige reis ging. Waarschijnlijk zouden ze een paar jaar wegblijven. En ze stelde haar voor om met haar mee te gaan.

Maria Sciacca was woedend. Zo'n drastische verandering had ze niet verwacht. Wat moest ze in een vreemd land, zonder de taal te spreken en zonder iemand te kennen? Bovendien moest ze afscheid nemen van haar nicht, met wie ze het goed kon vinden, en die reis hield in dat ze nog verder van haar kinderen zou zijn. Het was niet zo'n goed vooruitzicht, maar ook in dit geval had ze weinig keus. De vage belofte van een kleine geldelijke vergoeding haalde haar over. Ze zou dan tenminste in staat zijn om wat geld aan haar tante te sturen als bijdrage aan het levensonderhoud van haar kinderen.

Zo moest ze, noodgedwongen en slechtgehumeurd, het voorstel wel aanvaarden en haar bazin vergezellen op die idiote reis. Ze had hem eindeloos lang gevonden, hoewel de omstandigheden heel wat beter waren geweest dan waarin ze verkeerde toen ze uit Sicilië moest komen.

Nu was ze in Spanje, gehuisvest bij de andere dienstmeisjes van de voorname dames. Velen waren vreemdelingen zoals zij. Ze kwamen uit verre landen, in het gevolg van hun bazinnen. Veel uit Frankrijk, met de lijfstoet van de nieuwe koningin mee, en anderen kwamen uit plaatsen zoals Vlaanderen, die onbekend waren voor Maria. Ze verstonden elkaar niet altijd, maar waar de taal tekortschoot gebruikten ze gebaren, en uiteindelijk begrepen ze elkaar. Het was een obstakel om vriendinnen te maken, maar in zekere zin kwam die situatie haar wel goed uit, omdat ze zo niets over haar leven hoefde te vertellen en ook geen antwoord hoefde te geven op indiscrete vragen over haar verleden.

Die ochtend was Maria Sciacca wel in een bijzonder slecht humeur, omdat haar mevrouw, Sofonisba Anguissola, haar terecht had gewezen voor iets wat ze niet gedaan had.

Ze had haar ervan beschuldigd dingen in haar atelier anders te hebben neergezet en zo het strenge verbod om ook maar iets aan te raken te hebben overtreden. Maria kende de eigenaardigheden van haar bazin als het om schilderen ging, maar ze wist van niets. Vast en zeker was iemand stiekem haar atelier binnengegaan, maar Maria had niets in de gaten gehad. Als er al iemand achter haar rug in het atelier was geweest, dan moest het wel een heel snel bezoek zijn geweest, want zij was niet langer dan een paar minuten weg geweest.

14

'Mensen gaan door het leven zonder op te merken dat ze deel van de geschiedenis uitmaken...'

'Wat zegt u?' vroeg Anton, die de opmerking niet begreep. 'Wat wilde u zeggen?'

Hij was de schets van het portret aan het perfectioneren, toen hij zich realiseerde dat de oude dame de ogen half gesloten had. Hij dacht dat ze van vermoeidheid in slaap was gevallen.

Die korte ogenblikken waarin de aandacht van Sofonisba verslapte, omdat ze wegdoezelde in een verkwikkende slaap, benutte hij om ongemerkt haar gelaatsuitdrukking te bestuderen. Hij wist dat ze niet goed zag, maar hij wist niet in hoeverre zij kon onderscheiden of iemand haar gadesloeg. Het was hem niet ontgaan, toen hij oplettend naar haar keek, dat haar gelaat als ze sliep er meer ontspannen uitzag, anders dan wanneer ze wakker was.

Hij probeerde elk detail te onthouden om het terug te roepen in de tekening waar hij de laatste hand aan legde. Met behulp van het potlood kwamen beetje bij beetje de trekken van het model tevoorschijn op het lege vel. Hij had een zwak voor die oude vrouw, zonder dat hij precies begreep waarom. Ze was niet de eerste volwassene die hij portretteerde en toch was het bij haar anders, alsof de in de loop der jaren verworven wijsheid en de bekendheid die haar vele tientallen jaren hadden achtervolgd, zijn kijk op de kunstenares hadden beïnvloed.

Nee, Sofonisba Anguissola was geen gewoon iemand. Zelfs als iets haar kwelde, toonde haar gezicht zo veel expressie dat ze hem bleef fascineren. Hij voelde zich overwonnen, in de ban van haar sprankelende geest.

In werkelijkheid sliep ze niet.

Ze had haar ogen alleen een beetje gesloten, zodat ze haar gedachten vrijelijk kon laten gaan. De herinneringen kwamen beetje bij beetje bovendrijven, sommige kwamen van ver, andere waren niet zo diep weggezakt. Beelden en indrukken, ooit waargenomen, daarna vergeten, kwamen aan de oppervlakte. Het waren niet alleen herinneringen. De belangstelling van die jonge schilder voor haar maakte dat ze nadacht over gebeurtenissen die allang tot het verleden behoorden, maar nu beleefde ze ze opnieuw. Terwijl ze met hem sprak, besefte ze dat ze nog steeds iemand was, ook al wilde ze dat niet. Ze was een van die mensen over wie men sprak in de ontwikkelde kringen, als men commentaar gaf op de goede en slechte kanten, de uitmuntendheid of de middelmatigheid van haar kunst. Zij was het onderwerp van verering en studie en een jongeman had niet geaarzeld om half Europa door te reizen om haar te leren kennen.

Zij was dus een belangrijk persoon en eerder was ze zich daar niet bewust van geweest. Om de waarheid te zeggen: daar had ze nooit aan gedacht. Haar bescheiden karakter had gemaakt dat ze het niet had gezien. Toch, hoewel het haar moeite kostte om het te geloven, moest ze zich er blijkbaar bij neerleggen dat de nieuwe generaties kunstenaars nieuwsgierig waren naar haar en haar bestudeerden.

Wat is het leven toch raar, dacht ze. Tot op het laatst heeft het verrassingen in petto en laat het je onvermoede waarheden ontdekken. Het was onloochenbaar dat een mens op elke leeftijd kon leren.

Ze staakte een ogenblik haar overpeinzingen om antwoord te geven op Antons vraag. Het leek haar of zijn stem van heel ver weg was gekomen, uit een andere wereld, terwijl zij in gedachten verzonken was. Ze had zich niet gerealiseerd dat zij de eerste was die gesproken had. Ze had alleen maar hardop gezegd wat ze dacht.

'Ik zei,' herhaalde de oude dame, met vermoeide stem, 'dat het mogelijk is dat iemand tijdens zijn leven, of dat nu lang of kort is, niet beseft dat hij deel uitmaakt van de geschiedenis. Dat is wat mij, geloof ik, overkomen is.'

Anton van Dyck dacht even na. Eigenlijk had Sofonisba gelijk. Zij had deel uitgemaakt van de geschiedenis van de schilderkunst. Ze was al heel jong beroemd en de eerste Italiaanse vrouw die internationale roem als kunstenares had vergaard. Het bracht hem van zijn stuk dat de kunstenares daar nog steeds niet aan gewend was. Toch waren er al vele, vele jaren verstreken.

'U hebt een nieuwe wind doen waaien door de schilderkunst, mevrouw,' zei hij. 'Meester Rubens zegt dat u een volkomen nieuwe manier van tekenen bedacht, waarin u het verdriet en de lach bestudeerde. Vóór u had niemand dat durven doen. De mensen op schilderijen werden altijd statisch afgebeeld, totdat u met een nieuwe opvatting kwam. U was de eerste die het gewone dagelijkse leven schilderde.'

'Misschien,' antwoordde ze verstrooid. 'Ik wist niet dat ik... een revolutionair ben geweest. Misschien omdat ik een vrouw ben... Soms zien wij vrouwen de dingen op een andere manier.'

Ze glimlachte een beetje, meer voor zichzelf dan voor haar gesprekspartner. Zou die jongeman begrijpen dat vrouwen niet alleen goed waren om kinderen te krijgen? Zonder twijfel had hij de ironie door. Hij was intelligent. Bovendien, was hij niet juist helemaal uit zijn verre Vlaanderen gekomen om met eigen ogen te zien hoe zij een levend monument was? Haar glimlach verbreedde zich, ze was voldaan over haar privégrapje.

De twee keken elkaar aan en glimlachten zonder iets te zeggen. Het waren medeplichtige glimlachjes. Sofonisba had die woorden, met daaronder de onuitgesproken gedachten, laten vallen om hem te doen begrijpen dat ze een strijdster was geweest in een wereld van en voor mannen en Anton had het begrepen:

'Hebt u veel moeilijkheden ondervonden, alleen maar omdat u toevallig een vrouw bent?'

Hij kende het antwoord al. Vóór dat gesprek was het niet bij hem opgekomen, totdat zij dat duidelijk aangaf, dat een vrouwelijke visie zo verschillend kon zijn van de zijne. Het kon zelfs de wijze waarop je de wereld waarnam compleet veranderen.

'Moeilijkheden?' herhaalde Sofonisba, met een vergenoegde glimlach. 'U kunt zich niet voorstellen hoe het is om vrouw te zijn in een door mannen gemaakte, bedachte en geregeerde wereld. Ik heb het dan niet alleen over het kunstenaarsleven. Bedenk dat toen ik in Spanje was, de functie van hofschilder uitsluitend voorbehouden was aan mannen. Niemand overwoog zelfs maar de mogelijkheid dat ook een vrouw die post zou kunnen bekleden.'

'Maar had u dan geen bevoorrechte positie als hofdame? Voor u moet het toch gemakkelijker geweest zijn?'

Sofonisba glimlachte weer, maar nu zonder vreugde.

'Makkelijk? Dat woord zou ik niet gebruiken om mijn werk te omschrijven. Natuurlijk had ik privileges die hoorden bij mijn functie. Maar niet als schilderes. Mijn schilderen werd niet als "werk" beschouwd. Dat zou ook nooit mogelijk geweest kunnen zijn. Men beschouwde het als tijdverdrijf, als iets buitenissigs.

Ook al werden mijn schilderijen veel gevraagd, omdat ze in de smaak vielen, toch zagen ze me niet als een schilderes, maar als een hofdame. Daarom werden veel van mijn schilderijen later aan anderen toegeschreven. Ik mocht ze niet ondertekenen, alleen maar schilderen, en de eer kreeg de officiële hofschilder: meneer Sánchez Coello. Ze ontnamen me een groot deel van mijn werk.'

'Hoe bedoelt u?'

'Precies wat ik zeg. Ze ontnamen me een groot deel van mijn schilderijen. Maar ik vertrouw erop dat de tijd alles zal rechtzetten. Als u een beetje geduld hebt, zal ik het u uitleggen.'

Ze ging wat verzitten in de oude fauteuil. Anton merkte op dat ze nooit de benen over elkaar sloeg, zoals anderen dat vaak doen.

'Bedenk wel dat ik alleen portretten schilderde. Ze vroegen erom, of ik deed het op eigen initiatief, vooral de portretten van mijn familie. Maar over het algemeen waren het opdrachten, zoals dat van koningin Isabel de Valois, waarom de Heilige Vader verzocht had. Naar men mij verteld heeft, schijnt hij heel tevreden geweest te zijn.' Ze pauzeerde even voordat ze doorging: 'Vorsten hebben weinig tijd om te poseren. Ze hebben veel bezigheden en weinig tijd. Met een beetje geluk krijg je hooguit twee of drie zittingen, zelden meer, voor elkaar. Daarom benutte ik hun aanwezigheid om een schets te maken van wat ik later zou schilderen. Ik concentreerde me dan vooral op wat kenmerkend was voor hun gelaat en handen. Pas later, als ik alleen kon werken, maakte ik het portret af met wat erbij hoorde: kleren, juwelen, de achtergrond... Het gebeurde wel dat uit een portret verschillende andere ontstonden, allemaal met andere kleren en in een andere houding, maar in werkelijkheid was de basis, het gelaat en de handen, steeds hetzelfde. Oftewel, er werden kopieën van een en hetzelfde schilderij gemaakt. Begrijpt u?'

'Ja, natuurlijk. Ik ken die praktijken. Meester Rubens heeft me daarover verteld.'

'Toegang hebben tot Hunne Hoogheden,' ging Sofonisba verder, 'om ze te laten poseren, was een privilege dat maar voor weinigen is weggelegd. Over het algemeen kreeg alleen de hofschilder toestemming. In die tijd was dat, zoals ik al eerder zei, Alonso Sánchez Coello. Hij werd bijzonder gewaardeerd door Filips II. Deze had hem zelfs toestemming gegeven om zich met zijn hele familie te installeren in het Alcázar in de stad Madrid. Zo had hij hem dicht bij zich. Soms, als hij tijd had, verscheen de koning bij verrassing in het atelier van de schilder om zelf vast te stellen hoe zijn diverse opdrachten vorderden. Hij was een zeer secuur man en hij hield ervan om overal van op de hoogte te zijn en alles te controleren. Hij volgde nauwlettend elke opdracht die hij Sánchez Coello toevertrouwde, alsof het een staatszaak was.'

'Daar had ik al over gehoord,' onderbrak Anton.

'Maar,' vervolgde Sofonisba, zonder acht te slaan op de onderbreking, 'ik verkeerde in een bevoordeelde positie, zoals ik u al eerder zei, en hofdame zijn was van een hogere rang dan alleen maar schilder zijn, ook al was het dan hofschilder. Hij bleef een eenvoudige schilder, geen lid van het hof. Begrijpt u?'

Anton van Dyck knikte.

'Daar de koningin mij vereerde met haar vriendschap,' vervolgde Sofonisba, 'gaf zij er de voorkeur aan dat ik haar schilderde. Helaas kon ze de tijd die ze had om te poseren niet tegelijkertijd aan mij en aan de officiële schilder geven. Zo ontstond er een zekere vijandschap tussen Sánchez Coello en mij, wat ik in het begin niet doorhad. De arme man was jaloers op mij.'

'Maar hoe was dat mogelijk?'

'Kent u de kronkels van de menselijke geest? Vooral aan het hof, waar alles gereglementeerd is en iedereen welomschreven privileges heeft? Het behoorde niet tot mijn officiële taak de vorsten en hun familie te schilderen. Ik begaf me op een terrein dat niet het mijne was. Begrijpt u?'

'En dat leverde u problemen op?'

'Een paar. Maar vooral wat strubbelingen, hoewel je die met het verstrijken van de tijd vergeet. Zo belangrijk was het niet. Toentertijd leek het dat ik stikte van woede door de belediging die ze me hadden aangedaan, en ik moet toegeven dat ik in idiote situaties verzeild raakte, maar mettertijd ging het leven weer zijn gewone gang. De tijd heelt alle wonden.'

'Schilderde u alleen de koningin?' vroeg Anton van Dyck om van onderwerp te veranderen. Het gekibbel aan het hof interesseerde hem niet.

'Natuurlijk niet. Ik heb een paar keer de koning geschilderd en nog vele andere leden van de koninklijke familie en van het hof. Onder hen de jonge koning Sebastiaan van Portugal, een neef van Filips II, Johanna van Oostenrijk, de zuster van de koning, en natuurlijk de prins van Asturië, de ongelukkige Karel. Omdat hij in de buurt van koningin Isabel was, schilderde ik hem het meest.'

'Maar waarom zegt u dat ze u uw schilderijen ontnamen?' Hij had de indruk dat de oude dame het gesprek een andere kant op stuurde.

'Omdat het merendeel van mijn schilderijen nooit als zodanig erkend is. Ze zijn niet aan mij toegeschreven, maar aan de officiële hofschilder, ook al was zijn bijdrage minimaal. Hij maakte bijvoorbeeld het schilderij af dat ik begonnen was door de kleren te schilderen en de accessoires, of door eenvoudigweg te kopiëren wat ik geschilderd had.'

'Maar dat onrecht is rechtgezet. We weten allemaal dat u de grote schilderes was.'

'Ik zei het al, de tijd regelt alles.'

15

Filips II was bezig een van zijn vele brieven aan een van zijn secretarissen te dicteren, toen iemand uit zijn gevolg, die hij kort daarvoor opdracht had gegeven de gangen van Sofonisba Anguissola na te gaan,
hem kwam zeggen dat de jongedame zojuist haar atelier had verlaten
om naar de vertrekken van de koningin te gaan.

Hij gelastte zijn secretaris zich terug te trekken, legde de pen waarmee
hij de documenten tekende bij de inktpot en stond op van zijn schrijftafel om zijn zegsman te vergezellen. Hoewel het tegen zijn principes
was om inbreuk te maken op het privéleven van de hofdames, besloot
hij met eigen ogen vast te stellen dat die Italiaanse, die de naam had
heel precies te schilderen, net zo veel talent had als men hem verzekerd
had.

Hij wist dat Anguissola begonnen was aan een portret op ware grootte
van zijn vrouw, koningin Isabel. Men had het erover. Maar toen hij naar
de vertrekken van zijn vrouw was gegaan om het te zien, was hij op Anguissola's weigering het hem te laten zien gestoten. De koningin zelf
had met een glimlach op haar lippen de schouders opgehaald als teken
van onmacht en om niet te veel gewicht aan het voorval te geven.

Als de schilderes het niet wilde, dan moest je dat respecteren. Bovendien, het werk stond niet in haar vertrekken, omdat na elke sessie Sofonisba het naar haar atelier liet brengen, waar het veilig was voor
nieuwsgierige blikken.

Filips II was toevallig de schilderes tegen het lijf gelopen in de antichambre van de koningin en hij had haar zijn wens kenbaar gemaakt de
eerste schetsen van het portret te zien. Tot zijn grote verbazing reageerde de schilderes op ongehoorde wijze. Ze antwoordde hem vriendelijk maar vastbesloten dat daar geen sprake van kon zijn. Ze weigerde op niet mis te verstane wijze om de nieuwsgierigheid van de koning
te bevredigen, met als argument dat men een werk alleen kan beoorde-

len als het af is. Filips II was, op zijn zachtst uitgedrukt, verrast geweest. Omdat de scene zich had afgespeeld in tegenwoordigheid van de koningin, van wie de schilderes niet alleen een beschermelinge was, maar ook een vriendin, had de vorst besloten niet aan te dringen. Hij twijfelde of hij zich beledigd moest voelen door de excentriciteit van de Italiaanse, maar het was natuurlijk wel zo dat hij haar had overvallen. Hij voelde zich een ogenblik onzeker, strijdend tussen verontwaardiging om het afwijzende antwoord en bewondering voor de manier waarop zij het onder woorden had durven brengen. Ze was zonder twijfel moedig en ze nam geen blad voor de mond. Hij kon zich geen vrouw aan het hof herinneren die tegen zijn wensen in had durven gaan.

Hij reageerde nonchalant, gaf vriendelijk glimlachend toe, draaide zich na afscheid van zijn vrouw te hebben genomen om en keerde terug naar zijn vertrekken.

Terwijl hij aan het hoofd van zijn gevolg liep en verstrooid naar de uitleg van een van zijn medewerkers luisterde over de toestand in Amerika, merkte hij tot zijn verbazing dat hij in zichzelf liep te glimlachen. Die Italiaanse was wel heel bijzonder. Wat een brutaliteit. Hoe durfde ze? Dat kleine incident had hem de ogen geopend. Nu begreep hij beter waarom zijn vrouw zo wegliep met Sofonisba. Die vrouw had een heel sterk karakter. In de omgeving van de koning, waar iedereen boog als een knipmes, waren er maar weinigen die hun persoonlijke mening durfden te geven en nog minder die hun wil oplegden, zoals dat net was gebeurd. De Italiaanse had laten zien dat ze wist wat ze wilde. Ook al toonde zij respect en gedroeg ze zich zeer beleefd, ze had zich niet laten intimideren door de aanwezigheid van de koning. Het was zo ongebruikelijk dat Filips II het zelfs waardeerde.

Hij zou er in de toekomst rekening mee houden. Een dergelijke vrouw kon heel nuttig voor hem zijn. Aan het hof waren meer dan genoeg gedienstige hovelingen met een gladde tong die bevreesd waren om tegen zijn wensen in te gaan. Iemand die weerstand durfde te bieden, en dan nog wel een vrouw, dwong hem respect af.

De koning verliet zijn kamer, gevolgd door een paar medewerkers, onder wie de informant, en begaf zich naar het atelier van Sofonisba. Hij had besloten persoonlijk de kwaliteit van het werk dat ze onder handen had te toetsen. Het maakte hem niet veel uit dat het nog niet af was. Hij móést toegeven aan zijn impuls nu zijn nieuwsgierigheid meer dan ooit was geprikkeld na de afwijzing door de Italiaanse.

Hij had bevel kunnen geven om het portret naar zijn kamer te brengen, maar dat zou een te bruuske oplossing zijn geweest, niet in overeenstemming met de welwillende reactie die hij eerder had laten zien bij de kunstenares. Hij vond het tactischer om zelf moeite te doen.

Bij de werkplaats aangekomen, maakte een page met een loper de deur open. Daarna stapte hij opzij om de vorst doorgang te verlenen. Filips II ging binnen, terwijl hij zijn gevolg opdracht gaf in de gang op hem te wachten.

Meteen zag hij het portret. Het stond onder een laken tegen de muur bij het raam.

Op de grond, voor de ezel, zag hij een trapje, niet veel meer dan een voetenbankje, dat waarschijnlijk door de schilderes werd gebruikt om bij het bovenste deel van het schilderij te komen. Het portret van de koningin moest op ware grootte zijn, dat was de opdracht. Met de afmetingen van de ezel er nog bij was het duidelijk dat de kunstenares, die een normaal postuur had, de bovenste helft van het schilderij niet zou kunnen schilderen zonder dat oude meubelstuk. Waarschijnlijk moest ze, zelfs als ze op het opstapje stond, boven haar hoofd werken, een ongemakkelijke en vervelende houding voor een lange sessie. Het trapje maakte het tenminste mogelijk voor haar om op de goede hoogte te staan, zonder dat ze zich steeds moest inspannen om naar boven te kijken.

Filips, die ook niet zo lang was, gebruikte het opstapje om het laken dat het schilderij bedekte weg te trekken. Hij moest op zijn tenen gaan staan en zijn arm zo ver mogelijk uitstrekken om het van de hoeken af te krijgen. Omdat hij bedacht had dat het hem veel moeite zou kosten het weer op zijn plek te krijgen, besloot hij het niet helemaal weg te halen, maar aan één kant te laten hangen.

Hij stond stomverbaasd.

Voor zijn verwonderde ogen verscheen het gezicht van de koningin. Het was zo volmaakt dat Filips geloofde voor het origineel van vlees en bloed te staan. Daar stond Isabel voor hem, vreemd onbeweeglijk, terwijl ze hem met die blik die hij zo goed kende aankeek. In haar ogen dezelfde lieflijkheid, dezelfde tederheid waarmee ze in de beslotenheid van hun vertrekken naar hem keek. Bij die zeldzame gelegenheden liet Isabel zich gaan en liefkoosde ze hem teder door met haar vingers de rug van zijn hand te beroeren.

Het was ongelooflijk, maar op het portret hadden Isabels ogen dezelfde bijzondere fonkeling die hem verliefd had gemaakt. Als haar oogleden maar een beetje bewogen, dan zou ze helemaal echt zijn. Filips bleef zwijgen.

Hij kwam van het trapje af en ging een paar passen achteruit om het schilderij in zijn geheel te bekijken. Hij was sprakeloos.

Die vrouw, die Italiaanse, was een engel. Ze had werkelijk een gave. Zij kon met precisie, tact en lieftalligheid de trekken van het model reproduceren. De hertog van Alva had gelijk gehad toen hij haar aanbeval. Hij herinnerde zich dat deze ook zelf onder de indruk was van het portret dat Sofonisba in Milaan van hem had geschilderd.

Isabel leek te leven. Filips voelde zich haast ontroerd bij het zien van zijn jonge, knappe echtgenote. Voor hem was ontroering een ongewoon gevoel, normaal stopte hij het weg zonder erbij na te denken. Een heerser moest zichzelf in de hand hebben, hij kon zich niet de luxe permitteren zijn gevoelens te tonen.

Hij voelde een brok in zijn keel. Met veel moeite onderdrukte hij de emotie die hem overmande toen hij aan zijn vrouw dacht. Ze was zo mooi, zo jong... Hij voelde zich verliefd.

Filips II had al heel wat werken van grote meesters beoordeeld. Niettemin had hij nog nooit een werk gezien dat zo natuurlijk overkwam als dat schilderij. Het wekte de illusie dat het om het levende origineel ging. Als hij het niet met eigen ogen had gezien, zou hij nooit geloofd hebben dat die jonge vrouw de kunst van het portretteren zo voortreffelijk beheerste. Naast haar moed had nu ook haar meesterschap zijn respect gewonnen. Van nu af aan zou die vrouw zijn bescherming genieten. Hij kon niet toestaan dat zo veel talent verloren zou gaan.

Hij deed het laken weer over het portret en verliet de kamer.

'Doe de deur goed dicht en laat niemand ooit weten dat de koning hier geweest is,' zei hij tegen een page.

Vervolgens vertrok hij met zijn gevolg op zijn hielen, om zich weer aan zijn correspondentie te wijden.

16

Nadat ze bij toeval had ontdekt dat iemand stiekem in haar atelier geweest was, had Sofonisba haar waakzaamheid verdubbeld. Omdat ze niet constant in haar kamer kon blijven om de indringer te betrappen, besloot ze hier en daar kleine tekens aan te brengen om te kunnen zien of iemand opnieuw probeerde binnen te komen.

Ze verplaatste een aantal kleine, onbelangrijke voorwerpen enkele centimeters, zodat de indringer die wel moest verzetten om bij het schilderij te komen. Het waren minieme details die alleen een oplettende waarnemer opgevallen zouden zijn, zoals een bepaalde plooi in het laken dat het schilderij bedekte om het tegen stof te beschermen. Alleen zij, nauwgezet als ze was, kon zo'n typisch vrouwelijke spitsvondigheid onthouden. Bovendien draaide ze de ezel zodanig dat als iemand wilde kijken, diegene hem wel moest verzetten. Op de grond gaf ze met krijt bijna onzichtbaar de exacte plaats van de poten aan.

Ze bleef een paar dagen alert, ze controleerde dikwijls haar geheime tekens, maar er gebeurde niets. Alles bleef precies zoals ze het had achtergelaten. Zo te zien had het geheimzinnige bezoek zich niet herhaald.

In de hoofdstad werd tegen het einde van mei, bij de komst van de zomer, de warmte onverdraaglijk voor mens en dier. Om deze verstikkende hitte te ontvluchten vertrok het hof gewoonlijk naar koelere plaatsen om daar de heetste maanden door te brengen. De koning kon kiezen tussen zijn verschillende residenties, terwijl hij wachtte totdat zijn indrukwekkende paleis in El Escorial klaar zou zijn. Een van die paleizen was het Pardo, op enkele mijlen afstand van Madrid, een ander lag wat meer naar het zuiden, voorbij Toledo, in een dorpje dat Aranjuez heette. Filips II had daar een van oorsprong eenvoudig jachtpaviljoen laten uitbreiden en verfraaien. Het was Sofonisba's favoriete plek. Het paleis was niet erg groot. De huidige vorst had het verbouwd naar een plan van zijn vader, keizer Karel V. De omgeving was een lust voor het oog, met haar sinaasappelboomgaarden, velden met artisjokken en aardbeien – voor het eerst in Spanje geteeld. Het lieflijke landschap was nog fraaier door het schitterende uitzicht over de korenvelden die zich uitstrekten zover het oog reikte. Bovendien vergrootte de nabijheid van de rivier de Taag het gevoel van koelte en welbehagen, wat het tot een ideale plek om de zomer door te brengen maakte.

Dat rustgevende en ontspannende uitzicht riep weer het beeld op dat Sofonisba zich van het land had gevormd voor ze er kennis mee maakte. Ze had zich Spanje precies zo voorgesteld, net zoiets als haar geboorteplaats Cremona. Ze was verbaasd te ontdekken dat in een groot deel van het land droge vlaktes waren, die in de zomer in echte woestijnen veranderden.

Zij hield van Aranjuez en van de omgeving. Op haar vrije dagen liet ze zich naar Chinchón brengen, dat maar op een paar mijl afstand lag. Het ronde dorpspleintje daar deed haar denken aan Siena in miniatuur. Ze herinnerde zich een kort verblijf in Siena, toen ze op de terugreis vanaf Rome door de Toscaanse stad gekomen was.

In de winter was het hof meestal in Madrid, dat door Filips II door zijn geografische ligging in het midden van zijn Iberische rijken als nieuwe hoofdstad van het koninkrijk was uitgekozen. In korte tijd had de nieuwe aanduiding de stad veranderd: onverwachte welvaart, een snelle verdubbeling van de bevolking – voor de uitverkiezing als hoofdstad telde Madrid nauwelijks 9.000 inwoners – die sindsdien in een koortsachtig tempo bleef groeien. In 1561 waren het er al 16.000, tien jaar later had het inwonersaantal de 34.000 bereikt.

In de hoofdstad beschikten de vorsten over het oude paleis van El Alcázar, dat voortdurende restauraties had te verduren om het aan te passen aan de eisen van de tijd. Tegelijkertijd werden nieuwe paleizen in de onmiddellijke nabijheid gebouwd om de administratie van het rijk in onder te brengen. Aan de nieuwe, brede straten lieten de grote aristocratische families hun eigen residenties bouwen zonder daarbij op de kosten te letten. Ieder wedijverde in luxe en rijkdom; wie had de mooiste voorgevel en wie de weelderigste inrichting? Ieder wilde aan de rivaliserende families zijn eigen macht laten zien met zo'n groot mogelijk vertoon van pracht en praal. Men bespaarde nergens op om maar te kunnen pronken en de indruk te wekken onmetelijk rijk te zijn.

In Aranjuez ging het leven rustig zijn gang. Men liet zich leiden door het ritme van de wandelingen, het etensuur en de verzetjes die zo nu en dan georganiseerd werden om het hof wat afleiding te bezorgen. Zelfs het strikte protocol was tot een minimum teruggebracht buiten de on-middellijke omgeving van de koning en de koningin.

Omdat het koninklijk paleis niet zo groot was en het aantal hovelingen steeds verder groeide, had Sofonisba om redenen van ruimte moeten af-zien van een echt atelier en genoegen moeten nemen met haar eigen kamer om in te schilderen. Hoewel ze dat hinderlijk vond door de verf-geur die er voordurend hing, vond ze het uiteindelijk toch niet onpret-tig, omdat ze zo haar doeken regelmatiger kon controleren. Bovendien had ze het geluk gehad dat haar kamer over grote vensters beschikte die uitkeken op het prachtige park dat de koninklijke residentie omring-de, en die zo veel licht doorlieten dat zelfs het kleinste hoekje verlicht werd. Daar was ze bijzonder tevreden over, daar zij het licht als onont-beerlijk beschouwde voor haar werk.

Door het venster ontwaarde ze, behalve de bomen in het park, ook de velden die zich tot in het oneindige uitstrekten.

Dat uitzicht op de maisvelden en de verte die daarachter vaag te zien was herinnerden haar, niet zonder enig heimwee, aan wat ze vanuit haar eigen geboortehuis zag.

Het incident met de geforceerde deur was ze al vergeten, toen ze op een dag terugging naar haar kamer om nog even wat te halen, en tot haar verbijstering constateerde dat het schilderij van koningin Isabel, dat zo goed als af was, verdwenen was. Toch was het daar enkele minuten ge-leden nog. Ze stond perplex.

Bespioneerde iemand haar? Had diegene gewacht totdat zij haar kamer uit gegaan was om het schilderij te stelen? Zou het dezelfde zijn als eer-der?

De wanhoop ten prooi ijsbeerde ze koortsachtig door haar kamer zon-der te weten wat te doen. Uiteindelijk liet ze zich uitgeput en machte-loos op de rand van haar bed zakken. Ze had zin om te huilen, maar de woede belette haar dat. Ze probeerde te kalmeren. Wat moest ze doen? Naar de koningin rennen en de diefstal melden? Als ze dat deed, zou ze een enorme beroering aan het hof teweegbrengen. Dat iemand het had gewaagd om de kamer van een hofdame binnen te dringen om een schilderij te stelen zou niet geheim blijven.

Haar woede en onmacht groeiden. Als ze niet zo veel zelfbeheersing had gehad, was ze in een verschrikkelijke huilbui uitgebarsten, maar liever hield ze zich in. Ze voelde zich zwak en onvoorbereid op de tegensla-gen in het leven. Dit soort onvoorziene gebeurtenissen ging haar macht te boven. Ze moest de kracht vinden om ze het hoofd te bieden en de manier om zich te verdedigen tegen degene die zo laaghartig tegen haar durfde op te treden.

Maar voorlopig kon ze niets doen. Ze kon nog steeds niet geloven dat iemand echt in haar kamer was geweest om haar kostbare schilderij te ontvreemden.

Ze moest goed nadenken voor ze een overhaaste beslissing nam. Aan dit hof was het niet raadzaam je te laten meeslepen door emoties. Eén verkeerde stap en de situatie kon zich tegen je keren. Het was beter te wachten. Maar ze begreep niet waarom diegene, wie het ook geweest mocht zijn, een onaf werk wilde stelen. Wat voor zin had dat?

Ze bedacht alle mogelijke antwoorden, zelfs de meest onzinnige, bijvoorbeeld dat een dienstmeisje het meegenomen had om het schoon te maken. Nee, dat had geen zin. Er was maar één logische verklaring: de dief had opzettelijk zo gehandeld. Het had hem niet kunnen schelen dat het nog niet klaar was. Maar wat beoogde hij daarmee? Het vernietigen? Ze sidderde alleen al bij de gedachte dat zoiets zou kunnen gebeuren. Het zou een tragedie zijn. Ze gaf er de voorkeur aan te denken dat niemand zo slecht kon zijn dat hij een kunstwerk kon vernietigen, en dat er waarschijnlijk een ander motief was, ook al was dat dan onlogisch.

Misschien had een van de andere schilders aan het hof het gepakt om er een kopie van te maken. Maar zonder dat ze daarvan op de hoogte was en zonder toestemming? Het leek haar een teken van buitengewone ongemanierdheid en brutaliteit. Ze kon niet geloven dat men zo ver kon gaan, maar welk ander motief kon het zijn? Waarom zou iemand het schilderij hebben willen stelen alleen maar om het te vernietigen? Dat sloeg nergens op.

En als het de koning in eigen persoon was geweest die ten koste van alles het schilderij wilde zien, zelfs als het nog niet voltooid was? Ze kende het ongeduld van de vorst. Misschien had ze te veel risico genomen toen ze zo kortaf nee had gezegd op zijn verzoek het zo snel mogelijk te mogen zien. Zijn boze grimas was haar niet ontgaan. Nu besefte ze dat ze misschien wel te brutaal was geweest. Maar Filips II was geen man die de regels zou overtreden. Als hij het werkelijk zo dringend had willen zien, dan had hij haar daar wel toe verplicht. Hij had het bevel maar hoeven te geven. Het was onmogelijk dat hij de moeite genomen had om het hem heimelijk te laten brengen. Ook al voelde de koning zich gedwarsboomd, dan zou hij toch niet zoiets laags gedaan hebben? Hij was de koning, maar ook een heer. Als hij aangedrongen had, zou zij gezwicht zijn voor zijn bevelen. Maar dat had hij niet gedaan. Het was dus niet erg waarschijnlijk dat hij de pleger van een dergelijke wandaad was.

Wie zou er belang hebben bij het stelen van het portret? Ze kon niemand bedenken. Het moest iemand geweest zijn met voldoende macht om de regels te tarten. Sánchez Coello, de schilder? Dat was een mogelijkheid. Ze waren geen vrienden. Sánchez Coello keek met jaloerse blikken naar haar; dat een buitenlandse bewonderd werd om hetzelfde wat hij, de officiële hofschilder, deed, beviel hem totaal niet.

Als Sánchez Coello haar zou hebben gevraagd of hij mocht zien hoe ze vorderde met het portret van de koningin, dan had ze waarschijnlijk wel toegegeven, omdat het tenslotte om een 'collega' ging. Het maakte verschil uit als ze met een andere schilder van gedachten kon wisselen, die begrijpen kon wat ze aan het doen was. Maar daarvoor was het niet nodig het uit haar kamer mee te nemen zonder haar toestemming en zonder haar medeweten. Toch kon ze deze mogelijkheid niet zomaar uitsluiten. Als het zo was, dan was de situatie niet minder hachelijk, omdat Sofonisba niet de officiële hofschilder kon beschuldigen, die door de koning zelf beschermd werd.

Bij de koning lag de zaak anders.

Omdat het haar eerste in Spanje geschilderde werk betrof, wilde Sofonisba dat Filips het alleen zou zien als het af was, om zo het effect te vergroten. Het was voor haar belangrijk dat de vorst een goede indruk van haar als schilderes kreeg. Als hij tevreden was, leverde dat haar zeker nieuwe opdrachten op, maar als hij teleurgesteld was, dan zou hij haar niet zo snel andere opdrachten toevertrouwen. Zij wist dat het in Filips' karakter lag om elk detail afzonderlijk te waarderen. Hij had verstand van kunst. Zij wilde niet dat hij een werk zag waar ze net aan begonnen was, ook al had ze, eerlijk gezegd, de belangrijkste partijen al voltooid. De gedachte dat ze het middelpunt van de praatjes aan het hof zou zijn maakte haar nerveus. Ze hield er niet van de hoofdpersoon te zijn en helemaal niet in een zo betreurenswaardige situatie. Vanaf het moment dat ze in Spanje aangekomen was had ze al het mogelijke gedaan om zich verre te houden van geklets, maar een dergelijk incident zou aanleiding geven tot geroddel over haar. Nee, ze mocht niet in een schandaal verwikkeld raken. Ze moest zwijgen en afwachten. Ze zou ongetwijfeld een manier vinden om het schilderij terug te krijgen. Ze moest haar eigen ik, dat schreeuwde om gerechtigheid, het zwijgen opleggen. Maar als het schilderij niet tevoorschijn kwam? Onvermijdelijk zou de dag komen dat de koningin zou moeten poseren om de laatste details af te maken. Wat moest ze haar zeggen? En Isabel de Valois zou argwaan krijgen als ze haar niet zou vragen om te poseren. Ze wist dat het schilderij bijna af was. Nieuwsgierig als ze was, zou ze vragen waarom. Hoelang zou ze het verborgen kunnen houden? Zolang het schilderij niet tevoorschijn kwam, moest ze een logische verklaring hebben om geen argwaan te wekken. In het geval dat ze het portret niet meer terug zou vinden, zou ze haar op de hoogte brengen. Ze had geen keuze. Maar vooralsnog was het beter te zwijgen. En als het alleen maar een grap was? Iemand die haar wilde waarschuwen voor wat haar zou kunnen gebeuren als ze hem dwarszat? Het was niet erg waarschijnlijk. Ze kon van alles verwachten, maar dit zou het toppunt zijn. Maar toch was het ook een mogelijkheid.

Nu moest ze weer aan de slag. Op het ogenblik kon ze niets doen. Ongetwijfeld zou het helpen als ze de situatie kalm analyseerde.

Tegen het vallen van de avond, toen ze naar haar kamer terugging om uit te rusten, wachtte haar een andere verrassing. Het was een lange, vermoeiende dag geweest. Ze was lusteloos en ze had alleen nog maar zin haar bed in te gaan en nergens meer aan te denken. De problemen vergeten en tenminste een beetje energie opdoen voor de volgende dag. Er was niets beter dan een nachtje goed slapen om weer nieuwe krachten op te doen. Wakker worden met een heldere geest, vrij van zorgen, maakte het voor haar mogelijk de nieuwe dag weer fris tegemoet te treden.

Toen ze haar kamer in ging, zag ze het meteen: het portret van de koningin stond er weer, precies zoals het hoorde, op de ezel, alsof er niets gebeurd was.

Haastig trok ze het laken dat erover zat weg om het te onderzoeken en er zeker van te zijn dat het geen schade had opgelopen. Na een zorgvuldige inspectie zag ze niets wat daarop wees.

Het was een compleet mysterie.

Eerlijk gezegd begreep ze er niets van. Het schilderij gaat, het schilderij komt. Absurd.

Ze wist niet wat ze ervan moest denken en uitgeput legde ze zich erbij neer. Het belangrijkste was dat haar kostbare werk niet verloren was gegaan. Dat was het enige wat op dit moment telde. Van nu af aan zou ze het achter slot en grendel houden.

17

Op de ochtend van de derde dag kwam Anton bij het huis van Sofonisba en hij wilde net aan de deur kloppen toen deze al openging. Een nieuw dienstmeisje ontving hem, een ander dan gewoonlijk. Ze was tamelijk jong, zo te zien ook verlegen, want toen ze hem zag, bloosde ze een beetje en ze groette hem met een kort hoofdknikje. Ze zei iets zo zachtjes dat Anton het niet verstond, maar hij interpreteerde het als 'goedendag'. Het meisje ging opzij en hij stapte de vestibule in, waar hem nog een verrassing wachtte. Op enkele passen achter het dienstmeisje zat Sofonisba op hem te wachten in een komisch soort rolstoel. Ze had een andere jurk aan, grijs met een grote witte kraag van geborduurde kant. Met de hem inmiddels bekende verlegen glimlach keek ze hem aan. Ze zag er stralend en goedgehumeurd uit.

'Dag, mijn jongen,' zei ze.

'Is er iets gebeurd?' vroeg hij, verbaasd haar daar aan te treffen.

'Dit is de reden: ik heb besloten u vandaag mijn huis te laten zien,' sprak ze, half in ernst, half in scherts. 'Toen ik deze ochtend wakker werd, besefte ik dat ik een heel slechte gastvrouw ben geweest. U bezoekt me al een paar dagen om over mijn schilderijen te praten, en ik heb ze u nog niet eens laten zien. Maar vandaag maken we een ronde door het huis en ik zal u alles laten zien wat ik hier heb.'

Anton, uiterst tevreden, kon een vergenoegde glimlach niet onderdrukken. Hij brandde van verlangen. Hij wist dat Sofonisba ze hem op een goede dag zou onthullen, maar hij had dat niet zo duidelijk durven vragen, omdat de schilderes niet goed uit de voeten kon. Hij wilde het haar niet moeilijk maken door naar een collectie te vragen die door het hele huis verspreid hing. Zo zou hij haar verplicht hebben zich moeizaam door de verschillende kamers te verplaatsen.

Om die fysieke beperking te omzeilen, zou een dienstbode hem hebben kunnen vergezellen om zo de oude dame niet te vermoeien, maar zonder haar commentaar zou het niet hetzelfde geweest zijn. Hij had er geen moment aan gedacht dat zij een rolstoel als hulpmiddel had om zich vermoeidheid te besparen. Hij had haar altijd in die grote stoel zien zitten, en de enige keer dat ze moeilijk leunend op haar stokken was opgestaan, was dat heel inspannend voor haar geweest.

'Het is voor mij een grote eer, mevrouw, maar ik wilde het u niet moeilijk maken,' zei hij beleefd.

'Het is geen enkele moeite,' antwoordde ze. 'Zoals u ziet, ben ik erop voorbereid. Het stelt niet veel voor, maar het maakt het tenminste mogelijk voor me om me door het huis te bewegen zonder al te moe te worden.' En terwijl ze zich omdraaide naar het jonge dienstmeisje, zei ze tegen haar: 'Kom, Mariuccia, breng me naar de grote salon. Daar gaan we beginnen.'

De privéverzameling van Sofonisba was aanzienlijk. In het begin telde Anton elk schilderij, maar daarna raakte hij de tel kwijt, omdat er zo veel schilderijen aan zijn ogen voorbijtrokken. Het was een overzicht van een heel leven, en naarmate ze verdergingen door de diverse kamers, verspreid over twee verdiepingen, begon hij te begrijpen hoe de kunstenares zich in de loop der jaren had ontwikkeld. Vanaf de eerste en eenvoudigste werken kon je een geleidelijke evolutie van haar vaardigheid zien en niet alleen in de zekerheid waarmee ze het penseel hanteerde. Er was een grote vooruitgang te constateren tussen de eerste en de daaropvolgende werken, niet alleen qua techniek, maar ook in de kleuren en de keuze van de onderwerpen en de achtergrond; het ging van het eenvoudige naar het complexe.

'Ik zie dat u in uw jonge jaren een rebel was,' zei hij schertsend. 'U gebruikte heldere en ik zou haast durven zeggen gewaagde kleuren. Het is te merken dat u onafhankelijk wilde zijn.'

Sofonisba vatte het op als een compliment.

'Ik had niet gedacht dat je dat zo duidelijk kon zien. Voor mij als vrouw was het heel belangrijk een onafhankelijk leven op te bouwen, los van de uitgebluste mannenbroederschap van mijn tijd, zonder mijn doel uit het oog te verliezen. De situatie had twee kanten, ik probeerde immers een bres te slaan in de wereld die exclusief voor mannen was, zonder iets van mijn vrouwelijke eigenschappen op te geven. Ik wilde geen man zijn, ik wilde alleen maar laten zien dat ik hetzelfde kon als een man, dat is alles.'

'Maar het is me opgevallen dat er een aanzienlijk verschil zit tussen de schilderijen voor en na uw Spaanse periode. Liet u zich beïnvloeden door de Vlaamse stijl of was die verplicht?'

'In werkelijkheid was het van alles een beetje. Ik moest me aanpassen aan de stijl van het Spaanse hof, terwijl ik toch ook tot op zekere hoogte mijn eigen stijl trouw wilde blijven. Bedenk wel dat ik heel leergierig was, en ik moet zeggen dat ik Sánchez Coello kopieerde. Hij kende de Vlaamse stijl en hij was een meester, anders was hij geen hofschilder geweest. Anderzijds was ook een bepaalde stijl verplicht als het officiële portret van een lid van de koninklijke familie gemaakt moest worden. Het was vereist om de waardigheid en het sacrale karakter van de personages te behouden en duidelijk te tonen. Ze moesten zo getrouw mogelijk afgebeeld worden, waarbij hun verheven en goddelijke karakter beklemtoond werd, met als resultaat dat het model meer op een standbeeld leek dan op een mens. Mijn Italiaanse opvoeding maakte dat ik neigde tot een minder strenge stijl, kleurrijk en licht van toon. Ik was niet opgeleid in de zeer nauwkeurige gedetailleerdheid van de Vlaamse school, die beoogde het model stijfjes en plechtig af te beelden, maar ik moest me aanpassen aan de protocollaire starheid van de personen die ik schilderde. Ik had meteen gezien dat de twee stijlen botsten, maar ik probeerde beide te assimileren door een eigen stijl te creëren die een mengsel was van de twee stromingen. Hoewel de officiële richtlijn me diepgaand beïnvloedde, probeerde ik toch levende mensen van mijn personages te maken en ze reëler te maken. Ik had het voordeel dat ik met hen onder één dak woonde; ik kende ze goed, alsof het familieleden van me waren. Ik kan u verzekeren dat als de koninklijke familie voor mij poseerde, ze meer ontspannen waren dan wanneer ze dat voor andere schilders deden. Hun houding was ongedwongener.'

Anton van Dyck was benieuwd naar de technieken die zij gebruikte om de doeken te prepareren. Waren dat dezelfde die hij gebruikte, vroeg hij zich af, of was er een geheime methode waardoor het schilderij veel meer glans kreeg?

'Hoe prepareerde u de doeken?' vroeg hij haar.

De vraag beviel de kunstenares. Het was jarenlang haar wereld geweest en ze had er al een hele tijd met niemand meer over kunnen praten.

'Een van de voordelen van het reizen is dat je altijd iets nieuws leert. Het prepareren van de doeken is daar een heel duidelijk voorbeeld van omdat het in elk land weer anders is, niet alleen door de gebruikte techniek, maar ook omdat overal andere materialen beschikbaar zijn. Zo gebruikte men in Spanje andere methodes en preparaten dan in Italië. Voor het schilderen op hout namen de Italianen gewoonlijk populierenhout, terwijl men in Spanje, waar de populier niet zoveel voorkomt, vurenhout gebruikte.'

'Dat is inderdaad zo,' onderbrak Anton haar. 'Wij in Vlaanderen gebruiken notenhout, daar hebben we heel veel van in onze streek.'

Het leek alsof Sofonisba de interruptie van de jongeman niet in de gaten had, en ze vervolgde: 'Anderzijds gebruikte men voor het doek heel fijngeweven tafzijde, omdat dat het voordeel had dat het wel van satijn leek als het bedekt werd met een goede laag prepareermiddel. Dat middel maakte het mogelijk de karakteristieken van het schilderen op hout na te bootsen. Bovendien gaf het de mogelijkheid glad te schilderen en het goed af te werken.'

'Waren er geen beperkingen in de afmetingen van het schilderij?'

'Jawel, jongeman, die waren er. Als je bijvoorbeeld een schilderij van groot formaat wilde schilderen, dan moest je doeken van in Duitsland vervaardigd linnen gebruiken, ook al waren die grover. Om de ruwheid van die doeken weg te krijgen, hoefde je ze alleen maar met een dikke laag prepareermiddel in te smeren. Onze ateliers konden geen grote doeken produceren. Het maximum zat in de buurt van de meter, terwijl de Duitse doeken meer dan twee meter waren. Dat was ontegenzeggelijk een voordeel als je een manshoog schilderij wilde maken, omdat je met doeken van die afmetingen toch geen lelijke naad in het midden kreeg.'

Als ze over schilderen sprak, was Sofonisba onvermoeibaar. Ze was nauwelijks op adem gekomen of ze ging alweer verder: 'Over het onbewerkte doek deed men eerst een laag beenderlijm en meteen daarop een smeersel van witte verf, met als bindmiddel een speciale olie met silex, loodwit, silicaat, krijt en, natuurlijk, gips. Daarover werd een vrij dunne gekleurde ondergrond aangebracht, van een grijsachtig-roze kleur, vervaardigd uit olie met loodwit, rode aarde en koolstof als bindmiddel. De verf zelf is een drogende olie. De pigmenten zijn de gebruikelijke loodtingelen, rode lak, groene aarde, vermiljoenrood, loodwit, koolzwart, en roodbruine aarde die ijzeroxide bevat. Om kort te gaan, er waren walnotenolies gemengd met kleine hoeveelheden lijnolie, en groene aarde, wat veel gebruikt werd in de Italiaanse schilderkunst van de middeleeuwen en de renaissance. Het gebruik daarvan was onmisbaar bij het aanbrengen van schaduw op de huid.'

'In Vlaanderen gebruiken we ook notenolie,' onderbrak Anton haar.

'Inderdaad,' vervolgde Sofonisba. 'Notenolie werd in Italië veel gebruikt, maar weinig in Spanje, waar men meer lijnolie gebruikte. In Italië vond men dat notenolie minder vergeelde in de loop der jaren, en het werd aanbevolen voor die kleuren die beïnvloed werden door de tand des tijds, zoals de blauwen, hoewel die olie het nadeel had langzamer te drogen. Lijnolie droogde sneller, maar vergeelde makkelijker. Die onderlagen zogen echter minder op en maakten meer glans mogelijk, omdat ze beter te hanteren waren en elastischer dan de traditionele bereidingen van gips en lijm. Het was nuttig bij het transporteren van de werken, wanneer de grote doeken opgerold moesten worden. Sommige schilders voegden silex toe door dat met de kleuren te mengen, dat maakte dat de olie eerder droogde.'

'Ik zag ook een enorme ontwikkeling in het tekenen van de handen,' onderbrak Anton haar.

'In het begin, toen ik net begonnen was met tekenen, had ik wat problemen met de handen, ze werden te groot of ze leken allemaal te veel op elkaar, maar langzamerhand slaagde ik erin ze beter te tekenen.'

'Waarom hebben sommige schilderijen wel een handtekening en andere niet?'

'Omdat ik tijdens mijn verblijf in Spanje geen enkel werk signeerde. Men zag niet graag dat een dame van mijn stand zich daartoe verlaagde. Daarvóór signeerde ik ze wel, en toen ik teruggekeerd was naar Italië ging ik het opnieuw doen, want toen hoefde ik me niet meer te onderwerpen aan de verplichtingen van het hof.'

'Denkt u dat ze u gekopieerd hebben? Ik bedoel, denkt u dat iemand zich geïnspireerd voelde door een van uw portretten en het daarom naschilderde?'

'Natuurlijk. Het was heel gebruikelijk om dat te doen. Men moest wel replica's maken, maar dat was niet iets slechts. De redenen waren heel simpel: er moest voldaan worden aan de enorme vraag naar portretten van de koninklijke familie. Zij poseerden alleen maar voor de hofschilder, of officiële schilder, die de enige was die het privilege genoot om hen naar het leven te mogen schilderen, terwijl de anderen genoegen moesten nemen met het maken van kopieën, hoewel ze zich wel permitteerden de kleding te veranderen ten opzichte van het origineel of de positie van de handen. Maar het gelaat was altijd hetzelfde, exact gereproduceerd. Ongetwijfeld herinnert u zich dat ik u dat al eerder verteld heb. Juist het feit dat ik het privilege had om ze naar het leven te schilderen, schiep enig misverstand tussen mij en Sánchez Coello. Hij vond dat ik me op een terrein begaf dat uitsluitend van hem was, wat voor een deel echt zo was, maar ik kon me niet onttrekken aan een opdracht die door de vorsten direct aan mij werd gegeven.'

'Had u helpers?'

Sofonisba liet een van haar lachjes horen.

'Helpers? Nee hoor. Ik was geen schilderes. Ik was een hofdame die zich vermaakte met schilderen. Men zou het niet begrepen hebben als ik helpers had gehad, maar ik moet zeggen dat ik die, op zijn minst voor het prepareren van de doeken en de verf, heel goed had kunnen gebruiken.'

'Daarom had u geen tijd om kopieën van schilderijen van anderen te maken...'

'Inderdaad niet, en bovendien zou dat ook wel heel gek geweest zijn. Maar het had zijn goede kanten, omdat de kwaliteit van mijn productie toenam, maar het aantal originelen kleiner werd.'

'Omdat u zo gewaardeerd werd, moest u wel een serieuze concurrente voor de andere schilders aan het hof zijn. Hoe ging u daarmee om? Denkt u dat iemand u imiteerde?'

'Natuurlijk hebben ze me geïmiteerd, en zelfs behoorlijk goed, zo goed dat onervaren lieden erin vlogen, maar dat is nooit een probleem geweest, zoals ik u eerder gezegd heb, omdat het een wijdverbreide gewoonte was en totaal niet afkeurenswaardig. Wat betreft de concurrentie voor de overige schilders aan het hof, ik geloof niet dat u dat zo moet opvatten. Natuurlijk was er wedijver tussen de verschillende mannelijke schilders aan het hof, maar er was voldoende werk voor allen. Wat ze niet konden accepteren, en wat ze me in zekere zin niet vergeven hebben, is dat ik een vrouw was.'

Aan het eind van het bezoek, toen ze in gedachten haar schilderijen nog eens naging, kon Sofonisba niet laten aan haar geheim te denken. Ze zou graag iets toegevoegd hebben, hem gezegd hebben dat schilderijen soms een eigen leven leiden waar iemand zich zelfs geen voorstelling van kan maken, dat ze geheimen met zich meedragen die moeilijk te delen zijn, maar op het laatste moment bedacht ze zich. Ze had vele jaren gezwegen, het was niet raadzaam nu te praten. Een woord te veel zou argwaan kunnen wekken zonder dat het nodig was. Helaas was haar geheim haar zaak.

Ze zou het prettig gevonden hebben hem te vertellen hoe een van haar schilderijen, een niet gesigneerd exemplaar, gedurende jaren een geheim had verborgen. Gewoon, als zomaar een willekeurige anekdote. Maar dat risico kon ze niet nemen. Ze vroeg zich zelfs na zo veel jaren nog af of ze er goed aan had gedaan om de beslissing te nemen die ze had genomen. In ieder geval was het nu te laat om het ongedaan te maken, en ze moest leven met haar angst.

18

De twee mannen gingen het paleis binnen door een dienstingang aan de achterkant, nadat ze zich ervan verzekerd hadden dat niemand hen in de gaten had. Ze waren bang verrast te worden door een verklikker. Het volumineuze, zorgvuldig in een laken gewikkelde schilderij zou hen verraden. Ieder die hen zag wist meteen wat zij vervoerden.

Hun instructies waren heel nauwkeurig. Niemand mocht ook maar vermoeden dat dat schilderij uit het koninklijk paleis gehaald was. Als iemand gemerkt zou hebben dat het ontvreemd was en alarm geslagen had, dan zou dat een enorm schandaal hebben ontketend. In werkelijkheid hadden ze slechts enkele honderden meters afgelegd, want degene die hun opgedragen had het schilderij te stelen woonde bijna tegenover het Alcázar, de residentie van het koningspaar in Madrid.

De bediende die de deur voor hen had opengedaan waarschuwde meteen zijn bazin dat de twee mannen er waren. Zij zat met ongeduld op hen te wachten.

Het waren haar instructies geweest om het schilderij te ontvreemden uit het atelier van de Italiaanse schilderes, Sofonisba Anguissola, en het heimelijk naar haar huis te brengen. Ze wist dat ze een gevaarlijk spel speelde, een riskante daad door de gevolgen die het met zich mee zou brengen als het ontdekt werd, maar deze vrouw hield ervan om met vuur te spelen. Ze amuseerde zich alleen maar als ze de spot kon drijven met de regels. En hiermee provoceerde ze regelrecht de hoogste autoriteit. Om de grap nog spannender te maken, had ze Filips II in hoogsteigen persoon uitgedaagd. Ze had nog een appeltje met hem te schillen, sinds hij haar praktisch gedwongen had in huis opgesloten te zitten.

Ze wist heel goed hoe zwaar de gevolgen zouden zijn voor de aanstichter en voor de uitvoerders van de diefstal als deze ontdekt zou worden, maar ze had de verleiding niet kunnen weerstaan. Een grap uithalen met het koninklijk gezag kon haar heel duur komen te staan, maar het was een deel van haar niet te temmen karakter. In haar huis waren de provocaties aan de orde van de dag. Hoeveel raadgevingen en waarschuwingen men haar ook gaf, altijd deed ze wat ze wilde en wat haar goed leek, ook al betekende dat dat ze de vorst tartte.

Het begeerde voorwerp was eindelijk in haar bezit. Eindelijk kon ze op haar gemak het schilderij bekijken dat de koning besteld had bij die Italiaanse en dat zelfs de koning niet mocht zien, zoals men aan het hof rondvertelde; het nieuwtje dat de schilderes de koninklijke wens met kracht had afgewezen was als een lopend vuurtje door het paleis gegaan. Men had het nergens anders over.

Het was precies die weigering geweest waardoor ze de uitdaging niet had kunnen weerstaan. Als zelfs de koning het portret van zijn vrouw niet had mogen zien, nou, dan kon zij dat wel. Was de reactie van de Italiaanse alleen maar een gril geweest of leverde het ondubbelzinnig het bewijs dat het een vrouw met een ijzersterk karakter was? Ze neigde naar de tweede mogelijkheid en dat was voldoende om haar bewondering te wekken.

Doña Ana de Mendoza y la Cerda, prinses van Éboli, zette het schilderij tegen een muur in het volle licht. Ze liet het laken er afhalen en ze deed een paar passen naar achteren om het beter te kunnen bewonderen. Ze stond stomverbaasd. Het portret van koningin Isabel was eenvoudigweg prachtig. Ze had nog nooit een portret gezien dat de werkelijkheid zo nauwkeurig en getrouw nabootste. De koningin leek haast te leven op het doek.

Zij, Ana van Mendoza, was bevoorrecht. Zij had, hopelijk zonder dat iemand het gemerkt had, uit de vertrekken van Sofonisba Anguissola een werk laten halen dat niemand behalve de maakster nog bewonderd had. En het was werkelijk een meesterwerk.

Het was niet haar bedoeling het achter te houden en helemaal niet om het zich toe te eigenen. Integendeel, ze wilde dat het teruggebracht werd naar de rechtmatige eigenares voordat die het miste. Het laatste wat ze zou willen was die vrouw, die ze niet eens kende, maar die wel haar hoogachting verdiende, ergeren.

Bovendien, als ongelukkigerwijs ontdekt zou worden dat zij achter die 'tijdelijke ontvreemding' zat en als men bovendien ook nog te weten kwam dat het schilderij naar haar huis gebracht was, dan zouden de gevolgen van haar bravourestukje wel eens heel onaangenaam kunnen zijn. Ze had al genoeg kopzorgen door haar tweeslachtige relatie met de koning om er nog meer aan toe te voegen. Ze had hier al wel over nagedacht voor ze de beslissing nam. Ze wist dat het verboden was en niet goed te praten, maar de verleiding en de nieuwsgierigheid waren sterker geweest dan haar gezonde verstand.

Het schilderij intrigeerde haar te veel. Ze had er herhaaldelijk over horen praten door bevriende hovelingen. Sommigen kletsten maar wat, anderen bezwoeren haar dat zelfs de koningin het niet had mogen zien. De beslissing van de kunstenares om het aan niemand te laten zien voor het af was, verbaasde iedereen. Maar zij was de prinses van Éboli, een van de machtigste en invloedrijkste vrouwen van het koninkrijk. Als die jonge koningin niet genoeg tegen haar hofdame in gegaan was, dan zou zij, Ana van Mendoza, ze wel eens iets laten zien. Ze was gewend om alles te krijgen wat ze wilde en ze wist welke middelen ze moest gebruiken om haar zin te krijgen. Niemand zou in staat zijn geweest haar tegen te houden en zij wilde dat schilderij zien voor de koningin en voor de koning. Een vernedering voor de vorsten, ook al was zij de enige die ervan wist, maar alleen op die manier kon ze haar buitensporige ijdelheid bevredigen.

Het was ook een kleine persoonlijke revanche op de jonge vorstin, omdat zij haar niet had toegelaten tot de kring van haar vertrouwelingen. Ze had geen idee dat juist Isabel de Valois aan de koning gevraagd had de prinses van het hof te verwijderen, omdat ze haar trots en arrogantie niet verdroeg.

Ana van Mendoza had zich voorgenomen om met niemand te praten over haar afkeurenswaardige daad om als eerste het schilderij van de Italiaanse te zien. Niemand mocht het weten, hoewel het haar moeite kostte het geheim te houden. De kwestie was te ernstig. Het was nutteloos om onnodig risico te lopen. Het zou haar privégeheim zijn. Tenminste, dat hoopte ze.

Alleen al het feit dat ze erin geslaagd was haar gril door te zetten was een reden om trots te zijn. Voldoende om haar enorme ijdelheid tenminste voor een deel te bevredigen. Ze wilde het alleen maar zien, met haar eigen ogen – of beter gezegd met haar ene oog – vaststellen of alles wat ze over de nieuwe schilderes zeiden overeenkwam met de waarheid. Ana van Mendoza had als jong meisje een oog verloren bij een duel met schermen, een niet bepaald vrouwelijk tijdverdrijf, maar wel een waar ze een groot liefhebster van was. Sindsdien maakte het lapje op haar verminkte oog dat ze niet ongemerkt kon passeren. Voor haar was het iets waar ze trots op was.

Helaas was het schilderij niet af.

De japon ontbrak, die was nog nauwelijks geschetst, het was makkelijk voor te stellen hoe het zou zijn als het eenmaal voltooid was. Maar door wat ze met haar ene oog zag, was ze met stomheid geslagen. Het zeer mooie gelaat van de vorstin en haar handen waren zo natuurgetrouw dat ze van vlees en bloed leken. De prinses van Éboli voelde een vleugje jaloezie. Haar had nog nooit iemand zo getrouw afgebeeld. Wat een ironie. Tot nu toe had ze gedacht dat zij de beste schilders kende. Nu besefte ze dat er iemand was die haar onsterfelijk kon maken. Of in elk geval op het doek...

Ze moest die Italiaanse overhalen een portret van haar te maken.

Ze ging vlak voor het schilderij staan om de details te bestuderen. Het was werkelijk buitengewoon mooi. Anguissola was erin geslaagd om haar in al haar koninklijke waardigheid te laten zien. Het was volkomen duidelijk wie ze was, zelfs voor iemand die haar niet persoonlijk kende, omdat je, als je alleen maar naar het portret keek, je realiseerde dat je in de nabijheid van iemand van koninklijken bloede was. Voor degene die haar kende, toonde Isabel de Valois een frisheid die alleen de jeugd kan uitstralen. Haar blik was zachtmoedig, met een vleugje nauwelijks zichtbare autoriteit alsof de schilderes de komende generaties had willen herinneren aan de hoge positie van het model. Haar ogen straalden zo'n kracht uit dat het moeite kostte de blik van haar af te wenden. De handen waren uiterst delicaat uitgevoerd. Ze leken in de lucht te hangen, omdat er nog wat ontbrak aan het schilderij, waarschijnlijk de rugleuning van een stoel of iets dergelijks waarop ze kwamen te rusten. De prinses was woedend, omdat zij verbannen was naar haar paleis terwijl de rest hun mooiste gewaden kon laten zien, wat over anderen kon roddelen en opgaan in de kleine intriges die het hofleven zo aantrekkelijk maakten. Als zij daar geweest was, dan had ze met de schilderes kennis kunnen maken en haar een opdracht kunnen geven.

Ze zou wel een manier vinden om dat voor elkaar te krijgen.

Nu haar nieuwsgierigheid bevredigd was besloot ze, in een van haar zeldzame heldere momenten, het lot niet te tarten door haar gelukkige gesternte te overschatten. Het was beter dat het schilderij naar zijn plaats terugkeerde, voordat iemand merkte wat er gebeurd was.

Ze gaf daarvoor instructies en het schilderij ging snel terug naar het atelier van Sofonisba. Het was maar een paar uur weggeweest, de uren die noodzakelijk waren om een excentrieke, vervelde dame tevreden te stellen. Niettemin stoorde het de prinses dat zij de enige was die wist

van haar gemene streek. Hopelijk kon ze die opwindende kwajongens-
streek delen met een vriendin zodat ze zich achter de rug van de koning
konden verkneukelen, maar sinds hij haar naar haar eigen paleis verbannen had, waren er nog maar weinig vriendinnen overgebleven.

19

De eerste ontmoeting tussen Sofonisba Anguissola en meester Sánchez Coello was een perfect voorbeeld van de hypocrisie aan het hof. Het gebeurde plotseling, op initiatief van niemand minder dan de vorst, die niet vermoedde dat ze elkaar niet konden luchten of zien en dat het wederzijdse wantrouwen met de jaren alleen maar groter zou worden.

Filips II, die wel op de hoogte was van de verholen rivaliteit, ontstaan door de komst van een nieuwe schilderes naar het hof, besloot dat het moment gekomen was dat de twee kunstschilders officieel aan elkaar voorgesteld werden.

Sofonisba bekleedde al een aantal maanden de functie van hofdame van de koningin, en door een vreemde toevalligheid waren ze elkaar nog nooit tegen het lijf gelopen, maar alle twee waren ze volkomen op de hoogte van elkaars bestaan. Omdat ze onder hetzelfde dak woonden, leek het haast onmogelijk dat ze elkaar nog nooit ontmoet hadden, alsof de ene, wanneer die de aanwezigheid van de ander voorvoelde, een excuus vond om weg te gaan. Toch waren er vele gelegenheden geweest, vooral wanneer de officiële schilder naar de vertrekken van een van de vorsten werd geroepen om die te portretteren.

De ontmoeting vond plaats op een zondag. Tegen zes uur 's middags stormde de koning de kamer van de koningin binnen, terwijl zij daar alleen met Sofonisba was. Ze poseerde voor het beroemde levensgrote portret. Op verzoek van de kunstenares had de koningin haar andere hofdames weggestuurd, daar Sofonisba de kakofonie die deze produceerden als ze allemaal bij elkaar waren niet verdroeg. Het deed haar denken aan het rumoer in een kippenren en ze kon zich niet concentreren.

Filips II liep naar zijn vrouw om haar hand te kussen, terwijl hij haar gezelschapsdame met een hoofdknik begroette.

'Neemt u me niet kwalijk, mevrouw, dat ik niet eerder kon komen om

u te begroeten, maar mijn ministers hebben me de hele dag bezigge-
houden.'

Isabel de Valois glimlachte naar hem.

'Heer, ik ben uw toegewijde dienares. Uw bezoeken zijn me een eer op
elk moment van de dag.'

Het gezicht van Filips klaarde op. Zijn nieuwe echtgenote was echt
een juweel, zo jong en zo goed opgevoed. Heel anders dan de vorige,
Maria van Engeland. Zij zou zich beledigd gevoeld hebben als Filips
niet 's morgens vroeg verschenen was om zijn opwachting bij haar te
maken. Het was natuurlijk waar dat zij, toen ze trouwden, koningin
van Engeland was en Filips alleen maar prins van Spanje.

Hij gaf er de voorkeur aan niet meer aan dat afschuwelijke huwelijk
te denken, dat alleen maar om politieke redenen was gesloten. Hij was
er nooit in geslaagd om ook maar de minste sympathie voor haar te
voelen, maar dat vereisten de staatszaken gelukkig niet. Natuurlijk,
ook het huwelijk met Isabel de Valois was van staatswege opgelegd,
maar ondanks de jeugdige leeftijd van zijn nieuwe echtgenote – of
misschien juist daarom – functioneerde het huwelijk, daar zij niet alleen een toegewijde en gehoorzame vrouw was, maar hij in haar ook
de volmaakte metgezellin had gevonden voor een man van zijn positie.

Isabel had niet de hoogmoed van zijn vorige echtgenote, en met het
goede humeur dat ze altijd liet zien en haar gracieuze gebaren verrukte
ze iedereen die haar ontmoette. Hoe meer tijd er verstreek, hoe verlief-
der Filips op haar werd. In het openbaar vermeed hij zijn gevoelens te
tonen, maar allen wisten van de diepe genegenheid van de vorst voor
zijn jonge echtgenote.

De koning en de koningin spraken eerst over privézaken, en daarna
richtte Filips zijn aandacht op de hofdame. Tot op dat moment leek hij
zich niet bewust te zijn geweest van haar aanwezigheid, zo ging hij op
in het gesprek met de koningin, maar om niet onbeleefd te lijken beloonde hij haar met een glimlachje en een lichte hoofdknik.

'Goedemiddag, madame.' En toen de aanwezigheid van de schildersezel
tot hem doordrong, voegde hij er vriendelijk aan toe: 'Ik zie dat u zich
trouw wijdt aan de schilderkunst. Hebt u al kennisgemaakt met onze
hofschilder?'

Verrast probeerde Sofonisba erachter te komen of er enige ironie in de
stem van de monarch was, zodat ze adequaat kon reageren, maar aan
zijn gelaatsuitdrukking was duidelijk te zien dat hij geen grapje maak-

te. Hij probeerde alleen maar vriendelijk te zijn door zich voor haar te interesseren.

'Nee, Uwe Hoogheid,' antwoordde ze, niet op haar gemak. Ze wist niet of ze zich terug moest trekken om de koning en koningin alleen te laten, of daarvoor op een teken moest wachten.

'In dat geval is nu het moment gekomen. Ik heb net de meester in zijn studio achtergelaten. Hij werkt aan mijn portret.'

'Het zou een grote eer voor me zijn,' antwoordde de schilderes, in de war gebracht.

Sinds haar komst naar het Spaanse hof had Sánchez Coello nooit enige poging gedaan om haar een beleefdheidsbezoekje te brengen, en zelfs niet om met haar in contact te komen. Omdat hij een hogere positie bekleedde dan zij, vond Sofonisba dat het niet op haar weg lag de eerste stap te zetten, maar op die van Sánchez Coello. De meester had echter geen enkel levensteken gegeven. Integendeel, haar dienstmeisje had haar verteld dat de schilder zich weinig vleiend over haar had uitgelaten in het bijzijn van anderen. Het scheen dat hij het woord 'dilettante' had gebruikt als beoordeling van haar schilderkunst, zo vertelde dat dienstmeisje, dat er niet zelf bij was geweest, maar het weer van een ander dienstmeisje had. Ze had zich niet beledigd gevoeld, maar het had haar gesterkt in de mening dat zij niet de eerste stap moest zetten. Nu was de ontmoeting onvermijdelijk, daar de monarch zelf het verzocht. Sofonisba ging rustig zitten. Een kennismaking onder bescherming van de koning en in zijn eerbiedwaardige aanwezigheid was voor haar een garantie voor respect en waardering.

In werkelijkheid had Sofonisba er geen idee van dat Filips II, ook al deed hij alsof hij van niets wist, nauwkeurig door zijn medewerkers op de hoogte gebracht was van de protocollaire kwesties die een ontmoeting tussen beiden onmogelijk gemaakt had. Bovendien wist hij dat zijn favoriete schilder niet erg beleefd over haar had gesproken. De rang in aanmerking genomen, vond hij de houding van de hofdame volledig gerechtvaardigd. 'Kom mee,' zei de koning, 'we gaan de verloren tijd inhalen.'

Sofonisba begreep de verwijzing naar 'de verloren tijd inhalen' niet, maar ze was bereid om de koning te volgen. Voor ze zich verroerde, wierp ze een blik op de koningin om haar instemming te vragen. Ze kon niet weggaan zonder haar toestemming.

Isabel gaf die met een handgebaar.

'Ga maar, madame, ik geef u mijn toestemming,' sprak ze met vriendelijke stem en een brede glimlach.

Sofonisba maakte een diepe buiging voor haar en volgde de koning, die al bij de deur stond. Hij nam met een korte groet afscheid van zijn vrouw.

'Ik hoop dat ik vanavond met u kan dineren, madame,' vroeg hij haast fluisterend, terwijl hij zich omdraaide.

In de gang stond de secretaris die hem vergezeld had op hem te wachten. Filips gaf met een gebaar te kennen dat het niet het geschikte moment was om hem te storen en dat hij hem alleen moest laten. Met stevige pas vervolgde hij zijn weg naar de zuidvleugel; Sofonisba was daardoor gedwongen zich te haasten om niet achterop te raken. In haar hart was ze wel benieuwd naar de schilder. Het ging haar niet om de persoon, want daar had ze zich al een mening over gevormd – ook al was dat dan een vooroordeel – maar om de schilder. Ze wilde zijn werken van dichtbij zien en de omgeving waarin hij werkte. Na afloop van haar studie had ze weinig gelegenheid gehad om de ateliers van andere kunstschilders te bezoeken en ze vond het vervelend dat ze niet wat meer contact met collega's had.

Na een tocht die Sofonisba heel kort leek kwamen ze bij het atelier van Sánchez Coello. Ze bedacht dat het wel ironisch was: ze waren slechts door een paar meter gescheiden, maar het gebrek aan communicatie had die belachelijk korte afstand onoverbrugbaar gemaakt.

De vertrekken van de meester bestonden uit twee aangrenzende kamers. In de eerste werkten zijn assistenten, die nu met hun taken bezig waren, terwijl het tweede vertrek alleen voor de meester was. Toen de koning passeerde, bogen de assistenten diep, terwijl ze steelse blikken wierpen op de elegante dame die achter hem aan kwam. Ze wisten precies wie ze was. Ze waren erbij geweest toen de meester zo zuur over haar sprak en hij haar zogenaamde kunst belachelijk maakte. Daarom waren ze tamelijk verbaasd toen ze haar zagen verschijnen. Betekende het dat ze geklaagd had over de praatjes die de meester over haar verspreidde, dat ze hier in gezelschap van de koning kwam? Had Filips II besloten een einde aan die praatjes te maken? Als dat inderdaad het geval was en Sánchez Coello een berisping van de vorst kreeg, dan zou hij de hele dag onuitstaanbaar zijn.

Sánchez Coello liet zien dat hij wel een beetje diplomatisch talent had, toen hij de 'dilettante' ontving. Zijn assistenten hadden niet de tijd om hem te waarschuwen dat er bezoek kwam, omdat Filips II meteen door de eerste kamer heen gelopen was. Sánchez Coello was verbaasd dat de koning enige minuten na zijn eerste bezoek alweer terug was, hij dacht dat hij hem nog iets wilde zeggen, maar toen merkte hij de Italiaanse op achter de koning. Ze was jonger en zag er aardiger uit dan hij gedacht had. In tegenstelling tot hoe hij zich haar had voorgesteld, was het niet typisch een Italiaanse, met zwart haar en donkere ogen, maar blond met blauwe ogen. Ze leek meer iemand uit het noorden dan een Italiaanse. Ze bewoog zich sierlijk. Geen twijfel aan, hij was in het gezelschap van een echte dame.

Hij was eerder verwonderd dan verrast. Even dacht hij dat hij de subtiele strijd met die dame gewonnen had. Zijn trots was geheel bevredigd omdat zij de eerste stap gezet had.

Maar zijn tevredenheid duurde maar kort. Al uit de eerste woorden van de koning maakte hij op dat het onverwachte bezoek van de schilderes zijn initiatief was geweest en niet dat van haar. Hij deed daarom beleefd – hij kon niet anders – en liet de beminnelijkste kant van zijn karakter zien, door haar welkom te heten met een hartelijkheid die Sofonisba overdreven vond. Zij twijfelde niet aan de reden van zo veel beminnelijkheid: de aanwezigheid van de koning, niet het feit dat hij haar sympathiek zou vinden. Ze vertrouwde die man voor geen cent. Zijn blik beviel haar niet. Hij observeerde haar op een irritante manier van top tot teen. Zijn zoetsappige woorden waren eerder bedoeld om de vorst te behagen dan om haar voor zich te winnen. Nu ze hem persoonlijk ontmoette, werd haar beeld van hem bevestigd.

Na hen aan elkaar voorgesteld te hebben, voerde Filips II dringende afspraken aan als reden om zich te excuseren en hij liet hen alleen.

Hij had die list verzonnen om een einde te maken aan de stille, onzinnige oorlog die hen beiden op een afstand hield. Het was dan wel waar dat de Italiaanse geen woord had gezegd, maar de minachting die zijn hofschilder tentoonspreidde was niet mis te verstaan. Sinds haar komst had hij haar genegeerd. Nu ze dan eindelijk tegenover elkaar stonden, moesten ze het zelf maar regelen. Zich terugtrekken vond hij de beste tactiek om de twee met elkaar te laten praten.

Een ogenblik heerste er nerveuze verwarring. In de lucht zat de spanning van de stille verwijten die zich de laatste weken hadden opgehoopt. Sofonisba begreep dat ze iets moest zeggen, anders zou de koude oorlog tussen hen definitief zijn. Een te lang durende stilte kon het onbehagen dat beiden voelden versterken.

'Waar werkt u op het ogenblik aan, meester?' vroeg ze hem om het ijs te breken.

Sánchez Coello was verbaasd dat ze gebleven was. Hij dacht dat ze de aftocht van de koning als excuus zou aangrijpen om hem te volgen. In zekere zin had hij dat liever gewild. Voor hem was het voorstellen afgelopen. Daarentegen was zij onverschrokken gebleven, terwijl ze hem met haar grote blauwe ogen aankeek, alsof zij hem tartte vanuit haar positie als hofdame. Hij voelde zich in het nauw gedreven; er bleef hem geen andere weg dan het spel met haar mee te spelen en zich vriendelijk voor te doen. Hij besloot hartelijk over te komen, en met zijn gewone poeslieve stem, zijn tanden op elkaar, liet hij zich op vertrouwelijke toon ontvallen: 'Zijne Hoogheid heeft me een nieuw portret gevraagd. Hij wil het aan de Heilige Vader schenken, die de wens geuit heeft een recent portret te ontvangen. Wat hij heeft, is al van een aantal jaren geleden en is niet door mij geschilderd.'

Die laatste woorden sprak hij uit alsof hij daarmee wilde suggereren dat zijn talent over de hele wereld erkend werd – zelfs Rome had een werk van hem gevraagd.

'Ah, ja,' sprak zij raadselachtig. 'Wat een toeval...' Ze liet enige seconden voorbijgaan voor ze verderging: 'De Hoogste Pontifex moet een groot liefhebber van de schilderkunst zijn, omdat hij mij persoonlijk heeft geschreven en me om een schilderij van mijzelf gevraagd heeft.'

'Nee maar!' riep Sánchez Coello uit met geveinsde belangstelling. Hij geloofde er geen woord van, maar hij wilde weten hoe ver die jongedame kon gaan met liegen. Het zou kinderspel zijn haar te ontmaskeren en in een kwaad daglicht te stellen. 'En mag men weten van wie zijne heiligheid een portret wenst, misschien van Hare Majesteit de Koningin?'

Sofonisba deed net alsof ze de vraag niet hoorde. Sánchez Coello keek haar wachtend op het antwoord, onderzoekend aan. Zij deed net alsof ze zich interesseerde voor een briefopener van zilver die op de schrijftafel van de meester lag. Ze pakte hem en bekeek hem nauwkeurig voor ze hem weer op zijn plaats teruglegde. Pas toen liet ze zich ontvallen, waarbij ze elk woord een beetje gewichtig uitsprak: 'De Heilige Vader wil niet nog een portret van de koningin. Dat heb ik al geschilderd. Het verzoek is persoonlijker: hij zou het prettig vinden een zelfportret van mij te krijgen.'

Zo onverschillig als ze maar kon, liet ze even haar blik rusten op het verbijsterde gezicht van Sánchez Coello en keek in zijn ogen, hopend op een reactie. Ze wilde zien of ze doel getroffen had.

Inderdaad was de verwaande schilder met stomheid geslagen. Hij was versuft door de schok. Hij dacht dat hij op haar indruk had gemaakt met zijn arrogantie, maar zij, daarentegen, had hém versteld doen staan. Het lukte hem om uiteindelijk 'Interessant' te stamelen, met een geforceerd glimlachje op zijn lippen. 'U moet wel trots zijn door die eer...' 'Nou en of,' antwoordde ze, zonder gewichtig te doen. 'Wie zou dat niet zijn?'

Sofonisba begreep dat het moment gekomen was om zich terug te trekken. Na hun eerste ontmoeting stonden ze quitte. Sánchez Coello had dan de eerste 'slag' gewonnen door haar dankzij de onverwachte medeplichtigheid van de vorst te dwingen naar zijn atelier te komen, zij had met haar onthulling de stand weer gelijkgemaakt. Inderdaad had het verzoek van de Hoogste Pontifex de schilder verstomd doen staan. Dat betekende dat ze zo veel bekendheid had dat zelfs de paus benieuwd was haar te leren kennen, ook al was het dan door middel van een schilderij. Waarschijnlijk had hij haar als ze in Italië geweest zou zijn op audiëntie ontvangen.

Ze namen vriendelijk, maar met een koele ondertoon, afscheid van elkaar. Sofonisba schreed als een koningin het atelier uit, onder de stomverbaasde blik van de assistenten. Door de open deur hadden ze het hele gesprek kunnen volgen, zonder dat een woord hun ontgaan was. Ze hadden gedacht dat de meester zich zou wreken op de 'dilettante', door haar op haar plaats te zetten, maar in plaats daarvan had zij hem verrast met een onvoorziene wending van het gesprek. Ze liep langs hen heen en vereerde hen met een beminnelijke glimlach en zonder nog een woord verliet ze de werkplaats. Ze ging terug naar de vertrekken van de vorstin. Isabel zat op haar te wachten, nieuwsgierig naar hoe de ontmoeting geweest was. Sofonisba was niet van plan haar alles te vertellen. Met een paar welgekozen woorden wilde ze antwoord geven. Ze vertrouwde de koningin, maar ze vreesde dat ze in haar jeugdige argeloosheid iets te veel zou zeggen in een gesprek met haar echtgenoot en Sofonisba wilde geen nieuwe spanning. Kort en goed, de ontmoeting was goed gegaan en die indruk wilde ze overbrengen. Er werd al genoeg gepraat over de rivaliteit met de schilder, zonder dat zij dat nog eens behoefde te voeden met haar opmerkingen.

Op de terugweg cirkelden haar gedachten steeds rond de ontmoeting. Die man beviel haar niet. Uit zijn gedrag maakte ze op dat het hem moeite kostte te verbergen dat hij zich ver verheven voelde boven een vrouw die pretendeerde hem te imiteren met haar buitenissige interesse voor de schilderkunst. Hoewel hij nog nooit een schilderij van haar had gezien, was Sánchez Coello ervan overtuigd dat je de vaardigheid van een vrouw nooit kon vergelijken met de zijne. Was hij niet de officiële hofschilder?

Zodra Sofonisba vertrokken was, sloot hij zich woedend in zijn atelier op. Hij wilde met niemand praten en met een snauw gaf hij een assistent antwoord die hem iets kwam vragen. Hij moest alleen zijn om te kunnen nadenken.

Het was dus waar wat ze zeiden. De paus had een portret van haar gevraagd. Het gerucht circuleerde en zij had het zojuist bevestigd. Om uit je vel te springen. Hoe was het mogelijk dat een vrouw het zo ver bracht? Ook al kende hij haar werk niet, hij zou haar nooit de voldoening hebben gegeven dat hij haar vroeg hem een schilderij te laten zien. Hij was er zeker van dat ze, hoe goed ze ook schilderde, nooit zijn niveau kon bereiken. Ze zou altijd een amateur blijven. Maar hij kon het niet verdragen dat de paus haar om een zelfportret had gevraagd. Hij veronderstelde dat Sofonisba invloedrijke vrienden had die haar steunden en aanprezen. Hoe had ze anders aan het hof kunnen komen met een aureool van groot schilderes en een naam die maakte dat ze opdrachten kreeg van prinsen en koningen en nu van de Heilige Vader in hoogsteigen persoon? Het was ongehoord.

Hij wist van haar vriendschap met Vasari. Een bekende van hem die wist hoe lichtgeraakt hij was had hem om hem te treiteren verteld dat Anguissola zo beroemd in Italië was, en dat ze vrienden in de hogere kringen had. Om die reden dacht hij dat het Vasari zelf geweest was die een goed woordje voor haar had gedaan bij de paus zodat deze een schilderij bij haar bestelde.

Ondanks alles was er iets wat hij niet begreep. Hoe goed ze ook was, en dat viel nog te bezien, en wat voor goede contacten ze ook had, en dat nam hij graag aan, ze was een vrouw. Het was ongehoord dat een vrouw gevraagd werd voor het werk dat hij deed.

Hij had vele jaren hard aan zijn toekomst gewerkt voor hij deze post kreeg. Ook al was hij de officiële hofschilder, hij kreeg buiten de opdrachten van de koning er nooit een van een ander hof in het buitenland, en helemaal niet van de paus. Toen hij beweerde dat hij het portret van Filips II maakte op verzoek van de Hoogste Pontifex had hij gelogen. In werkelijkheid was het een opdracht van Filips zelf, die van plan was het aan de paus te schenken.

En wat als deze Italiaanse een spionne was, naar het Spaanse hof gestuurd om informatie te bemachtigen? Dat zou al de bescherming die ze kreeg verklaren en bovendien nog een hoop andere zaken. Vanuit haar bevoorrechte positie was zij in staat informatie uit de eerste hand te verkrijgen en door te geven aan haar superieuren.

Hij zou haar in de gaten laten houden. Als hij kon aantonen dat de Italiaanse verdachte personen ontmoette, dan zouden haar dagen aan het hof geteld zijn. Ze zouden haar gevangenzetten en hij hoefde niet de gunst van de koning met haar te delen.

Sánchez Coello was tevreden over zijn gevolgtrekkingen. Misschien had hij eindelijk de methode gevonden om van haar af te komen.

Met zichzelf ingenomen ging hij weer aan het werk.

20

Wat Sofonisba tegen Sánchez Coello had gezegd was geen bluf. Paus Pius IV had inderdaad een persoonlijke brief aan haar doen toekomen, waarin hij haar zijn zegen stuurde en haar dat ongewone verzoek deed. De brief had ze gekregen via de aartsbisschop van Milaan, die zij tijdens een kort verblijf in die stad voor haar vertrek naar Spanje had leren kennen. Pius IV kleedde het in als een nederige wens, hij had haar geschreven dat hij heel tevreden zou zijn als hij een portret van haar mocht ontvangen; zo leek het geen eis, maar de uitdrukking van een nederige wens. Maar het verbazingwekkendste was dat hij een zelfportret wilde. De Heilige Vader gaf als reden voor dit ongebruikelijke verzoek dat hij zo kennis met haar kon maken, nadat hij al heel complimenteus over haar had horen praten. Hij voegde er nog aan toe dat hij hoopte haar persoonlijk te ontvangen, wanneer zij, vrij van verplichtingen, naar Italië zou terugkeren.

Het was een regelrechte uitnodiging.

Sofonisba voelde zich zeer trots dat een dergelijke eer haar ten deel viel. De Heilige Vader vroeg haar niet alleen om een portret, hij wilde haar ook persoonlijk leren kennen. Enige dagen daarna had ze weer een brief ontvangen, deze keer van haar vriend Giorgio Vasari, die haar vertelde dat hij in het Vaticaan was op de dag dat een portret van de hertog van Mantua arriveerde dat door haar geschilderd was en dat Pius IV onder de indruk was van de volmaakte wijze waarop ze de gelaatstrekken van de hertog had weergegeven. Na informatie over de kunstenaar ingewonnen te hebben, was hij verbaasd te ontdekken dat deze een vrouw was. Hij wilde meer weten en Vasari vertelde hem alles wat hij over haar wist. Pius IV was getroffen en hij wilde haar ten koste van alles leren kennen. Voor Sofonisba was de belangstelling van de paus voor haar persoon iets om heel trots op te zijn. Ze ging meteen werken aan het schilderij dat ze aan de paus zou schenken.

Ze ging te werk zoals altijd: eerst lang nadenken over hoe ze zichzelf zou afbeelden. Met de grootst mogelijke zorgvuldigheid koos ze alle details uit, zoals haar kapsel, kleding en de omgeving die als achtergrond zou dienen. Gezien de belangrijkheid van de ontvanger was het essentieel dat ze aan elk detail, hoe klein ook, gedacht had en dat het eindresultaat de paus zou bevallen. Door de grote eerbied die de ontvanger op moreel gebied inboezemde, kon de achtergrond niet frivool zijn of vatbaar voor een verkeerde interpretatie. Ze moest een werk maken dat bij de gelegenheid paste.

's Nachts begon ze er in het geheim aan. Ze was bang dat als de koning of de koningin hoorde hoe zij haar vrije tijd gebruikte, ze dan beledigd zouden zijn, omdat ze misschien dachten dat ze meer tijd en energie wijdde aan het zelfportret dan aan het werk dat zij haar pas hadden opgedragen. Dat gewetensbezwaar was ongegrond, want noch Isabel noch Filips koesterde dergelijke gedachten. Integendeel, omdat Filips II heel tevreden was met het eerste schilderij van Sofonisba had hij haar opdracht gegeven voor een serie portretten, onder andere van een van zijn kinderen, don Carlos, en van een neefje van hem, Sebastiaan van Portugal. Zij wist heel goed dat er al over gepraat werd dat zij 's nachts werkte en dat men het vroeg of laat zou weten, maar op het moment had ze liever dat het nog niet algemeen bekend was. Op die manier vermeed ze de druk van de omgeving, die de neiging had te vragen hoe haar werk vorderde.

Het was een verplichting die haar dwong dubbel zo hard te werken en weinig te slapen, maar ze spande zich liever van tevoren tot het uiterste in dan eventueel een terechtwijzing te krijgen. Ze was niet iemand die om persoonlijke aangelegenheden te weinig tijd aan haar verplichtingen besteedde.

Nee, zij beknibbelde juist op haar zo verdiende en onontbeerlijke nachtrust door onverdroten aan haar zelfportret te werken. Dikwijls werd het heel laat als ze nog een detail dat haar dwarszat wilde verbeteren.

Liever schilderde ze bij daglicht, maar dat was haast nooit mogelijk voor haar. Als ze na een hele dag hard werken vermoeid terugkeerde, probeerde ze nog voor een laatste keer een detail van het zelfportret te perfectioneren, ook al wilde ze alleen nog maar slapen en alles vergeten. Steevast bleef ze dan een groot deel van de nacht doorwerken. Als ze met schilderen begon, vergat ze haar vermoeidheid en verloor ze het besef van tijd. Meer dan eens was ze midden in de nacht wakker geworden met alle kaarsen nog brandend en dezelfde kleren aan die ze de hele dag aan had gehad en met het penseel in haar hand. Dan sleepte ze zich naar haar bed, legde zich zonder zich uit te kleden te rusten en viel in een diepe slaap.

De avonden dat ze zo laat terugkwam dat ze er zelfs niet meer aan dacht nog iets te doen, ging ze snel naar bed en stond bij het ochtendgloren weer op om zich ten minste een paar uur aan het schilderij te kunnen wijden. Ze schilderde het liefst bij ochtendlicht.

Om het probleem voor het onderwerp van het 'schilderij voor de paus', zoals ze het in het geheim noemde, op te lossen had ze na lang nadenken besloten zichzelf af te beelden als wat ze was: een schilderes. Dat was een gedurfde pose voor een dame van haar stand, maar ze wilde duidelijk uitkomen voor haar keuze artiest te zijn. Haar bovenlijf zou het hele middengedeelte vullen, maar iets meer naar rechts. Ze zou zichzelf afbeelden terwijl ze een religieuze voorstelling schilderde, een detail dat de illustere ontvanger zeker zou behagen. Voor dit 'schilderij in een schilderij' had ze een Maria met kind uitgezocht, omdat ze dat het meest geschikt vond.

Op een dag in mei, voor ze met de nachtelijke sessies begon, had ze het onderwerp met zwart potlood geschetst. De koningin had haar onverwachts een dagje vrij gegeven omdat ze persoonlijke verplichtingen had, waardoor Sofonisba niet hoefde te komen. Met een paar vrije uren voor de boeg had ze voldoende tijd om een schets te maken van wat ze in haar hoofd had, waardoor ze zich niet meer zo gespannen voelde. Het was belangrijk om van het begin af aan de juiste afmetingen te vinden, precisiewerk dat tijd vereiste.

Tegen de middag was ze tevreden over het resultaat. Ze had voor elkaar gekregen wat ze wilde: op het doek zetten wat in haar geest rondwaarde. Het schilderij was nog nauwelijks geschetst, daarom vond ze het niet nodig het te verbergen. In die fase deed het er niet toe of iemand het zag. De enige die toegang tot haar kamer had was haar eigen dienstmeisje, Maria Sciacca, en het gaf niet dat zij het werk van haar mevrouw zag. Ze zou er tenslotte toch niets van hebben begrepen.

Maria Sciacca was betrouwbaar. Ze had haar uit Italië meegenomen. Ze had niets te vrezen.

21

'Je hoeft geen bepaalde leeftijd te hebben om in je eigen gesternte te geloven,' liet Sofonisba zich ontsnappen.

'Wat zegt u?' vroeg Anton, in de war gebracht. Nu en dan verbaasde Sofonisba hem met zinnen die niet ter zake deden. Waarschijnlijk dwaalden haar gedachten voortdurend af en zei ze dan waar ze op dat moment aan dacht.

'Ik heb altijd in mijn goede gesternte geloofd,' ging ze verder. 'Het lot heeft verschillende malen aan mijn deur geklopt en mij de kans gegeven belangrijke mensen te leren kennen, maar nooit was dat zo duidelijk als die keer toen ze me voorstelden naar Spanje te gaan.'

'Wilde u van iets wegvluchten?'

'Je hoeft niet altijd te vluchten als je vertrekt. Soms is het omdat je iets zoekt. Wat zoekt u?'

De vraag verraste Anton. Het was een indiscrete vraag. Hij bloosde licht. Inderdaad, wat zocht hij in werkelijkheid? Werd hij alleen maar gedreven door nieuwsgierigheid? Hij glimlachte zonder antwoord te geven, terwijl hij in haar blik de bevestiging zocht dat zij door haar slechtziendheid niet kon zien dat hij een moment van zijn stuk was gebracht. Het gebrekkige gezichtsvermogen van de oude dame was soms even zijn bondgenoot en dat stelde hem gerust.

Hij vond het geen leuk idee om betrapt te worden op blozen bij zo'n simpele vraag.

'Het is niet altijd wat het lijkt,' voegde ze eraan toe. 'Men moet ook met andermans ogen kunnen kijken. Om mijn essentie te begrijpen, moet je die met mijn ogen kunnen bekijken.'

'Dat is waar,' gaf hij toe. 'Om kort te gaan, bent u gelukkig geweest?' kaatste hij de bal plotseling terug.

'Ik klaag niet. Het is het niet erg waarschijnlijk dat ik zo veel voordelen had gehad en een rooskleurige financiële positie bereikt had, als ik in Italië was gebleven.'

'Bedoelt u dat ze u als hofdame goed betaalden? Want als ze u niet betaalden voor uw schilderijen...'

'Zeker. Maar daar kwam het niet alleen door, want hoeveel geld je ook krijgt, het zal nooit voldoende zijn om daar de rest van je leven mee te doen. Het is mijn geluk geweest dat ik in het testament van de koningin stond. Isabel liet me als dank voor de door mij bewezen diensten drieduizend dukaten na en een levenslang pensioen van tweehonderd dukaten, dat betaald moest worden uit de belasting op de wijn uit Cremona. Voor die tijd was dat een fortuin.'

'Keerde u na de dood van de koningin terug naar Italië?'

'Nee, ook al zou dat normaal geweest zijn, maar het lot besliste anders. Isabel had twee kinderen uit haar huwelijk met Filips II. Isabel Clara Eugenia en Catharina Michaela. De eerste, Isabel Clara Eugenia, werd geboren uit de tweede zwangerschap van de koningin. Twee jaar daarvoor had ze een miskraam met vier maanden. Het was een tweeling. De toestand van de koningin was heel slecht. Men vreesde voor haar leven, de artsen hadden zelfs geen hoop meer dat ze haar nog konden redden. Gelukkig purgeerde een arts haar en ze slaagde erin in leven te blijven. Na deze eerste tegenslag had de Kroon erfgenamen nodig. Men deed zijn uiterste best ervoor te zorgen dat ze ondanks haar zwakke gezondheid opnieuw zwanger werd. Uit Saint-Denis in Frankrijk werden zelfs de resten van Sint Eugenio de Martelaar, de eerste bisschop van Parijs, naar Toledo gehaald, waar ze bewaard werden. Men verzekerde dat ze onvruchtbaarheid van vrouwen genazen. Isabel bad veel tot de heilige en haar smeekbeden werden ten slotte verhoord, omdat ze in december 1565 aankondigde dat ze opnieuw in blijde verwachting was. Ze was op de rand van wanhoop, omdat haar echtgenoot een minnares had genomen, een zekere Eufrasia de Guzmán, hofdame van prinses Juana, wat Isabel op trieste wijze herinnerde aan de verhouding van haar vader met Diana de Poitiers. Maar Filips bezat gezond verstand en hij gaf deze relatie snel op. Toen werd dus Isabel Clara Eugenia geboren. Ze werd Isabel gedoopt ter ere van haar moeder, Clara, omdat ze op de naamdag van die heilige werd geboren, en Eugenia naar de heilige die zijn belofte had waargemaakt en haar smeekbeden verhoord had. Ik herinner me nog dat de koningin na de bevalling zei: 'God zij dank, bevallen is toch niet zo moeilijk als ik vreesde.' De arme ziel had geen idee dat juist een bevalling haar einde zou betekenen.

'Na de geboorte van Isabel Clara Eugenia gedroeg Filips zich voorbeeldig. Hij was heel lief voor zijn vrouw. Het was heel bijzonder dat hij bij de bevalling aanwezig was geweest. De hele tijd had hij de hand van de koningin vastgehouden en geprobeerd haar naar beste weten te helpen. Hij was zo geestdriftig over de geboorte van zijn dochter dat hij haar zelf naar het doopvont wilde brengen. Daarom oefende hij voortdurend in zijn kamer met een pop die hij speciaal daarvoor besteld had. Maar uiteindelijk koos hij zijn broer Jan van Oostenrijk uit om het prinsesje ten doop te houden. Het volgende jaar zou er weer een meisje geboren worden, Catharina Michaela. Ze werd Catharina genoemd ter ere van haar grootmoeder en Michaela omdat het de naamdag van die heilige was. Weer ging het heel slecht met de koningin, ze had hoge koorts. Men dacht dat dat kwam omdat ze weinig moedermelk had, vandaar dat men peterseliezalf op haar tepels aanbracht om meer melk op te wekken. Maar het was niet voldoende, daarom ontbood men een min, een zekere Maria de Messa, die voor de diensten die zij verleende aan de Kroon een toelage kreeg van honderdduizend maravedi's voor de rest van haar leven.

Isabel was nooit gezond. Ze had een heel zwakke constitutie. Haar toestand verergerde toen ze in mei 1568 steeds misselijk en duizelig was, en een benauwd gevoel had. Ze dacht dat ze opnieuw zwanger was en helaas was dat waar. Te snel voor een zo zwak jong meisje. In oktober was haar toestand om wanhopig van te worden. Uiteindelijk, ik geloof dat het drie oktober was, als ik het me goed herinner, kreeg ze een miskraam van een jongetje van vijf maanden, de troonopvolger waar men zo naar had uitgekeken. Helaas was het kind in de buik van zijn moeder gestorven, gewurgd door de navelstreng. Toen ze hem eruit haalden was hij helemaal zwart. Men kon niets meer doen voor de arme koningin, die dezelfde dag stierf onder hevige pijnen.

'Ze hadden dus geen zonen?' vroeg Anton, een beetje moe van die lange geschiedenis.

'Nee, de zoon zou later geboren worden, uit het huwelijk van Filips II met Anna van Oostenrijk, zijn vierde vrouw.'

'En wat gebeurde er met de twee meisjes? Bleven ze in leven?' vroeg hij met geveinsde belangstelling. Hij zou liever van onderwerp veranderd zijn, maar aangezien Sofonisba bijzonder praatgraag was, liet hij haar vertellen. 'Natuurlijk, onder mijn oplettende toezicht. Ik heb ze grootgebracht omdat, toen de koningin gestorven was, er geen officieel motief meer was voor mijn aanwezigheid aan het Spaanse hof. Men veronderstelde dat Filips II weer zou trouwen, dat gebeurde inderdaad, maar op dat ogenblik was dat helemaal niet zeker en daarom had ik

geen betrekking meer. Als de situatie niet zo was geweest, zou je hebben kunnen zeggen dat mijn terugkeer naar Italië al beklonken was, maar Filips II besloot anders. Daar hij wel een zekere achting voor mij had, vooral door de vriendschap die mij verbonden had met de overleden koningin, besloot hij mij tot gouvernante van de prinsesjes te benoemen. Zo bleef ik een paar jaar aan het hof en probeerde die meisjes groot te brengen. Allengs ontpopte Isabel Clara Eugenia zich tot een van de naaste medewerkers van haar vader, die haar later tot landvoogdes van de Zuidelijke Nederlanden zou benoemen. Ze trouwde met aartshertog Albrecht van Oostenrijk, maar jammer genoeg kreeg ze geen kinderen. Als ze ze wel gekregen had, zouden de Nederlanden onafhankelijk van de Spaanse Kroon geweest zijn. Filips II had altijd zeer ambitieuze plannen gehad voor zijn eerstgeborene, die hij adoreerde. Op een gegeven moment had hij gedacht de Kroon van Frankrijk voor haar te bedingen, omdat zij een nichtje was van Hendrik II en omdat haar oom Hendrik III geen directe afstammelingen had. Maar Hendrik IV werd benoemd tot opvolger en die plannen leidden tot niets. Catharina Michaela, daarentegen, trouwde met hertog Karel Emanuel van Savoye en ging aan het hof in Turijn wonen. Ik heb haar niet meer gezien.'
'Kon u schilderen in uw nieuwe baan?'
'Nou en of. Ik ben nooit gestopt met schilderen, zolang ik ertoe in staat was. Natuurlijk begon ik met het klimmen der jaren wel problemen met mijn ogen te krijgen. Pas toen stopte ik ermee. Ik had geen keuze.'

22

De laatste dagen vertoonde Sofonisba duidelijk tekenen van vermoeidheid. Tijdens de gesprekken met Anton was ze verschillende keren ingedut; naarmate de dagen verstreken gebeurde dat steeds vaker. In het begin duurde dat maar kort, maar de tijdsspanne dat ze met haar geest elders was werd elke dag langer en als ze wakker werd, kostte het haar moeite zich het verleden te herinneren.

Anton begreep dat zijn dagelijkse bezoeken aan het huis in de oude Arabische wijk ten einde liepen. Toch had hij nog tijd om te luisteren naar het verslag over haar terugkeer naar Italië om haar echtgenoot te ontmoeten die Filips II voor haar gevonden had, over de zeer slechte ontvangst die haar schoonfamilie haar bereid had en ten slotte over hoe haar man een stompzinnige en voortijdige dood had gevonden. Hij verdronk in de Golf van Napels en maakte haar al vroeg tot weduwe. Ze vertelde hoe haar broer naar Sicilië moest komen, waar zij met haar man had gewoond, om haar belangen te behartigen en de bruidsschat terug te krijgen en hoe ze kapitein Orazio Lomellini had leren kennen op de boot die haar naar het vasteland terugbracht. Ze waren meteen getrouwd zonder te wachten op de toestemming van de koning van Spanje, die geweigerd zou hebben.

Ze was gelukkig geweest met hem, eerst in Genua, daarna in Palermo. Ze herinnerde zich nog precies het bezoek van prinses Isabel Clara Eugenia, die in Genua op doorreis naar Vlaanderen haar oude voogdes wilde begroeten.

Op een dag, bij het afscheid, zei ze hem vaarwel alsof ze wist dat het de laatste keer was dat ze elkaar zagen, en inderdaad was dat zo.

De volgende dag, toen Anton zich zoals gewoonlijk bij het huis meldde, was ze ziek en kon ze hem niet ontvangen.

Hij moest vertrekken. In de haven lag een schip dat niet op hem wachtte. Hij schonk haar als dank voor al de tijd die ze met hem doorgebracht had een van de tekeningen die hij tijdens hun lange gesprekken had gemaakt. Het was een tegenvaller voor hem dat hij niet nog een laatste maal afscheid van haar kon nemen, ook al was het misschien beter zo. Hij had zijn gevoelens nooit goed onder controle kunnen houden en hij was bang dat op het moment van afscheid hem een traan zou ontsnappen. Hij bewaarde de herinnering aan haar glimlach en dat was voldoende voor hem.

Hij kwam er nooit achter of zij juist ziek geworden was omdat ze wist dat het moment van afscheid nemen gekomen was.

23

Na het bezoek van Sofonisba was Sánchez Coello rusteloos. In deze voortdurende staat van agitatie kwamen de slechtste kanten van zijn karakter boven: hij vierde zijn woede en slechte humeur bot op zijn assistenten. Er lukte iets niet en hij dacht dat het kwam omdat hij zo nerveus was door een zinnetje dat Filips II zich enkele dagen daarna had laten ontvallen. Die ochtend, vroeg zoals gewoonlijk, had de koning de schilder bezocht om te zien hoe hij vorderde met zijn opdrachten en hij was in een uitstekend humeur. Het geval was dat de vorige dag Sofonisba het portret van zijn echtgenote voltooid had en dat het officieel gepresenteerd was tijdens een korte ceremonie in haar vertrekken, voordat het ingepakt werd en verstuurd naar de paus. Filips II had geveinsd heel verrast te zijn dat het schilderij zo mooi was; hij verzweeg dat hij het al in het geheim bewonderd had. En die morgen, bij een Sánchez Coello die helemaal terneergeslagen was omdat hij niet uitgenodigd was voor de presentatie, putte Filips II zich uit in loftuitingen aan het adres van de Italiaanse. Hij prees haar verdiensten en de goedheid van haar karakter. Voor de schilder was elk woord als een dolksteek in zijn hart. Had hij misschien de gunst van de vorst verspeeld dat hij met zo veel enthousiasme praatte over die vrouw die hij nog niet eens als een collega beschouwde, maar alleen maar als een dilettante? Door de overduidelijke tevredenheid van de vorst werd zijn humeur nog slechter.

Na het bezoek van Sofonisba kon hij zich niet meer concentreren op zijn werk. Hij was geobsedeerd door die kwestie van het zelfportret dat de paus haar zou hebben opgedragen. De Italiaanse had het hem zo trots verteld dat Sánchez Coello dacht dat ze dat gedaan had om hem te kwetsen. Dat was zo'n typisch vrouwelijk trucje. Als de vrouwen het sterke geslacht willen treffen, dan weten ze wel hoe ze dat moeten doen. Elke keer wanneer hij een discussie had met zijn vrouw, merkte hij het.

Altijd wist ze hem met woorden te raken en liet hem met een bittere smaak in de mond zitten.

Die Sofonisba was net zo. Alleen was het nu geen bittere smaak, het smaakte naar gif.

Het enthousiasme van de koning voor de Italiaanse was niet het enige wat zijn dag had vergald. Diezelfde dag had zijn oude vriend, de schilder Pantoja de la Cruz, hem een bezoek gebracht.

Het ogenschijnlijke motief van zijn visite was puur een voorwendsel, want na enkele minuten had Pantoja de la Cruz het onderwerp aangesneden dat hem werkelijk interesseerde: het bezoek van de Italiaanse. Het hele hof gaf er overvloedig commentaar op en voegde er naar believen details aan toe, alsof iedereen er zelf bij was geweest. Men zei bijvoorbeeld dat de schilder haar tegemoet gesneld was om haar de hand te kussen, iets wat volstrekt niet waar was, en dat de koning zelf hem vernederd had door hem te adviseren schilderlessen bij haar te nemen om de Italiaanse stijl in de vingers te krijgen. Alles wat zijn vriend Pantoja vertelde, maakte hem nog woedender. Niemand wist hoe de ontmoeting in werkelijkheid was verlopen, maar men kletste dat het een aard had. Pantoja was juist gekomen om te horen wat er werkelijk gebeurd was, want hij vertrouwde niet op de roddelpraatjes van het hof. Als vriend en collega van de schilder vertrouwde hij erop dat hij hem de waarheid wel kon ontfutselen.

'Mijn beste Alonso, ik heb gehoord dat die Italiaanse schilderes je eindelijk is komen begroeten,' begon Pantoja.

'Inderdaad, geachte Pantoja. Het juffertje heeft zich verwaardigd mij te bezoeken. Ze heeft begrepen dat zij de eerste stap behoorde te zetten,' antwoordde de schilder, en hij zette van ijdelheid een hoge borst op.

'Dankzij de tussenkomst van Zijne Majesteit...' preciseerde Pantoja de la Cruz cryptisch.

'Zeker, mijn vriend, zeker,' gaf Sánchez Coello toe. 'Ze was gedwongen door Zijne Majesteit, die mij op die manier wilde tonen hoezeer hij me hoogacht en vertrouwt. Met dat gebaar liet de koning haar weten hoe de zaken gaan aan dit hof. Ik denk niet dat zij het begrepen zou hebben zonder zijn tussenkomst.'

Hij herinnerde zich heel goed de toon en de trotse houding van Sofonisba. Die vrouw was een duivelin. Ze had hem weloverwogen willen vernederen met die zogenaamde opdracht van de paus. Het kostte hem moeite het toe te geven, maar uiteraard was ze erin geslaagd. Die woorden waren dodelijk geweest voor het ego van de schilder. Dat de onmetelijke eer van de pauselijke gunst haar ten deel was gevallen en niet hem was een pijnlijke belediging. Natuurlijk was hij niet zo buiten zichzelf geweest, als het een collega had betroffen. Misschien was hij zelfs wel blij voor hem geweest. Maar zij...? Een vrouw die uit liefhebberij wat schilderde? Het was echt onverdraaglijk.

'Maak je niet boos, mijn beste Alonso,' zei Pantoja verzoenend. Hij begreep dat zijn vriend in zijn trots was geraakt, maar hij begreep niet waarom hij zó beledigd deed. Was het om de gunst van de koning, de vriendschap met de koningin of om de opdracht van de paus? 'Ik heb berichten over haar gehoord uit Italië...' voegde hij eraan toe.

'O ja? En wat zegt men over het juffertje in Italië?'

'Mijn contactpersonen zeggen dat ze heel bekend en gewaardeerd is.'

'In ieder geval niet hier in Spanje,' kapte de hofschilder hem af. Dat was niet het soort informatie waarop hij zat te wachten.

'Nog niet,' liet Pantoja de la Cruz zich ontvallen. 'Maar je zult zien hoe ze hier stap voor stap ook voet aan de grond zal krijgen. Als ze zo veel talent heeft als men zegt, dan zullen we dat snel genoeg kunnen vaststellen.'

'Maar het is geen echte schilderes. Ze is alleen maar een gezelschapsdame van de koningin, de enige Italiaanse en de enige in dat handjevol Franse en Spaanse vrouwen die niet van hoge komaf is. Ze heeft er alleen maar plezier in doeken met kleur vol te smeren in plaats van zich aan haakwerk te wijden,' antwoordde Sánchez Coello woedend.

'Denk dat maar niet. Mijn relaties beweren dat de portretten van deze Sofonisba, haar schilderijen met een huiselijke of religieuze sfeer, zeer gewild zijn onder de Italiaanse edelen. Ze wordt heel erg gewaardeerd. Misschien zou ik eens wat van haar moeten zien...'

'Ze zijn bang voor mijn oordeel! Ze hebben me nog niet eens uitgenodigd voor de presentatie van het portret van de koningin, voordat het naar Italië gezonden werd.'

'Als dat je dwarszit, maak je dan geen zorgen. Ze hebben mij ook niet uitgenodigd.'

Dat maakte niet dat hij zich beter voelde. Hoe kon die vrouw een beroemde schilderes in haar eigen land zijn? Hij probeerde zijn ergernis te verbergen. Het was uiteraard geen goed bericht dat die Sofonisba inderdaad zo goed was als ze zeiden. Integendeel, ze kon wel eens een groter gevaar zijn dan hij gedacht had. Het werd tijd dat hij de situatie nauwkeurig onderzocht en een manier vond om haar onschadelijk te maken. Zijn reputatie stond op het spel. Hij kon niet toestaan dat een vreemdelinge hem zijn baan aftroggelde.

Pantoja de la Cruz veranderde van onderwerp. Het was niet het juiste moment om er verder op door te gaan. Zijn collega scheen nogal van streek. Eerlijk gezegd begreep hij niet waarom een man als hij, die de gunst van de koning genoot, zich zo druk maakte over een schilderes uit het buitenland, die naar alle waarschijnlijkheid niet heel lang aan het hof zou blijven. Het was al voldoende als de koningin iets zou overkomen – hopelijk gebeurde het niet – dan zouden alle hofdames weer terug naar hun land gestuurd worden. Bovendien was zij een vrouw. De functie van hofschilder was exclusief voorbehouden aan een man. Sánchez Coello liep geen enkel risico dat de Italiaanse hem zijn baan afhandig zou maken, mocht hij daar bang voor zijn.

Hij excuseerde zich snel, nam afscheid en vertrok. Als zijn vriend niet te genieten was, dan zou hij later wel bij hem langsgaan.

Toen hij alleen was, dacht Sánchez Coello na over de laatste woorden van Pantoja. Het was duidelijk dat Anguissola aan de weg timmerde en beetje bij beetje in de achting van de koning steeg. Hij kon niet met zijn armen over elkaar toezien hoe zijn reputatie afnam terwijl die van de nieuwelinge steeg. Hij moest iets vinden om haar af te remmen als hij een ramp wilde voorkomen. Nu nog een middel bedenken. Er vormde zich een idee in zijn hoofd. Het was nog heel vaag, maar de moeite waard om te overwegen. Het idee beviel hem en plotseling voelde hij zich getroost. Misschien had hij de manier gevonden om zich van zijn lastige rivale te ontdoen.

24

Sinds enige tijd schaduwde Sánchez Coello de bewegingen van zijn concurrente. Hij wilde het geschikte moment berekenen om zijn plan ten uitvoer te brengen.

Hij moest heel voorzichtig te werk gaan, als hij geen schandaal wilde ontketenen dat funeste gevolgen voor zijn loopbaan zou hebben. In het geval dat iemand zijn kuiperij zou ontdekken, liep hij het risico zijn baan te verliezen en van het hof verdreven te worden. Een weinig roemrijk einde voor een schilder van zijn naam. Als dat zou gebeuren, zou het heel moeilijk voor hem zijn weer een positie te verwerven. Hij moest dus uiterst behoedzaam te werk gaan.

Daar hij geen enkele van zijn assistenten vertrouwde, had hij gekozen voor de enige oplossing die maximale geheimhouding garandeerde: het zelf doen.

Als ze hem verrasten bij het uitvoeren van de schurkenstreek die hij in gedachten had, kon hij altijd wel een meer of minder overtuigend excuus vinden, maar als de betrapte een assistent van hem was, dan zou het meteen duidelijk zijn.

Hij kon geen risico nemen.

Verscholen achter een van de zware gordijnen die in de gangen hingen om de koude winterse tocht tegen te houden, wachtte hij tot Sofonisba uit haar kamer kwam. Dat duurde niet lang. Na enkele minuten verliet Sofonisba haar kamer en begaf zich naar de vertrekken van de koningin, in de andere vleugel van het paleis. Vanaf het moment dat hij haar schaduwde, had hij vastgesteld dat ze een systematische en punctuele vrouw was; ze zou niet gauw iets op een andere manier doen of ergens te laat komen, zelfs geen minuut.

Toen hij haar met fiere pas zag weglopen, moest Sánchez Coello toegeven dat zijn gehate mededingster een waarlijk koninklijke houding had. Je merkte het aan haar manier van lopen. Als ze niet zo graag kunstenares had willen zijn, dan hadden ze het misschien wel met elkaar kunnen vinden.

Hij wachtte enige seconden, totdat ze uit zijn gezichtsveld was verdwenen, voordat hij stilletjes naar Sofonisba's deur ging om haar kamer binnen te glippen, maar dat lukte hem niet. Ze had de deur op slot gedaan.

Hij fronste zijn wenkbrauwen. Aan die tegenvaller had hij niet gedacht. Wat nu? Het plan uitstellen? Maar waarschijnlijk sloot Sofonisba altijd af als ze wegging. Hij verwijderde zich een paar passen om niet daar betrapt te worden, terwijl hij razendsnel nadacht.

Hij stond op het punt het op te geven, toen hij een dienstmeisje zag aankomen dat naar de kamer van de Italiaanse op weg was. Ze haalde een sleutel uit haar schort en opende de deur. Het moest haar dienstmeisje zijn. Sánchez Coello bedacht zich geen tweemaal. Hij liep haastig achter haar aan, voordat ze de deur dicht zou doen.

'Pardon, juffrouw,' sprak hij haar vriendelijk glimlachend aan, 'is dit het appartement van mevrouw Sofonisba Anguissola?'

Maria Sciacca keek hem fronsend aan.

'Ja,' zei ze droogweg, 'maar mevrouw is er niet. Ze is kort geleden weggegaan.'

'Ach, wat jammer. Gisteren vroeg ze me of ik het schilderij kwam ophalen dat ze aan het schilderen is om er een lijst voor te maken. Maar ik ben te laat. Wat doe ik nu?'

Maria begreep nog niet de helft van wat die man tegen haar zei. Hij sprak te snel voor haar onzekere Spaans.

'*Non capisco* wat u me zegt,' antwoordde ze in een mengsel van Italiaans en Spaans.

Sánchez Coello herhaalde het, waarbij hij elk woord lettergreep voor lettergreep uitsprak. Hij sprak een beetje Italiaans, maar hij gaf er de voorkeur aan dat niet te laten merken. Het meisje kon doorvertellen dat ze met iemand had gesproken die wat gebroken Italiaans sprak. Beter om niet te veel sporen achter te laten.

'Ja,' antwoordde ze, maar ze bewoog zich niet.

Sánchez Coello begreep wat het dienstmeisje verwachtte.

Uit zijn vest haalde hij een leren zakje en hij drukte haar enkele muntstukken in de hand.

De ogen van het meisje werden van begeerte zo groot als schotels.

Sánchez Coello haalde nog wat munten tevoorschijn en terwijl hij met zijn wijsvinger naar de munten wees die Maria stevig in haar handen hield, zei hij: 'Die zijn voor het mogen weghalen van het schilderij en deze voor dat je je mond houdt. Je mag aan niemand zeggen dat je me gezien hebt.' En hij gaf haar nog een handvol munten.

Maria glimlachte. Als antwoord hierop liep ze weg, maar liet de deur open. Het was haar manier om te zeggen dat ze van niets wist. Zij was daar niet geweest.

Sánchez Coello stapte naar binnen, greep het schilderij en vertrok alsof de duivel hem op de hielen zat, terwijl hij zich ervan vergewiste dat niemand hem zag. Als hij maar eenmaal weg was uit die vleugel van het paleis, dan zou niemand iets vermoeden. Het was volkomen normaal dat de hofschilder ergens in het paleis liep met een schilderij onder zijn arm. Hij vertrouwde erop dat het meisje hem niet herkend had, want dat was niet erg waarschijnlijk. Ze verkeerden niet in dezelfde kringen, en door haar werk was zij verbannen naar een vleugel van het paleis waar hij nooit kwam. Als ze hem toch zou herkennen, dan zou hij alles ontkennen. Het was zijn woord tegen dat van een dienstmeisje. Hij had niets te vrezen.

Nu moest hij alleen nog een plaats vinden om het schilderij te verbergen. Hij kon niet het risico nemen verrast te worden met het zelfportret van Sofonisba in de hand.

Hij was bijna bij zijn atelier toen hij een van zijn assistenten tegenkwam.

'Goedendag, meester,' zei de jongen.

'Dag, Ruben. Nu je hier toch bent, maak je dan nuttig. Neem dit schilderij mee en vernietig het. Het is niet gelukt en ik wil er liever niet meer aan denken. Ik wil het niet meer zien.' En hij overhandigde hem het schilderij. Het zat in een doek, precies zoals hij het aangetroffen had, veilig voor nieuwsgierige blikken.

De jongen keek hem verbaasd aan. Je gooide nooit een doek weg, want het kon opnieuw gebruikt worden, maar hij zei het niet. Het was niet gepast om met de meester over zoiets onbelangrijks te redetwisten. In plaats van het te vernietigen zou hij het mee naar huis nemen. Doeken waren duur en hij kon het gebruiken zonder ook maar een cent te hoeven uitgeven.

Sánchez Coello was heel tevreden met de slimme oplossing die hij voor het probleem had gevonden. Hij had zijn doel bereikt. Zijn opzet was niet om zich het werk van de Italiaanse toe te eigenen. Door het te laten verdwijnen, zou de Heilige Vader het later krijgen. Nu hij haar dwong om weer helemaal van voren af aan te beginnen, zou Anguissola tijd verliezen en zou men denken dat ze iemand was die haar afspraken niet nakwam. Hij sloot niet uit dat hij het volgende schilderij ook zou stelen, om van de schilderes een soort nieuwe Penelope te maken. Hij lachte in zichzelf, geamuseerd door de lelijke poets die hij de Italiaanse net had gebakken.

25

Het was 's middags een uur of vier. Zodra ze het middagmaal had gebruikt met de andere hofdames van de koningin in de zaal die daarvoor gereserveerd was, besloot Sofonisba naar haar kamer terug te gaan. Ze had een paar uur vrij voor ze weer dienst had. Ze had met de vorstin geregeld dat tegen zessen de hofmusicus hun les zou geven. Isabel popelde om het nieuwe klavecimbel te proberen, een cadeau van haar moeder, dat zojuist uit Frankrijk was gekomen.

Omdat ze zich wat slaperig voelde door het eten – in Spanje aten ze 's middags te zwaar en te laat naar haar smaak, in Italië at men gewoonlijk om een uur of een – besloot ze die twee uur te benutten om uit te rusten. Daar ze 's nachts weinig sliep, stond ze zichzelf als het maar even kon een verkwikkend slaapje toe om er weer tegen te kunnen. Dikwijls viel ze in een diepe slaap en dan kwam ze te laat op de gebruikelijke avondafspraak samen met de andere hofdames in de vertrekken van de koningin. Isabel had gemerkt dat Sofonisba de laatste tijd duidelijk tekenen van vermoeidheid toonde. Je zag aan haar gezicht dat ze weinig sliep. 's Ochtends verscheen ze met gezwollen ogen en dikke wallen. Daar de koningin zag dat ze 's middags aanmerkelijk uitgeruster was dan 's ochtends, vergaf ze het haar dat ze steeds vaker te laat kwam. Het was zonneklaar dat Sofonisba in slaap was gevallen.

Met die goede voornemens begaf Sofonisba zich op haar gemak naar haar kamer, in de tegenoverliggende vleugel van het kasteel. Terwijl ze door de eindeloze gangen liep, dacht ze aan haar zelfportret. Ze was nog niet zeker of het goed was wat ze tot nu toe gedaan had. Over het algemeen genomen was ze tevreden, maar er ontbrak iets, een kleinigheid die het persoonlijker maakte. Ze moest iets toevoegen aan het schilderij wat karakteristiek was, waaraan je onmiddellijk kon herkennen dat het een schilderij van haar was. Daar zou ze op letten bij het schilderen.

Ze had geen haast. Voor ze er de laatste hand aan zou leggen en het weg zou sturen wilde ze er zeker van zijn dat het de paus zou bevallen. Dat was heel belangrijk voor haar.

Toen ze de kamer binnenkwam, had ze meteen in de gaten dat er iets niet klopte. Was ze in de war door het gebrek aan slaap of was er inderdaad iets anders? Even wist ze niet wat het kon zijn, maar ze had het idee dat er iets ontbrak. Ze liet haar blik door de kamer gaan, maar haar ogen vielen haast dicht van de slaap.

Ze keek naar elke hoek, elk meubelstuk, maar ze lette op niets in het bijzonder.

Opeens sloeg haar hart een slag over.

Haar zelfportret!

Het was er niet. Het was verdwenen.

Eerst dacht ze dat ze hallucineerde. Misschien speelde haar spijsvertering haar parten. Ze keek snel opnieuw naar elke hoek, voor het geval ze het ergens anders neergezet hadden, maar nee, het was er niet. Wie had het durven meenemen, terwijl zij in haar instructies aan het personeel altijd heel duidelijk had laten merken dat niemand in de buurt van het schilderij mocht komen en het zeker niet aanraken? Het was nu al de tweede keer dat het gebeurde.

Ze riep haar dienstmeisje. Die Siciliaanse die ze uit Italië had meegenomen was een luilak. Op het eerste gezicht leek het een goede meid, maar na verloop van tijd had ze gemerkt dat er iets vreemds aan haar was. Ze wist niet precies wat, maar er was iets in de houding van Maria Sciacca wat haar niet beviel. De laatste tijd was ze verstrooid en lusteloos. Ze vergat dingen, ze kwam niet als ze haar nodig had, of ze was uit haar humeur als ze hoorde waarom ze moest komen. Nooit had ze haar zien glimlachen. Ze probeerde haar vriendelijk te behandelen, zonder te overdrijven, want dat zou haar gezag ondermijnen, maar Maria beterde haar leven niet. Ze was eeuwig ongelukkig en leek met iedereen een probleem te hebben. Alsof het leven haar alleen maar narigheid te bieden had. Sofonisba had haar verleden niet willen uitzoeken, dat was iets wat alleen haar aanging. Belangrijk voor haar was hoe ze haar diende en of ze haar kon vertrouwen. Maar er ging altijd iets mis. Ze had haar verscheidene malen berispt, zonder stemverheffing, omdat ze de vereiste afstand tot het personeel in acht nam, maar Maria veranderde haar houding niet. Vandaag of morgen moest ze een beslissing nemen, hoewel het niet zo'n goed idee was om haar terug te sturen naar Italië. Ze had een dienstmeisje nodig dat perfect Italiaans sprak. Met een meisje uit de buurt stak het taalprobleem de kop op. Hoe zouden ze elkaar moeten verstaan?

Het duurde even voor Maria verscheen. Ze zag er slaperig uit, een teken dat ze de afwezigheid van haar mevrouw gebruikt had om te gaan liggen. Ze kende de gewoontes van haar bazin. Ze wist dat Sofonisba zich na het middagmaal altijd een paar uur terugtrok om te rusten of om die tijd te besteden aan dat idiote schilderen. Zij zag dat als de excentriciteit van een verwend juffertje om de tijd te doden.

Soms had ze haar diensten nodig om haar te helpen met uitkleden, als zij op bed wilde gaan liggen, maar meestal deed ze dat zelf wel.

Toen ze de kamer binnenkwam, merkte ze de ongeruste blik van Sofonisba op. Het was duidelijk dat ze zich ergens zorgen over maakte. Wat kon ze gedaan hebben, dat ze zo ongerust was?

'Maria, waar is mijn schilderij?' snauwde Sofonisba haar meteen toe.

'Uw schilderij, mevrouw? Welk schilderij? Ik begrijp het niet,' antwoordde ze met een onthutste uitdrukking op haar gezicht.

Dat maakte Sofonisba nog meer overstuur dan ze al was, maar ze beheerste zich.

'Hou je niet van de domme, Maria,' antwoordde ze streng. 'Mijn zelfportret. Vanochtend was het hier, en nu niet. Wat heb je ermee gedaan? Waar heb je het gezet?' Ze sprak op ongebruikelijk strenge toon.

Maria had haar nog nooit zo nerveus gezien. Ze keek in het rond, verbaasd.

'O, dat... Ik weet het niet, mevrouw, ik heb het niet aangeraakt. Het was hier toen ik vanochtend kwam, en het was hier nog toen ik wegging. Ik heb het niet aangeraakt. Ik weet heel goed dat u niet wilt dat ik aan uw spullen kom. En toen ik klaar was met het opruimen van de kamer moest ik andere dingen doen en ben ik niet meer terug geweest.'

Sofonisba fronste haar wenkbrauwen. Uit dat stomme provinciaaltje zou ze toch niets krijgen. Het was mogelijk dat ze de waarheid sprak, hoewel iets in haar toon en haar brutale houding haar niet overtuigden. Daarbij kwam dat ze onophoudelijk met haar ogen knipperde, een tic die ze kreeg als ze nerveus was. Sofonisba had het de eerste keer dat ze een onderhoud met haar had gehad in haar huis in Cremona opgemerkt. Ze had gedacht dat het een gewoontetic was, maar later kwam ze erachter dat dat niet zo was. Als ze eenmaal op haar gemak was, verdween de tic. Hij kwam alleen terug als ze nerveus was. Soms was een standje genoeg om die vreemde reactie op te roepen. Het verschijnen van de tic deed haar denken dat ze misschien niet helemaal eerlijk was. Had ze iets te verbergen, of was ze zenuwachtig geworden alleen maar omdat ze merkte dat ze van iets beschuldigd werd waarvan ze geen idee had? 'Heb je niemand de kamer in of uit zien gaan?'

'Nee, mevrouw, echt niet. Als ik iemand gezien had zou ik gevraagd hebben wat hij wilde.'

'Het is al goed,' zuchtte Sofonisba. Ze zou niets van dat domme wicht te weten komen. 'Ga eens vragen of ze iemand gezien hebben die mijn kamer in wou. De deur zat op slot.'

Maria Sciacca liet het zich niet een tweede keer zeggen en vertrok meteen. Die deftige meneer had haar als een ordinaire schobbejak voorgelogen: ze hadden hem helemaal niet de opdracht gegeven dat schilderij in te lijsten. Hij had het eenvoudigweg gestolen. Als ze dat geweten had, zou ze hem meer geld gevraagd hebben. Bah, die hovelingen met hun gekonkel konden de pot op. Vroeg of laat zou haar mevrouw wel weer kalmeren. Ze ging verder met waar ze mee bezig geweest was: slapen in een stoel.

Sofonisba probeerde de toestand rustig te analyseren. Het schilderij was verdwenen. Zou de vreemde situatie van de vorige keer, toen het schilderij van de koningin een ommetje had gemaakt en daarna weer teruggekomen was, zich herhalen? Maar wat speelde zich toch af in het paleis? Namen ze haar met haar schilderijen in de maling? En weer die onduidelijkheid. Wie zou het hebben kunnen meenemen en waarom? Het portret was nog maar nauwelijks een schets. Je kon nog niet eens zeggen dat het een schilderij was. Het was een compleet mysterie!

Ze dacht aan Maria. Maria's houding, zoals ze om zich heen keek alsof het schilderij als bij toverslag zou verschijnen, gaf te denken. Sofonisba was ervan overtuigd dat ze deze keer iets gezien moest hebben. Het was onmogelijk dat ze niets gezien had. Haar reactie was niet normaal geweest.

De emotie had haar met één klap helder gemaakt. De slaperigheid was verdwenen.

Ze bleef piekeren. In theorie beschouwde ze Maria als de schuldige, omdat ze niet haar deur in het oog gehouden had, ook al wist ze dat ze voor haar werkzaamheden soms zo ver weg was dat iemand stiekem binnen kon sluipen. Maar hoe was het mogelijk dat iemand naar binnen ging, het schilderij pakte, weer wegging zonder door iemand gezien te worden? Het leek haar onmogelijk. Toch was het gebeurd.

Ze was werkelijk buiten zichzelf. Ze kon het niet geloven. Wat voor betekenis had dat hele mysterie? De vorige keer was het portret van de koningin verdwenen en als bij toverslag weer tevoorschijn gekomen. Het werk was naar zijn plaats teruggekeerd, alsof er niets aan de hand was. Zou nu weer hetzelfde gebeuren? Ze hoefde alleen maar te wachten om erachter te komen. Maar wie had er plezier in haar werken weg te halen om ze daarna weer op hun plaats te zetten?

Ze wist niet wat ze ervan moest denken.

Was het een flauwe grap van iemand die haar nerveus probeerde te maken? Daar was diegene dan inderdaad in geslaagd. Hoefde ze dus alleen maar te wachten totdat een mysterieuze hand het weer terugbracht? Afgaande op haar eerdere ervaring was het logisch af te wachten.

De eerste persoon die ze verdacht, de enige misschien die zo'n smakeloze grap kon bedenken, was Sánchez Coello. Er was geen enkele aanleiding of aanwijzing die in zijn richting wees, behalve dan de antipathie die ze voor de man voelde en die, wist ze, wederkerig was.

Als ze aan haar opwelling had toegegeven, was ze naar het atelier van de meester gerend om te zien of het schilderij daar was, maar dat zou roekeloos geweest zijn. Logisch redenerend kon je veronderstellen dat de officiële hofschilder het niet zou wagen om het schilderij te ontvreemden om het daarna open en bloot in zijn atelier te zetten. Hij kon dan wel dwaas zijn, maar ook weer niet zo dwaas. Bovendien, hoe had zij een verklaring kunnen geven voor zo'n plotseling bezoek waarmee ze alle formaliteiten overtrad? Als hij het inderdaad was geweest die dat idiote spel had bedacht, dan zou hij het vast en zeker naar een verborgen plaats laten brengen, veilig voor nieuwsgierige blikken. Maar wat voor zin had dat alles? Deed hij dat alleen maar om haar een paar vervelende uren te bezorgen?

Sofonisba ijsbeerde als een gekooid dier door de kamer, ze wrong zich de handen, iets wat ze alleen deed als ze verteerd werd door spanning. Ze was hevig geschokt. Gewoonlijk als ze een probleem onder ogen moest zien, vroeg ze zich af hoe een andere persoon gereageerd zou hebben in dezelfde situatie. Bijna altijd bleek dat anderen niet zo impulsief zouden handelen als zij. Dat maakte dat ze kalmer werd en het niet zo hoog meer opnam. Moest ze deze mysterieuze diefstallen aan de koningin melden? Wat voor nut zou dat hebben? Zonder twijfel zou Isabel verontwaardigd zijn en hemel en aarde bewegen om de grappenmaker te vinden – want dat moest het toch wel zijn: een grappenmaker – maar het was beter opschudding te vermijden, dat zou allerlei praatjes de wereld in helpen. Voor haar zou dat niet goed zijn. Bovendien betekende een schandaal ontketenen nog niet dat het mysterie zou worden opgelost. Als het echt een streek van Sánchez Coello was, dan kon het kabaal zo groot worden dat de gevolgen moeilijk in de hand te houden waren. Ze wilde geen gespannen en wraakzuchtige sfeer, dat was nog gevaarlijker en vervelender dan de diefstal zelf.

En verder was het alleen maar haar gevoel. Ze had geen enkel tastbaar bewijs. Ze kon hem dus niet beschuldigen en ook niet haar vermoedens over hem uiten. Als hij merkte dat men hem beschuldigde of alleen maar aanzag voor de vermoedelijk dader van de wandaad, dan zou Sánchez Coello in woede zijn uitgebarsten. Hoe zou hij reageren? Het was beter daar niet aan te denken. Nee, Sofonisba kon zich beter niet de toorn van de officiële hofschilder op de hals halen.

Ze moest het zwijgen bewaren en goed nadenken. Een verkeerde stap kon haar in ongenade laten vallen.

Dus nam ze een beslissing. De enig mogelijke oplossing was om te doen alsof er niets gebeurd was. Onverschilligheid tonen bij tegenslagen was, ofschoon ze verteerd werd door woede, de enige weg die openbleef en haar haar waardigheid liet behouden. Het was moeilijk om een dergelijke houding aan te nemen, maar ze zag geen andere uitweg. Per slot van rekening was ze een vreemdelinge aan een hof waar zich dagelijks van alles afspeelde. Bovendien, hoe belangrijk was de diefstal van een schilderij voor het koninklijke hof? En daarbij kwam nog dat nooit iemand haar schilderij gezien had. Ze herinnerde zich de woorden van haar dienstmeisje. Maria had geantwoord: 'Een schilderij?' Dat betekende dat ze als ze over de diefstal ondervraagd werd, die dwaas in staat was om te zeggen dat er helemaal geen schilderij geweest was. Het was niet de getuigenis van Maria die haar zorgen baarde, maar hoeveel haar woord waard kon zijn. En als niemand haar geloofde? Het schilderij bestond, dat wist ze maar al te goed, maar wie zou dat verder met een beetje geloofwaardigheid kunnen bevestigen? Niemand, want niemand had het gezien.

De situatie kon zich tegen haar keren en men zou haar kunnen beschuldigen van het verzinnen van een diefstal. Ze had geen getuigen. Ze kon niets aantonen. Haar terughoudendheid om een pas begonnen werk te tonen brak haar op.

Hoe meer ze erover dacht, des te overtuigder raakte ze dat haar beslissing de juiste was. Ze zou doen alsof er niets aan de hand was. Het was beter af te wachten en maar te kijken wat er gebeurde. Als het schilderij vanzelf terugkwam, zoals de eerste keer, zou ze het incident vergeten. Als het niet terugkwam, zou ze het op de een of andere manier wel oplossen.

Misschien was het een geheime bewonderaar die haar zelfportret wilde hebben, ook al was het dan nog maar net opgezet... Het idee, hoe grappig ook, deed haar nog niet eens glimlachen. Ze was niet in de stemming voor flauwekul.

Ondanks alles overtuigde ze zichzelf ervan dat die schets niet zo belangrijk was. Hij had geen waarde. Gerustgesteld dacht ze dat als het schilderij niet zou opduiken, ze zich erbij zou moeten neerleggen een nieuw te schilderen, gelijk aan het verdwenen portret. Ze had er totaal geen plezier in, maar het was de enige manier om eruit te komen. Maar deze keer zou ze het achter slot en grendel bewaren.

Weer opgeleefd, besloot ze niet langer te wachten en weer aan de slag te gaan. Ze begon aan een nieuw schilderij, identiek aan de eerste versie.

26

Er gingen dagen en vervolgens weken voorbij na het incident. De laatste tijd wisselde haar stemming van vrolijk, bijna euforisch, tot diepbedroefd door een brief uit Italië.

Haar zuster Minerva schreef haar in bedekte woorden om haar niet al te bezorgd te maken dat hun vader, de oude Amilcare Anguissola, enige maanden geleden langzaam begonnen was te dementeren, een ongeneeslijk proces, onontkoombaar.

Minerva kende haar zuster goed en haar neiging om zich slecht nieuws aan te trekken alsof het allemaal haar schuld was. Daarom had ze elk woord zorgvuldig afgewogen, om haar zo min mogelijk te verontrusten.

Er was volgens de artsen niets meer te doen aan hun vaders toestand. Hij was begonnen de kleine dagelijkse dingen te vergeten, zoals waar hij dit of dat gelaten had, maar zijn geest zakte steeds verder weg. De laatste tijd was hij niet meer in staat om zich alleen aan te kleden en zelfs voor de kleinste dingen had hij hulp nodig. Minerva vertelde ook hoe hij haar enkele avonden het verwijt had gemaakt, nadat hij overvloedig gedineerd had, dat ze hem niet te eten gaf en dat hij honger had. Om hem te kalmeren volstond het te zeggen dat hij net gegeten had. Soms herhaalde hij tot vervelens toe dezelfde vraag, niet in staat het antwoord te onthouden. Kort geleden was zijn toestand erger geworden, en hij had al moeite om zijn familie te herkennen. Sofonisba begreep dat voor haar vader het einde naderde. Ze nam het zichzelf kwalijk dat ze zo ver van huis was en dat ze hem niet kon verzorgen: hoe graag ze ook snel op reis gegaan zou zijn, de mogelijkheid om hem nog in leven aan te treffen was klein. En bovendien, wat voor nut zou dat hebben, als hij haar niet kon herkennen? Ze hield liever de herinnering levend aan hun laatste ontmoeting, in het ijskoude Milaan, toen hij was blijven staan zwaaien totdat hij de koets die zijn dochter voor altijd weg zou voeren aan de horizon zag verdwijnen. Beiden hadden geweten dat ze elkaar voor de laatste maal zagen.

Nu de wereld der nevelen zich meester had gemaakt van de geest van haar vader, kon ze nog maar weinig doen. Ze kon amper op herinneringen terugvallen om het droeve gevoel dat haar bekroop te verdrijven. Anderzijds voelde ze zich zo opgetogen, omdat ze er uiteindelijk in geslaagd was haar zelfportret te voltooien zonder nieuwe incidenten. Die eerste schets was nooit meer opgedoken en het bleef een mysterie. Zoals het nu was, was ze tevreden met het resultaat, en ze dacht dat het de paus zou bevallen. Ze had zich er helemaal voor ingezet.

Ze had het schilderij, volgens de instructies, naar de nuntius in Madrid gezonden. De Vaticaanse ambassade had de opdracht gekregen het naar Rome te sturen.

Het speet haar dat ze al zo snel van haar werk had moeten scheiden. Ze zou het prettig gevonden hebben het nog wat dagen te kunnen houden om er rustig naar te kijken en er op het allerlaatst nog een kleinigheid aan te veranderen.

Dat overkwam haar altijd als ze een schilderij af had. Een kunstenaar is nooit helemaal tevreden met zijn werk, maar de tijd drong en uiteindelijk moest ze er definitief afscheid van nemen.

Ook de nuntius had instructies die hij nauwkeurig moest opvolgen. Op bevel van Rome moest het schilderij van mevrouw Sofonisba Anguissola overhandigd worden aan kardinaal Mezzoferro, speciaal gezant van zijne heiligheid, die zich op dat moment met een missie in Madrid bevond. De kardinaal zou zich er persoonlijk mee belasten het aan de Heilige Vader te overhandigen bij zijn terugkomst in Rome. De nuntius was niet bijzonder geïnteresseerd in kunst, maar deze keer was hij benieuwd naar dat schilderij, al was het maar omdat hij op de een of andere manier betrokken was bij het vreemde verzoek van de paus. De laatste tijd hadden er te veel mysterieuze gebeurtenissen plaatsgevonden op zijn gezantschap zonder dat hij er controle over kon krijgen. Alles was begonnen met de komst van kardinaal Mezzoferro. Hopelijk vertrok hij snel, zodat hij zijn gewone kalme leventje weer kon hervatten.

Maar hij kreeg niet de gelegenheid zijn nieuwsgierigheid te bevredigen, want het pakket was nog maar net gearriveerd of Mezzoferro had het al meegenomen, zonder dat hij er een blik op had kunnen werpen. Hij voelde zich gefrustreerd en beledigd. Het was een gebrek aan respect, haast een persoonlijke belediging.

27

Maria Sciacca broedde op een manier om terug te keren naar Italië. Spanje vond ze maar niks. Ze kon niet wennen aan dat vervloekte land en ze had ook geen vriendinnen gemaakt.

Wat vage kennissen, maar dat was ook alles.

Ze voelde zich alleen. Ze dacht eraan haar nicht in Cremona bericht te sturen. Misschien kende die een mevrouw die een dienstmeisje nodig had. Maar ze kon niet schrijven. Ze moest dus een beroep doen op iemand die dat wel kon. Wie was daar geschikter voor dan een priester? Degene die ze zocht, moest aan een noodzakelijke eis voldoen: haar mevrouw niet kennen. En ze moest een smoes verzinnen zodat haar bazin haar liet gaan. Moeilijk maar niet onmogelijk.

Eerst had ze bedacht dat ze iets stoms zou doen om Sofonisba haar geduld te doen verliezen en zenuwachtig genoeg te maken om het verlangde ontslag voor elkaar te krijgen. Maar daarna bedacht ze dat ze er niets aan had als mevrouw haar met lege handen wegstuurde. De referenties die ze van haar hoopte te krijgen, omdat ze haar goed had gediend en haar naar het buitenland was gevolgd, zouden haar kansen op werk zeker vergroten. Als ze met onmin vertrok, kon ze de referenties wel vergeten. Ze moest voorzichtig zijn. Ze zat te piekeren over wat voor doms ze zou doen om haar werkgeefster boos te maken, zonder het te erg te maken, maar ze vond niets. Allemaal hadden ze wel een minpunt. Het was niet erg waarschijnlijk dat haar bazin haar zou wegsturen alleen maar omdat ze een vaas brak of een japon verknoeide. Mevrouw Sofonisba was eigenlijk wel een goed mens. Heel vaak had ze gedaan alsof ze niets merkte van haar onervarenheid met het dienen in een deftig huis. Met engelengeduld had ze haar geleerd hoe ze het moest doen. Doordat ze haar naar het Spaanse hof was gevolgd en daar ervaring had opgedaan, maakte ze een goede kans om in welk huis dan ook aangenomen te worden. Maar als ze haar geen aanbevelingsbrief gaf, dan zou dat alles haar niet helpen.

Maria Sciacca had het allemaal voor ogen. Er was slechts één punt waarop haar mevrouw streng en onverzettelijk was: haar schilderijen.

Plotseling ging haar een licht op. Ze moest iets vinden wat te maken had met haar schilderijen en wat haar bazin zo boos zou maken dat ze haar zou ontslaan, maar zonder dat ze over de schreef ging; dan zou ze geen referenties krijgen.

Ze ging op weg naar een klein kerkje waarop haar werkgeefster haar eens gewezen had tijdens een wandeling. Het lag wat achteraf en dat kon haar wel van pas komen. De pastoor moest niet een van de mensen zijn die vaak aan het hof kwamen. De mensen die zich vaak in het paleis lieten zien voelden zich te belangrijk om naar een eenvoudig dienstmeisje te luisteren. Het kon ook nog gevaarlijk zijn. Het was beter heel behoedzaam te werk te gaan. Als ze aan een pastoor vroeg een brief te schrijven had hij geen biechtgeheim. Stel dat ze aan het hof een pastoor zou vinden die haar wilde helpen, dan zou ze nog het risico lopen dat hij haar bazin op de hoogte zou brengen van de inhoud van de brief en dat haar hele plan schipbreuk zou lijden. Doña Sofonisba, zoals ze haar hier noemden, mocht niets in de gaten hebben. Het was beter een priester te kiezen die geen enkele relatie had met de kringen waarin haar mevrouw verkeerde.

De brief was de eerste stap. Als die eenmaal geschreven en verstuurd was, konden er enkele weken voorbijgaan voordat er antwoord kwam. Genoeg tijd om haar plan zorgvuldig te beramen. Ze kreeg een heel valse gedachte.

Als ze er niet goedschiks in zou slagen om op kosten van haar werkgeefster naar Italië terug te keren – Maria had natuurlijk nooit voldoende kunnen sparen om de terugreis te bekostigen – zou ze grover geschut gebruiken: als ze niet in haar eentje terug kon, zou ze haar bazin verplichten om samen met haar terug te gaan. Hoe? Dat wist ze nog niet, maar het idee dat ze het verblijf onhoudbaar voor haar zou maken trok haar wel. Ze moest haar alleen maar in een netelige positie brengen, wat het ongenoegen van de koning en de koningin zou wekken.

Maria Sciacca glimlachte in zichzelf. Ze wist nog niet wat ze zou verzinnen, maar het idee beviel haar. Het was dé manier om dat gehate land voor altijd te verlaten.

En het leverde op de koop toe een dubbel voordeel op, als ze het allemaal goed uitdacht. Ze zouden samen naar huis terugkeren en zij zou haar werk niet verliezen. Het was belangrijk dat ze heel slim te werk ging, zodat doña Sofonisba nooit zou weten dat zij er de oorzaak van was dat ze in ongenade was gevallen.

Ze ging de kerk in. Die was leeg. Geen levende ziel. Van haar stuk gebracht, liep ze naar de sacristie. Daar vond ze misschien de pastoor of de kerkbewaarder. Op weg daarnaartoe hoorde ze stemmen. Er was tenminste iemand. Verschillende mannenstemmen. Waarschijnlijk was de kerkbewaarder een van de mannen, tenzij de pastoor in zichzelf praatte en dan een andere stem opzette als hij antwoordde. Wat een onzin. Vlak voor de deur bleef ze stokstijf staan. Op deze afstand kon ze elk woord letterlijk verstaan. En ze had iemand de naam van haar bazin horen uitspreken, tenzij ze het verkeerd verstaan had. Leek het alleen maar zo of hadden ze het inderdaad over Sofonisba? Haar eerste opwelling was zich achter een pilaar te verschuilen. Ze spitste haar oren en kon het gesprek duidelijk horen, maar ze begreep niet wat ze zeiden.

'U moet naar haar toe gaan,' zei de ene, 'en haar overhalen te doen wat ik u gezegd heb.'

'Maar hoe?' antwoordde de ander. 'Het is niet makkelijk het hof binnen te komen en in de buurt van een hofdame van de koningin te komen. Weet u niet dat ze streng bewaakt worden? En bovendien, wat moet ik tegen haar zeggen? Waarom zou ze naar me luisteren?'

'Natuurlijk weet ik dat, maar u bent priester. Niemand zal u verdenken, al is het maar uit eerbied voor uw habijt. En wat u tegen haar moet zeggen? Gebruik uw hoofd, mijn vriend. U zou bijvoorbeeld kunnen suggereren dat de Inquisitie in haar persoon geïnteresseerd is, omdat ze vermoeden dat ze niet gelovig genoeg is, of zoiets dergelijks. Stel haar voor dat u haar geestelijk raadsman wordt om de verdenking weg te nemen. Het zal u toch niet ontbreken aan argumenten.'

'Maar is dat zo? Is de Inquisitie in haar geïnteresseerd?' vroeg de tweede man verschrikt. Misschien was hij wel in gevaar.

Het spookbeeld met de Inquisitie te maken te krijgen verlamde iedereen.

'Doe niet zo dwaas, vader Ramírez,' vervolgde de eerste, in een poging hem gerust te stellen. 'Het is maar een suggestie. Het is natuurlijk niet waar, maar het is een goed wapen om haar wil te buigen. Niemand vindt het prettig te horen dat de Inquisitie je verdenkt. Maar u moet haar geen angst aanjagen, want als ze zich bedreigd voelt, dan kan ze wel eens verkeerd reageren en haar hart uitstorten bij de koningin. Dan wordt het allemaal veel gecompliceerder. De orders zijn heel duidelijk, u moet met de grootst mogelijke discretie handelen.'

'De orders?' herhaalde de ander, verrast. 'Welke orders? Wie zit er achter dit alles? U maakt me ongerust, monseigneur.'
'Dat kan ik u niet zeggen, mijn vriend, ik kan u alleen maar verzekeren dat de instructies van boven komen, van een zeer invloedrijk persoon. Bedenk dat ik me ook niet kon onttrekken aan de opdracht. Het is onze plicht te helpen. Maar ik beloof u dat u rijkelijk beloond zult worden. Dat hebben ze me gegarandeerd.'
'Dit boezemt me angst in, monseigneur. Ik ben niet geschikt voor dit soort intriges. Ik ben een eenvoudige pastoor. Hoe kan ik naar een dame aan het hof gaan om haar aan te bieden haar geestelijk leidsman te zijn? Ze zal me er meteen uit laten zetten.' Maria Sciacca begreep niet wat die twee aan het beramen waren, maar het was duidelijk dat ze haar bazin wilden benaderen, maar niet wisten hoe ze dat moesten doen. Maar zij wist dat wel.
Misschien had ze nu haar kaartje naar Italië gevonden! Als zij haar diensten aanbood, zou ze daarvoor in ruil een beloning vragen.
Ze durfde de twee mannen niet gezamenlijk te benaderen. Ze wachtte liever totdat de man die de priester 'monseigneur' had genoemd weg zou zijn. Want als dat een monseigneur was, dan moest 'vader Ramírez' de pastoor zijn. Het was goed dat te weten, wanneer ze zich ging voorstellen. Ze kon aanvoeren dat een vriendin hem haar had aangeraden. Om niet luisterend achter een pilaar betrapt te worden door een parochiaan die opeens binnenkwam, deed ze een paar passen naar achteren en ging op een bank zitten wachten.
Waarschijnlijk ging de monseigneur door de kerk naar buiten. Zo zou ze hem kunnen zien en zich ervan vergewissen of ze hem kende. Ze betwijfelde het. Ze ging niet veel om met mensen die naar de kerk gingen, en nog minder met monseigneurs. Maar je wist maar nooit. Misschien had ze hem ergens in het paleis gezien. Het kon nuttig zijn het gezicht te zien van degene die een complot tegen haar mevrouw beraamde, voor het geval ze hem nog eens tegenkwam.
Vanuit de sacristie klonk het geluid van een dichtslaande deur en daarna was het stil.
Na enkele minuten, toen ze geen stemmen meer hoorde, besloot ze heel dicht bij de deur van de sacristie te gaan staan om te zien wat er gebeurde.
Vanaf de plek waar ze stond, hoorde ze geen enkel geluid. Een van de twee, waarschijnlijk de monseigneur, was door de achterdeur verdwenen en niet door de kerk gegaan.

Ze wachtte nog even op de drempel van de deur zonder zich te bewegen. Daarna vroeg ze verlegen: 'Is er iemand?'

Ze kreeg geen antwoord. Ze herhaalde de vraag wat luider: 'Is er iemand?'

Ze deed een stap naar voren, voldoende om met een blik het hele vertrek te kunnen overzien, toen een stem die uit een kamer daarachter kwam, antwoordde: 'Wie is daar? Wat zoekt u?'

Vanwaar zij stond, in de deuropening, zag ze niemand. Zonder de sacristie binnen te durven gaan, wachtend totdat haar gesprekspartner zich zou laten zien, raapte ze al haar moed bijeen en zei: 'Ik zoek pater Ramírez.'

Ze vond het belachelijk dat de priester, of wie het ook was die haar geantwoord had, zich niet liet zien, zo dwong hij haar te schreeuwen om zich verstaanbaar te maken, terwijl hij op slechts enkele passen afstand was. Priesters waren allemaal hetzelfde: ze pasten de wet van de minste inspanning toe.

Even daarna verscheen een man, gekleed in de traditionele zwarte soutane van een priester. Hij was lang, had een mager gezicht, een lokje wit haar en hij keek achterdochtig, alsof hij bang was een brenger van slecht nieuws voor zich te hebben. Het bezoek van de monseigneur was meer dan genoeg voor hem geweest.

Hij zag eruit als boven de zeventig. Bijna uitgeput leek hij, alsof de vorige ontmoeting heel zwaar voor hem geweest was. Toen hij haar in de deuropening gewaarwerd, veranderde zijn gelaatsuitdrukking.

'Wat wil je, mijn dochter?' vroeg hij vriendelijk, omdat hij zag dat ze zich slecht op haar gemak voelde.

'U bent pater Ramírez?' vroeg Maria verlegen. Ze had besloten zich voor te doen als een weerloos en bedeesd meisje.

'Inderdaad, dochter. Wat kan ik voor je doen?'

'Ik zou graag met u willen praten. Een vriendin stuurt me.'

'Ah,' sprak de oude prelaat met vermoeide stem. 'Mag ik de naam van die vriendin weten?'

'U zult zich haar niet herinneren, vader, ze is dienstmeisje in het paleis. Ze kwam op een dag biechten, en ze sprak veel goeds over u, dat u een begripvolle man was.'

Ramírez haalde zijn schouders op. Veel dienstmeisjes uit het paleis kwamen biechten en hij kende ze niet allemaal. Nou ja, dat gaf niet. Wat betreft dat 'begripvol', dat moest dat meisje verzonnen hebben. Hoe kon een boetelinge weten of hij begripvol was of niet? Waarschijnlijk wilde ze wat van hem lenen of iets dergelijks. Als ze had willen biechten, dan was ze daar niet mee aangekomen.

'Het zit zo, vader, ik ben het dienstmeisje van een belangrijke hofdame van de koningin. Doña Sofonisba Anguissola...' Ze sprak de naam van haar bazin langzaam en duidelijk uit en wachtte op zijn reactie. Als ze doel trof, had zij die partij gewonnen.

Pater Ramírez richtte opeens met belangstelling zijn blik op haar. Had hij het goed gehoord? Had ze gezegd dat zij het dienstmeisje van Sofonisba Anguissola was? Wat een toeval. Als dat inderdaad zo was, dan kwam ze als door de Voorzienigheid gezonden, precies op het moment dat hij haar het meeste nodig had. De Voorzienigheid bestond dus echt. Elke zondag had hij het erover in zijn preken, maar sinds hij als priester gewijd was, had zij zich nog nooit laten zien. Mettertijd was hij aan haar bestaan gaan twijfelen en daarna was hij zelfs opgehouden in haar te geloven, hoewel dat een geheim was tussen hemzelf en zijn geweten.

Hij riep de Voorzienigheid aan als een litanie, wanneer hij antwoord moest geven op de twijfels van zijn gemeente. Allen zochten hetzelfde: een woord van troost, een tijdelijke verlichting van hun lijden. 'Heb vertrouwen, de Voorzienigheid zal u helpen,' ried hij hun aan, iets beters wist hij niet te zeggen.

Als het werkelijk de Voorzienigheid was die hem dat meisje zond, dan was dat een onmiskenbaar teken om zijn wankelend geloof te versterken. Hij zou wat mea culpa's opzeggen.

Hij had moeite het te geloven. Het was alsof het lot met hem speelde. Eerst verscheen zijn superieur, die hem iets onmogelijks vroeg. Een heel vreemde opdracht: hij moest de vertrouweling worden van een hofdame, om haar daarna zover te krijgen om een bericht dat later meegedeeld zou worden over te brengen. Hij had er haast niets van begrepen, en helemaal niet waarom ze uitgerekend hem zo'n ondankbare taak hadden toebedeeld. Hij ging niet zo veel met belangrijke mensen om, tenzij ze naar zijn parochie kwamen om een speciale reden, en hij vermeed het zich met netelige kwesties in te laten. Al die verwikkelingen baarden hem zorgen. Hij voelde zich niet in staat om een opdracht zoals monseigneur hem gegeven had uit te voeren. Tot nu toe had hij rustig geleefd in zijn parochie, ver van intriges. Waarom kwamen ze hem juist nu lastigvallen? Hij schoof zijn gedachten terzijde en keek met een onderzoekende blik naar het meisje. Ze leek de weg kwijt. Weer een schaap dat terug naar de schaapskooi moest? Wie het ook was, als ze werkelijk was wie ze zei, dan had ze niet op een beter moment kunnen komen.

Het bezoek van de monseigneur had zijn humeur bedorven, maar nu glimlachte hij in opperbeste stemming naar het meisje. Ze maakte een verlegen en lijdzame indruk. Het zou kinderspel zijn haar over te halen hem te helpen. Hij zou haar als pion gebruiken om bij haar mevrouw te komen. Gezegend zij het meisje en gezegend de Voorzienigheid.

Maria Sciacca glimlachte een beetje verlegen. Toen ze zag hoe het gelaat van de oude priester oplichtte bij het horen van de naam van haar bazin, wist ze dat ze in de roos had geschoten. Die oude dwaas had in het aas gehapt. Nu moest ze om haar doel te bereiken haar kaarten goed uitspelen, ze moest hem doen geloven dat híj degene was die háár voor zijn karretje spande en niet andersom. Zij zou aan de touwtjes van de marionet trekken, zonder dat de oude iets in de gaten had.

Er was nog één onopgehelderd detail en dat kon wel eens de winnende kaart in het spel zijn: wat voerden ze in hun schild? Ze had slechts een deel van het gesprek gehoord. Waarom wilde de ander, de monseigneur, dat pater Ramírez op bezoek ging bij Sofonisba? Ze moest de reden van het bezoek van de monseigneur uit de oude priester zien te krijgen. Wat voor belangrijks moest hij aan Sofonisba vragen? Dat zou niet makkelijk zijn, maar ze vertrouwde op haar slimheid, het zou haar wel lukken.

28

Monseigneur Ortega verliet de kerk door de achterdeur en ging terug naar de residentie van de bisschop. Deze zaak beviel hem totaal niet.

Een paar dagen geleden had de nuntius hem laten roepen 'voor een belangrijke kwestie', zoals hij in zijn missive geschreven had, zonder precies te zeggen waar het om ging. Hij moest zich zo spoedig mogelijk op de nuntiatuur presenteren, waar de nuntius in eigen persoon hem zou ontvangen. En hij raadde hem aan discreet te zijn en niet te praten over de convocatie. Deze toevoeging was hem niet bevallen, alsof hij het soort man was om zonder na te denken rond te bazuinen wat hij wist. Maar wat wilde de nuntius, dat hij hem op zo'n weinig orthodoxe wijze ontbood?

Het was nog nooit gebeurd dat de afgezant van het Vaticaan hem opriep voor een persoonlijke audiëntie, en dat was al reden genoeg om zich bezorgd te maken, maar toen de brenger van de brief er nog fluisterend aan toegevoegd had – zijn mond haast bij zijn oor – dat hem de grootst mogelijke discretie werd aangeraden, maakte hij zich dubbel zo bezorgd. Wat beraamden ze dat zo strikt geheim moest blijven? Waarom had men het niet via de hiërarchische weg gedaan? Hoe moest hij het aan zijn bisschop uitleggen, als deze erachter kwam dat hij erin toegestemd had de afgezant van de paus te ontmoeten zonder hem op de hoogte te brengen?

Zodra hij bij de nuntiatuur kwam, werd Ortega door een zijdeur binnengelaten en naar de nuntius geleid. Dat was een kleine, zwaarlijvige man die hij nauwelijks kende; hij had hem slechts een paar keer gezien sinds zijn komst naar Madrid.

Hij werd meteen ontvangen, zonder maar een minuut te hoeven wachten in het voorvertrek. Ortega kende hem niet goed genoeg om te beoordelen hoe hij privé zou zijn, maar hij scheen duidelijk niet op zijn gemak. Je kon merken dat hij niet wist hoe hij het onderwerp moest brengen. Ortega vond het allemaal maar vreemd, alsof het om een schandelijk geheim ging. Het maakte hem nieuwsgierig, maar ook angstig. Hij hield niet van verrassingen en helemaal niet wanneer ze van hooggeplaatste personen kwamen.

De assistent die hem begeleid had naar de werkkamer van de nuntius had hen alleen gelaten en de deur gesloten. Monseigneur Ortega was bleek geworden toen hij zag dat de nuntius uit zijn stoel opstond om zich ervan te verzekeren dat de deur goed dicht was. Eerst dacht hij dat hij opstond om hem te begroeten, een ongepaste beleefdheid, hun respectievelijke positie in de kerkelijke hiërarchie in aanmerking genomen. Toen hij langs hem heen naar de deur liep, wierp de nuntius een snelle blik op hem. Hun blikken kruisten elkaar een fractie van een seconde, lang genoeg voor Ortega om te begrijpen dat hij zich tegenover een bange man bevond.

Weer terug bij zijn stoel, liet de nuntius zich er diep in zakken. Hij probeerde kalm te lijken, maar hij was ten prooi aan grote opwinding, gezien zijn nerveuze gewriemel met zijn kardinaalsring. Ten slotte begon hij na enkele minuten ongemakkelijke stilte met een grote omweg aan het onderwerp van gesprek en daarbij wierp hij een rookgordijn van geheimzinnigheid rond zich op.

Ortega begon zich ook ongerust te maken, en als zijn gesprekspartner niet zo'n hoge post bekleed zou hebben, zou hij hem graag het een en ander gezegd hebben. De nuntius bleef eromheen praten en dat maakte Ortega nog ongeduldiger, die zag dat er maar geen aanstalten werden gemaakt om bij de kern van de zaak te komen. Hij had haast te weten waarom hij ontboden was, maar die oude dikzak liet niets los.

Uiteindelijk, na weer een lange uitweiding, kwam hij tot de essentie. Het ging om een uiterst delicate kwestie, waarover hij met niemand mocht praten, wat er ook mocht gebeuren. Hij moest alleen instructies doorgeven aan een derde persoon die hij gekozen had uit zijn meest vertrouwde relaties met de details van de opdracht.

Het feit dat de nuntius hem indirect aangeraden had heel voorzichtig te zijn om vooral de Inquisitie niet wakker te maken had hem niet alleen wantrouwend gemaakt, maar het had ook bevestigd waar hij bang voor was.

Ze voerden iets in hun schild en de Inquisitie moest op afstand gehouden worden. Het was een gevaarlijk spel. Het zinde hem niet iets geheim te houden voor die gevreesde organisatie. Als ze vermoedden dat er iets achter hun rug om gedaan werd, kon hij in de gevangenis terechtkomen en zeer waarschijnlijk worden gemarteld. Een rilling liep hem over de rug.

Met dit vooruitzicht probeerde hij eronderuit te komen. Ze vroegen hem een te groot risico te nemen. Hij voerde aan dat hij niet op de hoogte was van de omstandigheden, maar die oude vos van een kardinaal liet zich niet overtuigen.

'Mijn beste Ortega, ik heb gewoon geen keuze,' zei hij hem. 'Als u wilt, kan ik u dezelfde instructies direct van de bisschop sturen, maar dat zou betekenen dat er nog een persoon bij betrokken moet worden en dat gevaar zal helemaal voor uw rekening zijn.'

Ortega voelde een knoop in zijn maag. Hij zat als een rat in de val, zonder uitweg. Hij vroeg waar de instructies vandaan kwamen om tenminste te weten of het het risico waard was, maar de kardinaal-nuntius schudde het hoofd. Om veiligheidsredenen kon hij die informatie niet in de openbaarheid brengen. Hij kon hem alleen verzekeren dat het uit de hoogste regionen kwam.

Monseigneur Ortega legde zich bij het antwoord neer. De nuntius zou hem toch verder niets meer zeggen.

'Uit de hoogste regionen' kon van alles betekenen, maar hij had het vermoeden, omdat de nuntius de zaak zo omzichtig aanpakte, dat het wel eens om de paus zelf zou kunnen gaan. Wie anders zou zo veel macht kunnen hebben dat hij die oude vos liet sidderen? Als de nuntius geen woord losliet, moest hij zijn redenen hebben. Wie anders dan de paus kon de oorzaak zijn van zo veel terughoudendheid?

Zijn opdracht was het vertrouwen te winnen van de nieuwe Italiaanse vriendin van de koningin. Later zou Ortega instructies ontvangen die hij aan de dame moest overhandigen, die op haar beurt moest zorgen dat ze bij de juiste persoon kwamen.

Hij kende die vrouw, donã Sofonisba Anguissola, van gezicht. Ortega dacht dat hij uiteindelijk het ware doel van de missie begreep. Die Anguissola moest een spion van het Vaticaan zijn, en de nuntius stuurde haar informatie toe. Voor wie? Beter om dat niet te vragen. Onwetend zijn was een goed excuus om in leven te blijven. Wie te veel wist, liep gevaar uitgeschakeld te worden om er zeker van te zijn dat hij zijn mond hield.

Ortega begreep niet waarom ze zijn medewerking wilden, maar als de Heilige Vader hem, ook al was het dan indirect, vereerde met een opdracht, dan zou hij die zorgvuldig uitvoeren. Het was een uitstekende gelegenheid om op te vallen. En de mogelijkheid bestond dat zijn dien-

sten op een dag beloond zouden worden met de mijter van aartsbisschop of misschien met de kardinaalsmuts. Ondanks alles was het een
geheime missie van bijzonder groot belang voor de Kerk, persoonlijk
verstrekt door de pontifex.

Hij piekerde over hoe hij donã Sofonisba zou benaderen, toen, tot zijn
verrassing, de nuntius op het laatste moment, alsof het eigenlijk niet
belangrijk was, nog opmerkte dat hij beter niet persoonlijk naar de
hofdame kon gaan en dat hij een derde persoon moest gebruiken om
haar te bezoeken. De reden? Volgens de nuntius uitsluitend vanwege de
veiligheid.

'Maar eminentie,' antwoordde Ortega, 'als we een derde persoon erbij
betrekken, vergroten we het risico dat men het te weten komt. De Inquisitie heeft op alle niveaus informanten. Dat weet u.'

'De instructies zijn op dit punt nauwkeurig omschreven,' antwoordde
de kardinaal-nuntius zoetsappig. 'Het zal uw taak zijn iemand te vinden die uw volledige vertrouwen bezit. Het is waar dat het risico groter wordt, maar als het ontdekt wordt, kunnen ze zo tenminste niet bij
u uitkomen en evenmin bij ons. Het zou heel pijnlijk zijn om uitleg
over onze activiteiten te moeten geven aan de Inquisitie.'

'Maakt u zich geen zorgen, eminentie,' stelde de ander hem gerust, 'ik
zal de juiste persoon vinden. Maar u hebt me nog niet gezegd wat de
boodschap is.'

De nuntius zuchtte hardop, hij leek ontstemd; het was duidelijk dat die
duistere zaak hem ook niet beviel.

'De boodschap zal ons op het laatste moment meegedeeld worden,'
sprak hij zuchtend. 'We weten het nog niet. Op het moment is het onze
taak de voorbereidingen te treffen. Maar zonder tijd te verliezen.'

De rest van het onderhoud was kort. Bij het afscheid verzocht de nuntius hem te waarschuwen als alles geregeld was. Monseigneur Ortega
verliet de nuntiatuur door dezelfde zijdeur. Hij voelde zich een samenzweerder en die gewaarwording zorgde voor een stoot stimulerende
adrenaline. Hij begon te fantaseren. Welke aartsbisschoppelijke zetel
stond op het punt vacant te komen? Hij probeerde zich te herinneren
hoe oud de aartsbisschoppen waren die hij kende. Ze waren allemaal
oud. De mogelijkheid dat er een post zou vrijkomen door het overlijden
van de bezitter was zo groot dat hij zichzelf al op zijn zetel zag zitten.

Op de terugweg naar het bisschoppelijke paleis zocht hij in zijn herinnering een naam, iemand aan wie hij een geheim kon toevertrouwen en
die slim genoeg was om de netelige opdracht tot een goed einde te

brengen. Met het oog op de zwarte schaduw van de Inquisitie die boven hun hoofd hing, moest diegene een ouder iemand zijn. De reden daarvoor lag voor de hand: als hij ontdekt werd en ondervraagd door de Inquisitie, was het beter dat hij niet in staat was het lang uit te houden. Een oude man zou de marteling niet overleven.

Hij had verschillende kandidaten op het oog, maar ze hadden allemaal wel een zwak punt. De ene was te jong, de ander te argwanend om informant te zijn en de volgende was niet echt te vertrouwen. Hij probeerde alle priesters van zijn bisdom de revue te laten passeren, omdat hij leken niet vertrouwde, en hij had ook geen leken onder zijn vrienden. Al zijn intimi waren geestelijken van het zuiverste water. Toen schoot hem een naam te binnen: vader Ramírez.

Ramírez voldeed aan alle eisen: oud, plichtsgetrouw, slim genoeg om zich geen angst aan te laten jagen. Ja, hij kon de ideale kandidaat zijn. Hij probeerde zich andere namen, andere gezichten te herinneren, maar er schoot hem niets te binnen. Hij gaf er de voorkeur aan twee kandidaten te hebben, een die net zo geschikt was als Ramírez en hem in geval van nood zou kunnen vervangen, maar op dit moment herinnerde hij zich er geen een. Hij had dus geen keus: Ramírez zou het worden.

Nu nog het moeilijkste deel: hem overhalen het te doen. Hij zocht overtuigende argumenten om zijn te verwachten bezwaren weg te wuiven. Hij kende hem goed genoeg om te weten dat hij niet te verleiden was met een eervolle beloning. Daar was hij te oud voor; hij zou er niet lang genoeg profijt van kunnen hebben. Op zijn leeftijd moest je een onmiddellijke, tastbare beloning in het vooruitzicht stellen: geld. Ramírez was daar altijd al in geïnteresseerd geweest. Voor geld deed hij alles en de nuntius had hem duidelijk gemaakt dat hij op een aanzienlijke som kon rekenen voor deze opdracht. Een deel was voor hem. Daar rekende hij op. Naast de opbrengsten van een belangrijke post, de waardigheid van abt of van bisschop wilde hij ook een onmiddellijke beloning, hij had immers ook zijn uitgaven. Zijn minnares, een getrouwde vrouw uit de kleine bourgeoisie, wilde steeds kostbaarder geschenken. Als hij een flink bedrag incasseerde, kon hij haar zelfs inruilen voor een jongere minnares, met minder pretenties.

Het besluit genomen, ging hij op weg naar de parochie van pater Ramírez. Hoe eerder hij de zaak had afgehandeld, hoe beter.

Hij trof de pastoor aan in de sacristie.

Hij ging bij Ramírez niet zo voorzichtig te werk als de nuntius bij hem gedaan had. Hij viel meteen met de deur in huis.

Het gesprek was moeilijker dan hij had verwacht. De oude had zich verzet en had de opdracht schoorvoetend aangenomen. Niet alleen begreep hij de reden van zo veel geheimzinnigheid niet, hij vond ook dat het boven zijn macht ging. Om zijn weigering te rechtvaardigen, voerde hij aan dat hij niet beschikte over contacten in kringen die een zo hooggeplaatst persoon konden benaderen. Zijn parochie werd immers alleen bezocht door kerkgangers van lage komaf. Uiteindelijk moest hij buigen voor de vasthoudendheid van monseigneur Ortega, geholpen door de som geld die de monseigneur hem voorspiegelde. Met dat geld had hij een verzorgde oude dag.

Zonder hem de tijd te geven spijt te krijgen, verliet monseigneur Ortega snel de kerk, weer door de achterdeur. Het was beter dat de gelovigen hen niet samen zagen.

Hij was tevreden dat hij snel een oplossing had gevonden wat betreft de derde man, maar tegelijkertijd verbaasde het hem dat hij zich niet opgelucht voelde. Alles was van een leien dakje gegaan, maar er was iets wat hem niet lekker zat. Had hij er goed aan gedaan die oude pastoor uit te kiezen om hem zo'n gecompliceerde opdracht toe te vertrouwen? Hij was er niet zo zeker van. En wat als hij zich vergist had? Misschien was hij wel te overhaast te werk gegaan?

Hij besloot zijn twijfels opzij te zetten. Het was gebeurd en hij had toch geen andere kandidaat tot zijn beschikking gehad.

29

Pater Fernando de Valdés zat in zijn werkkamer de enorme hoeveelheid post te lezen die uit alle hoeken van het land aan hem gestuurd werd. In veel brieven stonden anonieme beschuldigingen van burgers die maar al te graag de Inquisitie op de hoogte brachten van de veronderstelde duivelse praktijken van een willekeurige buurman. De kapitein-generaal van de Inquisitie kende zijn medeburgers en hun geneigdheid om zich van een lastige buur te ontdoen door hem anoniem aan te klagen als geen ander. Soms werkte het, soms niet. Gewoonlijk negeerde hij ze en ging hij over op de routinebrieven, maar wel bracht hij de anonieme brieven onder de aandacht van een medewerker, die ze een voor een natrok.

Iemand aangeven was de meest gebruikelijke praktijk om zich te ontdoen van een vijand of een rivaal. Het was alom bekend dat een eenvoudig briefje aan de Inquisitie voldoende was om de arme aangeklaagde te laten ondervragen en waarschijnlijk aan marteling te onderwerpen, als men meende dat iets achtergehouden werd. Over het algemeen was er daarna zo bedroevend weinig van hem over dat zijn levensverwachting aanzienlijk afgenomen was.

Valdés pakte een brief van een van de stapels correspondentie op zijn schrijftafel. Hij had die een week geleden ontvangen en hij had zodanig zijn aandacht getrokken dat hij hem verschillende malen gelezen had en bij de nog te behandelen zaken had gelegd.

Deze wees niet zoals de overige anonieme brieven beschuldigend naar een buurman die men verdacht van ketterij, maar naar een heel bekende persoon. En de beschuldiging betrof geen ketterij, maar men bracht hem ervan op de hoogte – zonder dat de schrijver er zelf belang bij had – dat er de laatste tijd een aan- en afrijden van rijtuigen was waargenomen bij de apostolische nuntiatuur. Dat verbaasde Valdés, omdat het hem niet bekend was dat er op dat moment een bijzondere diplomatieke activiteit was, noch enige andere actie die al dat verkeer rechtvaardigde. Hij zat de brief voor de zoveelste keer te lezen om te zien of een of ander detail hem ontgaan was, toen hij door een van zijn assistenten gestoord werd. Het bezoek dat hij verwachtte was gearriveerd. Hij stond op om het te ontvangen.

Het was het minste wat hij kon doen voor zijne eminentie de kardinaal, apostolisch nuntius van de Heilige Stoel in het koninkrijk Spanje.

De kardinaal stapte kwiek naar binnen. Hij scheen in een goed humeur en glimlachte vriendelijk naar de kapitein-generaal toen hij diens lange gezicht zag. Hij kende Valdés goed en wist dat zijn norsheid deel uitmaakte van het toneelstuk dat hij iedere keer opvoerde als hij een gast ontving. De nuntius was een van de weinigen die niet bang voor hem waren. Niet alleen door zijn bevoorrechte positie – de diplomatieke onschendbaarheid beschermde hem – maar ook omdat hij Valdés al jaren kende, sinds ze, toen ze nog als jonge, pasgewijde priesters samen aan de universiteit van Leuven, in Vlaanderen, studeerden. Mettertijd, zoals zo vaak gebeurde, waren hun wegen uiteengegaan toen ze hun studie voltooid hadden. Ze hadden elkaar beloofd contact te houden, maar in feite had geen van beiden de belofte gehouden. Ze hadden elkaar alleen door puur toeval nog een paar keer gezien. De een was naar Madrid teruggegaan om een onzekere toekomst tegemoet te gaan, die later veelbelovend bleek te zijn, en de ander was naar Rome gegaan om daar een briljante loopbaan te starten. De ironie van het lot had hen samengebracht toen hij – inmiddels kardinaal – tot nuntius benoemd was in Madrid.

'Eminentie, het is een eer u te mogen ontvangen in mijn nederige werkvertrek,' zei Valdés opeens met een beminnelijke glimlach.

'Zeg geen onzin, mijn beste Fernando, je weet dat het voor mij altijd een plezier is je te zien. Je kantoor is zo dicht bij ons gezantschap dat ik je makkelijk even kan komen begroeten. Dan heb ik tenminste een excuus om even de benen te strekken.'

Valdés glimlachte. De nuntius was buitengewoon dik geworden. Afgezien van het feit dat hij moeilijk liep, merkte je ook dat hij wat moeite had bij het ademhalen. Als hij zo doorging, zou hij het nooit tot paus brengen.

Valdés geloofde niet dat wat beweging krijgen de enige reden was waarom de kardinaal naar zijn bureau kwam in plaats van hem te ontvangen op de nuntiatuur, zoals elke week gebruikelijk was sinds de komst van de nuntius naar Madrid.

Gebeurde er soms iets op de nuntiatuur wat de kapitein-generaal van de Inquisitie niet mocht zien?

Even spraken ze over wat alledaagse zaken: het weer in Madrid, de kwaaltjes van de paus, de schaarse berichten van de koninklijke familie, en ze behandelden kort de algemene stand van zaken. Maar het was duidelijk dat de nuntius niet was gekomen om over het weer te praten. Terwijl hij zijn oude vriend recht in de ogen keek, besloot Valdés tot de aanval over te gaan.

'Zegt u me eens, eminentie, wat gebeurt er deze dagen op het gezantschap dat een zo ongebruikelijke drukte billijkt? Mag u me dat zeggen of is het staatsgeheim? Tenslotte weet u dat ik het vroeg of laat toch te weten kom,' voegde hij er met een glimlach aan toe, alsof het een geestige inval van hem was.

De nuntius incasseerde de klap zonder een spier te vertrekken. Hij was er de man niet naar om zich te laten intimideren door een vraag, hoe onverwacht en ongepast die ook was.

'Ik had wel verwacht dat je me die vraag zou stellen, mijn beste Valdés.' En na een korte pauze: 'Omdat ik natuurlijk heel goed wist dat je al informatie had gekregen over wat je noemt een 'ongebruikelijke drukte' bij het gezantschap, vroeg ik me alleen af hoe lang je je kon bedwingen om het me te vragen. Of heb je geprobeerd het te weten te komen zonder mijn hulp en ben je er niet in geslaagd?'

Hij glimlachte en toonde daarbij enkele schaarse, gele tanden. Je kon de ironie van zijn gezicht aflezen. Valdés ontweek de slag met een sarcastische glimlach.

'Ah, eminentie, u kan ik niet voor de gek houden. U bent slimmer dan een vos.'

'Of is het dat je ik te goed ken?' antwoordde de kardinaal, nog steeds glimlachend.

'Het zal alle twee wel zijn, geachte eminentie,' zei Valdés ontspannen. 'Dus...?'

'Ja, er is nieuws. Om je de waarheid te zeggen, en dat kun je gerust geloven als ik het je zeg, had ik er zelf al bijna over willen beginnen, omdat ik ook niet begrijp wat er aan de hand is. Ze hebben me maar gedeeltelijk geïnformeerd. Het lijkt wel alsof ze het in het grootste geheim willen doen.'

'Ze?' herhaalde Valdés, met gefronste wenkbrauwen.

'Rome,' gaf de kardinaal bijna zuchtend toe.

'Rome?'

'Ik geloof dat ze iets belangrijks aan het voorbereiden zijn waarvan ze niet willen dat ik het weet. Eerlijk waar, het zit me een beetje dwars.'

Het verbaasde Valdés. Hij had zich verschillende verwikkelingen voorgesteld, maar hij had niet gedacht dat Rome erachter zat. Verduiveld, wat waren ze in Rome van plan? Al die raderen in beweging zetten zonder dat de kardinaal erachter kwam?

'Wat voor samenzwering kunnen ze aan het smeden zijn? Denken ze dat ze uw gezantschap niet voldoende kunnen vertrouwen om hun geheimen met u te delen? Hebt u werkelijk geen idee?'

'Datzelfde vraag ik me ook af. Ik weet in ieder geval van niets. Ze hebben me ternauwernood het strikt noodzakelijke meegedeeld. Maar ik heb bedacht dat we misschien de kluwen kunnen ontwarren door wat we weten bij elkaar te leggen.'

'Het is een mogelijkheid,' gaf de kapitein-generaal toe. In werkelijkheid betwijfelde hij of de nuntius al zijn informatie met hem zou delen. 'Wat weet u met zekerheid?'

'Er is een hoge piet uit Rome gekomen. Ik had hem nog niet eerder ontmoet, hoewel ik wel over hem had horen praten. Je weet wel dat we elkaar tenslotte allemaal kennen. Het gaat om zijne eminentie kardinaal Mezzoferro, de voormalige speciale ambassadeur van de vroegere pausen. Hij heeft mij een persoonlijke brief van de paus overhandigd, waarin deze me, zonder nadere toelichting, vraagt hem te assisteren en in alles ter wille te zijn, hoe vreemd het ook is en tegen elke prijs. Je zult begrijpen dat ik stomverbaasd was.'

'Kardinaal Mezzoferro? Is dat niet diegene die toen als speciale afgezant naar Frankrijk is gestuurd?'

'Inderdaad, die.'

'En nu sturen ze een diplomaat van dat gewicht en doen tegelijkertijd alsof ze van niets weten?' zei Valdés, die ook verbaasd was, nadrukkelijk.

'Dat bedoel ik,' stemde de nuntius in, met een uitdrukking alsof hij het zelf ook niet geloofde.

'Er moet een verklaring zijn. Rome pleegt dergelijke fouten niet te maken. Als je zo op het eerste gezicht zou kunnen zeggen dat ze met zekere argeloosheid te werk zijn gegaan, met opzet zou ik zeggen, want wij weten allebei, eminentie, dat de Romeinse curie niet veel argeloosheid bezit, dan zou dat betekenen dat ze ons willen doen geloven dat het een geheime opdracht is, terwijl het dat in werkelijkheid niet is. Ze willen juist dat het bekend wordt. Goed dan, maar waarom?'

'Dat is nou juist wat ik niet begrijp.'

Valdés pauzeerde even om na te denken. Als de nuntius de waarheid zei – iets wat hij betwijfelde – dan moest Rome een geheim plan hebben. Waarschijnlijk wilden ze doen geloven dat kardinaal Mezzoferro op een geheime missie was, terwijl hij er in werkelijkheid met een heel ander doel was. Maar welk?

Ze spraken meer dan een uur, waarin de nuntius alles wat hij erover wist tot in de kleinste bijzonderheden uitlegde. Na het gesprek begeleidde de kapitein-generaal hem naar de uitgang. Het leek hem noodzakelijk zijn vriend het respect te tonen dat hij voor hem voelde, vooral omdat het om iemand ging die hem van nut kon zijn als hij nog iets ontdekte. Aan het eind van de ontmoeting beloofden de twee elkaar op de hoogte te houden van elke nieuwe ontwikkeling of verdachte activiteit. Valdés vertrouwde erop dat zijn vriend zijn belofte zou houden. De nuntius leek heel misnoegd dat hij gepasseerd was en hij zou ongetwijfeld vertrouwen op een vriend die, ook al was hij zo gevaarlijk als Valdés, hem kon helpen te begrijpen wat er allemaal gebeurde.

Op zijn beurt zou Valdés beoordelen of informatie die hem bereikte wel of niet in aanmerking kwam om door te geven aan de kardinaal.

Terug in zijn sobere werkvertrek liet hij onmiddellijk een van zijn assistenten roepen. Volgens de kardinaal had hij zojuist monseigneur Ortega opdracht gegeven een contactpersoon te zoeken die de vriendin van de koningin moest benaderen, die Italiaanse met die onmogelijke naam, Sofonisba Anguissola.

Hij gaf opdracht alle gangen van de hofdame na te gaan. Misschien lukte het hem via haar iets te ontdekken.

Hij vroeg zich af of die Sofonisba een spionne in dienst van de Pauselijke Staten kon zijn. Hij zette de gedachte meteen weer uit zijn hoofd, want niemand, en zeker geen lid van de Romeinse curie, zou het in zijn hoofd halen een vrouw als informante gebruiken. Ze waren niet te vertrouwen.

Welke rol had dan die Sofonisba? Hij wist dat ze zich wat met schilderen vermaakte maar verder niets. Als de curie zo in haar geïnteresseerd was dat ze zelfs een kardinaal eropaf stuurden, dan moest ze wel een belangrijke pion in het complot zijn. Hij kon nog niet begrijpen waarom ze een kardinaal uitgekozen hadden om haar een bericht over te brengen. In aanmerking genomen dat het doel de middelen heiligt, en dat viel nog te bezien, waarom had kardinaal Mezzoferro dan niet persoonlijk met haar een onderhoud gehad? Waarom zo veel mensen erbij betrekken? Dat was heel vreemd. Of diende die hofdame alleen maar om de aandacht af te leiden van de echte hoofdrolspeler in deze kwestie?

Valdés geloofde op het juiste spoor te zitten.

Waarom had zijne eminentie de kardinaal zich niet persoonlijk in verbinding met de Italiaanse gesteld, terwijl hij niet geaarzeld had wel in het geheim de koning zelf te ontmoeten? Wat hadden ze elkaar te zeggen? Wat voor bericht kon het zijn dat kardinaal Mezzoferro waarschijnlijk aan Filips II had moeten overbrengen? Wie stuurde hem? Een persoonlijk initiatief? Dat was onwaarschijnlijk. De brief van de paus was daar wel het bewijs van.

Handelde de kardinaal direct in opdracht van de pontifex of had Pius IV zich er slechts voor geleend op verzoek van anderen een brief te ondertekenen? Hij moest het eens aan zijn relaties bij de Heilige Stoel vragen. Het was een delicate kwestie, want als zij vragen gingen stellen en die indiscretie zou de paus ter ore komen, dan kon deze wel eens terugdeinzen en instructies geven om ze het zwijgen op te leggen. Hij kende de methodes van Pius IV maar al te goed. Het was geen man op wie je blindelings kon vertrouwen. En als de zaak voor hem belangrijk was, dan zou alles heel ingewikkeld worden, en het zou gevaarlijk zijn zich zijn woede op de hals te halen.

Wat was de rol van de paus? Als hij de brief alleen maar getekend had omdat iemand het hem gevraagd had, dan moest diegene wel heel belangrijk en invloedrijk zijn. Of was het zijn eigen initiatief geweest? Te veel vragen zonder antwoord.

Van één ding was hij zeker, en dat was precies wat hem ongerust maakte: wat het ook was, het werd achter zijn rug beraamd. Een ronduit onverdraaglijke gedachte.

30

Het was nog vroeg. De zon was juist op. Na de viering van de eerste ochtendmis in de kleine kapel van het paleis maakte kardinaal Mezzoferro aanstalten om het ontbijtritueel uit te voeren, voor hem een hele gebeurtenis. Hij zat reikhalzend uit te kijken naar het moment om aan tafel te gaan – al vanaf het moment dat hij wakker werd – toen een bediende hem kwam zeggen dat er een bezoeker aan de poort van de residentie was, die vroeg of zijne eminentie hem kon ontvangen.
'Op dit uur?' riep de kardinaal verbaasd uit.
'We hebben hem gezegd dat uwe eminentie hem zo vroeg niet kon ontvangen, maar de man bleef aandringen.'
'Heeft hij zijn naam gezegd?'
'Nee, eminentie,' antwoordde de man, voordat hij er snel aan toevoegde: 'Hij heeft alleen maar heel duidelijk gezegd dat het belangrijk was en dat u hem verwachtte.'
De kardinaal probeerde het zich te herinneren. Hij verwachtte niemand.
'Zeg hem dat hij later terugkomt. Het is nu geen tijd om een prelaat van de Heilige Kerk lastig te vallen. Als hij me kent, zou hij moeten weten dat ik op deze uren niet ontvang en zeker geen onbekenden.'
De bediende zei niets, hij was met stomheid geslagen. Hij kende de identiteit van de bezoeker, of hij vermoedde tenminste wie het zou kunnen zijn, maar omdat diegene niet officieel zijn naam had gezegd, wist hij niet of hij dat aan de kardinaal moest vertellen. Deze maakte het hem niet gemakkelijk. Hij was er de man niet naar om naar de opmerkingen van een eenvoudige bediende te luisteren. Hij zweeg liever en ging de boodschap overbrengen.
Na enkele minuten was hij terug, nog slechter op zijn gemak dan daarvoor.
'De bezoeker houdt vol dat uwe eminentie weet wie hij is en dat u hem verwacht, ook al heeft hij geen afspraak.'

Mezzoferro perste zijn lippen op elkaar, hij dacht na. Wie kon het zijn? Waarom zei hij zijn naam niet? Wie het ook was, het was geen geschikte tijd om iemand te ontvangen. Een vriend kon het niet zijn, want hij had geen vrienden in Spanje. De weinige mensen die hij kende zouden het niet gewaagd hebben zich op goed geluk aan te dienen. De koning? Onmogelijk. Hij zou niet in het voorportaal zijn blijven wachten: hij zou zonder aankondiging naar binnen gestapt zijn. Bovendien zou de bediende hem herkend hebben.

Een ogenblik. Als hij er goed over nadacht, verwachtte hij inderdaad visite. Een bezoek dat weliswaar niet afgesproken was, maar wel onontkoombaar. Vanaf het moment dat hij een voet in Spanje had gezet, was het onvermijdelijk dat die persoon daarachter kwam en zich zou laten informeren over al zijn doen en laten. Gezien de hoge post die hij bekleedde als kardinaal van de Heilige Stoel was het logisch dat hij zijn opwachting bij hem zou maken.

Maar nu? Waarom liet hij zich niet aankondigen? Het was natuurlijk helemaal niet volgens het protocol.

Sinds zijn aankomst zorgde de kardinaal ervoor overal kleine aanwijzingen achter te laten, niet al te erg in het oog lopend, maar opvallend genoeg om gevonden te worden. Hij wilde dat een zeker persoon zijn aanwezigheid zou opmerken. Het was geen kat-en-muisspel, maar een manier om een ontmoeting mogelijk te maken die niet officieel op het programma gezet kon worden. De kardinaal beschouwde het als subtiele diplomatie, wetend dat de ander het zou begrijpen.

Het was waar, hij had langer gewacht met een teken van leven geven dan hij gedacht had. Had hij het geschikte moment afgewacht of had hij de afspraak uitgesteld om informatie in te winnen? Hoeveel wist hij in werkelijkheid van zijn missie? In ieder geval wisten ze allebei dat ze elkaar moesten treffen. Het initiatief voor de ontmoeting lag bij de ander. Was vandaag de uitverkoren dag? De kardinaal was niet bereid af te zien van zijn spelregels. Als hij het was, en nu twijfelde hij niet meer, werd het spel interessant. Terwijl hij een stukje worst met gebakken ei naar zijn mond bracht, interesseerde hij zich voor de eerste keer voor de huismeester. Hij besefte dat hij hem nog nooit had aangekeken. Voor hem was het een volstrekt onbekende, ook al diende hij hem sinds zijn komst ijverig en zorgvuldig. Het was een man van middelbare leeftijd, waarschijnlijk vader van veel kinderen, maar dat interesseerde hem niet. Hij had nooit de behoefte gevoeld om op de hoogte te zijn van de problemen van zijn personeel, omdat hij vond dat dat niet zijn zaken waren, maar het was hem opgevallen tijdens de mis dat de huismeester een fervent katholiek was. Was het de aanwezigheid van een kardinaal die aanleiding gaf tot zo veel geloofsijver, vroeg hij zich af, of was hij echt zo gelovig? De arme man leek slecht op zijn gemak terwijl hij wachtte op instructies. Het was overduidelijk dat hij niets wist van het geraffineerde spel dat die twee giganten op het gebied van de misleiding aan het spelen waren. Hij wist niets van diplomatiek gescharrel. Hij was daar om te dienen, nergens anders voor. De zaken van de hoge heren lagen buiten zijn bereik. De kardinaal nam een beslissing: hij zou meegaan in het spel van de ander.

'Hoe ziet die man eruit?' vroeg hij aan de huismeester, en hij verbrak daarmee de stilte die al te lang geduurd had. De ander wachtte nog steeds op antwoord. Misschien was hij al nerveus aan het worden.

In werkelijkheid interesseerde het uiterlijk van die man hem niet. Hij wilde alleen maar tijd winnen om na te kunnen denken over wat hij het beste kon doen. Door een verkeerde zet kon hij de bijzondere situatie die door zijn bezoek ontstaan was, verknoeien. Ook kon hij niet eindeloos misbruik maken van zijn geduld. Het was een belangrijke en machtige man, gewend meteen gehoorzaamd te worden.

'Hij is lang en slank,' antwoordde de huismeester, 'en al wat ouder. Het lijkt mij een man die gewend is te bevelen. Hij heeft niets onderdanigs in zijn houding.'

Mezzoferro was verrast door het commentaar. Die huismeester had observatietalent. Dus kon hij niet zo dom zijn als hij had gedacht. Was dat een gevolg van zijn functie? De huismeesters in belangrijke huizen hadden over het algemeen een geoefende blik. In een oogopslag konden ze beoordelen of degene die ze voor zich hadden een man van stand was of een dorpeling. Misschien had hij hem wel te snel in een hokje geplaatst.

'Zeg aan deze heer,' besloot hij uiteindelijk, 'die er zo zeker van is dat ik hem verwacht, dat ik een hekel heb aan verrassingen op de vroege ochtend. Als hij mij iets mee te delen heeft, laat het hem dan maar aan jou zeggen. Ik ontvang geen onbekenden die hun naam niet zeggen.'

De huismeester beheerste zich. Hij wist niet of de kardinaal vermoedde wie de heer in het zwart was, en eigenlijk kon hem dat ook niet schelen. Het enige wat hij moest doen was de instructies van zijn baas opvolgen. Hij was een onvrijwillig deelnemer aan een dialoog tussen doven. Hij verliet de kamer om het antwoord over te brengen en kwam meteen weer terug.

'De... heer,' hij wist niet hoe hij hem moest noemen, 'heeft gezegd dat de Goddelijke Voorzienigheid uw vriend niet vrij kan krijgen, als dat is wat uwe eminentie komt vragen. Hij heeft daarover niets te zeggen en het is zoals het is. Men kan alleen afwachten hoe de zaken zullen lopen.'

De kardinaal begreep het bericht. Nu had hij geen twijfels meer over de identiteit van de bezoeker. Het was de kapitein-generaal van de Inquisitie, Fernando de Valdés. De vriend die hij was komen 'vrij krijgen' was kardinaal Carranza en de 'zaken' was het proces dat ze tegen de aartsbisschop van Toledo wilden aanspannen.

Hij dacht weer na. Hij wilde geen overijld antwoord geven. Was dit het moment om hem te ontvangen?

Als dat zo was, dan kon hij een definitief antwoord tegemoet zien op de mogelijke invrijheidstelling van Carranza.

Valdés had hem eigenlijk het antwoord al gegeven, zelfs voordat ze elkaar gezien hadden. Die doodlopende weg wilde Mezzoferro niet inslaan. Misschien was het beter verder te gaan met het toneelstukje en nog een deur open te laten. Zo zou Valdés niet met zijn rug tegen de muur staan en gaf hij hem de mogelijkheid zijn besluit te veranderen. Hij moest hem een vluchtweg laten als hij een concreet resultaat wilde.

'Zeg hem dat ik vereerd ben met zijn bezoek en dat ik hem heel dankbaar ben, maar dat ik hem aanraad de Goddelijke Voorzienigheid opnieuw te raadplegen, die deze keer ongetwijfeld zijn enorme wijsheid zal verlichten. De wegen van de Heer zijn ondoorgrondelijk, en dat weet hij net zo goed als ik.'

En weer keerde de huismeester, voor de zoveelste maal, op zijn schreden terug, ervan overtuigd dat de absurde dialoog op afstand tussen die twee oude stijfkoppen niet *ad personam* gevoerd kon worden. Geen van twee was bereid zich aan de wil van de ander te onderwerpen.

Even later was hij weer terug.

'Hij is weggegaan,' zei hij eenvoudig.

'En hij heeft geen enkel bericht achtergelaten?'

'Nee, eminentie, niets.'

Mezzoferro stond moeizaam op van tafel en ging naar een raam dat uitkeek op de voorhof. Er stond een rijtuig te wachten. Hij kon nog net een gedaante zien instappen. Valdés keek niet om. Het rijtuig zette zich in beweging, richting uitgang.

Mezzoferro volgde hem met zijn blik, toen hij plotseling een zwart gehandschoende hand uit het raampje hem zag groeten.

Hij schaterlachte.

Het verheugde hem dat Valdés een vrolijke man was. Hij had vermoed dat de kardinaal hem uit het venster nakeek.

Ze hadden gesproken, maar zonder elkaar te zien.

De kardinaal beschouwde de groet van de grootinquisiteur als een gunstig teken. Hij was tenminste niet beledigd geweest dat hij niet ontvangen was. Natuurlijk betekende dat nog niet dat het makkelijk voor hem zou worden. Mezzoferro was zich ervan bewust dat hij zich tegenover een taaie, onbuigzame tegenstander bevond, die moeilijk te overtuigen was, maar hij maakte zich geen zorgen. Hij geloofde in zijn gezonde verstand en nog meer in zijn talent om zelfs de onwilligste over te halen.

Precies op hetzelfde moment zat de man in het rijtuig terug te denken aan de vreemde, woordeloze conversatie.

De kardinaal had laten zien dat hij geslepen was. Hij wist het spel subtiel mee te spelen. Hij deed zijn naam als scherpzinnig diplomaat eer aan. Ze wisten alle twee dat de ander niet van plan was ook maar een millimeter toe te geven, maar het verdiende de voorkeur om tot overeenstemming te komen. Hoe dacht de voortreffelijke kardinaal dat te bereiken? Had hij een tegenprestatie aan te bieden of hield hij een aas in zijn mouw verborgen? Hij moest zich vrij kunnen uitspreken. Hij geloofde niet dat hij de mogelijkheid elkaar te ontmoeten alleen uit koppigheid voorbij had laten gaan. Die man had een troefkaart die hij nog niet had ontdekt, maar dat was slechts een kwestie van tijd. Als de kardinaal een geheim verborg, zou hij, Fernando de Valdés, het ontdekken.

31

Pater Ramírez was diep onder de indruk van de schoonheid en de be-
koorlijkheid van Sofonisba. Hij had weinig vreemdelingen leren kennen in de loop van zijn lange leven, en geen van hen was als deze Italiaanse. Nu had hij er plotseling twee ontmoet. De eerste, Maria Sciacca,
was donker, met pikzwart haar en donkere ogen. Hij had gedacht dat
Italianen er allemaal hetzelfde uitzagen, maar toen hij Sofonisba zag,
moest hij zijn mening herzien.
Zij was blond, goudblond. Ze droeg haar haar opgestoken, wat haar een
heel gedistingeerd uiterlijk gaf, misschien iets te serieus voor een
meisje van haar leeftijd. Haar ogen waren opmerkelijk blauw. In tegenstelling tot Maria had de schilderes een lichte huid, een kenmerk van
voornaamheid onder de dames uit de hogere kringen, wat hen onderscheidde van de dorpsvrouwen.
Wat pater Ramírez het meest verbaasde was haar voorkomen. Sofonisba bewoog zich zo sierlijk, met zulk een natuurlijke gratie, dat het
scheen alsof ze nauwelijks de grond raakte. Ze sprak rustig, heel zachtjes. Ramírez, die niet vaak aan het hof geweest was, was diep onder de
indruk. Hij had nog nooit een lid van de koninklijke familie gezien
maar hij kon zich voorstellen dat ze net zo waren als doña Sofonisba.
Zij ontving hem beleefd, maar wel een tikkeltje koel. Ze hield er niet van
tijd te verdoen met het ontvangen van een onbekende, maar ze had wel-
willend toegegeven aan de gril van haar dienstmeisje. Uit eerbied voor
zijn habijt en om de nieuwsgierigheid van de ongewone bewonderaar te
bevredigen, had ze hem zelfs toegestaan het schilderij van koningin Isabel te bekijken. Het was net af en zou zeer binnenkort verstuurd worden.
Toen hij het werk zag, was pater Ramírez met stomheid geslagen. De
eerbied die Sofonisba bij hem opriep veranderde in bewondering. Hij
vond van zichzelf dat hij goed was in het herkennen van mensen met
speciale talenten, en zonder twijfel was Sofonisba een van hen.

Het was dat hij die opdracht gekregen had, anders zou hij zich schuldig gevoeld hebben. Het stuitte hem tegen de borst een zo briljante vrouw te bedriegen, maar het was de wil van zijn superieuren en hij moest gehoorzamen, ook al vond hij dat onprettig.

Nu hij haar had leren kennen, begreep hij dat het niet gemakkelijk zou zijn haar medewerking te verkrijgen. Het was geen vrouw die zich makkelijk liet overhalen. Je zag op het eerste gezicht dat ze duidelijke ideeën had en precies wist wat ze wel en niet wilde. Ze was niet een van die volgzame schaapjes die zijn parochie regelmatig bezochten en die hij gemakkelijk kon overhalen te doen wat hij hun vroeg, daarbij gebruikmakend van de macht en angst die zijn priestergewaad inboezemde. Sofonisba was een echte dame, met een eigen wil. Achter die lieve blik kon wel eens een ijzeren wil zitten.

Monseigneur Ortega was wel heel naïef als hij dacht haar bang te kunnen maken met het dreigement dat ze onder verdenking van de Inquisitie stond. Gewend als ze was zich te bewegen in de kringen van de machtigen en in het gezelschap te verkeren van koningen en koninginnen, moest men met meer aankomen om indruk te maken op het sterke karakter van de schilderes. Ortega had het mis: die tactiek zou niet werken bij haar. Het was duidelijk dat hij haar niet kende, of hij had de opdracht betrekkelijk eenvoudig willen doen lijken en hem zo overtuigen die aan te nemen. Ramírez twijfelde eraan of hij deze taak tot een goed einde zou kunnen brengen.

De priester had geen idee hoe hij het moest aanpakken als het eenmaal zover was. Nu hoefde hij alleen maar te proberen haar vriendschap te winnen. Door zijn hernieuwde geloof voelde hij dat Hij hem op het juiste moment een handje zou helpen.

'Het gerucht gaat,' zei hij minzaam, want de kunst was onbekend terrein voor hem, 'dat de Heilige Vader zelf u om een schilderij heeft gevraagd. Is dat zo?'

Sofonisba glimlachte vriendelijk, niet om de vraag op zich, maar omdat ze vaststelde dat de pijl die ze afgeschoten had op Sánchez Coello niet alleen doel had getroffen, maar ook zijn weg vervolgd had en bij het grote publiek terechtgekomen was.

'Voor mij is het een grote eer,' antwoordde ze zoetsappig. En na een korte pauze voegde ze eraan toe, terwijl ze hem recht aankeek: 'Helemaal als je beseft dat ik maar een vrouw ben...'

Vader Ramírez begreep de boodschap: de dame eiste haar recht schilder te zijn op, of haar mannelijke collega's dat nu toestonden of niet. Ging dus achter haar uiterlijk van vriendelijke hofdame een koppige wil schuil? Was ze in staat gelijke rechten voor man en vrouw te eisen, iets wat ondenkbaar en onbetamelijk was? Als dat zo was, dan was ze een vrouw van ijzer.

Het werd steeds ingewikkelder. Ze was er de vrouw niet naar om zich te laten manipuleren, zelfs niet met behulp van de Heilige Geest.

'Zeker, dochter,' antwoordde hij toegeeflijk, terwijl hij probeerde een vaderlijke houding aan te nemen, 'maar we moeten niet vergeten dat de wil van onze zeer beminde Heilige Vader boven de gewone wetten staat, of we nu mannen of vrouwen zijn.'

'Ik dank u voor u wijze woorden, vader, ik zie dat u een verstandig en begripvol mens bent.'

Ze hadden elkaar begrepen.

Ze wisselden nog wat gemeenplaatsen uit. Omdat vader Ramírez geen hoveling was en weinig wist van de gebruiken en de etiquette, koos hij ervoor voorzichtig te zijn en zich niet te wagen aan beschouwingen die vermoedens wekten over zijn werkelijke bedoelingen. Hij sprak niet veel en probeerde met Sofonisba mee te praten, hoewel iets in zijn houding haar wantrouwend maakte.

Het was overduidelijk dat die man probeerde goed over te komen bij haar.

Daar het hun eerste ontmoeting was, riskeerde de pastoor het niet om zich aan te bieden als biechtvader, dat zou te stoutmoedig zijn. Hij wilde niet dat Sofonisba hem als vrijpostig bestempelde, waardoor hij zijn schaarse mogelijkheden om haar te manipuleren verknoeide. Vanzelfsprekend zou de weg naar de overwinning op de mooie Italiaanse langzaam en vermoeiend zijn.

Na afloop van het gesprek begeleidde Maria Sciacca de priester naar de uitgang.

Zodra ze alleen was, analyseerde Sofonisba rustig het eigenaardige bezoek. Ze voelde zich niet op haar gemak. Wat wilde die man precies? Ze had het verhaal van haar dienstmeisje, dat de pastoor haar zo graag wilde leren kennen, niet geloofd. Die man had geen greintje verstand van de schilderkunst en bovendien was het duidelijk dat het hem ook geen zier kon schelen. Zij had hem wat vragen gesteld over de maker van de triptiek die ze bewonderd had in zijn kerk en vader Ramírez had daar geen antwoord op kunnen geven. Hij kende nog niet eens de naam. Bovendien had hij geen enkele vraag over haar schilderij gesteld, noch een opmerking gemaakt die hout sneed; alleen maar wat beleefde, vage woorden. Hij was haar komen bezoeken met als excuus de schilderkunst, maar als dat hem niet interesseerde, wat was dan zijn werkelijke motief? Hij wekte niet de indruk via haar zich toegang te willen verschaffen tot de hofkringen. En daar kwam nog bij dat zij, een vreemdelinge, het minst geschikt was om zijn voorspraak te zijn. Wat was dus de bedoeling van die oude slimmerik?

Bij het afscheid had hij gezegd: 'Ik hoop u spoedig weer te zien.' Was hij dus van plan haar weer te bezoeken? Waarom? Het was duidelijk dat ze elkaar niets meer te zeggen hadden. Ze was verbluft. En Maria? Wat had die hiermee te maken? Zij had erop aangedrongen vader Ramírez aan haar voor te stellen. Ze beweerde dat ze hem in de kerk had leren kennen, wat heel onwaarschijnlijk was, omdat haar dienstmeisje nog nooit enige vroomheid had getoond. Weliswaar had ze nooit met haar over privézaken gepraat en wist ze niet wat ze in haar vrije tijd deed, maar ze had als vanzelfsprekend uitgesloten dat Maria regelmatig naar de kerk ging. Het dienstmeisje had haar verteld dat toen ze met de priester sprak, hij haar gevraagd had wat voor werk ze deed, en dat toen zij hem had gezegd dat ze bij doña Sofonisba Anguissola werkte, hij had laten blijken haar graag te willen leren kennen, met als reden dat men veel over haar en haar schilderkunst sprak.

Na de ontmoeting schoof Sofonisba definitief het schilderen als de werkelijke reden terzijde.

Sofonisba had het uitstekend gevonden om hem te ontvangen, alleen maar om haar dienstmeisje een plezier te doen, omdat Maria er blijkbaar zo op gebrand was op goede voet met de pastoor te staan. Maar er waren dingen die niet klopten. Ramírez had bijvoorbeeld gezegd dat er veel over haar gesproken werd, maar hoe kon hij dat weten als hij niet omging met mensen van het hof? Ze betwijfelde dat het de dienstmeisjes waren, zijn geregelde kerkgangsters, die lovend over haar gesproken hadden. Hij had het over de Heilige Vader gehad, waarmee hij liet zien dat hij op de hoogte was van zijn bestelling, maar dat had hij ook van Maria gehoord kunnen hebben.

Het meest had zijn reactie haar verbaasd toen zij opzettelijk haar vrouw-zijn onderstreepte. Zijn toegeeflijke, maar tweeslachtige antwoord had ze niet verwacht van een man van zijn generatie. Het was duidelijk dat hij niet zo dacht, maar hij had haar alleen gesteund om bij haar in een goed blaadje te komen.

Waarom? Was hij van plan iets van haar te vragen?

Uit voorzorg besloot ze hem niet meer te ontvangen.

32

Kardinaal Carranza friste zijn gezicht op met een beetje koel water. De hitte en het vocht waren onverdraaglijk in die cel. Sinds zijn arrestatie, nu twee maanden geleden, was hij van primaat van Spanje en aartsbisschop van Toledo, een bevoorrechte positie, gedegradeerd tot een eenvoudige gevangene, met enige consideratie behandeld, dat wel, maar toch een gevangene.

Hij voelde zich kalm. Natuurlijk was hij niet blij met deze vernedering en zinde hij op wraak, maar hij maakte zich niet al te veel zorgen over zijn toekomst. Hij wist heel goed dat de beschuldigingen die zijn oude vijand Valdés tegen hem ingebracht had zuiver politieke voorwendsels waren om hem zijn invloed en het aanzienlijke inkomen dat bij zijn functie hoorde te ontnemen. Het was een ernstige zaak, maar juist de zwaarte van de beschuldigingen stelde hem gerust. Ze waren nergens op gebaseerd en moeilijk te bewijzen. Het was eenvoudigweg bespottelijk om zijn ecclesiastische teksten een blasfemische betekenis te geven. Bovendien kon hij ook op de onvoorwaardelijke steun van de Heilige Vader rekenen.

Pius IV kon zich niet de luxe veroorloven hem te laten veroordelen en naar de brandstapel te laten sturen. Niet om ethische redenen natuurlijk: wat de ethiek van Pius IV betrof, daar zou hij zijn leven niet voor in de waagschaal leggen. Wat hem kalmeerde waren de geheime papieren die hij in zijn bezit had en die een betrouwbaar vrijgeleide waren. Ze bevatten een geheim.

Het waren documenten die de paus op niet mis te verstane wijze compromitteerden en die maakten dat Pius IV nog banger voor hem was dan voor de duivel. En hij hield ze angstvallig verborgen.

Dat was zijn geluk, de Voorzienigheid had hem een handje geholpen: dankzij dit geheim was zijn onschendbaarheid verzekerd. Daarom beschouwde hij zijn opsluiting als iets vervelends, maar ook niet meer dan dat.

Hij was verrast toen een bewaker zijn cel binnenkwam om bezoek aan te kondigen. Hij dacht dat het een van de rechters zou zijn die belast waren met zijn ondervraging, en hij liet zich gewillig meevoeren naar de zaal waar ze op hem wachtten.

Die zaal was Spartaans gemeubileerd: een tafel met aan beide kanten een stoel en een crucifix aan de muur. Groot was zijn verbazing toen hij bij binnenkomst in plaats van de rechter kardinaal Mezzoferro zag zitten.

Hij kende zijn medebroeder goed, omdat hij bij verschillende gelegenheden zaken van de Kerkelijke Staat met hem had behandeld. Hij was de vertrouwensman van de pausen. Zijn aanwezigheid stemde tot tevredenheid: het betekende dat Pius IV zich bekommerde om zijn toestand. Als de pontifex besloten had iemand van het kaliber van Mezzoferro te sturen, moest de Inquisitie daarvan nota nemen.

De twee omhelsden elkaar en Mezzoferro vroeg bezorgd naar zijn gezondheid en naar de omstandigheden van zijn gevangenschap. Ze spraken een kwartier lang zonder dat een van beiden de reden voor het bezoek aanroerde.

Ten slotte merkte Carranza op: 'Het verbaast me, eminentie, dat de kapitein-generaal toestemming heeft gegeven me te bezoeken. Dit soort consideratie past niet bij hem.'

'Eigenlijk weet hij het niet,' antwoordde Mezzoferro glimlachend, met het gezicht van een jongetje dat een van zijn streken had uitgehaald. 'Dat wil zeggen, nog niet...' voegde hij eraan toe.

Carranza keek hem verrast aan.

'Weet hij het niet? Hoe hebt u het dan voor elkaar gekregen hier te komen?' stamelde hij onthutst.

'Er zijn hogere instanties dan de kapitein-generaal,' antwoordde Mezzoferro laconiek.

Carranza knikte peinzend. Waarom had hij geen toestemming van Valdés gevraagd? Was hij bang om een gesprek met hem aan te gaan over de religieuze vraagpunten die geleid hadden tot zijn arrestatie en wilde hij alleen maar informatie voordat hij hem zag, of was er een andere reden? Wie kon zo veel macht hebben dat een prelaat hem kon bezoeken zonder toestemming van Valdés? Er was er maar een die daartoe in staat was: de koning.

Was zijn geval zo belangrijk voor Filips II dat hij Valdés in hoogsteigen persoon passeerde, of waren er andere belangen in het spel? En als dat zo was, welke dan?

Hij dacht snel na, terwijl hij glimlachte naar Mezzoferro.

Om Filips II te overtuigen had men een goed argument nodig. Wie anders kon hem dat bezorgen dan de Heilige Vader? Hij zat nog te piekeren, toen kardinaal Mezzoferro hem gebaarde naderbij te komen. Ze zaten maar een handbreed van elkaar af. Mezzoferro zei hem zachtjes, alsof hij hem een geheim toevertrouwde dat niet bestemd was voor de oren van degenen die waarschijnlijk stiekem meeluisterden:

'De Heilige Vader heeft me een persoonlijk bericht voor u meegegeven.'

Carranza, die zich voorovergebogen had om zijn oor bij de mond van de bezoeker te brengen, ging opeens rechtop zitten en keek hem onderzoekend aan.

'De Heilige Vader,' ging Mezzoferro zachtjes verder, 'wil weten of het schaapje weer is teruggekeerd naar de stal.'

Deze keer kon Carranza zijn verrassing niet verbergen.

'Ik begrijp niet waar u het over hebt, eminentie,' antwoordde hij. 'De Heilige Vader heeft u niet meer aanwijzingen gegeven?'

'Nee, eminentie. Het enige wat hij mij opgedragen heeft is u deze vraag te stellen en in deze bewoordingen. Hij heeft eraan toegevoegd dat u het zou begrijpen.'

Carranza kalmeerde. Een moment had hij gedacht dat Pius IV zo dwaas was geweest Mezzoferro in vertrouwen te nemen.

'Ik zou het niet weten,' vervolgde hij verbaasd. 'Ik begrijp dat de onaangename situatie waarin ik me bevind voor de paus reden tot ongerustheid is, maar...'

Mezzoferro liet zich niet uit het veld slaan. Bedaard haalde hij uit een plooi van zijn tuniek een brief tevoorschijn met het zegel van de paus. Hij overhandigde hem aan Carranza met de woorden:

'Misschien helpt deze brief u het u weer te herinneren.'

Carranza pakte de brief aan, bestudeerde het zegel en opende hem.

In de missive stelde Pius IV hem voor, nadat hij gepast zijn zorg had uitgesproken over de situatie waarin hij zich bevond, het voorwerp, hij wist wel welk, aan kardinaal Mezzoferro te geven. Hij moest het wel verzegelen, zodat het niet geopend kon worden.

Hij twijfelde niet over zijn antwoord.

'Zeg tegen de paus dat ik hem erkentelijk ben voor zijn bezorgdheid om mijn nederige persoon, maar ik weet niet over welk object hij het heeft in zijn brief.'

Mezzoferro hoorde het antwoord aan. Het was duidelijk dat Carranza heel goed wist waar Pius IV op zinspeelde, maar dat hij niet van plan was het hem te overhandigen. Hij pakte de brief van de paus om hem te verscheuren zonder hem gelezen te hebben, want hij mocht onder geen voorwaarde in handen van de Inquisitie vallen. Wie wist hoe lang de oude prelaat het martelen zou uithouden totdat hij alles zou opbiechten wat hij wist? Pius IV wilde dat risico niet lopen. Ze namen afscheid van elkaar, maar eerst sprak Mezzoferro hem moed in: dat de paus er alles aan deed om hem vrij te krijgen.

'Daar twijfel ik niet aan, eminentie,' antwoordde Carranza, verbazingwekkend kalm. 'Ik weet hoe de Heilige Vader op mij gesteld is en hoe noodzakelijk het voor hem is mij weer zo snel mogelijk in Rome te zien.'

'Vanzelfsprekend,' stemde Mezzoferro in.

Er was één ding waar hij zeker van was: Pius IV zou geen vinger hebben uitgestoken om Carranza te redden als hij daar geen persoonlijke redenen voor had. En Carranza, in al zijn kalmte onkwetsbaar, liet zien dat hij dingen wist die zelfs Mezzoferro niet wist. Die twee, paus en aartsbisschop, deelden een geheim.

Ze omhelsden elkaar zonder groot vertoon. Carranza was een beetje geroerd door dit gebaar van medeleven, zonder dat hij het liet merken. Hij herstelde zich meteen en straalde weer zijn gebruikelijke zelfvertrouwen uit. Mezzoferro had wat woorden van troost en medeleven willen zeggen, maar hij zag daar toch maar van af. Hij vreesde dat Carranza zich te buiten zou gaan aan een lange jammerklacht, terwijl hij zo snel mogelijk weg wilde van die ongeluksplek. Hij hield niet van gevangenissen.

Een rilling liep over zijn rug alleen al bij het idee dat hem zoiets kon overkomen.

Hij riep de bewaker. Op het laatste moment, vlak voordat ze afscheid namen, gaf Carranza hem het kleine brevier dat hij altijd bij zich had. 'Geef dit voor mij aan de Heilige Vader. Het is iets waar ik erg aan gehecht ben. Ik wil dat hij het heeft voor het geval dat mij iets onaangenaams overkomt. Ik wil dat hij een aandenken aan mij heeft.'

Mezzoferro nam het brevier in ontvangst zonder het te openen.

'Dat zal ik doen, eminentie. Ik zal er persoonlijk zorg voor dragen.'

Toen hij weer buiten in de verzengende zon liep, herwon hij zijn goede humeur en zijn levensvreugde. Het was een prachtige dag. Hij was een vrij man en hij kon gaan waarheen hij maar wilde, zonder enige beperking. Alleen als je beroofd bent van je vrijheid, besef je hoe plezierig een wandelingetje in de buitenlucht kan zijn. Daar moest hij aan denken de eerstvolgende keer dat hij zich zichzelf beklaagde.

Op de terugweg, in het rijtuig dat hem weer naar zijn residentie bracht, kon hij het niet laten te denken aan die zin die Carranza had uitgesproken: 'Ik weet hoe noodzakelijk het is voor hem om mij weer zo snel mogelijk in Rome te zien.'

Wat had hij daarmee willen zeggen?

Het was niet zomaar een afscheidszinnetje. Er zat een boodschap achter die simpele woorden. Maar welke? Wilde hij zelf naar Rome gaan? Misschien wilde hij de pontifex laten weten dat hij hem persoonlijk het object zou geven waarvan hij ontkende het in zijn bezit te hebben. In ruil voor de vrijheid, ook al zou dat zijn overplaatsing naar Rome betekenen en het afstand doen van het aartsbisdom Toledo? Waarschijnlijk wel. Als het zo was, dan moest dat mysterieuze object wel heel belangrijk zijn voor Pius IV.

Hij pakte het brevier en bestudeerde het zorgvuldig. Het leek een volkomen gewoon exemplaar, zo een dat elke pastoor gebruikt. Hij merkte er niets bijzonders aan. Was dit soms het voorwerp dat Pius IV zo graag wilde hebben? Maar waarom had Carranza dan net gedaan of hij niet wist wat hij bedoelde en had hij het hem daarna gegeven? Of wilde Carranza niet dat hij dacht dat dat precies het 'het object' was? Zat er iets in de tekst verborgen? Als dat zo was, dan was er waarschijnlijk een sleutel nodig om het te ontcijferen.

Later zou hij het aandachtiger bekijken.

33

Zodra hij weer terug was in zijn cel, probeerde kardinaal Carranza het onderhoud met Mezzoferro woord voor woord terug te halen.

Hij was heel verbaasd over het bezoek, des te meer toen hij zich oog in oog bevonden had met zijn eminente collega. Pius IV moest zich heel veel zorgen maken over de toekomst van het 'object', zoals hij het genoemd had. En daar had hij gelijk in...

Carranza had moeite gehad niet te glimlachen toen kardinaal Mezzoferro hem gevraagd had of 'het schaapje weer was teruggekeerd naar de stal'. Die vraag betekende dat hij beslist niet het geheime document aan de brenger van het bericht moest geven, omdat het juist om een geheim document ging. Het sleutelwoord was 'object'. Omdat hij geen deel uitmaakte van de geheime congregatie, kon de arme man niet bevroeden dat er jaren geleden een richtlijn was opgesteld om een dergelijke situatie het hoofd te kunnen bieden.

In het geval dat de bezitter van het document in direct gevaar zou zijn, moest hij het snel aan een andere broeder doorgeven, opdat deze het op zijn beurt ergens veilig zou opbergen. Omdat de noodsituatie de middelen heiligde, op een volkomen uitzonderlijke wijze, kon men vrijelijk kiezen aan wie men het document wilde toevertrouwen, maar in geen geval aan de paus.

Als de boodschapper echter het woord 'bijbel' had uitgesproken, dan moest de bezitter van het compromitterende document hem de bijbel met een dubbele voering overhandigen waarin het document zat.

In ieder geval had Mezzoferro dat woord niet uitgesproken – en ook al zou hij dat gedaan hebben, dan zou Carranza nog geen moment overwogen hebben af te zien van zijn vrijgeleide.

Toch was er een detail dat hem ongerust maakte. Met de door Mezzoferro geformuleerde vraag waarschuwde de paus hem voor het gevaar. Maar dat was onzin, het was al overduidelijk dat zijn situatie kritiek was. Op dat punt had het dan ook geen zin hem te waarschuwen. Dus moest hij die woorden anders uitleggen, maar hij wist niet hoe. Welke boodschap wilde de paus hem overbrengen?

Met zijn antwoord 'Ik weet hoe noodzakelijk het is voor hem om mij weer zo snel mogelijk in Rome te zien', had hij paus Pius IV misleid. Hij had hem te kennen gegeven dat het document in kwestie onderweg naar de Eeuwige Stad was. Maar dat was niet waar. Hij wilde hem alleen maar geruststellen, door te beweren dat het document in veilige handen was. In feite had hij doodgemoedereerd het noodprotocol overtreden om de enige belangrijke troefkaart in zijn bezit te hebben op het uur dat er over zijn vrijheid onderhandeld zou worden. Hij vertrouwde geen enkele ondertekenaar en ging veel liever op zijn intuïtie af dan te wachten tot de ondertekenaars hem kwamen redden.

Maar eerst moest hij nog een probleem oplossen. Voordat hij de lange reis naar Vlaanderen ondernomen had, had hij besloten het document in de dubbele voering van een gemanipuleerde bijbel te verstoppen en hij had hem voorlopig in bewaring gegeven aan een oude vriend die nergens vanaf wist.

In deze tijd bestond altijd het gevaar dat de Inquisitie zou besluiten zijn vertrekken te doorzoeken naar een belastend document. Als ze iets verdachts vonden, konden ze het in de toekomst gebruiken als hij, de aartsbisschop van Toledo, een beslissing zou nemen die voor hen ongunstig was. Chantage was algemeen gebruikelijk, dat wist Carranza maar al te goed. Daarom had hij voorzorgsmaatregelen getroffen. Hij rekende erop dat hij bij zijn terugkomst het document weer zou terugkrijgen, maar door de onverwachte ontwikkelingen, met als dieptepunt zijn arrestatie toen hij nog maar net voet aan wal had gezet, had hij er geen voor tijd gehad.

Hij maakte zich geen zorgen over het document. Dat hij het nog niet in handen had, was slechts een tijdelijke tegenslag. Zijn vriend was te vertrouwen. Hij twijfelde er niet aan dat hij de bijbel plichtsgetrouw zou bewaren, ook al wist hij niet dat hij zo belangrijk was, maar gewoon omdat het een kostbaar, rijkversierd boek was.

Carranza had als reden voor dit 'uitlenen' gegeven dat hij besloten had gedurende zijn afwezigheid zijn bibliotheek opnieuw in te laten richten en dat hij niet wilde dat die bijbel, een geschenk van een pontifex, beschadigd zou worden.

Het was een risico.

De strikte regels, opgesteld door de ondertekenaars, stonden niet toe dat het document aan een buitenstaander gegeven werd, alleen in geval van uiterste nood. Een doodgewone reis, hoe ver die ook was, werd niet als zodanig beschouwd. Toch had kardinaal Carranza niet het risico willen nemen het bij zich te dragen, om dan ontdekt te worden door een van de geheime diensten van de landen die hij doorkruiste. Als hem iets overkomen zou zijn, dan was het document tenminste in veiligheid. Hij had niet kunnen voorzien dat de desbetreffende vriend, een oude priester die aan het hoofd stond van een kerkje buiten het centrum, vader Ramírez, zich door trots had laten meeslepen en de prachtige bijbel aan andere mensen had laten zien.

34

Kardinaal Mezzoferro bleef voor het schilderij staan dat ze hem net hadden gegeven. Hij kende het onderwerp, maar aangezien het nog ingepakt was, kon hij het zich alleen maar voorstellen. Vanaf het moment dat de Heilige Vader in zijn werkkamer voor de eerste keer over dat schilderij had gesproken, had hij er al zo vaak over gehoord.

Eindelijk kon hij het dan met eigen ogen zien.

Hij bestudeerde het het liefst in zijn eentje. Een ware kenner laat zich niet afleiden wanneer hij van een goed werk wil genieten. En zijn intuïtie zei hem dat hij op het punt stond een van die zeldzame meesterwerken te aanschouwen, waarvan elk detail een genot voor het oog was. De dienaren die het op een schildersezel hadden gezet stuurde hij weg, daarna trok hij de verpakking eraf.

Met een gebaar dat hij zelf te dramatisch vond, haalde hij het laatste stukje doek waar het in verpakt had gezeten weg. Hij wist niet of het eromheen gedaan was om het kunstwerk te beschermen tegen het stof van de verpakking, maar hij stelde zich voor hoe de artieste de laatste instructies gaf aan degenen die het schilderij inpakten. In theorie was het schilderij klaargemaakt voor de reis naar Rome. Niemand had er enig idee van dat het nog een onverwachte tussenstop in Madrid zou maken voor een kleine verandering.

Toen hij uiteindelijk het werk zag, stond hij versteld van de volmaaktheid ervan. Het was werkelijk een wonder. Gewoonweg fantastisch. De paus had hem verteld over het talent van de artieste, maar hij had niet gedacht dat ze zo goed zou zijn. Het werk verdiende alle lof.

Zijn blik viel op haar hand. Sofonisba had zichzelf afgebeeld met gestrekte wijsvinger. Volgens de instructies van Pius IV betekende een gebogen wijsvinger dat Mezzoferro het fameuze object gekregen had. In het tegenovergestelde geval moest hij de hand zo laten retoucheren dat de wijsvinger recht zou zijn.

In theorie moest hij het portret snel naar Rome versturen, eventueel met de aanpassing, zodat de pontifex niet hoefde te wachten totdat hij weer in Rome was, om het resultaat van zijn missie in Spanje te vernemen. Maar hij had nog niet besloten welk antwoord hij de paus zou geven.

Mezzoferro wist dat het portret het zelfportret van de kunstenares was. Omdat hij haar niet zelf kende, bestudeerde hij een moment haar gelaatstrekken. Ze was veel mooier dan hij zich had voorgesteld. Hij dacht dat een vrouw schilderde om een leegte in haar bestaan te vullen en zo met haar talent een weinig aantrekkelijk uiterlijk te compenseren. Maar dat was niet het geval bij Sofonisba. De jonge vrouw was blond, goudblond, en ze had blauwe ogen. Had ze zichzelf weergegeven met buitensporig intens blauwe ogen of waren haar ogen van nature zo? Hoe het ook zat, het resultaat was indrukwekkend. Die jonge vrouw bezat een buitengewone schoonheid. Hij moest toegeven dat hij fout gezeten had met zijn beeld van haar: donker haar en donkere ogen.

Een paar minuten bleef hij naar het schilderij kijken, gefascineerd dat die fijngevormde hand met zo veel sierlijkheid en talent haar eigen trekken had afgebeeld. Hij ontwaakte uit zijn kortstondige dromerij om de huismeester te schellen. Deze kwam meteen.

'Waarschuw meester Manfredi dat ik op hem wacht,' beval hij zonder zijn blik van het schilderij te halen. 'En breng me brood met ham en een glas wijn,' voegde hij eraan toe.

Het was een onmiskenbaar teken dat hij in een goed humeur was. Altijd als dat zo was, kreeg hij trek.

'Hij zit in het voorvertrek te wachten op uw oproep, eminentie,' antwoordde de huismeester tot zijn verbazing. 'Zodra hem verteld was dat het pakket dat uwe eminentie verwachtte gekomen was, is hij op pad gegaan, maar ik heb hem gezegd dat uwe eminentie gevraagd had alleen gelaten te worden.'

Die huismeester praatte te veel, bedacht Mezzoferro, terwijl hij met een licht handgebaar aangaf de meester binnen te laten. Hij keurde die karaktertrek niet goed. Het kon gevaarlijk zijn een zo loslippig persoon in zijn buurt te hebben. Mezzoferro verafschuwde kletspraatjes, vooral in zijn omgeving. Hij dacht, en met reden, dat als iemand te veel praatte, hij dan wel van alles buiten het paleis kon rondvertellen. Hij had er een hekel aan als de mensen op de hoogte waren van zijn privéleven, ook al stelde dat niet zoveel voor.

'De volgende keer is het niet nodig dat je aan het halve paleis laat weten dat ik een pakket gekregen heb,' vermaande hij hem streng. 'Ik eis discretie. Denk daaraan.'

De huismeester bloosde licht. Hij had geen standje verwacht, nu hij vooruitgelopen was op de wensen van zijn baas.

Meester Manfredi liet het zich geen tweede keer vragen en kwam meteen binnen. Hij was een man die net de middelbare leeftijd had bereikt, ook al leek hij ouder. Hij kwam uit de streek rond Ancona. Hij werkte vaak voor de kardinaal, meestal maakte hij dan kopieën van portretten die de hoge prelaat aan vrienden en bekenden schonk. Hij was er goed in; toch had hij nooit naam kunnen maken als schilder. Hij hoopte dat de kardinaal zijn voorspraak zou zijn bij de Romeinse curie, maar op het moment waren de resultaten gering. Misschien had de kardinaal niet zijn uiterste best gedaan; hij had immers liever zelf de beschikking over een schilder die niet zo getalenteerd was, maar wel goedkoop. In ieder geval had Manfredi nog niet de hoop opgegeven op een dag een beroemd schilder te worden.

Hij was aangenaam verrast toen de kardinaal hem naar zijn mooie villa in Rome had geroepen en hem vertelde dat hij een plan had.

Manfredi dacht dat hij hem een nieuw werk wilde opdragen, maar hij stond sprakeloos toen zijn beschermer hem meedeelde dat hij op het punt stond op reis te gaan en dat hij hem wilde meenemen. Dat was tamelijk ongebruikelijk. De kardinaal had nog nooit voorgesteld hem te vergezellen als hij naar een andere plaats ging. Hij had hem graag willen vragen waarom, maar had het toch niet gedaan. Als zijne eminentie dat besloten had, dan zou hij ongetwijfeld zijn redenen daarvoor hebben. In ieder geval zou hij andere landen leren kennen, iets wat onmogelijk voor hem was zonder deze uitnodiging van de eminente geestelijke. Daarom had hij haar enthousiast aangenomen.

Zodra hij in Spanje was aangekomen, had hij maar weinig gelegenheid gehad zijn beschermer te zien, omdat die altijd druk bezig was met kwesties waar hij niets van wist, maar die gezien zijn hoge functie uitermate belangrijk leken. Tot de dag dat hij hem naar zijn werkkamer had geroepen om hem mee te delen dat hij op een heel belangrijk portret wachtte waarin hij misschien wat kleine verbeteringen moest aanbrengen. Eerlijk gezegd had hij niet begrepen wat 'enige verbeteringen aanbrengen' in het portret van een andere kunstenaar betekende, maar als zijn weldoener dat wenste, zou hij natuurlijk geen tegenwerpingen maken.

Mezzoferro was niet zo gauw voor één gat te vangen. Toen de Heilige

Vader hem zijn ingewikkelde opdracht had gegeven, had hij het hoofd niet laten hangen. Als het erom ging een portret ter plaatse te veranderen, dan had hij de geschikte persoon daarvoor. Zijn Manfredi was ook niet voor één gat te vangen. Hij kon een schilderij zo kopiëren dat je het niet van het origineel kon onderscheiden. Dé man voor deze opdracht.

'Nu, *maestro*,' zei de kardinaal joviaal, 'wat vindt u ervan?'

Manfredi liep op de ezel af en toen hij voor het doek stond, bestudeerde hij het zwijgend tot in de kleinste details. Uiteindelijk trok hij een grimas die de kardinaal uitlegde als waardering en bewondering.

'Prima gedaan. Een gevoelige hand. Een Spaanse schilder? Voor zover ik heb gezien sinds we hier zijn, denk ik van niet. Hun stijl is theatraler, als u me toestaat het zo te noemen.'

'Ik weet het niet,' loog de kardinaal, 'en het doet er ook niet toe. Wat mij interesseert is of u een kleine verandering kunt aanbrengen zonder dat je dat ook maar aan iets kunt merken...'

'Een verandering?' herhaalde de meester, stomverbaasd. 'Maar dit portret is perfect. Wat voor verandering wilt u dat ik aanbreng?'

'Ik heb u niet uw oordeel gevraagd over de kwaliteit van het schilderij. Ik wil alleen weten of u de stijl kunt imiteren en de verandering aanbrengen waarover ik het heb,' antwoordde de kardinaal, lichtelijk geïrriteerd. Die artiesten moesten ook altijd hun mening geven.

Manfredi corrigeerde zich toen hij de bitse toon van zijn patroon hoorde. Het zou zonde zijn om dat schilderij bij te werken, maar als er niets anders op zat...

'Natuurlijk, eminentie. Dat is geen probleem. Als het maar een kleine wijziging is, zal zelfs de maker het niet in de gaten hebben, dat garandeer ik u. Welk deel wilt u dat ik retoucheer?'

'De hand,' antwoordde de kardinaal, opgelucht. Hij had er niet aan getwijfeld dat Manfredi het kon, maar zijn bevestiging stelde hem gerust.

'De hand?' riep de meester uit, nog verbaasder.

'Dat heb ik gezegd, de hand. Ik wil dat de hand een... andere positie krijgt.'

Manfredi fronste zijn wenkbrauwen. Was het een bevlieging van de kardinaal? Waarom moest hij de positie van de hand veranderen als hij zoals hij nu geschilderd was in perfecte harmonie met de rest was?

'Hoe wilt u dat ik hem schilder, eminentie?' vroeg hij. Het was idioot, maar hij hield zijn gedachten liever voor zich, om de kardinaal niet te ergeren.

'Dat weet ik nog niet,' antwoordde Mezzoferro peinzend. 'Ik zal het u zeggen als het moment gekomen is. Nu wilde ik alleen maar weten of u dat kon, ook al twijfelde ik daar niet echt aan. Laat me nu alleen. Wanneer ik mijn besluit genomen heb, zal ik u laten roepen.'

Manfredi was verbijsterd. Zijn beschermer was altijd een beetje vreemd geweest, maar nu overtrof hij zichzelf. Eerst liet hij hem een uitmuntend schilderij zien, vervolgens zei hij hem dat hij de hand in een andere positie wilde en ten slotte gaf hij toe dat hij niet wist hoe hij hem wilde... Te gek om los te lopen. Maar hij was gewend aan de vreemde eisen van Mezzoferro en hij sprak hem niet graag tegen als hij in een slecht humeur was. Voor hij wegging, liep hij naar de kardinaal om zijn ring te kussen.

Zodra hij weer alleen was, glimlachte de kardinaal tevreden. Het ging precies volgens plan. Nu had hij alleen nog het antwoord van Valdés nodig. Beiden wisten dat ze elkaar opnieuw zouden ontmoeten, ook al hadden ze elkaars gezicht niet eens gezien. Hij wist maar al te goed dat de kapitein-generaal in persoon leren kennen betekende dat hij zich niet hield aan de strikte orders van Pius IV, maar hij beschouwde het onontbeerlijk als hij tot een akkoord wilde komen. Tenzij...

Hij kreeg een idee. Misschien kon hij krijgen wat hij wilde zonder dat hij de grootinquisiteur zelf hoefde te trotseren. Het was een riskante manoeuvre, maar misschien was het de moeite waard.

35

Hoe meer hij ernaar keek, hoe mooier hij het vond. Het was een speciale bijbel. Hij had er nooit eerder een gezien die zo schitterend gemaakt was. Het omslag was versierd met kleine edelstenen, spelend met kleur en grootte, het was een lust voor het oog. Ongetwijfeld was de waarde niet te schatten. Hij was trots op deze blijk van vriendschap en vertrouwen van zijn oude vriend kardinaal Carranza. Hij had nooit gedacht dat zijne eminentie een dergelijk voorwerp aan hem zou toevertrouwen terwijl hij op reis was. Hij begreep zijn bezorgdheid. Als er gewerkt werd in zijn bibliotheek, was het beter dit onvervalste juweel in veiligheid te stellen, maar om het dan aan hem in bewaring te geven... Eerlijk gezegd had hij nooit gedacht dat hij zo'n hoge dunk van hem had. Ramírez pakte het boek weer en deed het voorzichtig open, de bladzijden een voor een omslaand. Het was een waar genot. Hij barstte van trots. Hij verwachtte 's middags bezoek van monseigneur Ortega. De kardinaal zou er zeker geen bezwaar tegen hebben dat hij de bijbel aan de monseigneur zou laten zien. Tenslotte kon Carranza er trots op zijn dat anderen het geschenk zagen dat de paus hem als beloning voor zijn diensten had gegeven. Niet iedereen kon met een dergelijke eerbewijs pronken. Hij legde de bijbel weer voorzichtig in zijn foedraal, een klein kistje dat er speciaal voor was gemaakt om het te beschermen tegen stoten en beschadigingen.
Er klopte iemand aan de deur.
Wie kon dat zijn? Monseigneur Ortega verwachtte hij pas 's middags.
Hij liet het kistje op tafel liggen en ging de deur opendoen.
Hij was van plan om de bezoeker, wie het ook was, zo snel mogelijk weg te sturen, zodat hij weer van de bijbel kon genieten.
Hij deed open. Het was Maria Sciacca.
Het meisje glimlachte vriendelijk naar hem. 'Dag, vader,' zei ze opgewekt. 'Ik kom kijken of u dat briefje voor mijn nicht al af hebt.'

Ramírez trok zijn wenkbrauwen op. Hij was het totaal vergeten. Maar door dat meisje had hij mevrouw Sofonisba leren kennen. Zonder haar tussenkomst was hij er nooit in geslaagd om ook maar in haar buurt te komen. Hij was haar wel een gunst verschuldigd. Hij hoefde alleen maar wat flauwekul op te schrijven. Ze kon toch niet lezen. 'Ik heb geen tijd gehad,' loog hij zonder last van zijn geweten te hebben. 'Ik heb het de laatste tijd heel druk, maar als het urgent is, zal ik het meteen doen. Heb je nu tijd?'

'Natuurlijk. Weet u nog wat u moet schrijven?'

'Ja, ja,' antwoordde Ramírez. Hij wilde ervanaf, dan kon hij terug naar zijn eigen zaken. 'Wacht hier op me. Het duurt maar een paar minuten.'

Maria knikte, en terwijl hij snel wegliep snuffelde ze wat rond in het vertrek.

Op tafel stond een kistje bekleed met donkerrood fluweel, het was niet duidelijk wat het was. Ze liep ernaartoe en zag dat de deksel er half af lag. Nieuwsgierig lichtte ze hem op.

Voor haar verbaasde ogen verscheen het met juwelen bezette omslag van een boek. Waarschijnlijk was de pastoor iets aan het opzoeken toen zij kwam.

Ze keek goed of ze niet verrast kon worden door de terugkeer van de pastoor en haalde de bijbel uit het kistje. Ze bladerde hem door. Omdat ze niet kon lezen verloor ze haar belangstelling toen ze zag dat het alleen maar een boek was. Het maakte haar niet uit wat erin stond, maar het omslag was prachtig. Hoeveel zou dat waard zijn? Ongetwijfeld heel veel.

Ze streek met haar wijsvinger over de kostbare edelstenen. Eentje bewoog. Ze drukte wat harder en zag dat de steen los in zijn holte lag. De haakjes hielden hem nog maar nauwelijks vast. Met een minimale krachtsinspanning kon je ze openbuigen en de steen bevrijden.

Ze probeerde het, meer als spelletje dan met kwade opzet. Inderdaad, door even met haar vinger erop te drukken, kwam de steen van zijn plek.

Verschrikt draaide ze zich om, om te zien of vader Ramírez al terugkwam. Ze spitste de oren, maar ze hoorde geen stappen dichterbij komen. De verleiding was groot. Ze twijfelde hooguit een paar seconden. Toen pakte ze de edelsteen en stopte hem in haar zak. Het boek legde ze terug in zijn kistje en de deksel ging er weer op.

Ze had niet de tijd gehad te bedenken wat ze ermee zou doen, maar in

Madrid moest het toch niet moeilijk zijn een juwelier te vinden die bereid was haar een flinke som geld te geven in ruil voor zo'n kostbare steen. Misschien had ze de oplossing gevonden voor al haar problemen. Ze ging snel de sacristie uit, zodat vader Ramírez haar daar niet nieuwsgierig rondsnuffelend zou aantreffen, en ze ging op een van de voorste banken in de kerk zitten. Ze deed alsof ze bad. Als de pastoor haar zo vroom zag zitten, zou hij haar niet verdenken als hij de verdwijning van de edelsteen ontdekte. Hij kon gevallen zijn zonder dat hij het in de gaten had gehad. En goed beschouwd, als de Kerk zo veel geld had dat ze zich zulke rijkversierde boeken kon permitteren, dan kon ze, zelfs al was het onvrijwillig, een kleine edelsteen afstaan aan een arme, behoeftige parochiaan. Ze beschouwde het als een kleine geldelijke hulp van de Voorzienigheid. Met een beetje geluk zouden ze niet eens merken dat hij ontvreemd was.

Vader Ramírez keerde kort daarop terug met de brief. Toen hij haar niet in de sacristie zag, zocht hij haar in de kerk, en hij trof haar daar aan in gebed verzonken. Het was een goed meisje, vroom en gedienstig. Hij riep haar bij zich.

'Hier heb je je brief, mijn dochter,' zei hij tegen haar. 'Als je het antwoord hebt, breng het me dan meteen. Dan zal ik het je voorlezen.'

'Duizendmaal dank, vader. Ik weet niet hoe ik u moet bedanken. U bent zo goed voor mij.'

Ramírez haalde zijn schouders op – zo veel betekende het niet – en hij glimlachte vriendelijk. Hij keek naar het gezicht van het meisje terwijl hij de brief dichtvouwde. Ze was tamelijk knap. Ach, als hij een paar jaar jonger geweest was, misschien...

Na afscheid van haar genomen te hebben, ging Ramírez weer verder met zijn bezigheden. Toen hij het kistje op de tafel zag staan, herinnerde hij zich dat hij net de bijbel had willen opbergen. Hij sloot het kistje zorgvuldig en zette het weer terug in de kast waar hij het eerder verborgen had. Als er dieven de sacristie binnenkwamen, was het niet een bijzonder veilige plaats, maar hij moest hem nog aan monseigneur Ortega laten zien. Later zou hij er dan wel een betere plek voor zoeken. Dat moest er nog bij komen, dat de een of andere dorpeling de kerk zou binnensluipen en de kostbare bijbel stelen. Hij zou het zichzelf nooit vergeven hebben.

Ortega kwam 's middags precies op de afgesproken tijd. Ramírez leek bijzonder nerveus en dat maakte hem ongerust, omdat hij veronderstelde dat het iets met zijn onderwerp te maken had, maar hij kalmeerde toen de pastoor hem de bijbel liet zien en hem met veel onnodige bijzonderheden vertelde hoeveel vertrouwen kardinaal Carranza in hem stelde door hem dat kostbare voorwerp toe te vertrouwen nu er werkzaamheden in zijn bibliotheek uitgevoerd werden.

Ortega was even bang geweest dat er een kink in de kabel zat. Nu kon hij weer rustig ademhalen. Die kindse dwaas was alleen maar opgewonden door een boek van kardinaal Carranza.

Toegegeven, die bijbel was mooi en rijk gedecoreerd, maar dat rechtvaardigde nog niet zo veel opwinding. Hij had ze beter en rijker gedecoreerd gezien. 'Hebt u gezien dat er een edelsteen ontbreekt?' vroeg hij plotseling, terwijl hij het boek bestudeerde.

'Waar?' vroeg de pastoor, hevig verontrust.

'Hier,' wees de ander. 'Kijk.'

Pater Ramírez verbleekte. Zijn mond viel open, zijn ogen puilden uit, hij was hevig ontsteld.

'Ik heb het niet gemerkt,' stotterde hij. Toch had hij er een eed op durven doen dat er geen een ontbroken had toen hij er eerder naar had gekeken. 'Misschien is hij er net uit gevallen, terwijl u hem zat te bekijken.' Hij zocht op tafel en daarna op de grond. Hij zag niets wat hem kon geruststellen. Op zijn knieën zocht hij nauwgezet de oude houten vloer van de sacristie af voor het geval hij daar misschien gevallen was, maar er was geen spoor van te bekennen. Als de steen op de grond was gevallen, moest hij te zien zijn.

Er kwam een angstige blik in zijn ogen.

'Hopelijk is hij niet hier in de kerk verdwenen. Ik zou niet willen dat uwe eminentie denkt dat...'

'Maakt u zich geen zorgen,' probeerde Ortega hem gerust te stellen, 'waarschijnlijk was hij al weg. Aan wie hebt u hem laten zien, behalve aan mij?'

'Aan niemand, monseigneur, dat verzeker ik u. U bent de enige.'

'Dan hoeft u zich nergens zorgen over te maken, Ramírez. Zonder twijfel was hij al weg. Hij moet in de loop der tijd los zijn gaan zitten. Kijk, de haakjes zitten los.'

Ja, Ramírez zag heel goed dat de klemmetjes openstonden, maar dat luchtte hem niet op.

De monseigneur veranderde van onderwerp. Hij had geen tijd te verliezen. Maar de pastoor was onrustig. Hij had zijn hoofd er niet bij. Hij slaagde er niet in zich te concentreren op de woorden van Ortega. De intriges van de monseigneur interesseerden hem niet op dat moment.

Hij kon alleen nog maar aan de verdwenen steen denken. Hij vreesde dat hij eruit gevallen was terwijl de bijbel onder zijn beheer was; kardinaal Carranza zou hem aansprakelijk stellen voor de schade. Hij slikte. Hij moest hem vinden.

'Neemt u mij niet kwalijk dat ik u onderbreek, monseigneur,' zei hij met de uitdrukking van een geslagen hond, 'maar kent u niet iemand die die steen zou kunnen vervangen?'

Monseigneur Ortega perste zijn lippen op elkaar. Die oude gek maakte zich alleen maar zorgen om die bijbel en niet om zijn zaken. Hij probeerde vriendelijk te zijn en met hem mee te denken. Ramírez was niet in staat naar hem te luisteren en aan iets anders te denken dan aan die vervloekte steen. Het was stom geweest van hem om hem erop te wijzen dat er een ontbrak.

'Ik denk van wel,' antwoordde hij, 'maar een dergelijke steen, hoe klein ook, moet een fortuin kosten. Bent u bereid om dat te betalen?' In zijn stem klonk ironie, maar de pastoor had het niet in de gaten.

'Eigenlijk dacht ik de steen te vervangen door een vergelijkbare, maar dan een valse,' antwoordde hij beschroomd, alsof hij er zich van bewust was dat hij iets idioots zei. 'Een dergelijke uitgave kan ik me niet permitteren. Aan de andere kant, als het origineel eerder is verdwenen, moet de kardinaal het weten en zal hij me dankbaar zijn dat ik geprobeerd heb het omslag te verfraaien.'

'Met een valse steen?' bracht Ortega ertegen in, aan het einde van zijn geduld.

'Het zou niet erg opvallen. Tegenwoordig maken ze prachtige kopieën.'

Ortega was aan de rand van uitputting. Die ouwe verknoeide zijn tijd met zijn onnozele zorgen, in plaats van naar hem te luisteren.

'Goed,' zei hij ten slotte. 'Ik zal er wel een oplossing voor vinden. Maar dan moet ik het heilige boek wel meenemen. De juwelier moet de andere stenen zorgvuldig bekijken om er precies zo een te vinden.'

'Maar...' stamelde Ramírez verschrikt. Kon hij Ortega vertrouwen? De bijbel aan hem meegeven hield een risico in, maar hij had geen alternatief als hij de schade wilde herstellen.

'Als u garandeert dat u er persoonlijk over zult waken...' waagde hij verlegen te zeggen. Toen hij de monseigneur zag fronsen, voegde hij er snel aan toe: 'Vanzelfsprekend vertrouw ik u. Dat is niet waarover ik me zorgen maak. Maar belooft u me dat u niet over dit kleine incident met de monseigneur zal spreken. Ik zou niet willen dat...'

Dat is tenminste wat, dacht Ortega. Het ontbrak er nog maar aan dat hij me niet zou vertrouwen, terwijl ik hem nog wel een gunst verleen. Ramírez was er helemaal niet gerust op, maar omdat hij geen andere oplossing zag, overhandigde hij hem de bijbel. Voor hij hem uit handen gaf, putte hij zich uit in goede raad. Het was niet uit achterdocht, maar de bijbel was persoonlijk aan hem toevertrouwd door de kardinaal, en hij voelde zich schuldig tegenover hem door het in hem gestelde vertrouwen.

Omdat het bericht geheimgehouden was, wist hij niet dat op datzelfde moment kardinaal Carranza in een stinkende kerker zat, op niet al te grote afstand van zijn kerk.

36

Juwelier Manzanares onderzocht oplettend het omslag van de bijbel die monseigneur Ortega hem zonet gegeven had. Een juweeltje.

Het verzoek van de monseigneur had hem versteld doen staan. Waarom een echte steen vervangen door een valse, terwijl alle andere stenen op het prachtige omslag echt waren?

Ortega had zich verdedigd door een toespeling te maken op hoe het gegaan was: de rechtmatige eigenaar had het boek uitgeleend aan een vriend en die had de oorspronkelijke edelsteen verloren. Omdat hij niet voldoende geld had, dacht hij dat hij de steen wel door een identieke, maar van veel minder waarde kon vervangen.

Een niet erg geloofwaardige geschiedenis.

Het was niet de eerste maal dat ze hem een dergelijk verzoek deden, maar normaal gesproken ging het om dames uit de aristocratie in een benarde financiële positie. Ze beleenden de oorspronkelijke juwelen en vertrokken met de valse, zodat niemand zou vermoeden dat ze tijdelijk een gebrek aan contanten hadden. Ze kwamen ze ophalen wanneer hun zaken weer wat beter gingen.

Maar dit geval was anders.

Manzanares vond, dankzij zijn jarenlange ervaring, dat er een luchtje aan zat. Was het een poging tot diefstal? In dat geval liep hij ernstig gevaar, des te meer omdat de eigenaar van de bijbel wel een belangrijk personage zou zijn, dat kon haast niet anders gezien de waarde ervan. Hij kon beschuldigd worden van medeplichtigheid aan diefstal. Zijn reputatie zou niet tegen zo'n beschuldiging bestand zijn.

Zodra Ortega weg was, ging hij naar de achterkamer om die waardevolle bijbel te onderzoeken. Toen hij hem opende, ontdekte hij op de eerste pagina's het pauselijk wapen.

Hij schrok.

Als de bijbel van de paus was geweest – en daar leek het wapen op te wijzen – en nu in Spanje was, dan betekende het dat de paus hem waarschijnlijk aan een kerkvorst of aan een lid van het koninklijk huis had geschonken. Handelen achter de rug om van mensen uit die klasse was buitengewoon gevaarlijk. De situatie was gecompliceerder dan ze op het eerste gezicht had geleken.

Hij wilde geen risico lopen. In zoiets betrokken worden kon hem duur komen te staan.

Dus deed hij de bijbel weer in zijn kistje, waarschuwde zijn helper dat hij zo terug was en vertrok met het pakketje onder de arm.

Hij ging op weg naar het hoofdkwartier van de Inquisitie. Als hij niet in een duistere zaak verwikkeld wilde raken, was het minste wat hij kon doen eens gaan praten met zijn goede vriend, zo noemde hij hem, vader Fernando de Valdés, de kapitein-generaal van de Inquisitie; die zou wel weten wat hij moest doen.

Bij zijn klanten pochte hij dat hij een goede vriend was van de gevreesde inquisiteur, maar dat deed hij vooral om zichzelf meer aanzien en geloofwaardigheid te verschaffen. Feitelijk was hij alleen maar een informant en hun relatie was zuiver zakelijk, maar noodzakelijk; bijna onontbeerlijk voor een handelaar die rustig wilde leven zonder voor onaangename verrassingen gesteld te worden.

Fernando de Valdés liet hem een tijdje wachten voordat hij hem ontving. Hij had belangrijker zaken af te handelen dan die zelfingenomen juwelier te ontvangen die hem nooit iets opzienbarends te melden had. Bovendien had de man iets wat hem ergerde. Zijn manier van praten, zijn meelijwekkende poging om zich te presenteren als een gedistingeerde heer, terwijl hij niet meer dan een boerenpummel was. Manzanares gebruikte woorden waarvan hij niet altijd de betekenis wist; hij dacht zo indruk te maken op zijn gesprekspartner. Vooral zijn maniertjes irriteerden Valdés. Zo opende en sloot hij aan het eind van elke zin zijn mond, waarbij hij duidelijk hoorbaar speekselbellen blies. Toen hij zijn werkkamer binnenkwam, glimlachte hij vaag en niet al te vriendelijk naar hem.

Kortaf zei hij: 'Hebt u me iets interessants mee te delen, meneer Manzanares, dat u zo dringend een onderhoud vraagt?'

De juwelier verbaasde zich niet over de onvriendelijke toon. Hij kende de kapitein-generaal te goed om zich beledigd te voelen. Valdés was nooit bijzonder beminnelijk.

'Ik wil u iets laten zien wat u misschien wel interessant vindt,' antwoordde hij eerbiedig. Hij had graag zijn ontdekking wat interessanter doen lijken, er een geheimzinnig tintje aan gegeven, maar het tot spoed manende gebaar van de inquisiteur had hem van de wijs gebracht. Het was beter hem niet te laten wachten.

'Laat kijken,' antwoordde Valdés streng.

Manzanares opende langzaam het roodfluwelen kistje en haalde de bijbel tevoorschijn, en legde die zorgvuldig op de werktafel van de inquisiteur. Deze reageerde niet. Hij wachtte op een verklaring.

Manzanares begon de gebeurtenissen te vertellen, waarbij hij vooral zijn eigen argwaan jegens de rechtmatige eigenaar van het boek beklemtoonde en de poging tot diefstal van monseigneur Ortega waarbij hij onvrijwillig betrokken werd. Valdés luisterde zonder met zijn ogen te knipperen, terwijl hij verstrooid in de bijbel bladerde. Het onderwerp leek niet erg belangrijk, en wie de eigenaar wel of niet was ook niet. Dus iemand wilde een steen vervangen? En wat dan nog? Hij hield zich bezig met geloofszaken of politiek-religieuze samenzweringen, niet met pogingen tot diefstal. Het was weer een van de gewone onbenullige verhalen van die lastpost.

'Wat moet ik doen?' vroeg Manzanares ten slotte ongeduldig, in de veronderstelling dat hij de belangstelling van zijn gesprekspartner had gewekt.

'Doe wat ze vragen,' antwoordde Valdés. 'Deze zaak gaat ons niet aan.' Hij sloeg de bijbel met een klap dicht en gaf hem aan de juwelier. Het onderhoud was beëindigd.

Manzanares voelde zich teleurgesteld. Hij had verwacht dat de kapitein-generaal hem zou feliciteren met zijn scherpzinnigheid en hem zou bedanken omdat hij hem van dit complot op de hoogte had gebracht, maar hij had er klaarblijkelijk geen belangstelling voor. Goed, hij had in ieder geval zijn plicht gedaan. Als er iets zou gebeuren, kon men hem niets verwijten.

Zodra hij buiten het naargeestige gebouw was, liep hij op zijn gemak naar zijn winkel. Hij voelde zich een stuk lichter, alsof door het nutteloze gesprek met de gevreesde Valdés hem een last van de schouders gevallen was.

De zon was aan het ondergaan en de temperatuur was licht gedaald. Hij voelde zich uitstekend.

Hij ging zijn winkel binnen. Op dat uur van de middag waren er weinig mensen in de buurt, en er was niemand in de winkel. Zijn twee assistenten waren al naar huis, dat stelletje luiwammesen. Hij deed de deur op slot, ging naar de achterkamer en legde de bijbel op de tafel.

Misschien kon hij zelf ook maar beter naar huis gaan. Er waren op dat moment toch bijna geen klanten. Hij stond op het punt om dat maar te doen, toen hij in een impuls besloot een laatste blik op de bijbel te werpen. Hij haalde hem uit het kistje.

Hij wist niet waarom, maar hij vond hem mooi. Misschien omdat hij zo klein was of door de evenwichtige verdeling en de juiste keuze van de edelstenen. Het waren robijnen, diamanten, saffieren en smaragden, met elkaar verbonden door een dun gouden draadje. Het ontwerp was perfect, jammer dat er een ontbrak. Wat voor steen zou het zijn? Een smaragd of een robijn? Om erachter te komen telde hij hoeveel er van elk waren. Misschien had de juwelier die dat werkstuk gemaakt had van elke soort hetzelfde aantal erop gedaan?

Met uitzondering van de diamanten, waarvan er heel veel waren en die als sterren uitgestrooid waren over het omslag, zaten de andere stenen in groepjes van vier.

Opeens klaarde zijn gezicht op.

Hij had het al.

Te oordelen naar de lege holte, ontbrak er een kleine smaragd. Alleen het aantal smaragden was oneven, terwijl er van de andere allemaal een even aantal was.

Omdat het boek daar nu toch lag, wierp hij ook een blik op de binnenkant. Een voor een liet hij de bladzijden door zijn handen gaan, ook al interesseerde hij zich eigenlijk alleen maar voor het met juwelen bezette omslag. Aan de binnenkant zag hij er net zo uit als vele andere boeken.

Bij het dichtdoen keek hij wat beter naar de achterflap, die was van een opvallend formaat, dikker dan de voorkant. Het scheelde slechts een paar millimeters. Je zag het alleen maar als je er heel nauwkeurig naar keek. Hij probeerde de reden te bedenken waarom dat zo was. Wat zou de maker van dat meesterwerk ertoe gebracht hebben om de achterflap dikker te maken dan de voorflap? Om de achterflap zonder stenen net zo dik te maken als de voorflap mét stenen? Dat had geen zin. Sommige waren veel hoger.

Hij opende hem om de binnenkant te bestuderen.

Hij zag meteen dat de twee flappen niet dezelfde kleur hadden. De achterste was een beetje lichter van kleur, alsof hij nieuwer was. Was het boek gerestaureerd? Hij bestudeerde met een loep de gelijmde randen. Het was vakkundig gedaan. Er was absoluut niets aan te zien.

Hij nam het omslag tussen duim en wijsvinger om te schatten hoe dik het was en om erachter te komen of het opgevuld was of uit één stuk bestond. Tot zijn verbazing was het hol.

Hij voelde nu aan de randen, maar die kon hij niet indrukken: daar was het wel opgevuld.

Wat voor nut had het een nauwelijks merkbaar stukje open te laten in het midden, terwijl de vulling de hele oppervlakte moest bedekken? Hij begreep het niet, maar een dergelijk detail, hoe gering ook, was voldoende om hem nieuwsgierig te maken.

Het was al laat en waarschijnlijk zat zijn vrouw op hem te wachten met het eten, maar hij kon niet naar huis gaan en de bijbel uit zijn gedachten zetten. Hij wist dat hij de hele nacht geen oog dicht zou doen als hij dit mysterie niet zou oplossen. Wie A gezegd heeft, moet ook B zeggen.

Hij maakte een beetje water warm, opende de bijbel bij de laatste pagina en hield hem boven de ketel, zodat de stoom de lijm losweekte.

Het was zo zorgvuldig gedaan dat het blad een tijdje nodig had om los te laten. Pas toen er nog maar een klein stukje vastzat, begon Manzanares met behulp van een briefopener, heel voorzichtig, het blad volledig te scheiden van het opvulsel. Hij hoefde de operatie niet helemaal uit te voeren. Nauwelijks een paar centimeter van de rand af verscheen een open ruimte, die leeg leek te zijn. Hij tilde het blad behoedzaam op, om geen vouwen te maken, en tot zijn verrassing ontdekte hij dat er een vel papier van een andere dikte in zat, in vieren gevouwen.

Wat een rare restauratie, dacht hij. Als de achterkant van het boek beschadigd was geweest, had het uitstekend vervangen kunnen worden door een blad van dezelfde grootte en dikte. Waarom het leven zo ingewikkeld maken? Zo moeilijk was het niet.

Hij pakte een pincet om het blad er langzaam uit te trekken. Het was niet zomaar een blaadje. Het was een document.

Hij legde de bijbel opzij, waarbij hij ervoor zorgde dat hij niet kon dichtvallen en zo het half loszittende vel beschadigen, en concentreerde zich op wat hij nu ontdekt had.

Die holte was dus niet bij toeval ontstaan, maar expres bedacht als bergplaats. Hij voelde zich opgewonden. Wie weet hoe lang het daar al zit, dacht hij. Waarschijnlijk wilde degene die het verstopt had, het voorgoed laten verdwijnen maar zonder het te vernietigen, of misschien was het een geheim testament waarvan alleen de maker wist waar het opgeborgen was.

Zijn nieuwsgierigheid groeide. Hij spreidde het document uit op tafel.

Het bestond uit verschillende velletjes en hij zag dat op het laatste vel vele roze lakzegels met handtekeningen stonden.

Dit kon niet zomaar een testament zijn.

Hij begon het te lezen. Het was in het Latijn geschreven, een taal die hij niet helemaal beheerste, maar goed genoeg om wat woorden te begrijpen.

Het was op een vreemde manier opgesteld en hij begreep de betekenis ervan niet. Hij kreeg al snel genoeg van zijn pogingen het te ontcijferen. Het was te moeilijk voor zijn geringe kennis van de taal. Dan maar de zegels onderzoeken. Toen hij ontdekte dat het ene van kardinaal Carranza was en het andere van de huidige paus, maar voordat hij gekozen was, want op het wapen stond nog de kardinaalsmuts, schoot Manzanares omhoog.

Het ging om een uiterst belangrijk document dat iemand angstvallig verborgen had en dat hij door zijn nieuwsgierigheid had ontdekt.

Hij had spijt van zijn onvoorzichtigheid. Hij was enorm stom geweest zich zo door zijn vervloekte onbezonnenheid te hebben laten meeslepen. Wat moest hij nu doen? Als hij het document weer op zijn plaats stopte en alles heel goed dichtplakte, alsof er niets gebeurd was, dan zou de eigenaar van de bijbel niets merken; of wel? Het was waarschijnlijk dat hij als hij wist dat de bijbel door zo veel handen was gegaan, juist nauwgezet zou controleren of alles op zijn plaats zat. En als hij merkte dat de binnenkant van het omslag was losgemaakt en daarna weer gelijmd, dan was het heel goed mogelijk dat hij zou proberen te reconstrueren welke weg de bijbel had afgelegd. En hij zou in een oogwenk bij Manzanares uitkomen. Hij had zich lelijk in de nesten gewerkt. Hoe redde hij zich daar nu weer uit?

Van de zenuwen parelde het zweet op zijn voorhoofd. Om geen vlekken op het boek te maken, moest hij het een paar keer afwissen.

Hij overwoog opnieuw naar Valdés te gaan om hem zijn ontdekking te laten zien, maar dan zou hij een groot risico nemen. Na het recente onderhoud had hij totaal geen zin om weer met zijn laatdunkendheid geconfronteerd te worden. De inquisiteur had het niet op hem begrepen. Hij had hem minachtend behandeld, alsof hij niet goed wijs was, zonder ook maar enige aandacht aan hem te schenken. Als hij naar hem geluisterd had, zou hij begrepen hebben dat hij een document onder zijn neus had waarvoor hij zijn laatste cent gegeven zou hebben. Jammer dan voor hem. Bovendien, je met de Inquisitie inlaten had twee kanten. Wat als Valdés hem niet geloofde? Hij kon eraan twijfelen dat het document daar was aangetroffen en denken dat het een smoes van Manzanares was om zijn handen in onschuld te wassen. Zijn woord legde niet veel gewicht in de schaal in het hoofdkwartier van de Inquisitie; hij kon maar beter een beetje uit de buurt blijven. Maar hij moest snel een beslissing nemen. Hij kon niet blijven wikken en wegen, terwijl dat rare document in zijn winkel was.

Uiteindelijk besloot hij er een nachtje over te slapen. Het was laat en een overhaaste beslissing kon fatale gevolgen hebben. Het was beter er nog eens rustig over te denken. Voor het moment zou hij het document weer op zijn plek stoppen en wachten tot morgen.

Zo gezegd, zo gedaan, de bijbel stopte hij in de brandkast. Daarna ging hij op weg naar huis. Zijn vrouw zou wel bezorgd zijn, omdat hij zo laat was.

Onderweg vervloekte hij zijn onwetendheid. Het was dom van hem geweest geen Latijn te leren. Hij dacht dat het hem van geen nut zou zijn voor zijn werk. Als hij dat wel had gedaan, had hij het mysterieuze document kunnen lezen en begrijpen. Hij twijfelde er niet aan dat het iets geheims en belangrijks was, want dat suggereerden de vele zegels waarmee het document bekrachtigd was. En als hij het liet lezen door een betrouwbaar persoon die Latijn kende? Misschien zou dat wat opleveren? Nee, het was beter niet meer risico's te nemen. Dat papier bevatte een heel groot geheim, daar was hij ontzettend zeker van, want waarom was het anders zo goed verborgen? Een ander deelgenoot maken zou wel eens heel slecht kunnen uitpakken. Een geheim blijft alleen maar geheim als je het met weinigen deelt.

Deze gedachte bracht hem op een andere vraag: Hoeveel mensen waren op de hoogte van het bestaan van dit document en hoevelen wisten waar het verborgen was? Voorlopig was het een vraag zonder antwoord.

Tijdens het eten merkte zijn vrouw dat er iets niet in orde was.

'Waar tob je over, Juan?' vroeg ze hem, toen ze het sombere gezicht van haar man zag.

'Iets op het werk, maak je niet ongerust,' antwoordde hij op vermoeide toon, en hij probeerde er luchtig aan voorbij te gaan.

Om hem af te leiden vertelde zijn vrouw over de geruchten die ze die ochtend op de markt had gehoord.

'Inmaculada vertrouwde me vanochtend toe, toen we groente bij Pepito kochten, dat er een Italiaanse kardinaal naar Madrid is gekomen, een speciale afgezant van de paus. Dat heeft haar man, die koetsier is bij de nuntiatuur, haar gezegd.'

'Nee maar,' antwoordde Manzanares verstrooid. 'En wat komt hij doen?'
'Dat is onbekend. Maar haar man heeft tegen haar gezegd dat hij een ontmoeting had met iemand buiten de stad en dat men hem daarna naar de gevangenis heeft gebracht om een arrestant te bezoeken. Wie kan er in de gevangenis zitten dat een kardinaal die gestuurd is door de paus naar dat hol gaat? Dat moet wel een heel belangrijk iemand zijn.'
'Ach, vrouw, weet ik veel. Maar zorg er nou maar voor dat je dat soort praatjes niet overal rondvertelt. De muren hebben oren. Het is onverstandig loslippig te zijn.'
De vrouw zweeg, enigszins gekwetst door het standje. Ze ging naar de keuken om af te wassen. Als haar man in een slecht humeur was, kon je hem maar beter alleen laten.
Zodra zijn vrouw weg was, probeerde Manzanares weer een manier te bedenken om zich van het document te ontdoen zonder een spoor achter te laten dat naar hem kon leiden. Maar hij kon niets vinden wat hij goed genoeg vond.
Hij was moe en hij kon zich niet concentreren. Om zijn hersenen wat anders te doen te geven, dacht hij aan de woorden van zijn vrouw. Wat had ze eigenlijk gezegd? Een kardinaal als speciale afgezant van de paus? Hij had maar met een half oor geluisterd omdat hij zich zorgen maakte, maar hij betreurde het dat hij zo onaardig tegen haar was geweest.
Een gewaagd idee kwam opeens bij hem op. Als hij nu eens van de aanwezigheid van de speciale afgezant in Madrid gebruik zou maken om het document direct aan de pontifex te doen toekomen? Hij was per slot van rekening een van de ondertekenaars. Hij kon het ook aan kardinaal Carranza geven, zijn zegel had hij ook herkend, maar hij wist dat die op reis was in Vlaanderen. Hij kon het document niet in zijn bezit houden totdat hij terug was.
Langzaam begon het idee bij hem te rijpen. Ja, dat was het beste wat hij kon doen.
Maar hoe? Dat wist hij nog niet, hij zou wel een manier vinden. Het belangrijkste was het geheim te houden en zichzelf in te dekken.
Hij voelde zich opgelucht. Die oplossing beviel hem. Eindelijk kon hij uitrusten.

37

Kardinaal Mezzoferro was per koets op weg naar zijn residentie, toen een onbekende zich plotseling op hem stortte.

Mezzoferro vreesde dat hij het slachtoffer van een aanval werd, maar de man bleef balancerend op de trede van het rijtuig staan, gaf hem een envelop en schreeuwde hem toe: 'Ik verzoek u, eminentie, dit document aan zijne heiligheid te overhandigen! Het is hoogst belangrijk!'

Mezzoferro had niet de tijd om te reageren. De man wierp hem het stuk papier toe en sprong op straat. Hij kon nog net stamelen: 'Wacht een moment', maar de onbekende was al verdwenen tussen de menigte. De kardinaal liet het rijtuig stilhouden en boog zich uit het raampje. Te laat.

Nog overdonderd door de snelle opeenvolging van gebeurtenissen, speurde hij de mensenmassa om hem heen af. Niemand scheen gemerkt te hebben wat er gebeurd was. De mensen gingen door met wat ze aan het doen waren.

Alles had zich in enkele seconden afgespeeld. Dus beval hij de koetsier verder te rijden.

Daar vlakbij had een man te midden van de menigte het tafereel gevolgd zonder dat ook maar het kleinste detail hem ontging. Juwelier Manzanares wreef zich vergenoegd in de handen. Hij had die arrogante kapitein-generaal van de Inquisitie een mooie loer gedraaid. Zo zou hij wel afleren hem als een pestlijder te behandelen.

Nog perplex van het gebeurde, wierp de kardinaal een snelle blik op de envelop. In prachtig schoonschrift stond er: AAN ZIJNE HEILIGHEID PONTIFEX PIUS IV, VAN EEN TROUW DIENAAR. Waarschijnlijk zat er een smeekschrift of iets dergelijks in. Hij kon een glimlach niet onderdrukken, zo absurd was de situatie: nu gebruikten ze hem als briefbesteller. Hij maakte de brief open en reageerde alsof hij op een adder had getrapt toen hij de laatste pagina zag met de zestien zegels en de handtekening van zijn collega's. En hij was onthutst toen hij de eerste regels van de tekst las. Wat hij in handen had, was zeer explosief.

Hij vouwde het document op en stopte het gauw in zijn zak. Hij was te ontdaan om het nu te lezen. Hij moest eerst wat kalmeren, voordat zijn hart hem parten zou spelen. Zijn handen trilden.

Hij sloeg drie keer met zijn stok op het dak en beval: 'Terug naar de residentie! Snel!'

Zelfs in de rust van zijn kamer slaagde Mezzoferro er niet in te kalmeren. Zijn hersenen werkten koortsachtig.

Hij had het document uitgespreid op de werktafel, maar hij had het nog niet gelezen. Eerst moest hij tot zichzelf komen. De weinige regels die hij in de koets gelezen had en de talrijke zegels hadden hem meteen doen inzien dat het een heel belangrijk papier was. Hij was hevig geschrokken.

Uiteindelijk slaagde hij erin de hele tekst te lezen.

Wat erin stond was eenvoudigweg onvoorstelbaar, de verwantschap met de vrijmetselarij choqueerde hem. Voor een kerkvorst was de ontdekking verbijsterend dat andere kardinalen, onder wie enkele vrienden van hem, die hij al jaren kende, zich hadden laten meeslepen in een geheim verbond van dergelijke proporties.

Hij was zo verbaasd dat hij de tekst verschillende malen overlas. Het was ondenkbaar. Hij kon het gewoon niet begrijpen. Toch stond het er duidelijk. Hij had zelfs herhaaldelijk de zegels op echtheid gecontroleerd. Er was geen twijfel aan. Ze waren allemaal echt.

Hoe hadden zijn geachte collega's zoiets kunnen ondertekenen? Wat een waanzin. Alsof je je eigen doodvonnis ondertekende.

Hij las de namen van de ondertekenaars nog eens over om goed te onthouden wie erbij betrokken waren. Della Chiesa, Bovini, Carranza... en de huidige pontifex, Pius IV.

Pius IV en Carranza? Was dit document soms het fameuze 'persoonlijke object' waar de paus het over gehad had? Hoe meer hij erover nadacht, hoe meer hij daarvan overtuigd raakte: inderdaad, dat was het. Nu Carranza in de gevangenis zat, was het logisch dat hij het weer in zijn bezit probeerde te krijgen om het in veiligheid te brengen. Geen twijfel aan. Nu begreep hij ook zijn haast om het te krijgen. Het complot reconstruerend, begreep hij waarom de plotselinge arrestatie van Carranza, die het document in zijn bezit had, de pontifex had gealarmeerd. Met het bestaan van zo'n document moest hij alleen al door de gedachte dat iemand het tegen hem zou kunnen gebruiken niet meer rustig slapen vanaf het moment dat hij tot paus gekozen was, en de onverwachte gevangenneming van Carranza had hem natuurlijk doodsbenauwd gemaakt. Het was van levensbelang voor Pius IV dat het document niet in de handen van de vijanden zou vallen. Het enige wat hem kon redden was het vinden en verbranden.

Nu begreep hij een heleboel. Het ongeduld, de nervositeit, de haast van de paus om hem zo snel mogelijk naar Madrid te sturen en de vage uitleg waarmee hij hem had afgepoeierd. Natuurlijk, hij kon hem de ware reden van zijn reis niet toevertrouwen zonder zichzelf te verraden. Waarschijnlijk hoopte hij dat Carranza, oog in oog met het gevaar, elk bewijs van zijn medeplichtigheid zou vernietigen.

Toch snapte hij één ding niet: waarom had Pius IV gedacht dat Carranza, als hij in het nauw werd gedreven, het risico genomen zou hebben om zijn enige vrijbrief aan een ander af te geven? Het was ondenkbaar. Overigens herinnerde hij zich heel goed hoe hij oprecht ontkend had in het bezit te zijn van het document toen hij hem ernaar vroeg.

Misschien loog hij niet en had hij het niet omdat hij het verloren had. Die mogelijkheid was zeker het overwegen waard, aangezien hij nooit vrijwillig afstand gedaan zou hebben van zo'n bewijs. Het kon natuurlijk ook zijn dat hij deed alsof. Hoe dan ook, het document was nu in zijn handen en van één ding was hij heel zeker: hij ging het niet aan de paus geven.

Door een vreemde speling van het lot had hij nu een explosief bewijs tegen Pius IV in handen.

Wie was die man die het hem gegeven had?

Hoe was hij eraan gekomen en waarom had hij besloten zich ervan te ontdoen?

Vragen zonder antwoord.

Wie het ook geweest was, het was vast en zeker geen grote vriend van Valdés. De kapitein-generaal had er alles voor overgehad om zo'n document te lezen en het in de openbaarheid te brengen om er politiek voordeel mee te behalen.

Toch was de onbekende die hem dat pleziertje had gedaan, want dat was het, naïef. Hoe kon hij denken dat een kardinaal een brief van hem bezorgde aan de paus zonder eerst de inhoud te lezen?

Tenzij...

Opeens ging hem een lichtje op. Natuurlijk. Die man kende geen Latijn en daarom had hij de brief niet kunnen lezen, hoewel het handschrift op de envelop enige scholing verried. Waarom hij besloten had het document aan de paus te geven in plaats van aan de koning of aan Valdés was een mysterie, maar dat was niet belangrijk.

Nu moest hij bedenken wat hij moest doen. Hij kon het niet altijd bij zich hebben. Te veel risico. Hij kon het ook niet bij zijn eigen papieren houden. Een indiscrete secretaris zou het kunnen openen en lezen.

Terwijl hij zo zat na te denken, liet hij zijn blik verstrooid door de kamer gaan. Een moment liet hij hem rusten op het schilderij van Sofonisba. Het was zo mooi dat hij het daar op een ezel had neergezet, om er op zijn gemak naar te kijken. Het was jammer het naar de paus te moeten sturen.

Hij stond op om naar het schilderij te gaan, met de papieren in de hand, en bewonderde de originaliteit van de schilderes. Ze had ervoor gekozen zichzelf af te beelden terwijl ze een schilderij aan het schilderen was: een schilderij in een schilderij. Hij zou het prettig gevonden hebben de artieste te ontmoeten, ze waren nu toch in dezelfde stad.

Een schilderij in een schilderij?

Hij kreeg een idee.

Hij liep naar de achterkant van het schilderij en gleed met zijn wijsvinger over het doek. Ja, dat was mogelijk.

De vreemde geheime instructies van Pius IV hadden als doel dat schilderij als boodschapper te gebruiken, nu begreep hij het.

Als Mezzoferro het object in bezit zou krijgen, moest een van de handen afgebeeld worden met een gebogen wijsvinger. Als het niet zo was, dan moest de wijsvinger gestrekt afgebeeld worden. Het was een aanwijzing die alleen zij tweeën konden weten.

Voor de schilderes waren die vreemde instructies onaanvaardbaar geweest. Dat zou te veel gevraagd zijn. Daarom had Mezzoferro zijn eigen schilder uit Italië meegenomen, Manfredi. Hij moest de noodzakelijke verandering aanbrengen. Maar was de verandering echt noodzakelijk? Mevrouw Anguissola had haar wijsvinger gestrekt geschilderd. Nu was het aan hem te beslissen of hij opdracht zou geven voor de wijziging.

Carranza had hem inderdaad een object gegeven: zijn brevier. Het was niet erg geschikt om door te gaan voor het object dat de pontifex zo van streek gemaakt had, maar hij zou het proberen. Daar kwam nog bij dat niemand, behalve dan die onbekende, wist dat Mezzoferro nu het echte 'persoonlijke object' had, maar zelfs de onbekende kende de inhoud niet, noch het belang ervan. Het was het toeval geweest of het lot dat het hem in handen had gespeeld. Het was heel onwaarschijnlijk dat

Pius IV op een dag zou horen over het incident op de marktplaats. En ook al was het zo, dan kon Mezzoferro het nog altijd ontkennen. Hij woog het risico af: als Pius IV vermoedde dat hij die geheime overeenkomst wel eens gelezen kon hebben, dan was zijn leven geen cent meer waard.

Hij besloot alles op een kaart te zetten en het brevier van Carranza aan de paus te overhandigen alsof hij werkelijk dacht dat dat het gezochte object was. Het was dus nodig de vinger te veranderen.

Nu had hij nog een verzoek.

Als Manfredi de wijsvinger van Sofonisba veranderde, dan zou hij hem vragen het schilderij aan de achterkant te verstevigen met een tweede spieraam met doek. Manfredi zou wel denken dat zo'n verseviging geen enkel nut had, maar hij was wel gewend aan de excentriciteiten van zijn weldoener en zou zijn instructies opvolgen zonder tegensputteren.

De kardinaal was van plan het geheime document tussen de twee doeken te doen. Hij moest alleen een kleine insnijding maken in het doek dat ter versteviging was aangebracht. Niet te groot, net voldoende om de papieren erdoorheen te doen en het daarna dicht te naaien. Zodra het schilderij in Rome was aangekomen, nog voor hij het aan de pontifex gaf, zou hij de extra versteviging weghalen en de waardevolle papieren weer tevoorschijn halen.

Op deze manier zou het document veilig reizen, beschermd tegen indiscrete blikken. Niemand zou kunnen vermoeden dat het schilderij dat voor de pontifex bestemd was, en dat per diplomatieke post verstuurd werd, een van de grootste gevaren voor de top van het Vaticaan en voor de Heilige Vader zelf verborg.

Dat klusje zou hij zelf opknappen, om met niemand het geheim van de bergplaats te hoeven delen.

Volkomen tevreden over zijn plan, liet hij meester Manfredi roepen om hem de nodige instructies te geven.

38

Ortega was verbaasd toen een loopjongen van juwelier Manzanares hem
een pakketje overhandigde afkomstig van zijn baas. De kostbare bijbel
zat erin. In een briefje deelde Manzanares hem mee dat hij zich helaas
genoodzaakt zag hem zo weer terug te sturen, zonder de opdracht van
monseigneur te hebben kunnen uitvoeren, omdat hij er niet in geslaagd
was een steen te vinden die er genoeg op leek om de ontbrekende te
kunnen vervangen. Het speet hem dat hij hem niet kon helpen, maar
het zoeken van een geschikte steen vergde veel tijd en dat was het niet
waard.

Ortega nam het hem niet kwalijk, per slot van rekening was het zijn
zaak niet. Hij moest alleen de bijbel aan vader Ramírez teruggeven, tegelijk met het briefje van Manzanares dat bewees dat hij het in ieder
geval geprobeerd had. Dat de juwelier het later opgegeven had, dat was
pech.

Intussen bevond Mezzoferro zich in een periode van heerlijke euforie
vanwege zijn ophanden zijnde vertrek. Eindelijk ging hij terug naar
zijn mooie villa in de omgeving van Rome om van een welverdiende
rust te genieten. Hij had meer dan genoeg van het vette eten van de
Spanjaarden en 's nachts droomde hij van ravioli met vlees, verse pasta
met bolognesesaus en een goed glas chianti. De laatste dagen was er bijzonder veel diplomatieke bedrijvigheid geweest. Eindelijk had hij het
doel van zijn reis naar Spanje bereikt. Tenminste, wat betreft het officiële gedeelte.

Kardinaal Carranza had toestemming gekregen om zijn straf verder uit
te zitten in een gevangenis in Rome. Iedereen wist dat het een eufe-
misme was en dat de prelaat in werkelijkheid vrij was te gaan en staan
waar hij wilde, maar de schijn was bewaard en iedereen was tevreden.

Mezzoferro beschouwde zijn missie als beëindigd. Hij had meer bereikt
dan hij had verwacht. De zaak Carranza was tot een goed einde ge-

bracht, maar het document dat verborgen zat in het schilderij van Sofonisba beschouwde hij als de echte parel die de reis had opgeleverd, een reden om zich zeer tevreden op de borst te kloppen.

Hij had nog niet besloten wat hij ermee zou doen, maar het was een troef die hij zou bewaren voor het juiste moment. Aan het pauselijke hof doken de geschikte momenten op als men ze het minst verwachtte. Misschien zou dat document hem nog kunnen helpen het volgende conclaaf op zijn kop te zetten, als de gekozen kandidaat niet tot zijn favorieten behoorde. Door op afstand te manoeuvreren met een stiekeme chantagetactiek, zou hij misschien zelfs wel in staat zijn de stemmen te leiden naar zijn favoriete kardinaal als kandidaat voor de troon van Sint Petrus. Het idee beviel hem en hij betrapte zichzelf erop dat hij zat te denken wie van zijn collega's de volgende pontifex zou kunnen zijn. Hij sloot zichzelf uit voor deze post. Hij kende de kronkelige wegen van het Vaticaan te goed om de pauselijke troon te ambiëren. Het was veel aangenamer in zijn gerieflijke villa te blijven, genietend van de geneugten van het leven en ver van de touwtjes van de macht. Stoppen met dromen nu, hij moest nog één ding afhandelen: zijn tegenspeler ontmoeten, vader Fernando de Valdés, kapitein-generaal van de Inquisitie.

Mezzoferro had de laatste dag van zijn verblijf in Spanje uitgekozen om aan het protocol te voldoen. De ontmoeting uit de weg gaan zou als een onbeleefdheid opgevat kunnen worden. Daar kwam nog bij dat Valdés al de moeite had genomen om naar zijn residentie te komen.

Ze hadden elkaar veel te zeggen en de kardinaal keek met een niet al te opvallend goed humeur uit naar hun afspraak. Kort gezegd, het deed hem genoegen een ontmoeting te hebben met de man die het gewaagd had in naam van het Heilige Geloof een kardinaal, primaat van zijn land, te laten arresteren.

Tegen zijn gewoonte in was Valdés naar beneden gegaan, naar de grote binnenplaats van het paleis, zetel van de Inquisitie, om hem te ontvangen. Met die buitengewone geste toonde hij niet alleen respect voor de speciale afgezant van de paus, maar vooral voor de man die had laten zien dat hij diplomatiek talent had en wist wat hij moest doen om te krijgen wat hij wenste, door zich met meesterschap te bewegen in de wirwar van intriges aan het Spaanse hof, altijd welopgevoed en zonder iemand te beledigen.

Wekenlang had Valdés hem door zijn helpers laten volgen. Op elke stap die hij deed werd gelet. Men wist zelfs wat hij at en met wie, hoeveel hij dronk en wat zijn favoriete wijn was. Van de andere betrokkenen bij het opmerkelijke complot van Mezzoferro, allen reeds bekend bij de Inquisitie, was er niets wat men niet wist. De audiëntie die de vorst de kardinaal had toegestaan op een van de laatste dagen, en waarvan als officiële reden werd gegeven dat de kardinaal de groet van de Heilige Vader en zijn apostolische zege overbracht, was de gelegenheid geweest om afscheid van elkaar te nemen. Mezzoferro had nog twee andere ontmoetingen met Filips II gehad, waarop hij de kwestie Carranza had besproken. De koning, die in het begin niet genegen was tussenbeide te komen, had zich uiteindelijk door de argumenten van Mezzoferro laten overtuigen. Valdés dacht dat Filips erin toegestemd had Carranza naar Italië over te brengen in ruil voor gunsten of voor een geheim verdrag tussen Spanje en de Pauselijke Staten. Wat ze besproken hadden was een geheim, maar de boodschap die naar buiten was gekomen, was het door de koning getekende akkoord over de overplaatsing van kardinaal Carranza naar Rome en zijn berechting door de Heilige Stoel zelf wegens zijn veronderstelde vergrijpen. Welke argumenten de pauselijke gezant had gebruikt om de vorst te overtuigen was een mysterie, maar de handelswijze van de kapitein-generaal werd niet aangevochten, daar Carranza berecht zou worden voor de beschuldigingen die tot zijn arrestatie geleid hadden.

Na hem geholpen te hebben met uitstappen, begeleidde Valdés zijn gast naar zijn werkvertrek. Bij het beklimmen van de lange staatsietrap die naar de ontvangstverdieping leidde, aarzelde Valdés niet zijn arm aan te bieden aan de corpulente Mezzoferro om de treden op te kunnen komen.

Voor een man van zijn omvang en leeftijd was de weg naar boven een moeilijk te nemen hindernis. Je merkte het aan zijn ademhaling, die overging in een hol gerochel door de moeite die het hem kostte een tree verder te komen. Valdés dacht dat de man het met zo'n gezondheid niet lang meer zou maken.

Gerieflijk geïnstalleerd in de fauteuils die Valdés voor de gelegenheid in de werkkamer had laten neerzetten – normaal liet hij ze juist weghalen zodat zijn gasten niet op hun gemak zaten – met een glas wijn binnen handbereik, die Mezzoferro smerig vond – zijn gehemelte was een andere kwaliteit gewend – begonnen ze een geanimeerd gesprek om zich wat te ontspannen, waarbij het protocol wel enigszins in acht werd genomen.

Ieder hoopte in zijn hart dat de ander iets zou zeggen om tot de kern van de zaak te komen. Valdés wilde weten waar hij zich in had vergist, terwijl Mezzoferro simpelweg van zijn overwinning op de machtige en invloedrijke inquisiteur wilde genieten.

Valdés was de eerste die een directe vraag stelde: 'Eminentie, met welk argument hebt u onze beminnelijke vorst kunnen overhalen in te stemmen met het overbrengen van kardinaal Carranza naar Rome?'

De vrijmoedige vraag verbaasde Mezzoferro niet. Hij verwachtte die al een halfuur. Hij glimlachte vriendelijk, terwijl hij zijn gesprekspartner recht in de ogen keek.

'Kijk, hooggeëerde vader, in werkelijkheid kostte het me niet erg veel moeite. Ik zei eenvoudig tegen Zijne Majesteit dat kardinaal Carranza geheime documenten in zijn bezit had waarvan de Heilige Vader niet wilde dat ze openbaar gemaakt werden. Als dat wel gebeurd zou zijn, zouden de diplomatieke consequenties heel pijnlijk zijn geweest. Voor de rust van de Heilige Stoel en de koninkrijken van Spanje was het aan te raden de kardinaal niet te dwingen tot een wanhoopsdaad. Als hij dan berecht moest worden, dan moest dat ook gebeuren, maar wel door de Heilige Stoel, de meest geschikte instantie om de daden van zijn kerkvorsten te beoordelen. Ik heb dus het advies gegeven hem als gevangene naar Rome over te brengen, waarbij de beschuldigingen die door de geëerde Inquisitie tegen hem ingebracht waren, gehandhaafd bleven. Op deze manier is ieders eer gered.'

'Is het zeker dat Carranza die documenten in zijn bezit heeft?' vroeg Valdés achterdochtig, maar zonder zijn glimlach te verliezen.

'Tja, ik weet het niet zeker. Het is mijn interpretatie van de gebeurtenissen. Ik ben daartoe gekomen door de situatie van diverse kanten te bekijken en vooral ook door rekening te houden met het belang van Rome, waar men het belangrijk vond de gevangene zo snel mogelijk daarnaartoe te brengen.'

Valdés ontspande zich meteen en een klaterende lach ontsnapte hem. Het was duidelijk dat die documenten niet bestonden, maar ze vormden een excuus voor Filips II, die het ongetwijfeld ook niet had geloofd, om zich van een hinderlijk probleem te ontdoen. Door te doen alsof hij de woorden van kardinaal Mezzoferro geloofde was iedereen tevreden, en hij waste zijn handen in onschuld.

'U hebt geluk gehad, eminentie, dat Zijne Majesteit vertrouwd heeft op uw woorden.'

'Vertrouwen werpt soms vruchten af,' antwoordde de kardinaal duister. Valdés voelde eerbied voor de oude diplomaat. Mezzoferro had een subtiele strategie gebruikt om alle betrokkenen tevreden te stellen, zonder het achterste van zijn tong te laten zien.

'Maar vertrouwen is een heel broze zaak, eminentie. Als je het verliest, ben je het voor altijd kwijt.'

'De waarde zit hem precies in het niet verliezen,' antwoordde de kardinaal.

Er was nog een punt dat hem intrigeerde. Hij had niet begrepen welke rol iedereen die erin betrokken was had gespeeld in het complot van Mezzoferro.

'Maar,' ging hij verder, 'er is een vreemde onrust, door u veroorzaakt, die ik niet kan begrijpen.'

Mezzoferro keek hem geamuseerd aan.

'Wat was de rol van monseigneur Ortega en die priester in het hele verhaal?' vroeg Valdés.

'O.' Mezzoferro glimlachte vergenoegd. 'Dat was een vals spoor om u te misleiden.'

Valdés fronste zijn wenkbrauwen.

'Kijk, beste vriend,' ging de kardinaal verder, 'voor ik op reis ging, heb ik informatie over u ingewonnen. In de archieven van het Vaticaan staat dat onze nuntius in Madrid in zijn jeugd een studievriend was van de zeer geëerde kapitein-generaal van de Inquisitie, oftewel van u. Ik had zo gedacht dat een ontmoeting na zo veel jaren in dezelfde stad de vriendschap weer zou doen opleven. Het was dus heel waarschijnlijk dat in een gesprek tussen oude bekenden de nuntius wel eens een woord te veel zou kunnen zeggen. Als ik hem betrok bij een niet-bestaand complot van betrokkenen die niemand behalve hij kende, zelfs ik niet, dan had ik voor wat verwarring gezorgd en hem gedwongen in een richting te zoeken waar helemaal niets te vinden was, terwijl ik de handen vrij had om mijn gang te gaan.'

Valdés fronste zijn wenkbrauwen en vervloekte zichzelf. Hij had zich een rad voor ogen laten draaien. Als een beginner was hij in de val gelopen achter een vals spoor door Mezzoferro uitgezet, die oude vos, terwijl hij ondertussen de koning en Carranza ontmoette. Maar hij besloot zich niet te laten kennen.

'Heel scherpzinnig, eminentie. U bent erin geslaagd mij voor de gek te houden en ik kan u verzekeren dat u een van de weinigen bent die daarin geslaagd zijn. Daarom verdient u al mijn respect. Weet dat u in de toekomst, als u me ooit nodig hebt, in mijn nederige persoon uw trouwe dienaar hebt. Wat u ook nodig hebt, aarzel niet het me te vragen. Het is mij een eer u ter wille te kunnen zijn.'

Mezzoferro glimlachte vergenoegd. Hij geloofde er geen woord van, maar hij moest toegeven dat Valdés een goed verliezer was. Tenminste, dat was het beeld dat hij wilde overbrengen, en hij kon niet anders dan zich dankbaar tonen.

'Ik zal het in mijn achterhoofd houden, mijn beste vriend. Soms heeft het leven vreemde verrassingen voor ons in petto.'

Hij stond moeizaam op, daarmee te kennen gevend dat het gesprek beëindigd was. Ze hadden elkaar gezegd wat ze te zeggen hadden. Het was tijd om afscheid te nemen. Hij twijfelde eraan of ze elkaar ooit zouden weerzien, eigenlijk hoopte hij van niet. Hij zou het niet prettig hebben gevonden deze demonische man weer tegen het lijf te lopen.

39

Maria Sciacca glunderde, omdat ze die kleine smaragd te pakken had gekregen. Nu kon ze, met dat kleine fortuin in haar hand, aan een rustiger toekomst denken. Ze stelde zich voor wat ze allemaal kon doen met het geld dat ze door de verkoop zou krijgen.

Allereerst teruggaan naar Italië. Ze wist nog niet waar ze zou gaan wonen, maar zeker niet op Sicilië. Misschien ergens waar niemand haar kende en waar ze zich kon voordoen als een bemiddelde dame, nieuw in de stad. Over haar kinderen zou ze later wel nadenken, dat was niet urgent.

Voor ze zich weer met hen zou herenigen, moest ze een goede partij vinden. Een man krijgen was haar obsessie en met wat spaargeld zou het natuurlijk makkelijker zijn. Ze was tenslotte jong en rijk. Wie had er zo veel aantrekkelijks te bieden? Nu zou ze kandidaten te over hebben.

Toch moest er nog even iets gebeuren voordat ze haar dromen kon waarmaken: de smaragd verkopen. Met een steen kon je niets doen. Alleen baar geld zou haar gelukkig kunnen maken en het mogelijk maken haar plannen te verwezenlijken.

Het zou niet makkelijk zijn. Allereerst moest ze oppassen dat ze haar niet bedrogen. Ze kende de waarde van die steen niet. Daarom kon ze maar beter bij verschillende juweliers raad vragen om een beetje een idee te krijgen van zijn waarde. Een andere hindernis was dat ze zich moest voordoen als verkoopster van de steen.

Een dienstmeisje dat een smaragd probeerde te verkopen zou ongetwijfeld achterdocht opwekken. Om niet te makkelijk in de val te lopen, moest ze een of ander plan uitdenken waardoor de koper niet op de gedachte kwam dat hij met een dievegge te maken had. Ze bedacht dat ze zich het beste als een mevrouw kon kleden. De vraag was alleen waar ze een geschikte japon kon vinden. De parochiekerken deelden soms japonnen uit die geschonken waren door vrouwen uit de burgerij, maar zij kende maar één parochiekerk, die van vader Ramírez, en het was geen goed idee om daar naar terug te gaan.

Opeens klaarde haar gezicht op. Ze had de oplossing bij de hand en was er toch niet eerder op gekomen: de kasten van haar mevrouw zaten vol met japonnen. Sofonisba had er heel veel, voor alle gelegenheden. Misschien waren ze te chic om voor een eenvoudige burgeres door te gaan, maar met een paar kleine veranderingen kon ze dat wel veranderen. Ze hadden bijna dezelfde maat. Ze had er al een in gedachten die misschien wel geschikt voor haar was. Meteen ging ze aan de slag.

Twee dagen later was ze al klaar voor stap twee van haar plan. Ze had een japon van Sofonisba voor zichzelf vermaakt en toen ze hem voor de spiegel paste, vond ze zichzelf buitengewoon mooi. Ze kon heel goed doorgaan voor een dame uit de bourgeoisie. Kleren maakten de man — of liever gezegd: de vrouw.

Ze vertrouwde erop dat haar mevrouw niet zou vragen om precies die japon klaar te leggen voor de volgende dag, maar dan had ze al een antwoord klaar: ze had er per ongeluk een vlek op gemaakt. Er waren een paar dagen nodig om hem weer in orde te maken. Ze had ook het toneelstukje dat ze zou opvoeren ingestudeerd. Ze zou doen alsof ze een weduwe was die door de dood van haar man in een moeilijke periode zat – de jurk was zwart – en zich genoodzaakt zag een deel van haar juwelen te verkopen. Met wat ze voor die eerste smaragd kreeg, hoopte ze zich een poosje te kunnen redden.

Op haar tochten door de straten van de stad had ze een paar juwelierszaken gevonden die haar van nut konden zijn. Omdat ze in achterafwijken lagen, werden ze niet vaak bezocht door mensen uit de hogere kringen. Met haar verschijning kon ze een gewone juwelier om de tuin leiden, maar natuurlijk niet een die gewend was aan echte aristocratische dames. Met de japon van haar bazin aan leek ze een ander iemand. Ze was heel tevreden over het resultaat. Vol zelfvertrouwen liep ze naar de eerste van de juwelierszaken. Onderweg repeteerde ze in haar hoofd het toneelstukje. Ze moest ervoor zorgen niet te veel te praten, om zich niet te verraden door te vloeken. Eén misplaatst woord en het was over en uit.

Op dat uur van de middag waren er weinig mensen op straat. Het was nu de beste tijd, omdat later, als iedereen aan de middagwandeling was, ze het risico liep dat er klanten in de winkel waren en dat zou de hele operatie moeilijker maken.

Ze wierp een blik achterom, voordat ze naar binnen ging. Het was er halfduister en er leek niet veel activiteit te zijn. Prima. Ze ging naar binnen.

Meteen besefte ze dat er iets niet in orde was. Het was hier afschuwelijk, het zag er vervallen uit en het stonk. Ze betwijfelde of ze hier ooit een echte smaragd zoals die van haar gezien hadden. Ze stond op het punt weer weg te gaan, toen een gezette man van middelbare leeftijd met een brede glimlach op zijn gelaat door een vuil gordijn kwam.

'Waarmee kan ik u helpen, beminnelijke vrouwe?'

Maria Sciacca voelde zich in het nauw gedreven. Ze kon niet zonder iets te zeggen vertrekken.

'Het spijt me, maar ik geloof dat ik me in de winkel vergist heb,' antwoordde ze rustig, terwijl ze de manier van spreken van haar bazin imiteerde.

'Bent u daar zeker van?' antwoordde de handelaar snel, terwijl de glimlach op zijn gezicht geplakt bleef. Die ene keer dat een echte dame zijn winkel binnenkwam, kon hij haar niet laten ontsnappen. 'Misschien kunnen wij u helpen. Wat zocht u precies?'

Maria Sciacca aarzelde. Ze had haar geluk liever in de andere juwelierszaak geprobeerd, maar nu ze hier toch was, waarom zou ze het dan niet proberen? De man leek bereid haar aan te horen. Misschien bedroog de schijn en had hij toch geld om de smaragd van haar te kopen.

'Het zit zo, ik heb een probleempje, maar ik weet niet of u...'

'Laten we eens kijken waarom het gaat,' onderbrak de juwelier haar nieuwsgierig. 'We vinden vast wel een oplossing.'

Maria legde het aan hem uit en de man luisterde zonder met zijn ogen te knipperen, alleen toonde hij niet erg veel belangstelling. Maar toen hij haar wilde antwoorden dat hij geen juwelen kocht, haalde Maria Sciacca de smaragd tevoorschijn.

Hij zette ogen als schoteltjes op en hij vergat een ogenblik te glimlachen. Hij onderzocht de steen aandachtig. Het was een mooie, geen twijfel aan. Hij had nog nooit met zulke kostbare smaragden te maken gehad, terwijl hij er toch verschillende gezien had.

'Het is een prachtexemplaar,' gaf hij ten slotte toe. 'Ik denk niet dat het moeilijk zal zijn een koper te vinden die er een goede prijs voor betaalt. Maar kijk,' hij deed zich heel nederig voor, een houding die contrasteerde met hoe hij zich tot nu toe had voorgedaan, 'ik zou u niet de prijs ervoor kunnen betalen die hij waard is. Eerst moet ik er zeker van zijn dat ik hem weer kan doorverkopen. U zou hem hier een paar dagen moeten laten, zodat ik hem aan mogelijke geïnteresseerden kan laten zien. Ik ben er zeker van dat ik u er een bedrag voor kan geven waarover u tevreden zult zijn.'

Zij kon wel raden wat de oude boef van plan was. Als hij dacht met een naïef vrouwtje te maken te hebben, dan vergiste hij zich. Voordat de ander kon reageren, pakte ze de smaragd uit zijn hand en stopte hem in haar zak. 'Het spijt me,' zei ze hooghartig. 'Ik denk niet dat dat mogelijk is. Het is niet dat ik u niet vertrouw, maar u zult begrijpen dat...'

De man hervond zijn glimlach.

'Geen probleem, mevrouw. U weet waar u me kunt vinden als u me nodig hebt.'

Maria Sciacca verliet de winkel, terwijl ze zichzelf verweet dat ze hem de steen had laten zien. Maar nu was het te laat. Ze zou het in de andere juwelierszaak proberen.

Ze liep haastig die richting op. De hitte was ondraaglijk. Nu begreep ze waarom de mensen pas van huis gingen als de koelte van de middag langzamerhand de verstikkende hitte van het middaguur verdreef. Daar kwam nog bij dat ze zich vreemd voelde in die zware, ongemakkelijke jurk. Natuurlijk waren haar eigen kleren veel prettiger, ook al waren ze dan eenvoudiger.

Om wat verlichting te krijgen, besloot ze een steegje in te gaan dat uitkwam op het plein waar ze naar op weg was. Dan had ze tenminste de schaduw van de huizen die dicht tegen elkaar stonden. Ze bedacht dat het zo smal was dat een kar er niet eens doorheen kon. Waarschijnlijk gebruikten alleen voetgangers het, als ze haast hadden. Ze merkte niet dat twee mannen haar volgden. Toen ze de stappen achter haar hoorde, was het al te laat.

Ze had geen tijd om zich om te draaien, ze zaten haar al op de nek. Een man sloeg een gespierde arm om haar hals terwijl de ander in haar zak graaide. Ze voelde de punt van een mes op haar keel.

Ze vreesde het ergste. Maar de ander vond snel wat hij zocht en degene die haar vasthield liet haar los en ze viel op de grond. De twee maakten zich zo snel mogelijk uit de voeten. Maria begon meteen wanhopig te schreeuwen. Haar kreten weergalmden in het smalle straatje. Bang dat iemand uit het raam zou kijken en hen zou ontdekken, keerde een van de twee mannen op zijn schreden terug en stak haar twee keer in de borst.

Maria Sciacca had geen tijd meer om te reageren, noch om te beseffen wat er gebeurde. Ze stierf ter plekke.

Het bericht dat er een ongeïdentificeerde vrouw vermoord was aangetroffen in een straat van de hoofdstad bereikte nooit het paleis. Sofonisba hoorde nooit meer iets van haar dienstmeisje. Ze ontdekte dat een van haar japonnen verdwenen was tegelijk met Maria, maar ze was er niet van overtuigd dat beide gebeurtenissen met elkaar in verband gebracht konden worden. Er gebeurden zulke rare dingen in het paleis, diefstallen van schilderijen en japonnen bijvoorbeeld, dat ze niet wist wat ze ervan moest denken. Ze herinnerde zich dat het meisje de laatste tijd liet merken dat ze ontevreden was over haar leven aan het hof. Misschien had ze een minnaar ontmoet en was ze met hem gevlucht. Het was geen groot verlies en na een paar dagen stopte ze met zich zorgen over haar te maken.

40

Na zonder ook maar enige weemoed Madrid te hebben verlaten, ging Mezzoferro op weg naar de haven van Cartagena, waar hij zich wilde inschepen op een boot die hem moest terugbrengen naar Civitavecchia.

Hij was tevreden over het resultaat van zijn missie, ook al had zijn enorme activiteit van de laatste weken hem uitgeput. Ondanks dat was hij in een stralend humeur, omdat hij weer naar huis ging. Hij hoopte dat hij nu heel lang kon genieten van zijn prachtige villa in de buitenwijken van Rome. Hij was al te oud om door half Europa te trekken in dienst van de Heilige Stoel. Misschien zou het goed voor hem zijn een lange en welverdiende vakantie te nemen om eens goed te genieten van zijn laatste levensjaren. Hij zou het tegen de paus zeggen. Hoe de paus ook zou aandringen om weer een missie voor hem te doen, het zou hem niet lukken.

Terwijl de koets richting Middellandse Zee reed, dacht hij aan het document dat in het schilderij verstopt zat. Ook al reisde het mee in zijn eigen koets, Mezzoferro hield de onopvallende verpakking waar het in zat nauwlettend in het oog. Toen hij insteeg, had hij zijn assistenten opdracht gegeven het schilderij naar zijn rijtuig te brengen, het ging immers om een werk dat bestemd was voor de Hoogste Pontifex en moest met uiterste zorgvuldigheid behandeld worden.

Maar in werkelijkheid had hij de instructies van de paus met voeten getreden. Hij had het schilderij niet aan de nuntius overhandigd om het door hem per diplomatieke post te laten versturen. Hij had het gewoonweg gehouden. Als Pius IV het er benauwd van kreeg, dan was dat maar zo. Hij was wel gedwongen te wachten tot hij terug was, want eerst moest hij het document eruit halen voordat hij hem het schilderij gaf. Plotseling besefte hij dat de beste verstopplaats voor het document precies daar was. Hij had net een lumineus idee gekregen. Degene die het zocht, zou dat op elke willekeurige plek op aarde kunnen doen, in elk huis, maar juist niet daar, in de Vaticaanse paleizen. Hij barstte in lachen uit, verbaasd over zijn eigen geniale gedachte. Als het eenmaal in het paleis hing, zouden het schilderij en wat erin zat in veiligheid zijn. Later zou hij wel bedenken hoe hij het document weer kon terugkrijgen, mocht dat nodig zijn.

Hij lachte nog uitbundiger als hij dacht aan de streek die hij Pius IV ging leveren. Hij zag zijn gezicht al voor zich, wanneer hij hem het brevier van Carranza overhandigde alsof het zijn felbegeerde 'persoonlijke object' was. Pius IV zou woedend worden, maar dat zou wel weer overgaan. Om de bittere pil te vergulden, bracht hij hem een prachtig schilderij. Gerustgesteld door het pakket dat hij zag op de zitplaats voor hem, liet hij zich in slaap wiegen door het geschommel van de koets. Tussen de ene kuil en de andere in de steenachtige weg zakte hij weg in verkwikkende hazenslaapjes die hij afwisselde met fantaseren over welke voordelen hij kon halen uit het bezit van dat document.

Hij moest met de grootst mogelijke voorzichtigheid handelen. Als hij Pius IV had laten weten dat hij het in handen had, zou hem dat ongetwijfeld de nodige problemen hebben opgeleverd, en het kon wel eens een uiterst gevaarlijke actie zijn.

Hij wist nog niet hoe, maar vroeg of laat zou hij de manier vinden om zijn voordeel te doen met zijn geheimpje.

Bij aankomst in Cartagena zag hij dat het schip waarmee hij zou reizen niet had kunnen aanleggen in de haven door het in die dagen drukke verkeer. Het was voor anker gaan liggen midden op de rede en om aan boord te gaan moest je gebruikmaken van een roeibootje.

De tegenslag irriteerde hem. Niet alleen door de problemen die het overstappen voor iemand van zijn postuur opleverden, maar ook, alsof dat nog niet genoeg was, door zijn grote angst voor water. Het was een overblijfsel uit zijn vroege kindertijd. Toen hij vlak bij een grote fontein aan het spelen was, viel hij erin. Voordat de gouvernante het merkte, had hij al water binnengekregen, en hij stond op het punt te verdrinken. Sindsdien had hij altijd het contact met water vermeden, want niets hielp om zijn fobie onder controle te krijgen.

Hij protesteerde bij de havenmeester over de manier waarop men iemand van zijn stand behandelde, maar het haalde niet veel uit. Ten prooi aan een steeds slechter wordend humeur, begreep hij ten slotte dat hij of een paar dagen moest wachten totdat er een plek vrijkwam aan de kade – alle schepen waren hun koopwaar aan het laden of lossen, verrichtingen die men niet kon uitstellen – of, als hij vandaag nog scheep wilde gaan, het roeibootje moest gebruiken. Uiteindelijk legde hij zich neer bij de laatste optie, maar hij spaarde zijn kritiek en zijn bedreigingen aan het adres van de havenmeester niet. In het bootje komen ging niet zo moeilijk. Met een lenig sprongetje dat alle aanwezigen verbaasde, verruilde de kardinaal de veilige kade voor het bootje, dat gevaarlijk begon te schommelen toen het zijn gewicht te verduren kreeg.

De overtocht naar het schip vond zonder problemen plaats, ondanks het briesje dat opstak. De kardinaal, die zijn paniek probeerde te verbergen achter een waardig uiterlijk, koos ervoor zijn ogen dicht te doen en aan andere dingen te denken. Maar het lichte schommelen van het bootje bracht hem van zijn stuk. Hij wist dat hij zich beter zou voelen als hij zijn ogen opendeed, maar als hij moest kiezen tussen vechten tegen de paniek met zijn ogen open of tegen de misselijkheid als hij zijn ogen dichthield, dan verkoos hij het laatste.

Na wat hem een eeuwigheid leek – er waren hooguit vijftien minuten voorbijgegaan sinds hij in het bootje gestapt was – kwam het kleine bootje bij de zijkant van het schip. Mezzoferro opende zijn ogen en wat hij zag, beviel hem totaal niet. Hij kreunde van woede en onmacht: om aan boord te gaan moest hij een touwladder op klimmen die door een paar bemanningsleden aan dek werd vastgehouden. Voor zijn begeleiders was het niet iets heel ongebruikelijks, maar voor hem was het een niet op te brengen krachtsinspanning. Hij slingerde zulke protestkreten de lucht in dat de kapitein van het schip, die van boven af het overstappen van de illustere passagier aanschouwde, er een ogenblik aan dacht om de hele operatie te annuleren en te wachten totdat er een plaats aan de kade vrijkwam, om het wat makkelijker te maken voor de eminentie. Maar dat besluit bracht een vertraging van verscheidene dagen op de krappe planning van de reis met zich mee.

Iedereen verwensend en vloekend als een ketter, berustte hij erin het althans te proberen, zo te horen aan de herhaaldelijke aanmoedigingen van zijn helpers, die volhielden dat het niet zo moeilijk was als het leek. Iemand stelde voor een kabel met een haak uit te gooien om daar de mastodontische kardinaal mee op te hijsen, maar Mezzoferro weigerde vierkant. Het was ondenkbaar dat hij zich aan iets zo belachelijks onderwierp; een belediging voor zijn waardigheid. Hij stelde zich de schaterlach van de bemanningsleden al voor wanneer zij een kardinaal zagen die als een varken op weg naar het slachthuis aan boord werd gehesen.

Er stak opeens een forse bries op die het fragiele bootje gevaarlijk deed slingeren, het sloeg tegen de zijkant van het schip. De kardinaal nam een beslissing; hij was ervan overtuigd dat hij minder gevaar liep op de touwladder. Hij zette een onzekere schrede op de eerste sport, terwijl hij zijn andere voet op de volgende zette om zichzelf op te hijsen. Door de afzet begon het bootje te slingeren en duwde het een handpalm weg van het schip. Gedurende een ogenblik hing de illustere en zware prelaat boven het water met één voet op de wankele houten sport van de touwladder en de andere wanhopig zoekend naar houvast, daar Mezzoferro niet naar beneden wilde kijken om te zien waar hij hem neer kon zetten.

Het was een kwestie van seconden. Terwijl allen probeerden het bootje dichter bij het schip te brengen, verloor de kardinaal zijn evenwicht en viel zo zwaar als hij was in het water.

Er was een moment van paniek onder zijn assistenten, terwijl vanaf het dek enkele bemanningsleden zich slap lachten om het groteske spektakel.

Mezzoferro kon niet zwemmen. Hij probeerde radeloos een van de armen die zich naar hem uitstrekten vast te grijpen, maar de wind en de golven lieten het bootje steeds verder afdrijven. Een aantal matrozen sprong vanaf het schip in het water, maar toen zij bij de prelaat kwamen, verscheen en verdween hij weer onder water, naar beneden getrokken door het gewicht van zijn kleding. Zijn redders probeerden hem naar het schip te slepen, maar de golven en de wilde armbewegingen van de prelaat hinderden hun reddingspogingen.

Toen zij na vele pogingen erin slaagden hem in het bootje te krijgen, was de kardinaal al overleden. Met zijn longen vol water had zijn hart het niet gered. Er was consternatie alom. Pius IV kreeg door de onvoorziene verdwijning van de kardinaal een zenuwcrisis. Maar toen ze hem het schilderij van Sofonisba overhandigden, nam zijn schrik wat af. Hij zag meteen de gebogen vinger van de artieste, wat betekende dat Mezzoferro voordat hij stierf succes had gehad met zijn missie. Nu echter kreeg hij met nieuwe hoofdbrekens te maken. Had Mezzoferro hem willen zeggen dat hij het document gevonden had of wilde hij alleen maar aangeven dat alles in orde was en dat de pontifex gerust kon zijn? Hij dacht het raadsel te kunnen oplossen nu de komst naar Rome van kardinaal Carranza ophanden was. Volgens de overeenkomst die in Madrid bereikt was door Mezzoferro, moest hij berecht worden in de hoofdstad van de Pauselijke Staten en eventueel zijn straf daar uitzitten, maar ook van hem kreeg hij geen duidelijk antwoord.

Carranza, die nooit toegaf dat hij het document op domme wijze was kwijtgeraakt, gaf vage antwoorden over de plaats waar het bewaard werd. En omdat het de enige garantie was om het er levend van af te brengen, weigerde hij herhaaldelijk het aan een andere kardinaal af te geven, wat wel had gemoeten volgens het protocol dat door hen was opgesteld.

Toen hij onder een mooi escorte vanaf de gevangenis naar zijn residentie ging, voordat hij in ballingschap naar Rome vertrok, had Carranza amper tijd gehad om pater Ramírez hem de bijbel te laten overhandigen. Op dat moment viel het hem niet op dat een van de edelstenen die het omslag versierden ontbrak, omdat het enige wat hem interesseerde was: weten of de geheime bergplaats bij de laatste pagina intact was. Toen hij zag dat die er prima uitzag, haalde hij opgelucht adem.

Pas toen hij in Rome was en het document ergens anders wilde opbergen, zag hij dat het gestolen was.

Maandenlang werd hij verscheurd door twijfel wie het had gepakt en wat diegene ermee zou gaan doen, zonder antwoord te krijgen. De ontmoeting met de pontifex was heel zwaar geweest. Pius IV, een zenuwinzinking nabij, had hem meteen laten roepen toen hij nog maar net in Rome was. Hij had een aanwijzing nodig om de boodschap van Mezzoferro te ontcijferen.

De ontijdig omgekomen kardinaal had de vinger van Sofonisba gebogen laten schilderen. Dat kon maar één ding betekenen: dat Carranza hem de bijbel had gegeven die het gevreesde document bevatte. Maar na zijn dood was er geen enkele bijbel aangetroffen tussen zijn persoonlijke bezittingen. Wat had hij ermee gedaan? Daarom was de paus zo ongeduldig om Carranza te zien, zodat hij kon bevestigen dat hij de bijbel inderdaad had overhandigd. Toen hij de werkkamer van de pontifex binnenkwam, zag Carranza al aan zijn gezicht dat het geen vriendschappelijk gesprek zou worden. Maar Pius IV was slim en hij wilde zijn oude vriend niet door arglistige vragen in het nauw brengen.

'Ik hoop dat u een goede reis hebt gehad en dat de kerker uw gezondheid niet heeft geschaad,' zei hij glimlachend tegen hem. Om eerlijk te zijn vond hij Carranza er beter uitzien dan ooit, alsof de herwonnen vrijheid hem jaren jonger had gemaakt.

'Ik heb niet te klagen, Uwe Heiligheid. Het is zwaar geweest, maar ik wist dat de Heer mij te hulp zou komen.'

Pius IV fronste zijn wenkbrauwen. De Heer? Wat een brutaliteit!

'De wegen van de Heer zijn ondoorgrondelijk, eminentie, dat weten wij die Hem elke dag aanroepen heel goed.' Hij pauzeerde even voordat hij eraan toevoegde: 'Niettemin luistert de Heer soms naar de stem van een nederig dienaar zoals ik.'

De insinuatie ontging Carranza niet. Pius IV eiste de eer van zijn vrijlating op. 'Zeker, Uwe Heiligheid, zeker. Aan de andere kant is het de taak van de herder zijn schapen te beschermen, niet?' Nu was het Pius IV die zich verbaasde. Wilde de kardinaal soms suggereren dat hij, als pontifex, alleen maar zijn plicht gedaan had door in te grijpen om zijn invrijheidstelling voor elkaar te krijgen? Hij hield niet van dit soort spitsvondigheden en zeker niet als ze vraagtekens zetten bij zijn eigen verdiensten. Hij gaf er de voorkeur aan van onderwerp te veranderen.

'Ik veronderstel dat ze u in kennis hebben gesteld van de ongelukkige dood van onze zeer geliefde Mezzoferro.'

'Een ware tragedie, Uwe Heiligheid. Hij leek me een goed mens.'

'Zonder twijfel boezemde hij u volledig vertrouwen in als u ten slotte besloot hem ons "persoonlijk object" te overhandigen, niet?'

Carranza sperde verrast zijn ogen wijd open.

'Had Mezzoferro de tijd ervoor te zorgen dat ze u uw "persoonlijk object" gaven, voordat hij stierf?' vroeg hij geïntrigeerd.

'Nee,' antwoordde de pontifex kortaf. 'We hebben laten zoeken tussen zijn persoonlijke bezittingen, maar de bijbel waar het om gaat is niet gevonden.'

'Natuurlijk niet, Uwe Heiligheid, omdat ik die niet aan hem gegeven heb.'

Pius IV keek hem stomverbaasd aan.

'Hoezo niet? Mezzoferro verzekerde mij dat hij hem in zijn bezit had...'

'Mezzoferro dácht dat hij het 'persoonlijk object' in zijn bezit had, dat u gevraagd had naar Rome te brengen. En zonder twijfel zal het object dat ik aan hem gegeven heb nog tussen zijn persoonlijke bezittingen zitten, maar dat was niet dé bijbel. Toen hij mij om de bijbel vroeg, begreep ik dat Uwe Heiligheid wilde weten of hij op een veilige plek verborgen was en daarom antwoordde ik bevestigend met de zin in codetaal. Maar ik heb hem nooit de bijbel met het verborgen document overhandigd. Niet alleen omdat het mijn enige vrijgeleide is, maar omdat, zoals Uwe Heiligheid heel goed weet, het document in geen geval aan een pontifex overhandigd mag worden. Om hem niet argwanend te maken, gaf ik hem mijn persoonlijk brevier. Hij trok me toch een gezicht, de arme... Ik geloof dat hij vermoedde dat het niet was wat u hem gevraagd had, maar hij durfde geen commentaar te leveren.'

Pius IV wierp hem een moordlustige blik toe. Hoe durfde die onbeschaamde vlegel hem voor de gek te houden! Maar hij hield zich in. Carranza had gelijk en hij wist dat. Het document mocht niet in handen komen van een pontifex.

'Daaruit maak ik op dat u het document bewaart,' zei hij. 'Is dat zo?'

'Zeker, Uwe Heiligheid,' loog Carranza.

'Binnenkort loopt uw periode als bewaarder af,' merkte Pius IV op. 'U zult het aan een ander moeten overdragen.'

'Ik vrees dat we de afspraken moeten herzien,' antwoordde Carranza op uitdagende toon. 'In elk geval totdat het proces waarin ik van ketterij beschuldigd word ten einde is.'

Pius IV ontplofte bijna. Hij hield zich in, omdat hij in de eerste plaats wilde weten of het document in veiligheid was. Maar later zou Carranza zijn chantage duur moeten betalen. 'Wilt u misschien zeggen...?'

'Precies, Uwe Heiligheid. Dat is precies wat ik wil zeggen. Het document werd opgesteld om ons wederzijds te beschermen en om ons bovendien te verzekeren van macht en rijkdom. En nu heb ik meer dan ooit een waarborg voor mijn toekomst nodig. Wij weten allebei dat alleen het bezit van het document mij die kan geven.'

Dat was het einde van het onderhoud. Met toestemming van Pius IV trok Carranza zich terug.

Hij had dringende zaken te regelen. Hij had gelogen tegen de paus en het was een leugen die hij niet lang kon volhouden. Hij moest erachter komen waar het document was, voor zijn medebroeders vermoedden dat er iets niet in orde was.

In gedachten probeerde hij de weg van het document te volgen om erachter te komen waar en door wie het ontvreemd had kunnen worden. Hij had het voor het laatst gezien toen hij het zelf in de bijbel had gedaan. Daarna had hij die aan Ramírez gegeven, die hem moest bewaren terwijl hij in het buitenland was. Het had dus alleen kunnen gebeuren toen het onder de hoede van Ramírez was. Wat had die oude idioot gedaan? Had hij het document bij toeval ontdekt? In dat geval was zijn lot bezegeld. Dat eisten de strenge regels van het geheime genootschap waartoe hij behoorde: een buitenstaander die het gelezen had, was ten dode opgeschreven.

Hij stuurde twee huurmoordenaars naar Madrid. Voordat ze hem doodden, moesten ze uit hem zien te krijgen wat hij met het document had gedaan. Toen ze terugkwamen, maakten hun berichten hem niet vrolijk. Zij hadden Ramírez niet gevonden, omdat hij op eigen houtje doodgegaan was. Een week voordat ze in Madrid aankwamen, was de oude priester gestorven aan een acute hartaanval.

Dat bracht kardinaal Carranza in een heel precaire situatie: met de dood van Ramírez was hij elke mogelijkheid om het document te achterhalen kwijt. Hoe lang zou hij zijn medebroeders nog om de tuin kunnen leiden?

Hij hoefde zich niet lang zorgen te maken. Op een mooie lenteochtend, toen de vogels zich weer lieten zien in de lucht boven Rome, werd kardinaal Carranza dood aangetroffen in zijn bed. Er waren wat mensen die vermoedden dat hij vergiftigd was, ze schreven dat toe aan een wraakneming van de kapitein-generaal van de Inquisitie, omdat hij hem ontsnapt was, maar Pius IV deed de geruchten snel verstommen door het bevel te geven hem direct te begraven, zonder dat het lijk nog onderzocht werd. Als iemand in Rome op een wel heel geschikt moment stierf, vermoedde men dat iemand met gif een handje geholpen had. Zo werkten die dingen nu eenmaal in de stad.

Zijn residentie werd ondersteboven gekeerd op zoek naar het document, maar zonder succes. Pius IV was razend, maar ook hij hoefde zich niet lang zorgen te maken. Vier maanden na Carranza stierf hij.

De onvoorziene dood van kardinaal Mezzoferro had een paradoxale situatie geschapen. Omdat hij de enige was die wist waar het document was, was dit gedoemd om voor altijd verloren te blijven. En zo bleef het vele jaren rustig op zijn geheime plaats, totdat het bij toeval opnieuw tevoorschijn kwam.

41

Genua, twintig jaar later

In de rust van haar huis, dat hoog op de heuvels lag boven het historische centrum van de stad, bewonderde Sofonisba het panorama van de haven. Vanuit haar ramen keek ze over de hele kust van Ligurië, van oost naar west; het herinnerde haar eraan dat duizenden mijlen verderop het Spanje lag waar ze vijftien lange jaren had gewoond.

Terwijl ze wachtte op de komst van haar gast, liet ze haar blik glijden over de schepen die in en uit de haven voeren. Die vredige aanblik waardoor ze kon wegdromen beviel haar. Ze stelde zich de exotische landen voor waar de schepen hun handelswaar inlaadden om die vervolgens weer te lossen in de Ligurische haven, voordat ze hun tocht door half Europa vervolgden.

In een ander leven was ze graag avonturierster geweest om alle plaatsen die in de laatste decennia ontdekt waren te leren kennen. Het waren geen landen in de strikte zin van het woord, maar de mensen die ze bezocht hadden vertelden enthousiast over het vriendelijke en gedweeë karakter van de wilden die die streken bevolkten, waar het klimaat gunstig was en de vegetatie uitbundig. Sommige reizigers hadden vreemde planten meegebracht die nooit eerder in Europa gezien waren en zoete, nog onbekende vruchten.

Maar dat waren alleen maar dromen.

Zij was in een veilige haven gekomen en ze bereidde zich voor op een kalme oude dag aan de zijde van haar echtgenoot.

Af en toe pakte ze de penselen om het portret van de een of andere reiziger te schilderen, maar niet vaak meer, daar haar ogen haar in de steek begonnen te laten.

Ze verheugde zich op de komst van haar gast, een Siciliaanse vriend die op doorreis in Genua was voor zaken. Hij had haar geschreven over zijn aanstaande verblijf in de stad en hij had toestemming gevraagd haar te bezoeken.

Ze was heel blij. Er was niet veel afleiding, zodat een bezoek altijd een goede gelegenheid was voor een praatje en om van gedachten te wisselen over bekende personen of recente gebeurtenissen. Sandro Imbruneta kwam precies op de afgesproken tijd. Hij was een al wat oudere man, gesteld op stiptheid en bedeeld met een onverzadigbare nieuwsgierigheid. Hij vertelde haar over zijn reis. Toen hij door het schiereiland was getrokken, van Sicilië naar Ligurië, was hij een paar dagen in Rome gebleven. Hij had van de gelegenheid gebruikgemaakt om een familielid van hem te bezoeken, een priester die verbonden was aan het Vaticaan. In de loop van het gesprek had hij gezegd dat hij naar Genua ging, waar hij zijn vriendin de schilderes Sofonisba Anguissola zou ontmoeten.

'Nee maar, wat een toeval,' had zijn heeroom uitgeroepen, 'ze hebben me juist een paar dagen geleden een schilderij van haar uit de pauselijke vertrekken gebracht, waar het verschillende jaren gehangen heeft. De pontifex wil zo af en toe de schilderijen ruilen met andere uit de collectie van het Vaticaan. Als je het wilt zien, het is hier, in de kamer hiernaast. Ik heb het daar gisteren laten ophangen.'

Sandro Imbruneta had het schilderij van zijn vriendin bewonderd, het was een werk van twintig jaar terug en hij had nooit de gelegenheid gehad het te bezichtigen.

'Hoe is het mogelijk,' riep Sofonisba geamuseerd uit. 'En welk was het?'

'Het is een zelfportret. Je hebt jezelf afgebeeld terwijl je een schilderij maakt van de Maagd met Kind.'

'Ik herinner het me al. Het was in opdracht van Pius IV. Ik schilderde het toen ik in Spanje was.'

'Heel interessant zoals je een hand schilderde,' merkte Sandro op, 'met gebogen wijsvinger. Heeft dat een speciale betekenis?'

'De gebogen wijsvinger?' herhaalde Sofonisba, stomverbaasd. 'Ik kan me niet herinneren dat ik die zo geschilderd heb. Beter nog, ik ben er absoluut zeker van dat ik dat niet gedaan heb.'

'Nou, de wijsvinger is echt gebogen, ik verzeker het je. Eigenlijk had ik toen ik het zag al bedacht dat ik je zou vragen waarom je het zo geschilderd had.'

Sofonisba zat na te denken. Ze probeerde zich te herinneren op welk moment ze haar zelfportret geschilderd had, maar ze twijfelde er geen moment aan. Ze had de vinger niet zo geschilderd.

'Ik ben er helemaal zeker van, mijn beste vriend. Zo heb ik hem niet geschilderd. Dat schilderij is niet van mij. Het is gekopieerd of veranderd. Het is niet het originele.'

Sandro Imbruneta was sprakeloos. Als de schilderes beweerde dat het schilderij niet van haar was, dan betekende dat dat het Vaticaan geloofde een origineel te bezitten, terwijl het dat in werkelijkheid niet was.

'Als je het goedvindt, zal ik mijn familielid schrijven om hem op de hoogte te brengen. Hij is belast met het beheer van de Vaticaanse collecties en hij moet het weten.'

Sofonisba antwoordde niet meteen, ze ging op in haar gedachten. Ze was er wel heel zeker van hoe ze die hand geschilderd had.

'Ja, natuurlijk,' stemde ze ten slotte toe, 'dat is een goed idee. Eigenlijk zou ik het schilderij graag willen zien om het zelf te constateren. Ik ben de enige die met zekerheid kan vaststellen of het werk van mij is of niet.'

'Ik zal het erover hebben met mijn familielid. Als je dat goedvindt, zal ik hem jouw adres geven, dan kan hij direct contact met je opnemen.'

'Natuurlijk. Ik kan verzekeren dat ik de vinger niet op die manier geschilderd heb,' hield ze ongerust vol.

Ze gingen op een ander onderwerp over.

Zodra haar vriend vertrokken was, begon Sofonisba weer aan het portret te denken. Wat raar. Waarom zou iemand een detail van haar hand willen veranderen, als ze er tenminste van uitging dat het om het origineel handelde?

Gedurende weken hoorde ze er niets over. Ze was de kwestie niet vergeten en meer dan eens was ze in de verleiding het familielid van Imbruneta te schrijven, maar ze zei tot zichzelf dat het beter was te wachten tot hij het initiatief nam.

En zo gebeurde het.

Op een ochtend ontving ze een brief van de intendant-generaal van de afdeling Kunstwerken van het Vaticaan, het bewuste familielid van Imbruneta. Hij had het over de brief die hij van zijn neef had ontvangen en over de rare situatie. Nu hij zich geplaatst zag voor een dilemma over een schilderij waarvan men dacht dat het origineel was, maar waarvan de mogelijkheid bestond dat dat niet zo was, stuurde hij het maar naar de schilderes om uitsluitsel te geven of het wel of niet een werk van haar was. Na het onderzocht te hebben, kon mevrouw Anguissola het portret teruggeven aan de aartsbisschop van Genua, die ervoor zou zorgen dat het weer bij het Vaticaan kwam.

Sofonisba ging akkoord. En kort daarop ontving ze het zelfportret.

Het was aangrijpend dat schilderij, dat ze twintig jaar geleden had ge-schilderd, terug te zien. Herinneringen borrelden op. Ze dacht terug aan het verleden en herinnerde zich de uren die ze had besteed aan het vervolmaken van elk detail om de pontifex tevreden te stellen.

Achteraf bekeken waren het prachtige jaren geweest, vooral de laatste, toen ze voogdes was van de kleine, moederloos geworden prinsesjes. Ze had nog steeds contact met ze. Ze had Isabel Clara Eugenia weergezien toen deze Genua had aangedaan.

De verpakking was nog maar nauwelijks van het schilderij of ze keek meteen onderzoekend naar de vinger. Inderdaad, de wijsvinger stond er gebogen op. Ze bekeek het schilderij aandachtig en stelde vast dat het gewijzigd was. Perfect gedaan, waarschijnlijk het werk van een vak-man, maar zelfs dan was het een smet op haar werk. Wat raar. Wie had opdracht kunnen geven om een dergelijk miniem detail te veranderen? Ze bedacht wat er niet allemaal voor vreemds gebeurd was aan het hof in Madrid. Schilderijen die verdwenen en verschenen, andere die nooit meer teruggevonden werden, een japon van haar die verdwenen was... Madrid was een en al mysterie.

Ze besloot het hele schilderij te onderzoeken. De rest was intact. De on-gebruikelijke aanpassing betrof alleen de vinger.

Met een werktuigelijk gebaar draaide ze het spieraam om en ze zag iets raars. Ze was stomverbaasd. Wat voor reden had iemand om ook nog een doek aan de achterkant van het schilderij te doen? Dat was niet no-dig. Ze draaide het schilderij opnieuw om en bestudeerde minutieus de voorkant. Het doek toonde geen enkel mankement. Het had dus totaal geen schade opgelopen die het spieraam aan de achterkant noodzakelijk maakte, zoals ze eerder had gevreesd.

Ze bekeek de nieuwe versteviging. In het bovenste gedeelte zag ze een kleine naad zitten, met de afmeting van een handpalm.

Wat vreemd.

Ze herinnerde zich dat de eerste versie van het schilderij verdwenen was en dat ze het helemaal opnieuw had moeten doen. Nu was deze versie veranderd en van dubbel doek voorzien. Ze begreep er niets van.

Ze besloot de twijfel weg te nemen.

Het was niet correct, dat wist ze, want het schilderij was niet meer van haar, maar ze besloot het nieuwe doek weg te snijden om te zien waar-om het ertegenaan gezet was. Ze deed het heel voorzichtig, ze ging pre-cies langs de naad, zodat ze het daarna weer kon dichtnaaien zonder dat iemand het zou merken.

Toen de snee groot genoeg was, deed ze de randen een beetje uit elkaar om erin te kunnen kijken.

De achterkant van het originele doek was uitstekend te zien. Het was intact. Toen ze verder keek, ontwaarde ze iets.

Het leek een stuk papier. Ze probeerde haar hand in de opening te stoppen om het te pakken, maar hoewel haar handen heel klein waren, kon ze niet door de spleet.

Opeens zette ze meer kracht en maakte de opening groter, zonder over de gevolgen in te zitten. Ze ergerde zich over al dat geheimzinnige gedoe. Hoe hadden ze zo aan haar schilderij durven knoeien? Eindelijk kreeg ze haar hand erin.

Ze kwam bij enkele vellen papier en haalde ze eruit. Het waren drie blaadjes. Het laatste was gestempeld en er stonden zestien handtekeningen op. Ze stond versteld. Iemand had haar schilderij gebruikt om een document in een dubbele achterwand te verstoppen. Ze begon de tekst te lezen. Haar kennis van het Latijn was uitstekend. Ze had vele teksten die in die taal geschreven waren gelezen en bestudeerd, en hoewel ze het in het begin wat moeilijk vond, begreep ze het perfect. Ze kon niet geloven wat ze las: het ging om een duivels complot.

Ze begon te trillen van de zenuwen. Ze was bang. Zonder het te willen had ze een geheim ontdekt dat jaren binnen in haar schilderij verborgen had gezeten. Ze kende niet alle ondertekenaars van het document, maar sommige wel. Een van hen was dezelfde paus die haar opdracht had gegeven het schilderij te maken.

Een jaar of dertig geleden had een groep van in totaal zestien personen een geheim verbond gesloten, iets vrijmetselarijachtigs, waarin ze elkaar onvoorwaardelijk wederzijdse steun beloofden. De ondertekenaars, allen geestelijken van zeer hoge rang, bisschoppen, aartsbisschoppen en een enkele kardinaal, hadden als voornaamste doel de troon van de pontifex te kunnen bestijgen. Wanneer een van hen dat bereikte, moest hij zorgen dat zijn broeders die nog geen kardinaal waren hiertoe werden benoemd, en hij moest onder de ondertekenaars alle kerkelijke baten die door de Heilige Stoel verzameld waren verdelen, zoals de opbrengsten van de beste abdijen, en andere speciale gunsten.

In het geval van een conclaaf moesten de kardinalen-ondertekenaars alle stemmen geven aan de medebroeder die zich kandidaat stelde, en bovendien moesten ze al hun invloed aanwenden om alle mogelijke stemmen te winnen.

Toen ze de zegels bekeek, zag Sofonisba dat inderdaad al drie van hen het in de voorgaande jaren bereikt hadden, onder wie Pius IV, die haar de opdracht voor het schilderij gegeven had. Als dit document naar buiten zou komen, zou het een onvervalste bom zijn, daar het overduidelijk het bewijs was van de zonde van simonie, en dat was voldoende om alle ondertekenaars te veroordelen.

Om te verhinderen dat een van hen de verleiding niet kon weerstaan om het geheim rond te vertellen, of zou proberen onder het verdrag uit te komen als hij eenmaal tot paus was gekozen, was het noodzakelijk dat het document absoluut geheim bleef. Daarom had het de vorm van een hermetisch vrijmetselaarscontract. Dat detail had meer dan één kardinaal doen terugdeinzen, maar uiteindelijk hadden allen getekend. Als een kerkvorst ervan werd beschuldigd deel uit te maken van de vrijmetselarij, dan betekende dat zeker de doodstraf.

Degene die het macchiavelliaanse idee had gehad om een onmiskenbaar maçonnieke tekst op te stellen, die het onmogelijk maakte voor ook maar één ondertekenaar om zich terug te trekken, was niemand minder geweest dan dezelfde Pius IV.

Om veiligheidsredenen bestond er slechts één exemplaar van de tekst. De ondertekenaars waren overeengekomen, na harde discussies, dat elk jaar werd gestemd wie de volgende twaalf maanden de bewaarder van het document zou zijn. Die werd de 'depositaris' genoemd; zo kon men er zeker van zijn dat het onmogelijk was dat de een meer gunsten kreeg dan de ander en zijn functie van depositaris als chantage-instrument zou gebruiken tegen de anderen.

Men had ook besloten dat voor elk conclaaf het document door drie ondertekenaars op een geheime plaats verborgen moest worden, om te vermijden dat de depositaris, als hij tot paus was gekozen, het document zou laten verdwijnen. Na de verkiezing van de pontifex moesten de andere twee het document weer ophalen en het aan de nieuwgekozen bewaarder overhandigen.

Men had eveneens voorzien in een veiligheidsprocedure in het geval van overlijden van de depositaris. Bij de ontvangst van het geheime document moest hij aan twee broeders een verzegelde brief geven waarin stond waar het document zich bevond. Bij overlijden konden de twee het dan terugvinden.

De dood van een van de samenzweerders opende de deur voor een nieuw lid dat op een vergadering gekozen werd. Op deze manier was het voortbestaan van de sekte verzekerd en het in stand houden van de gunsten en rijkdommen voor de begunstigden. Schending van het geheim werd met de dood bestraft, een straf die ook een buitenstaander trof die om welke reden dan ook het document zou lezen. Hij moest meteen uit de weg worden geruimd, alleen al bij het vermoeden dat diegene op de hoogte was van het geheim. Sofonisba schoot omhoog. Dat was bij haar het geval. Per ongeluk had zij kennis genomen van het geheim.

Wie had het document in haar schilderij verstopt? Waarom? Was het een noodgreep geweest? Wist diegene dat het schilderij nu de veilige zalen van het Vaticaan had verlaten en naar Genua vertrokken was? Was hij het aan het zoeken?

Als iemand merkte dat zij het document had gelezen, of dat alleen maar vermoedde, dan was haar leven in gevaar. Ook al zou ze de papieren weer terugstoppen en het doek dichtnaaien, dan nog zou altijd de twijfel blijven of zij het schandelijke document wel of niet had gelezen.

Ze had het gevoel dat ze in een levensgevaarlijke val zat. Ze vervloekte zichzelf, omdat ze zo nauwgezet was geweest dat ze de echtheid van het schilderij had willen vaststellen. Als ze daar niet zo'n probleem van had gemaakt, dan zou ze nu niet zo in de knel zitten. Hoe meer ze erover nadacht, hoe nerveuzer ze werd. Het was beter wat te kalmeren en het hoofd koel te houden om te kunnen nadenken.

Ze besloot om niets te doen en een paar dagen te wachten. Er was geen haast bij het teruggeven van het schilderij aan de aartsbisschop.

Die middag zou ze met haar man praten. Hij was een bedachtzame man die de juiste beslissingen wist te nemen.

De rest van de middag was ze buitengewoon opgewonden, elk ogenblik leunde ze uit de ramen die op straat uitkeken om te zien of eindelijk de zilvergrijze haardos van haar man op weg naar huis opdoemde. Het kon niet lang meer duren, maar haar ongeduld om hem haar zorgen te vertellen, de ontdekking van die geheime papieren, maakte dat de tijd afschuwelijk langzaam ging.

Ten slotte zag ze hem verschijnen en ze rende de trap af, hem tegemoet. Toen hij haar buiten adem zag en ten prooi aan opwinding, schrok Orazio Lomellini.

'Wat is er aan de hand, lieverd?'

'Kom, snel,' zei ze, buiten adem van het rennen, 'ik wil je iets laten zien.'

Ze sloten zich op in de werkkamer van Orazio, waar Sofonisba het schilderij had laten brengen. Het document had ze in haar zak.

Ze legde hem alles uit.

Orazio's verbazing maakte plaats voor ongerustheid. Dat alles was niet alleen heel vreemd, het bracht ook een groot gevaar met zich mee.

In tegenstelling tot zijn vrouw kon hij geen Latijn lezen, maar toen zij de tekst vertaalde, stond hij versteld. Hij kon niet geloven wat ze daar in handen hadden.

'Als we het document weer op zijn plaats doen, zou degene die het verstopt heeft kunnen vermoeden dat je het ontdekt hebt. Als ze handelen zoals het verdrag voorschrijft, lopen onze levens gevaar, omdat ze zullen denken dat als jij het gelezen hebt, ik ook op de hoogte ben. We moeten heel voorzichtig te werk gaan.'

'En als ik het weer dichtnaai zonder het document erin te stoppen, zullen ze ontdekken dat het schilderij het Vaticaan uit is geweest om door mij op echtheid gecontroleerd te worden.'

'Juist. Maar zeg eens, je weet zeker dat je niets met deze troebele zaak te maken hebt?'

Sofonisba wierp hem een vernietigende blik toe, maar hij gaf haar niet de tijd te protesteren.

'Grapje, lieverd,' voegde hij eraan toe, met een glimlach op de lippen.

'Het is nu geen tijd voor grapjes,' antwoordde zij, een beetje geërgerd. De hele nacht zaten ze te praten en wogen de pro's en contra's af. Wanneer de een een idee had, wat het ook was, dan trad de ander op als advocaat van de duivel door de negatieve kanten van het voorgestelde antwoord te zoeken. Bij het aanbreken van de dag, toen de zon voorzichtig tevoorschijn kwam, kwamen de twee uitgeput en met rode ogen van de lange, doorwaakte nacht tot de enig mogelijke conclusie: ze zaten in een val.

'Laten we maar naar bed gaan,' zei de man, te uitgeput om nog te denken. 'We moeten weer kracht opdoen en onze geest opfrissen om een goede beslissing te nemen. Nu kan ik dat niet en jij evenmin.'

Sofonisba knikte instemmend. Ook zij was niet meer in staat om er nog verder over te piekeren.

Ze stonden op het punt de werkkamer te verlaten, toen Sofonisba zich op de drempel abrupt omdraaide.

'Ik geloof dat ik de oplossing heb!' riep ze uit, verbaasd dat ze daar niet eerder op gekomen was.

Ze bleef een ogenblik stil, alsof ze het zwakke punt in haar gedachtegang wilde ontdekken, maar ze vond het niet.

'Vertel,' zei haar man met vermoeide stem. Zijn ogen vielen dicht, maar de uitroep van zijn vrouw had hem weer wat helderder gemaakt.

'Ja, ik denk dat we de oplossing al hebben,' hield ze nog peinzend vol.

'En?' vroeg Orazio ongeduldig.

'Als we het erin stoppen, kunnen ze denken dat we het gevonden en gelezen hebben, voordat we het weer op zijn plek teruggedaan hebben. In dat geval lopen we het risico vermoord te worden, alleen maar vanwege vermoedens. Ja, toch?'

'Ja, natuurlijk, en dus?'

'Als we echter het document bewaren en alles weer goed dichtnaaien, dan zal er een tijd overheen gaan voordat ze ontdekken dat het verdwenen is.'

'Aha. Maar waar wil je naartoe?'

'Als ze het document niet vinden, wat zal er dan gebeuren? Ze zullen het zoeken. Natuurlijk zullen ze ontdekken dat het schilderij een paar dagen in ons huis is geweest, maar wat zal voorrang bij hen hebben?'

'Het document terugvinden?'

'Natuurlijk! Maar als wij doen alsof we van niets weten, zal ons niets gebeuren, want ook al wantrouwen ze ons, ze zullen ons niet durven te doden, want dan krijgen ze het nooit terug. En ik denk dat we niet zo'n groot risico lopen. Ook al zijn wij de hoofdverdachten, er zullen ongetwijfeld anderen zijn. Wat moeten ze doen? Ons allemaal doden? Als alleen maar het vermoeden dat je het document kent de doodstraf betekent, dan is de oplossing je ervan te verzekeren dat ze nooit weten waar het is. Zolang als ze het zoeken, zullen we veilig zijn.'

Orazio keek naar zijn vrouw. Van alle mogelijkheden die ze 's nachts overwogen hadden, scheen deze de enige die uitvoerbaar was. Er was een risico, zeker, maar risico's waren er overal.

Ook al zou Sofonisba het document niet ontdekt hebben, dan hadden ze net zo veel risico gelopen om vermoord te worden.

'Ik denk dat je gelijk hebt, lieverd. Het lijkt me een goed idee. Maar wat doen we met het document? Als ze het huis doorzoeken, zullen ze het vinden.'

'Ze zullen het niet vinden, want het zal er niet zijn!'

'Wat bedoel je?'

'Dat we het voor altijd laten verdwijnen. We zullen het verbranden,' verklaarde ze plechtig.

'Het verbranden?' riep Orazio verbaasd uit.

'Natuurlijk,' antwoordde zij, vol overtuiging. 'Als wij het niet hebben, zullen ze het nooit kunnen vinden. Wil jij de rest van je leven bang zijn dat iemand het op een dag bij toeval ontdekt? Dat risico kunnen we niet nemen. Ik zal vanaf nu geen nacht meer rustig slapen, maar als we

ons bovendien nog zorgen moeten maken over dat vervloekte document, dan heb ik geen leven meer. Nee, we moeten het vernietigen.'
'Zoals je wilt,' gaf Orazio toe. 'Maar hoe weten we dat er nergens andere kopieën zijn?'
'Dat is niet ons probleem!'
Zo verbrandden ze dus plechtig de papieren in de haard van de salon. Ze stonden een moment stil bij al degenen die gestorven waren bij hun pogingen dat rampzalige document te beschermen of omdat ze het op een ongelegen moment hadden gelezen.
Terwijl ze keken hoe de vlammen het papier verteerden en de lakzegels smolten, zat Orazio nog na te denken. De kwestie was niet zomaar uit de weg door het document te verbranden. Het probleem van het schilderij moest ook nog worden opgelost.
'Wat doe je met het schilderij? Je zult een antwoord aan het Vaticaan moeten geven. Ze zullen willen weten of het van jou is of alleen maar een kopie,' zei hij, terwijl hij bleef kijken naar de vlammen die het afschuwelijke document hadden verteerd.
Sofonisba glimlachte. Het was de eerste glimlach die Orazio op de lippen van zijn vrouw zag verschijnen sinds het begin van de avond.
'Waarom lach je, lieverd?' vroeg hij teder. Sofonisba was heel mooi als ze lachte.
'Schrik niet, lieverd, maar ik krijg net nog een idee. Laten we het schilderij ook verbranden!'
'Wat zeg je?' riep Orazio verrast. 'Ben je gek geworden? Wat zullen ze in het Vaticaan wel niet zeggen?
'Wat denk je? Het zal een ongeluk geweest zijn. Om ze schadeloos te stellen, zal ik ze voorstellen precies zo'n zelfde portret te schilderen.'
Opeens voelde ze zich opgelucht. Door ook het schilderij te verbranden, had ze een antwoord voor andere ondervragers. Dan zou ten minste het vermoeden kunnen bestaan dat het document ook per ongeluk verdwenen was. Niemand zou ooit met zekerheid weten of zij het document gezien had of niet. Ook al zou er altijd een zwaard van Damocles boven haar hoofd hangen, het risico zou aanzienlijk kleiner worden.
Ze hoopte alleen maar dat het familielid van Imbruneta akkoord zou gaan met haar aanbod en niet te veel vragen zou stellen. Ze besloot zelfs nog een ander schilderij van haar te schenken. Zo zouden de Vaticaanse musea er wel bij varen en iedereen zou tevreden zijn.
Wat Sofonisba niet wist, was dat het document van hand tot hand gegaan was gedurende vele jaren tot het uiteindelijk in haar schilderij ver-

stopt werd, verborgen voor de blik van degene die het te land en ter zee had gezocht, pontifex Pius IV.

Als Pius IV geweten had dat datgene wat hij zo naarstig gezocht had in de laatste jaren van zijn pontificaat vlak onder zijn ogen verstopt had gezeten, achter dat portret dat hij, omdat het hem zo beviel, in zijn werkkamer had hangen, zodat hij het altijd kon bewonderen als hij naar boven keek, dan zou hij misschien gerust hebben in vrede. In plaats daarvan had het lot zich nukkig tegenover hem getoond door hem te dwingen elke dag te lijden tot de laatste dag van zijn leven, onder de vrees dat het op een kwade dag in de verkeerde handen zou opduiken.

42

Na de reis naar Palermo was Anton van Dyck terug naar huis gegaan, naar Antwerpen.

In plaats van de reis in omgekeerde richting te maken en zich in Palermo in te schepen met als bestemming Genua, had hij besloten zijn route wat langer te maken en over Rome te gaan, waar hij verscheidene weken gebleven was om de stad te leren kennen en om vrienden te bezoeken.

Hij had van zijn verblijf gebruikgemaakt door een aantal schriften te vullen met schetsen van de belangrijkste gebouwen van de stad en de meest pittoreske hoekjes. Niet alleen als herinnering voor als hij weer thuis was, maar ook om ze aan zijn Vlaamse vrienden te laten zien. Zij hadden niet de gelegenheid gehad om te reizen en een van de mooiste steden van de wereld te leren kennen.

Na de emoties van de reis naar Italië was de terugkeer naar het gewone dagelijkse leven deprimerend geweest.

Het koude en grijze weer beïnvloedde zijn humeur. Als hij terugdacht aan de zon van Palermo en Rome, met dat bijzondere licht dat hem gefascineerd had, voelde hij zich overweldigd door melancholie. Maar beetje bij beetje had hij zijn gewoontes hervat, zoals vroeg in de morgen langs de grachten van Antwerpen lopen.

Hij kwam weer in het oude ritme dat hij nu monotoon vond, heen en terug lopen, van huis naar zijn atelier.

Aan zijn vriend en meester Rubens had hij een minutieus verslag van zijn reis gedaan, van de plaatsen die hij bezocht had, de mensen die hij had leren kennen, en natuurlijk had hij alles verteld over zijn ontmoetingen met Sofonisba. Zijn bezoek aan de Italiaanse schilderes had diepe indruk op hem gemaakt en zijn enthousiasme als hij over haar praatte was duidelijk te merken.

Dat deel van zijn reis was zijn voornaamste gespreksonderwerp geworden, zozeer zelfs dat de meester soms een beetje de draak met hem stak in het bijzijn van andere leerlingen door hem Sofonisbo te noemen. Wanneer hij vanuit het venster dat op de straat uitkeek hem zag verschijnen, met het hoofd naar de grond, verdiept in zijn melancholieke gedachten, zei hij vaak geamuseerd: 'Daar komt het vriendje van de Italiaanse. Nu komt hij ons voor de honderdste keer de geschiedenis vertellen van de beroemdste schilderes uit de renaissance.'

Alle leerlingen lachten en wierpen elkaar samenzweerderige blikken toe, terwijl ze deden alsof er niets aan de hand was als de jongeman binnenkwam, want er zat geen kwaadwilligheid in hun commentaar, maar genegenheid voor hun collega. Ze respecteerden hem, en als ze naar zijn verhalen luisterden, kostte het hun moeite niet te laten merken dat ze een gezonde jaloezie voelden. Ook zij droomden ervan een reis naar het mooie Italië te maken en de grote renaissanceschilders te ontmoeten.

Door zoveel te horen over de reis naar Palermo, over het huis van de schilderes, over hoe zij was en over wat ze wel en niet had gezegd, had ieder zich daarmee geïdentificeerd en voelde zich erbij betrokken, alsof die reis en dat bezoek iets gezamenlijks geweest waren, waaraan ieder zijn eigen herinnering had. Allen, zelfs degenen die het niet wilden toegeven, hadden zich een mening gevormd en, door in hun verbeelding mee te reizen, ook een persoonlijke kijk gekregen op de dingen waar Anton over vertelde.

Maar het was niet zomaar een dag.

Er was iets bijzonders gebeurd en allen verlangden ernaar om Anton te zien om met hem hun gevoelens en nieuwsgierigheid te delen. Er was een pakket uit Italië voor hem gekomen. Ze hadden het goed in het zicht gezet, op de tafel waaraan Anton gewoonlijk werkte, zodat hij het onmogelijk over het hoofd kon zien als hij binnenstapte.

Die ochtend groette Anton allen zoals gewoonlijk toen hij bij het atelier kwam. Hij was niet een bijzonder warmbloedige man. Zijn gebrom bij wijze van groet verbaasde niemand.

Ze deden allemaal net alsof ze het heel druk hadden, maar uit hun ooghoeken keken ze hoe hij reageerde op dat enorme pak op tafel.

Anton zag het meteen.

Hij ging eropaf, tilde het op, voelde hoe zwaar het was, las zijn naam, die er in duidelijke letters op stond, wat geen twijfel liet over de geadresseerde, en ten slotte vroeg hij: 'Wie heeft het gebracht? Wanneer is het gekomen?' Zonder het antwoord af te wachten, voegde hij eraan toe: 'Weten jullie waar het vandaan komt? Er staat geen afzender op.'

Meester Rubens antwoordde: 'Het is vanochtend vroeg gekomen, met een koerier uit Italië. Het ziet ernaar uit dat het een lange reis gemaakt heeft.' In zijn stem klonk lichte ironie.

Uiteindelijk, toen ze hun nieuwsgierigheid niet langer konden bedwingen, gingen ze naar de tafel van Anton, sommigen met een schelmse glimlach, anderen hielden hun gezicht in de plooi.

Een van hen zei: 'Kom op, Anton, maak open. We sterven van nieuwsgierigheid. Je wilt ons toch niet laten wachten, hè?'

Anton liet zijn blik een beetje verward over zijn kameraden gaan. Op het laatst glimlachte hij ook en zei: 'Goed, goed. Eens kijken wat het is.' De daad bij het woord voegend, begon hij voorzichtig de geheimzinnige verpakking los te maken.

Het pak was tamelijk groot. Je kon door de vorm raden wat erin zat. Naar alle waarschijnlijkheid een schilderij met lijst en al. Dat was iets ongewoons, omdat gewoonlijk, als een schilderij verzonden werd, het opgerold werd en in een koker gestopt. Maar deze keer was degene die het geschenk gestuurd had, want hij veronderstelde dat het een geschenk was, zo attent geweest om het te laten inlijsten. Dat detail wekte de nieuwsgierigheid van zijn collega's. Wie had zo veel moeite gedaan, er zo veel zorg aan besteed en liet zelfs tact zien door Anton een ingelijst schilderij cadeau te doen?

Eindelijk, toen de verpakking eraf was, verscheen het schilderij.

Alle aanwezigen stonden stomverbaasd en men hoorde een bewonderend 'O' uit één mond. Het stelde een jonge vrouw voor, van misschien twintig jaar, voor een donkere achtergrond in een geheimzinnig licht dat de figuur schitterend deed uitkomen, terwijl zij een Heilige Maagd schilderde. Zeker, het was niet van een zinsbegoochelende schoonheid, maar degene die het portret had gemaakt was in staat geweest de intelligentie en het karakter te vatten, die zag je er duidelijk in. Ze was in het zwart gekleed, zonder juwelen, ze keek naar buiten, alsof een toeschouwer haar blik kon opvangen. In een hand hield ze een penseel vast, terwijl ze met de andere, die heel blank, bijna doorschijnend was, een vreemd gebaar met een gebogen wijsvinger maakte.

Anton herkende het schilderij meteen. Het was het geheimzinnige portret waarvan hij de ogen niet had kunnen afhouden in de kleine salon van Sofonisba, in Palermo. Sofonisba had hem op het laatst toch niet het geheim ervan verteld. Ze was al eerder ziek geworden. Voor hem betekende het heel veel. Tranen welden op, maar hij hield zich in. Hij wilde niet dat zijn collega's zagen hoe geëmotioneerd hij was.

Niet door het schilderij, maar omdat hij, toen hij haar herkend had, de boodschap begrepen had die het geschenk inhield: Sofonisba was gestorven. Haar zelfportret sturen was haar manier om het hem te zeggen. Ze had het geheim meegenomen: het geheim van Sofonisba.

Hij was ten prooi aan hevige emoties. Hij voelde zich verward. Was hij bedroefd omdat ze er niet meer was, of gelukkig omdat ze tot het laatst aan hem gedacht had? Tegenstrijdige gedachten verwarden hem. Hij herinnerde zich weer ze hoe ze erover gepraat hadden toen ze bij elkaar waren, hoe zij hem alles over dat schilderij verteld had.

Het liefst was hij nu alleen geweest. Het schilderij kunnen bekijken tot hij helemaal verzadigd was, zonder die grappenmakers erbij, maar dat was op het moment onmogelijk. Dat ging niet. Hij moest de nieuwsgierigheid van zijn vrienden bevredigen, toestaan dat elk van hen een oordeel kon vormen, ieder detail analyseren, en kon praten over het vakmanschap van Sofonisba. Hij twijfelde er niet aan dat allen diep onder de indruk waren. Maar met zo veel mensen om zich heen had hij op dat voor hem zo belangrijke moment het gevoel dat er inbreuk werd gemaakt op zijn privéleven.

Sofonisba, zijn vriendin, was gestorven.

Ze was zo buitengewoon attent geweest om in de laatste ogenblikken van haar leven aan hem te denken. Ze wilde dat Anton haar portret had. Ze had instructies gegeven om het hem na haar dood te sturen. Het was niet zomaar een portret. Ze had het met zorg uitgekozen in de wetenschap dat hij dat kon waarderen.

Misschien besefte Anton nu pas dat hun ontmoeting niet toevallig geweest was. Ze waren voorbestemd geweest elkaar te ontmoeten. Daarom was er vanaf het begin die speciale verstandhouding tussen hen geweest. Pas nu, nu hij naar het schilderij keek en aan haar terugdacht, besefte hij dat.

Er zat geen begeleidende brief bij. Geen woord. Dat was niet nodig. Zij wist dat hij het zou begrijpen.

Achter hem vroeg een stem: 'Wie is het?'

Anton antwoordde eenvoudig: 'Zij is het.'

Noot van de auteur

Mijn oprechte dank aan mijn vrienden die mij hielpen met de documentatie voor dit boek. Voor Isabel Margarit, directrice van het tijdschrift *Historia y Vida* (Geschiedenis en Leven), enthousiast bewonderaarster van de schilderes, die mij vereerde met haar vriendschap en mij rijkelijk van informatie voorzag; voor Maria Dolores Fúster Sabater, restauratrice en medewerkster van het kunsttijdschrift *Goya*, die mij de technische informatie verstrekte over het prepareren van de doeken in die tijd; voor Josep Sort Ticó, voor zijn suggesties na het lezen van de eerste manuscripten, en voor mijn vrienden van het Museo Lázaro Galdiano, omdat zij voor mij de weg vrijmaakten naar het geweldige schilderij van Sofonisba, eigendom van de stichting, en voor alle tijd die ze aan mij besteed hebben.

Opmerking

Deze historische roman is slechts voor een deel op werkelijke gebeurtenissen gebaseerd. Het verhaal is zuiver fictief. De historische personages naar wie wordt verwezen zijn alleen gebruikt om de plot te construeren en geen van hen heeft ooit deel uitgemaakt van de beschreven handelingen en gebeurtenissen.